shiji
wenxue
jingdian

世纪文学经典

萧 红 著

萧红精选集

北京燕山出版社
BEIJING YANSHAN PRESS

"世纪文学60家"书系总策划:
白烨、陈骏涛、倪培耕、贺绍俊、张红梅

"世纪文学60家"评选专家名单:
(以姓氏笔画为序)

丁　帆	南京大学中文系教授
王中忱	清华大学中文系教授
王晓明	华东师范大学中文系教授
王富仁	汕头大学中文系教授
白　烨	中国社会科学院文学研究所研究员
孙　郁	鲁迅博物馆研究员
吴思敬	首都师范大学文学院教授
陈思和	复旦大学中文系教授
陈晓明	北京大学中文系教授
陈骏涛	中国社会科学院文学研究所研究员
陈子善	华东师范大学中文系教授
孟繁华	沈阳师范大学教授
於可训	武汉大学文学院教授
杨匡汉	中国社会科学院文学研究所研究员
杨　义	中国社会科学院文学研究所研究员
张　炯	中国社会科学院文学研究所研究员
张　健	北京师范大学文学院教授
张中良	中国社会科学院文学研究所研究员
赵　园	中国社会科学院文学研究所研究员
洪子诚	北京大学中文系教授
贺绍俊	沈阳师范大学教授
谢　冕	北京大学中文系教授
程光炜	中国人民大学中文系教授
雷　达	中国作家协会创研部研究员
黎湘萍	中国社会科学院文学研究所研究员

目录

当铺 …………………………… 289
几个欢快的日子 ……………… 291
夏夜 …………………………… 295
一个南方的姑娘 ……………… 298
蹲在洋车上 …………………… 300
镀金的学说 …………………… 305
祖父死了的时候 ……………… 311
感情的碎片 …………………… 314
回忆鲁迅先生 ………………… 315
海外的悲悼 …………………… 347
一条铁路底完成 ……………… 349
失眠之夜 ……………………… 354
"九一八"致弟弟书 …………… 357
天空的点缀 …………………… 362

创作要目 ………………… 季红真 364

（本书目由季红真选定）

目 录

对着人类的愚昧 …………… 季红真 001

小说编

王阿嫂的死 …………… 003
生死场 …………… 012
小城三月 …………… 094
呼兰河传 …………… 115

散文编

欧罗巴旅馆 …………… 275
雪天 …………… 279
饿 …………… 281
最末的一块木桦 …………… 285
黑"列巴"和白盐 …………… 287
度日 …………… 288

"世纪文学60家"评选结果

排名	作家	专家评分	读者评分	评选结果	排名	作家	专家评分	读者评分	评选结果
1	鲁迅	100	100	100	31	赵树理	85	55	70
2	张爱玲	100	97	98.5	32	梁实秋	67	71	69
3	沈从文	100	96	98	33	郭沫若	70	65	67.5
4	老舍	94	94	94	33	陈忠实	67	68	67.5
4	茅盾	100	88	94	35	张恨水	64	70	67
6	贾平凹	94	92	93	36	苏童	58	75	66.5
7	巴金	94	90	92	36	冰心	51	82	66.5
7	曹禺	100	84	92	38	穆旦	78	52	65
9	钱钟书	80	99	89.5	39	丁玲	78	47	62.5
10	余华	85	92	88.5	40	顾城	29	95	62
11	汪曾祺	100	76	88	41	舒婷	51	69	60
12	徐志摩	85	89	87	42	张承志	67	51	59
12	莫言	94	80	87	43	王朔	45	72	58.5
14	王安忆	94	77	85.5	44	刘震云	58	58	58
15	金庸	70	98	84	45	韩少功	54	57	55.5
15	周作人	94	74	84	46	阿城	54	56	55
17	朱自清	70	93	81.5	47	张洁	64	44	54
18	郁达夫	78	83	80.5	48	三毛	22	85	53.5
19	戴望舒	94	66	80	49	铁凝	51	53	52
20	史铁生	80	79	79.5	50	张炜	60	40	50
20	北岛	78	81	79.5	50	李劼人	78	22	50
22	孙犁	94	62	78	52	宗璞	64	33	48.5
22	王蒙	78	78	78	53	郭小川	58	36	47
24	艾青	94	60	77	53	柳青	58	36	47
25	余光中	78	73	75.5	55	施蛰存	51	42	46.5
26	白先勇	85	64	74.5	56	张贤亮	42	49	45.5
27	萧红	85	61	73	56	刘恒	64	27	45.5
27	路遥	60	86	73	56	高晓声	45	46	45.5
29	闻一多	78	67	72.5	56	李锐	51	40	45.5
30	林语堂	54	87	70.5	60	徐訏	45	43	44

出版前言

"世纪文学 60 家"书系的创编与推出,旨在以名家联袂名作的方式,检阅和展示 20 世纪中国文学所取得的丰硕成果与长足进步,进一步促进先进文化的积累与经典作品的传播,满足新一代文学爱好者的阅读需求。

为使"世纪文学 60 家"书系的评选、出版活动,既体现文学专家的学术见识,又吸纳文学读者的有益意见,我们采取了专家评选与读者投票相结合的方式。我们依据 20 世纪华文作家在中国现当代文学史上的地位与影响,经过反复推敲和斟酌,确定了 100 位作家及其代表作作为候选名单。其后,又约请 25 位中国现当代文学专家组成"世纪文学 60 家"评选委员会,在 100 位候选人名单的基础上进行书面记名投票,以得票多少为顺序,产生了"世纪文学 60 家"的专家评选结果。为了吸纳广大读者对 20 世纪华文作家及作品的相关看法和阅读意向,我们与"新浪网·读书频道"的全力合作,展开了为期两个月的"华文'世纪文学 60 家'全民网络大评选"活动。2005 年 12 月 16 日,读者评选结果在"新浪网·读书频道"正式公布。为了使"世纪文学 60 家"的评选与编选,能够比较客观地反映专家和读者两方面的意见,经过反复协商,最终以各占 50% 的权重,得出了"世纪文学 60 家"书系入选名单。

"世纪文学 60 家"书系入选作家,均以"精选集"的方式收入其代表性的作品。在作品之外,我们还约请有关专家、学者撰写了研究性序言,编制了作家的创作要目,为读者了解作家作品、创作特点和其在文学史上的地位,提供必要的导读和更多的资讯。

对着人类的愚昧

季红真

萧红本名张迺莹,是中国现代文学史上一个著名的女作家,20世纪30年代以表现东北民众抵抗日本侵略者的中篇小说《生死场》震惊文坛,被称为抗日作家。她以自己短暂的一生,在不到十年的时间里,写下了近百万字的文学作品,涉及小说、散文、诗歌、戏剧等多种文体,留给我们一笔丰富的文学遗产,至今仍然激动着读者,影响了中国当代文学的发展。

一

1911年6月1日,萧红出生在黑龙江省呼兰县一个具有维新倾向的乡绅地主家庭。他的父亲张廷举是呼兰教育界的头面人物,出任过小学校长等多种职务,是个兼容新旧、善于变通的矛盾人物。萧红从小在祖父的溺爱中长大,和家族中其他人感情都很疏远。她受惠于"五四"新文化运动妇女解放的思潮,呼兰的小学刚一设立女生部,就被送进学校读书。小学毕业的时候,因为升学和父亲发生了最初的冲突。经过一年的持续斗争,她得以进入哈尔滨东省特别区区立第一女子中学读书。她在这里接触到有着新的知识结构与思想背景的教师,也接触了鲁迅等一批新文学作家的作品和域外左翼作家的许多著作,初步形成了自己的世界观。她在课外练习写作,学习绘画,参加各种体育锻炼,喜欢和有思想的男同学交往。她投身爱国学生运动,热衷于各种社会活动。大都市中的经历开阔了她的视野,对于资本主义的现代文明有了切肤的感受,获得观察社会的新视角。她立下独立自主的人生理想,向往富于创造的艺术生涯,由于接受了更激进的左翼思潮而和父亲发生了思想的分歧,终于因为婚姻问题爆发为不可调和的对抗。

萧红离家出走,和表哥陆宗舜到北京,进北平女师大附中学习。由于家庭的经济制裁,萧红被迫退回家中,被软禁在阿城的张家老宅中达十个多月,后趁"九一八"之后的混乱逃了出来。经过一段饥寒交迫的流浪生活,在寒冬来临的时候,萧红陷落在未婚夫汪恩甲的情感圈套中,和他在旅馆中同居。其间曾经再次出走,独自一人到北京,想恢复学籍,终因经济原因而未果。汪恩甲追到北京,把萧红押回了哈尔滨。两个人在旅馆中住了多半年,欠下老板数百元的食宿费。汪恩甲说回家取些钱,离去后再没回来。老板断绝了对她的供应,扬言交不出钱就把她卖到妓院。临盆在即的萧红,在万般无奈的处境中,投书《国际协报》,得到萧军等左翼文化人的同情与帮助。后来,趁着哈尔滨发大水,她乘一只送柴草的小船出了牢笼。

她和萧军结合,将生下的孩子送了人。为了纪念他们在艰难困苦中的邂逅相爱,朋友在《东三省商报》副刊《原野》上,发表了他们的爱情诗专刊。萧红从此走上了文学创作的道路,也走上了左翼文化的道路。她在病痛中参加赈灾画展,参加话剧演出,为爱国报纸《东北民众报》刻钢板。她在左翼文化人的圈子中,结识了职业革命家、武装抗日的壮士和前卫的艺术家,对于她的思想和艺术都产生了深刻的影响,促进了她的创作。1934年中秋节之后,她和萧军出版了合集《跋涉》,很快就被日伪当局查禁。在精神的大恐怖之下,他们逃离"伪满洲国",投奔时在青岛的朋友共产党员舒群。在他们离开一周以后,他们的朋友共产党员罗烽被捕。在此后残酷的斗争岁月里,他们的不少朋友为国捐躯。

萧红在青岛主编《新女性周刊》,并且完成了《生死场》的写作(原名《麦场》)。不久,青岛的党组织被破坏,舒群全家被捕,他们再次陷入精神的大恐怖之中。他们怀着侥幸的心理投书鲁迅,在迷惘中请教革命文学的方向。鲁迅很快回了信,这对于他们是极大的鼓舞。年底,他们坐在四等舱的杂货堆里,离开青岛奔向上海。他们初到上海的日子是贫困的,在鲁迅的帮助下,他们逐步叩开文坛的大门,并结识了茅盾、聂绀弩、叶紫和胡风等一批左翼作家,和他们保持了终身的友谊。1935年,在鲁迅的支持下,他们和叶紫组成了奴隶社,自费出版了"奴隶丛书",包括萧军的《八月的乡村》、叶紫的《丰收》和萧红的《生死场》。两萧一跃成为著名的抗日作家,他们的作品是抗日文学的经典。鲁迅为萧红的《生死场》作序,胡风为《生死场》写了后记,高度评价了她的思想与艺术。在鲁迅身边,萧红受到了多方面的熏陶和启迪,思想和艺术更加成熟,完成了记叙自己在哈尔滨艰难生活的《商市街》。她结识了冯雪峰、史沫特莱和鹿地亘等左翼文人,增进了对中外文化的了解,这对她文学观念的发展有着重要的作用。

由于和萧军的情感纠葛,1936年夏天,萧红独自东渡日本。她在东京安顿下来,一边学习日文,一边坚持写作。她受到了日本刑事的无理骚扰,对于这个民族有了更切近的观察。不久她又经受了鲁迅逝世的巨大悲痛,这是继至爱的祖父去世之后,对她最大的精神打击。"西安事变"的爆发,又使她惊惶了一天。由于与萧军"没有结果的恋爱",她改变在日本居住一年的计划,于1937年1月离开日本回到上海。由于和萧军的关系,她一度出走,进入一家犹太人开办的画院学习,但很快就被萧军找了回来。春天到来的时候,她又独自到北京小住。她和在北京搞学生运动的老友舒群一起,登上长城,被雄伟的景物和精美的艺术震撼,缓解了个人的悲伤情感。回到上海之后,她和萧军的关系有所改善。时局的迅速变化,也使她很快从个人的情感创痛中解脱出来。"七七事变"的爆发,拉开了全民抗战的历史帷幕。上海"八一三"抗战开始的第二天,她就写下控诉日本法西斯轰炸闸北的散文《天空的点缀》。为了援救日本友人鹿地亘,她置生死于度外四处奔走。她和朋友们一起,支持胡风创办以抗日为宗旨的文学刊物《七月》,这个名字就是她起的。在组稿会上,她结识了东北来的青年作家端木蕻良。

由于战火的不断蔓延,萧红和萧军9月底离开上海到达武汉。在这里,萧红在各种社会活动和家务的间隙中,开始写作《呼兰河传》。1938年1月下旬,他们应山西民族革命大学的聘请,乘坐简陋的铁皮车驶向临汾,担任文艺指导工作。不久,丁玲带领西北战地服务团到达临汾,两个杰出的女作家便历史性地在此会面。2月,太原失陷,临汾局势吃紧,民族革命大学决定撤退,作家可以留下跟学校走,也可以和丁玲的战地服务团一起走。在去与留的问题上,两萧蓄意已久的离异,爆发为激烈的争吵。最后是萧红独自跟随丁玲走,她原打算到运城之后去延安,后来又改变了主意。她和同行的艺术家受丁玲的委托,在行进的列车上集体创作了一个以抗日为主题的三幕话剧,到达西安后演出,场场爆满,轰动一时。不久,萧军从延安到西安,两萧在这里彻底分手,萧红此时已经怀了四个月的身孕。4月,萧红和端木蕻良乘火车回到武汉,并且在这里结婚。萧红想打胎,因为财力不支而作罢。他们的结合几乎受到所有朋友的非议,带给她的感受是不愉快的。六七月间,武汉形势也危在旦夕,端木蕻良先去重庆,萧红等到9月中旬才起身。

到达重庆的时候,萧红的临产期已近,就住到江津的朋友白朗家。萧红在医院中产下一个男孩儿,孩子没有几天就死去了。她回到重庆,在这里完成了《纪念鲁迅先生》等一批精彩的文章。1939年的五六月间,日军加紧了对重庆的轰炸。在频繁的警报声中,萧红坚持写作,但体力和精神都有些不支,迫切希望有一个安静稳定的创作环境。

1940年1月19日,萧红和端木蕻良飞到香港。这里是她人生的终点,也是她创作的又一个高峰期。她参加了文化界的各项活动,用自己的笔呼应着民族解放的伟大斗争,写下了一生中许多重要作品。她为纪念鲁迅先生,创作了哑剧剧本《民族魂鲁迅》;完成了长篇小说《呼兰河传》和长篇小说《马伯乐》的第一部;写出了《小城三月》《北中国》《后花园》等优秀的中短篇小说。正当创造力旺盛的高峰期，她却被病魔缠上，《马伯乐》的第二部刚刚写完第九章，就一病不起。她辗转病榻，住在英殖民地的医院里，备感被人冷视的凄凉。而战争的炮火又催逼而来，使她的精神也备受惊吓和折磨。1942年1月8日，太平洋战争爆发，她在炮火中仍然和照看她的友人骆宾基探讨文学，计划着胜利以后约上几个朋友，重走红军长征的路线，完成冯雪峰表现长征而没有写完的"半部红楼"。可惜法西斯的魔爪撕碎了她的文学之梦。由于日军占领后的军管，她颠簸在频繁迁移的路途中：从自己的家到医院，从医院到旅馆，从旅馆到朋友家，再到另外的旅馆；从英国的医院到法国的医院，从私人医院到临时的医疗站……终于还是死于庸医误诊，终年才三十一岁。临终前的遗言说："半生尽遭白眼冷遇……身先死，不甘，不甘。"

萧红的一生是逃亡漂泊的一生，也是反抗战斗、充满创造精神的一生。她逃避法西斯的迫害，最终还是死于战争的炮火；她反抗父权制的精神奴役，但还是一而再再而三地陷落在男权文化的话语陷阱中，感叹作为女人的不幸。她把自身的解放汇入民族解放的洪流中，用自己的笔书写着人民的苦难、屈辱、悲愤与抗争。她在遍布荆棘的不归路上跋涉一生，生命转换在神奇的语言文字中，焕发出超越时空的灼人的艺术光彩。

二

萧红是一个有着独立思想的作家。她生活的20世纪上半叶，正是中国历史的多事之秋。阶级压迫的惨烈与民族危亡的紧迫，法西斯战争的巨大灾祸，都影响着她的生活与创作。她回应着时代的要求，以战斗的姿态进入民族乃至人类争取解放的行列。

萧红开始写作的30年代初，正是左翼文学方兴未艾的时期。革命文学基本的宗旨是从社会学的角度，以阶级论为基础，关怀底层民众的苦难、促进社会的变革。她感应着这样的潮流，一起步就是一个左翼作家,对于底层民众的关注贯穿她的一生,用自己的笔揭露社会的黑暗也是她创作中的重要部分。她主要是以乡土为基本视角,表现普通农民悲惨的生活,他们的反抗、失败与屈辱,他们麻木的精神状况,他们在严酷的自然力与社会政治结构的双重压迫下卑微的生存。这一点使她和激进的左翼思潮保持了心理的距离,也自觉地和民粹主义区别出来,思想的源头更接近"五四"开创的启蒙理想。

萧红同情革命,在早期的小说《看风筝》中就涉及了职业革命家,《生死场》出版的时候署名"萧红",也是为了和萧军联名隐喻"小小红军"的意思。但是她不愿意参与党派斗争,不肯进入任何主流话语的腹地。在政治上更接近自由主义的立场,这和"五四"个性解放的思潮相通,而区别于一般的革命文学主张。特别是在抗日战争全面爆发之后,面对法西斯暴力的摧残,萧红明确提出作家不是属于阶级的,而是属于人类的,不管是过去还是现代,作家都要对着人类的愚昧。这样的思想深度,是她得以超越时代的重要原因。

萧红成长在一个文化震动的时代,战争的炮火也摇撼着严密的体制,这使她可以在新的意识形态背景中洞察历史与文明。她的主要作品中,都表达了对于父权制文化所体现的价值观念的怀疑乃至嘲讽与批判。对于乡土社会所维系的传统文化价值是她主要审视的对象,生命的沉寂、卑琐,情感价值的荒凉,以及迷信、保守、自私、势利、愚昧到残酷的程度等,《呼兰河传》是典型的代表。对于近代资本主义文化缔造的现代大都市,她的批判也是犀利的,《生死场》中的乡村女性金枝,为了生活勇敢地走进城市,在令人恐怖的底层,得到的是更难堪的被强暴的屈辱。马伯乐的洋奴家庭是以基督教为背景,体现着殖民文化的特征,而自私、虚伪与吝啬则同样表现了精神的空虚腐朽。萧红通过他一路逃亡的遭遇,写出了都市社会中各种无耻之徒的丑恶嘴脸。她在日本写给萧军的信中,陈述了自己对于日本的印象,认为是比中国还要病态的民族,没有"健康的灵魂"。她揭露着封建文化熏陶出来的男性,也嘲笑了外来文化教育出来的新式知识者,发现了他们共同的虚伪。这些都属于她所谓"人类的愚昧"的范畴。萧红的思考因此超越了种族与文化,达到了人类性的高度。

所有这一切,又是基于性别的立场。萧红是从女性的经验洞察历史,追问女性生存的价值与意义。她作品中感人至深的是女性的文化处境及其命运,所有的女性人物几乎都是悲剧的结局。在阶级压迫下的乡村妇女是最悲惨的一群,《生死场》中的王婆是一个典型,"她一生的痛苦都是没有代价的"。传统文化培养出来的文化性格,遭逢文化冲突的时代,在闭塞的小城保守的风气中,只能被旧的婚姻制度吞噬,《小城三月》中的翠姨是典型。而大都市中的知识妇女,则在琐碎的日常生活中忙碌挣扎,《烦扰的一日》是直述态的表达。处于进步文化阵营中的女性,仍然要受到主张维新的朋友嘲笑,这是萧红自己的切身感受。她的女权思想是明确的,来自她从小到大的艰难抗争。这也是她至今启发着女性文学的走向,影响着不少后来人的重要原因。

萧红写作之始,就经历了挚爱的祖父的死、生产的痛苦与失去孩子的悲伤,这使她特别敏感生殖与死亡的问题。可以说这个问题是她创作的母题,一以贯之地存在于阶级、民族的表层叙事中,体现着她独具的女性敏感。她早期的短篇《王阿嫂的死》,就是写一个贫苦的佣工孕妇,丈夫被地主烧死,独自带领一个养女生活,被地主殴打之后,在地头早产身亡,五分钟以后,刚出生的婴儿也随即死去。《生死场》中为乡村女性的生殖专门设了一节《刑罚的日子》,几个不同的场景顺序出现,表现了女人像动物一样悲惨的境遇。在生物学与文化学的不同层面上,揭示了女性生存的特殊苦难,也揭示出蒙昧的生存中,生命没有价值的毁灭,人生没有意义的循环。在战争的环境中,生命的脆弱就更加明显。萧红晚期的作品中,充满了"人生何如"的疑问。在短篇《后花园》中,把这个疑问借助一个贫苦磨倌之口表达出来,寄托自己的探索。这是旷古的忧愁,生命的原始悲哀,萧红以女性独特的敏感,追问人生与人性的终极价值。尽管如此,在民族解放的斗争时代,萧红始终都在寻找民族精神的健康力量。《呼兰河传》结尾的第七章,在一个承受着苦难命运的磨难、无声地抵抗着恶俗世风的压迫、又满怀希望地生活着的贫穷磨倌身上,发现了平实的生命力量。这是萧红在接近生命终点的时候,倾注一生寻找的结果。

三

萧红在艺术上也是一个拓荒者。

她忠实于自己的体验和感觉,对于汉语的神奇魅力具有独特的感悟。她的语言生动单纯而又形象饱满,具有生命的质感。她以儿童般的想象力,创造出非她莫属的灵活句式,完成自由地表述。《商市街》中,她细腻地记叙了寒冷、饥饿、孤独、寂寞等感觉,创造出一个完全属于自己的心灵世界。她对于细节的捕捉尤其敏锐,所有的作品中都充满声音、色彩、线条、画面、形象,在白描中浑然一体,产生多维的视听效果。她富于直觉的联想,以最朴素的形象转喻出象征的意义,比如磨倌的形象在她的作品中不止一次地出现,这是旧日北方农村中最寻常的职业,使人联想到时间的循环与不断重复的人生。她的作品中,就是人与物之间,也形成质朴的互喻关系。《生死场》中"老马走进屠场"一节,以一个简单的陈述句,概括了底层民众像动物一样任人宰割的悲惨境地。以身体的隐喻为中心的修辞手法,推动着叙事的发展,这是萧红以诗歌的任意性原则,突破了一般性的语法规则,也是她的作品具有诗性效果的原因。从现实主义以人物为中心的美学原则出发,可以批评她的人物面目不清性格不明,但是正是这种模糊性有效地传达出一种蒙昧的生存状况,暗合于世纪之交的美学潮流,体现出她前卫的艺术姿态。

萧红是一个自觉的文体探索者。她曾经一再地对朋友说,有一种小说学,说小说一定要写得像契诃夫,像巴尔扎克;我不相信这一套,有各式各样的生活,有各式各样的作家,就有各式各样的小说。就是对她崇拜的鲁迅先生,她也怀有超越的艺术抱负。她认为有出息的作家不应该屈从于权威,艺术上要走自己的路。她以自己的艰苦实践,完成了文体的创造性建设。《呼兰河传》是一个典范,她综合地运用了各种文体。从电影、风俗画、自叙传的抒情诗，到可以独立成章的短篇小说，以互相勾连的场景与人物，传达出整体的文化氛围，使分散的细节获得内在的联系。她的散文也以文体的自由见长，像《回忆鲁迅先生》这样的长文，全部以琐琐碎碎的细节和断断续续的一些场景组织起来，却生动地写出了鲁迅作为普通人的日常生活，写出了他的家庭气氛，以及所有成员的性格。萧红运用过各种文体，也可以看出她驾驭文体形式的超群能力。这种充分个性化的文体自觉，成为20世纪80年代中国小说文体革命的重要理论依据，也可以看出萧红对于中国文学的重大贡献。

萧红具有诗人的气质，不仅创造出了一些诗篇，就是在叙事性的作品中，也富于抒情的节律和复沓的节奏感。比如《呼兰河传》的第四章，从第二节起，开头的第一句话都是"我家是荒凉的"，或者"我家的院子是荒凉的"，形成复沓的节奏，以一唱三叹式的情感旋律，强调基本的语义，将各种细节关联在统一的语义场中，使以前和以后的叙事都渗透了悲凉的意蕴。它因此常常被论者当成抒情小说，有的研究者甚至极言《呼兰河传》是不可分析的。以荒凉为主题，以凄美的情感为基调，几乎是她晚期小说创作的一个显著的特点，体现在所有作品中，使写实的风格中渗透了抒情的诗魂。这种风格化的诗性特点，体现着她古典文学的深厚修养。她的创作从根本上说是汉语文学在文化震动的时代，成功的创作性转换，而美学的源头是古代的诗文传统。

萧红对于汉语写作的杰出贡献，还体现在她对于传统叙事文学的借鉴与发展，由此带来原型置换变形的效果。《小城三月》中的爱情悲剧，可以追溯到《红楼梦》中宝、黛的婚姻悲剧。小说主人公翠姨的性格是中国经典的女性文化性格的一种类型，它的原型就是林黛玉。萧红通过这样一种文化性格的悲剧性命运，表达了对于新旧杂陈的特定历史时期，女性特殊的文化处境与心理的分裂，也从一个角度表现了四分五裂的中国灵魂。她赋予这个经典的原型以崭新的文化难题，这就是在现代性的历史过程中，个体的心灵所遭遇的沉重负荷,以及抗争的无力。

萧红的讽刺才能也是卓越的,特别是在女作家当中尤其显著。她的作品中充满了对于黑暗的社会制度的批判,但是除了正面的揭露以外,也夹杂着犀利的嘲讽。其中包括了对于各种残酷的文化制度虚伪性的揭示,对于文明创造者男性的揶揄。特别是晚期的《马伯乐》,最集中地发挥了她的这一思想激发出来的讽刺才情。她通过对于马伯乐逃难过程的叙述,讥讽了都市中各种各样腐朽、罪恶、堕落的无耻之徒,衔接起由鲁迅开创的中国现代文学中的讽刺传统。而对于主要人物马伯乐的塑造,从他的洋奴家庭到社会交往范围,从他的形体到话语方式,从他一无所能又自视甚高的种种荒诞之处,成功地塑造出一个没用人的形象。这也是一种文化性格,也是新旧杂陈的时代生长出来的一种人物类型。从中可以看到高尔基《没用人的一生》的影响,看到萧红对于20世纪文学潮流的广泛汲取。把罪恶的社会制度与文化的历史演变,深化到性格的内在分裂,这是她区别于高尔基的独特发现与表达。

萧红是20世纪汉语写作的典范作家,她对于中国新文学发展的影响是深远的。她的探索被一代一代的读者接受理解,她的著作不断地再版,她的思想成为重要的资源。特别是近二十多年来的女性文学,受到她启发与影响的作家不乏其人。她所开辟的女性话语空间,她所创造的女性表达方式,她所发挥的汉语魅力,都在激发着新的跋涉者的精神光芒。她的血肉融进了中国文学的悠久历史,同时也成为新文学的传统之一。

是为序。

小说编

王阿嫂的死

一

草叶和菜叶都蒙盖上灰白色霜。山上黄了叶子的树,在等候太阳。太阳出来了,又走进朝霞去。野甸上的花花草草,在飘送着秋天零落凄迷的香气。

雾气像云烟一样蒙蔽了野花,小河,草屋,蒙蔽了一切声息,蒙蔽了远近的山岗。

王阿嫂拉着小环每天在太阳将出来的时候,到前村广场上给地主们流着汗;小环虽是七岁,她也学着给地主们流着小孩子的汗。现在春天过了,夏天过了……王阿嫂什么活计都做过,拔苗插秧。秋天一来到,王阿嫂和别的村妇们就坐在茅檐下用麻绳把茄子穿成长串长串的,一直穿着。不管蚊虫把脸和手咬得怎样红肿,也不管孩子们在屋里喊叫妈妈吵断了喉咙。只是穿啊,穿啊,两只手像纺纱车一样,在旋转着穿。

第二天早晨,茄子就和紫色成串的铃铛一样,挂满了王阿嫂的前檐;就连用柳条辫成的短墙上也挂满着紫色的铃铛。别的村妇也和王阿嫂一样,檐前尽是茄子。

可是过不了几天茄子晒成干菜了!家家都从房檐把茄子解下来,送到地主的收藏室去。王阿嫂到冬天只吃着地主用以喂猪的烂土豆,连一片干菜也不曾进过王阿嫂的嘴。

太阳在东边放射着劳工的眼睛。满山的雾气退去,男人和女人,在田庄上忙碌着。羊群和牛群在野甸子间,在山坡间,践踏并且寻食着秋天半憔悴的野花。

田庄上只是没有王阿嫂的影子,这却不知为了什么?竹三爷每天到广场上替张地主支配工人。现在竹三爷派一个正在拾土豆的小姑娘去找王阿嫂。

工人的头目,愣三抢着说:

——不如我去的好,我是男人走得快。

得到竹三爷的允许,不到两分钟的工夫,愣三跑到王阿嫂的窗前了:

——王阿嫂!为什么不去做工呢?

里面接着就是回答声:

——叔叔来得正好,求你到前村把王妹子叫来,我头痛,今天不去做工。——

小环坐在王阿嫂的身边,她哭着,响着鼻子说:——不是呀!我妈妈扯谎,她的肚子太大了!不能做工,昨夜又是整夜地哭,不知是肚子痛还是想我的爸爸?——

王阿嫂的伤心处被小环击打着,猛烈地击打着,眼泪都从眼眶转到嗓子方面去,她只是用手拍打着小环,她急性的,意思是不叫小环再说下去。

李愣三是王阿嫂男人的表弟。听了小环的话,像动了亲属情感似地,跑到前村去了!

小环爬上窗台,用她不会梳头的小手,在给自己梳着毛蓬蓬的小辫。邻家的小猫跳上窗台,蹲踞在小环的腿上,猫像取暖似地迟缓地把眼睛睁开,又合拢来。

远处的山反映着种种样的朝霞的彩色。山坡上的羊群,牛群就像小黑点似地,在云霞里爬走。

小环不管这些,只是在梳自己毛蓬蓬的小辫。

二

在村里,王妹子,愣三,竹三爷,这都是公共的名称。是凡佣工阶级都是这样简单而不变化的名字。这就是工人阶级一个天然的标识。

王妹子坐在王阿嫂的身边,炕里蹲着小环,三个人寂寞着。后山上不知是什么虫子,一到中午,就吵叫出一种不可忍耐的幽咽和凄怨的情绪来。

小环虽是七岁,但是就和一个少女般的会忧愁,会思量。她听着秋虫吵叫的声音,只是用她的小嘴在学着大人叹气。这个孩子也许因为母亲死得太早的缘故?

小环的父亲是一个雇工,在她还没生下来的时候,她的父亲就死了!在她五岁的时候她的母亲又死了!她的母亲是被张地主的大儿子张胡琦强奸而后气愤死了的。

五岁的小环,开始做个小流浪者了!从她贫苦的姑家,又转到更贫苦的姨家。结果为了贫苦,不能养育她,最后她在张地主家过了一年煎熬的生活。竹三爷看不惯小环被虐待的苦处。当一天王阿嫂到张家去取米,小环正被张家的孩子们将鼻子打破,满脸是血。王阿嫂把米袋子丢落在院心。她走近小环,给她擦着眼泪和血。小环哭着,王阿嫂也哭了!

有竹三爷作主,小环从那天起,就叫王阿嫂做妈妈了!那天小环是扯着王阿嫂的衣襟来到王阿嫂的家里。

后山的虫子,不间断地、不曾间断地在叫。王阿嫂擤着鼻涕,两腮抽动,若不是肚子突出,她简直瘦得像一条龙。她的手也正和爪一样,为了拔苗割草而骨节突出。她的悲哀像沉淀了的淀粉似地,浓重并且不可分解。她在说着她自己的话:

——王妹子,你想我还能再活下去吗?昨天在田庄上张地主是踢了我一脚。那个野兽,踢得我简直发昏了!你猜他为什么踢我呢?

早晨太阳一出就做工,好身子倒没妨碍,我只是再也带不动我的肚子了!又是个正午时候,我坐在地梢的一端喘两口气,他就来踢了我一脚。

擤一擤鼻涕又说下去:

——眼看着他爸爸死了三个月了!那是刚过了五月节的时候,那时仅四个月,现在这个孩子快生下来了!咳!什么孩子,就是冤家,他爸爸的性命是丧在张地主的手里,我也非死在他们的手里不可,我想谁也逃不出地主们的手去。——

王妹子扶她一下,把身子翻动一下:

——哟!可难为你了!肚子这样你可怎么在田庄上爬走啊?——

王阿嫂的肩头抽动得加速起来。王妹子的心跳着,她在悔恨地跳着,她开始在悔恨:

——自己太不会说话,在人家最悲哀的时节,怎能用得着十分体贴的话语来激动人家悲哀的感情呢?

王妹子又转过话头来:

——人一辈子就是这样,都是你忙我忙,结果谁也不是一个死吗?早死晚死不是一样吗?——

说着她用手巾给王阿嫂擦着眼泪,揩着她一生流不尽的眼泪。

——嫂子你别太想不开呀!身子这种样,一劲忧愁,并且你看着小环也该宽心。那个孩子太知好歹了!你忧愁,你哭,孩子也跟着忧愁,跟着哭。倒是让我做点饭给你吃,看外边的日影快晌午了!——

王妹子心里这样相信着:

——她的肚子被踢得胎儿活动了!危险……死……

她打开米桶,米桶是空着。

王妹子打算到张地主家去取米,从桶盖上拿下个小盆。王阿嫂叹息着说:

——不要去呀!我不愿看他家那种脸色,叫小环到后山竹三爷家去借点吧!——

小环捧着瓦盆爬上坡,小辫在脖子上摔搭摔搭地走向山后去了!山上的虫子在憔悴的野花间,叫着憔悴的声音啊!

三

王大哥在三个月前给张地主赶着起粪的车,因为马腿给石头折断,张地主扣留他一年的工钱。王大哥气愤之极,整天醉酒,夜里不回家,睡在人家的草堆。后来他简直是疯了!看着小孩也打,狗也打,并且在田庄上乱跑,乱骂。张地主趁他睡在草堆的时候,遣人偷着把草堆点着了!王大哥在火焰里翻滚,在张地主的火焰里翻滚;他的舌头伸在嘴唇以外,他嚎叫出不是人的声音来。

有谁来救他呢?穷人连妻子都不是自己的。王阿嫂只是在前村田庄上拾土豆,她的男人却在后村给人家烧死了。

当王阿嫂奔到火堆旁边,王大哥的骨头已经烧断了!四肢脱落,脑壳直和半个破葫芦一样,火虽熄灭,但王大哥的气味却在全村漂漾。

四围看热闹的人群们有的说,擦着眼睛说:

——死得太可怜!——

也有的说:

——死了倒好,不然我们的孩子要被这个疯子打死呢!——

王阿嫂拾起王大哥的骨头来,裹在衣襟里,她紧紧地抱着,她发出嗨天的哭声来。她这凄惨沁血的声音,遮过草原,穿过树林的老树,直接到远处的山间,发出回响来。

每个看热闹的女人,都被这个滴着血的声音诱惑得哭了!每个在哭的妇人在生着错觉,就像自己的男人被烧死一样。

别的女人把王阿嫂的怀里紧抱着的骨头,强迫的丢开,并且劝说着:

——王阿嫂你不要这样啊!你抱着骨头又有什么用呢?要想后事——

王阿嫂不听别人,她看不见别人,她只有自己。把骨头又抢着疯狂地包在衣襟下,她不知道这骨头没灵魂,也没有肉体,一切她都不能辨别。她在王大哥死尸被烧的气味里打滚,她向不可解脱的悲痛里用尽了她的全力攒呵!

满是眼泪,小环的脸转向王阿嫂说:

——妈妈,你不要哭疯了啊!爸爸不是因为疯才被人烧死的吗?——

王阿嫂,她听不到小环的话,鼓着肚子,胀开肺叶般地哭。她的手撕着衣裳,她的牙齿在咬嘴唇。她和一匹吼叫的狮子一样。

后来张地主手提着苍蝇拂,和一只阴毒的老鹰一样,振动着翅膀,眼睛突出,鼻子向里勾曲,调着他有尺寸有阶级的步调从前村走来。用他压迫的口吻来劝说王阿嫂:

——天快黑了!还一劲哭什么!一个疯子死就死了吧!他的骨头有什么值钱。你回家做你以后的打算好了!现在我遣人把他埋到西岗子去。

说着他向四周的男人们下个口令:

——这种气味……越快越好!——

妇人们的集团在低语:

——总是张老爷子,有多么慈心,什么事情,张老爷子都是帮忙的。——

王大哥是张老爷子烧死的,这事情妇人们不知道,一点不知道。田庄上的麦草打起流水样的波纹,烟筒里吐出来的炊烟,在人家的房顶上旋卷。

苍蝇拂子摆动着吸人血的姿式,张地主走回前村去。

穷汉们,和王大哥同类的穷汉们,摇搁着阔大的肩膀,王大哥的骨头被运到西岗上了!

四

三天过了!五天过了!田庄上不见王阿嫂的影子,拾土豆和割

草的妇人们嘴里念道这样的话:

——她太难苦了!肚子那么大,真是不能做工了!

——那天张地主踢了她一脚,五天没到田庄上来。大概是孩子生了!我晚上去看看。——

——王大哥被烧死以后,我看王阿嫂就没心思过日子了!一天东哭一场,西哭一场的,最近更利害了!那天不是一面拾土豆,一面流着眼泪?——

又一个妇人皱起眉毛来说:

——真的,她流的眼泪比土豆还多。——

别一个又接着说:

——可不是吗?王阿嫂拾得的土豆,是用眼泪换得的。——

在激动着热情,一个抱着孩子拾土豆的妇人说:

——今天晚上我们都该到王阿嫂家去看看,她是我们的同类呀!——

田庄上十几个妇人用响亮的嗓子在表示赞同。

张地主走来了!她们都低下头去工作着。张地主走开,她们又都抬起头来;就像被风刮倒的麦草一样,风一过去,草梢又都伸立起来;她们说着方才的话:

——她怎能不伤心呢?王大哥死时,什么也没给她留下。眼看又来到冬天,我们虽是有男人,怕是棉衣也预备不齐。她又怎么办呢?小孩子若生下来她可怎么养活呢?我算知道,有钱人的儿女是儿女,穷人的儿女,分明就是孽障。——

——谁不说呢?听说王阿嫂有过三个孩子都死了!——

其中有两个死去男人,一个是年轻的,一个是老太婆。她们在想起自己的事,老太婆想着自己男人被车轧死的事,年轻的妇人想着自己的男人吐血而死的事,只有这俩妇人什么也不说。

张地主来了!她们的头就和向日葵般在田庄上弯弯地垂下去。

小环叫喊声在田庄上,在妇人们的头上,响起来:——

——快……快来呀!我妈妈不……不能,不会说话了——

小环是一个被大风吹着的蝴蝶,不知方向,她惊恐的翅膀痉挛着在振动。她的眼泪在眼眶里急得和水银似地不定形地滚转。手在捉住自己的小辫,跺着脚破着声音喊:

——我妈……妈怎么了?……她不说话呀……不会呀!——

五

等到村妇挤进王阿嫂屋门的时候,王阿嫂自己在炕上发出她最后沉重的嚎声,她的身子是被自己的血浸染着,同时在血泊里也有一个小的、新的动物在挣扎。

王阿嫂的眼睛像一个大块的亮珠,虽然闪光而不能活动。她的嘴张得怕人,像猿猴一样,牙齿拼命地向外突出。

村妇们有的哭着,也有的躲到窗外去,屋子里散散乱乱,扫帚,水壶,破鞋,满地乱摆。邻家的小猫蹲缩在窗台上。小环低垂着头在墙角间站着,她哭,她是没有声音的在哭。

王阿嫂就这样的死了!新生下来的小孩,不到五分钟也死了!

六

月亮穿透树林的时节,棺材带着哭声向西岗子移动。村妇们都来相送,拖拖落落,穿着种种样样擦满油泥的衣服,这正表示和王阿嫂同一个阶级。

竹三爷手携着小环,走在前面。村狗在远处受惊的在叫。小环并不哭,她依持别人,她的悲哀似乎分给大家担负似地,她只是随了竹三爷踏着贴在地上的树影走。

王阿嫂的棺材被抬到西岗子树林里。男人们在地面上掘坑。

小环,这个小幽灵,坐在树根下睡了!林间的月光细碎地飘落在小环的脸上。她两手扣在膝盖间,头搭在手上,小辫在脖子上给风吹动着,她是个天然的小流浪者。

棺材合着月光埋到土里了!像完成一件工作似地,人们扰攘着。
竹三爷走到树根下摸着小环的头发:
——醒醒吧!孩子!回家了。——
小环闭着眼睛说:
——妈妈,我冷呀!——
竹三爷说:
——回家吧!你那里还有妈妈?可怜的孩子别说梦话!——
醒过来了!小环才明白妈妈今天是不再搂着她睡了!她在树林里,月光下,妈妈的坟前,打着滚哭啊!……
——妈妈!……你不要……我了!让我跟跟跟谁睡……睡觉呀?
——我……还要回到……张……张地主家去挨打吗?——她咬住嘴唇哭——
——妈妈!跟……跟我回……回家吧!……
远近处颤动这小姑娘的哭声,树叶和小环的哭声一样交接的在响,竹三爷同别的人一样的在擦揉眼睛。
林中睡着王大哥和王阿嫂的坟墓。
村狗在远远的人家吠叫着断续的声音……

一九三三年五月二十一日

生 死 场

一 麦场

一只山羊在大道边啃嚼榆树的根端。

城外一条长长的大道,被榆树荫蒙蔽着。走在大道中,像是走进一个动荡遮天的大伞。

山羊嘴嚼榆树皮,黏沫从山羊的胡子流延着。被刮起的这些黏沫,仿佛是胰子的泡沫,又像粗重浮游着的丝条;黏沫挂满羊腿。榆树显然是生了疮疖,榆树带着偌大的疤痕。山羊却睡在荫中,白囊一样的肚皮起起落落……

菜田里一个小孩慢慢地蹀走。在草帽的盖伏下,像是一棵大形的菌类。捕蝴蝶吗?捉蚱虫吗?小孩在正午的太阳下。

很短时间以内,跌步的农夫也出现在菜田里。一片白菜的颜色有些相近山羊的颜色。

毗连着菜田的南端生着青穗的高粱的林。小孩钻入高粱之群里,许多穗子被撞着,从头顶坠下来。有时也打在脸上。叶子们交结着响,有时刺痛着皮肤。那里是绿色的甜味的世界,显然凉爽一些。时间不久,小孩子争斗着又走出最末的那棵植物。立刻太阳烧着他的头发,机灵的他把帽子扣起来。高空的蓝天,遮覆住菜田上闪耀着的阳光,没有一块行云。一株柳条的短枝,小孩夹在腋下,走路时他的两腿膝盖远远的分开,两只脚尖向里勾着,勾得腿在抱着个盆样。跌脚的农夫早已看清是自己的孩子了,他远远地完全用喉音在问着:

"罗圈腿,唉呀!……不能找到?"

这个孩子的名字十分象征着他。他说:"没有。"

菜田的边道,小小的地盘,绣着野菜。经过这条短道,前面就是二里半的房窝,他家门前种着一株杨树,杨树翻摆着自己的叶子。每日二里半走在杨树下,总是听一听杨树的叶子怎样响;看一看杨树的叶子怎样摆动?杨树每天这样……他也每天停脚。今天是他第一次破例,什么他都忘记,只见跌脚跌得更深了!每一步像在踏下一个坑去。

土屋周围,树条编做成墙,杨树一半荫影洒落到院中;麻面婆在荫影中洗濯衣裳。正午田圃间只留着寂静,惟有蝴蝶们为着花,远近的翩飞,不怕太阳烧毁它们的翅膀。一切都回藏起来,一只狗也寻着有荫的地方睡了!虫子们也回藏不鸣!

汗水在麻面婆的脸上,如珠如豆,渐渐浸着每个麻痕而下流。麻面婆不是一只蝴蝶,她生不出磷膀来,只有印就的麻痕。

两只蝴蝶飞戏着闪过麻面婆,她用湿的手把飞着的蝴蝶打下来,一个落到盆中溺死了!她的身子向前继续伏动,汗流到嘴了,她舐尝一点盐的味,汗流到眼睛的时候,那是非常辣,她急切用湿手揩拭一下,但仍不停的洗濯。她的眼睛好像哭过一样,揉擦出脏污可笑的圈子,若远看一点,那正合乎戏台上的丑角;眼睛大得那样可怕,比起牛的眼睛来更大,而且脸上也有不定的花纹。

土房的窗子,门,望去那和洞一样。麻面婆踏进门,她去找另一件要洗的衣服,可是在炕上,她抓到了日影,但是不能拿起,她知道她的眼睛是晕花了!好像在光明中忽然走进灭了灯的夜。她休息下来。感到非常凉爽。过了一会在席子下面她抽出一条自己的裤子。她用裤子抹着头上的汗,一面走回树荫放着盆的地方,她把裤子也浸进泥浆去。

裤子在盆中大概还没有洗完,可是搭到篱墙上了!也许已经洗完?麻面婆的事是一件跟紧一件,有必要时,她放下一件又去做别的。

邻屋的烟筒,浓烟冲出,被风吹散着,布满全院。烟迷着她的眼睛了! 她知道家人要回来吃饭,慌张着心弦,她用泥浆浸过的手去墙角拿茅草,她贴了满手的茅草,就那样,她烧饭,她的手从来没用清水洗过。她家的烟筒也冒着烟了。过了一会,她又出来取柴,茅草在手中,一半拖在地面,另一半在围裙下,她是拥着走。头发飘了满脸,那样,麻面婆是一只母熊了! 母熊带着草类进洞。

浓烟遮住太阳,院中一雾幽暗,在空中烟和云似地。

篱墙上的衣裳在滴水滴,蒸着污浊的气。全个村庄在火中窒息。午间的太阳权威着一切了!

"他妈的,给人家偷着走了吧?"

二里半跌脚利害的时候,都是把屁股向后面斜着,跌出一定的角度来。他去拍一拍山羊睡觉的草棚,可是羊在那里?

"他妈的,谁偷了羊……混账种子!"

麻面婆听着丈夫骂,她走出来凹着眼睛:

"饭晚啦吗? 看你不回来,我就洗些个衣裳。"

让麻面婆说话,就像让猪说话一样,也许她喉咙组织法和猪相同,她总是发着猪声。

"唉呀! 羊丢啦! 我骂你那个傻老婆干什么?"

听说羊丢了,她去扬翻柴堆,她记得有一次羊是钻过柴堆。但,那在冬天,羊为着取暖。她没有想一想,六月天气,只有和她一样傻的羊才要钻柴堆取暖。她翻着,她没有想。全头发洒着一些细草,她丈夫想止住她,问她什么理由,她始终不说。她为着要做出一点奇迹,为着从这奇迹,今后要人看重她,表明她不傻,表明她的智慧是在必要的时节出现,于是像狗在柴堆上耍得疲乏了! 手在扒着发间的草杆,她坐下来。她意外的感到自己的聪明不够用,她意外的对自己失望。

过了一会,邻人们在太阳底下四面出发,四面寻羊;麻面婆的饭锅冒着气,但,她也跟在后面。

二里半走出家门不远,遇见罗圈腿,孩子说:

"爸爸,我饿!"

二里半说:"回家去吃饭吧!"

可是二里半转身时,老婆和一捆稻草似地跟在后面。

"你这老婆,来干什么?领他回家去吃饭。"

他说着不停的向前跌走。

黄色的,近黄色的麦地只留下短短的根苗。远看来麦地使人悲伤。在麦地尽端,井边什么人在汲水。二里半一只手遮在眉上,东西眺望,他忽然决定到那井的地方,在井沿看下去,什么也没有,用井上汲水的桶子向水底深深的探试,什么也没有。最后,绞上水桶,他伏身到井边喝水,水在喉中有声,像是马在喝。

老王婆在门前草场上休息。

"麦子打得怎样啦?我的羊丢了!"

二里半青色的面孔为了丢羊更青色了!

"咩……咩……"羊叫?不是羊叫,寻羊的人叫。

林荫一排砖车经过,车夫们哗闹着。山羊的午睡醒转过来。它迷茫着用犄角在周身剔毛。为着树叶绿色的反映,山羊变成浅黄。卖瓜的人在道旁自己吃瓜。那一排砖车扬起浪般的灰尘,从林荫走上进城的大道。

山羊寂寞着,山羊完成了它的午睡,完成了它的树皮餐,而归家去了。山羊没有归家,它经过每棵高树,也听遍了每张叶子的刷鸣,山羊也要进城吗!它奔向进城的大道。

"咩……咩,"羊叫?不是羊叫,寻羊的人叫,二里半比别人叫出来更大声,那不像是羊叫,像是一条牛了!

最后,二里半和地邻动打,那样,他的帽子,像断了线的风筝,飘摇着下降,从他头上飘摇到远处。

"你踏碎了俺的白菜!——你……你……"

那个红脸长人,像是魔王一样,二里半被打得眼睛晕花起来,他去抽拔身边的一棵小树;小树无由的被害了,那家的女人出来,送出一支搅酱缸的耙子,耙子滴着酱。

他看见耙子来了,拔着一棵小树跑回家去,草帽是那般孤独的丢在井边,草帽他不知戴过了多少年头。

二里半骂着妻子:"混蛋,谁吃你的焦饭!"

他的面孔和马脸一样长。麻面婆惊惶着,带着愚蠢的举动,她知道山羊一定没能寻到。

过了一会,她到饭盆那里哭了!"我的……羊,我一天一天喂,喂……大的,我抚摸着长起来的!"

麻面婆的性情不会抱怨。她一遇到不快时,或是丈夫骂了她,或是邻人与她拌嘴,就连小孩子们扰烦她时,她都是像一摊蜡消融下来。她的性情不好反抗,不好争斗,她的心像永远贮藏着悲哀似地,她的心永远像一块衰弱的白棉。她哭抽着,任意走到外面把晒干的衣裳搭进来,但她绝对没有心思注意到羊。

可是会旅行的山羊在草棚不断的搔痒,弄得板房的门扇快要掉落下来,门扇摔摆的响着。

下午了,二里半仍在炕上坐着。

"妈的,羊丢了就丢了吧!留着它不是好兆相。"

但是妻子不晓得养羊会有什么不好的兆相,她说:

"哼!那么白白地丢了?我一会去找,我想一定在高粱地里。"

"你还去找?你别找啦!丢就丢了吧!"

"我能找到它呢!"

"唉呀,找羊会出别的事哩!"

他脑中回旋着挨打的时候:——草帽像断了线的风筝飘摇着下落,酱耙子滴着酱。快抓住小树,快抓住小树。……二里半心中翻着这不好的兆相。

他的妻不知道这事。她朝向高粱地去了。蝴蝶和别的虫子热闹着,田地上有人工作了。她不和田上的妇女们搭话,经过留着根的麦地时,她像微点的爬虫在那里。阳光比正午钝了些,虫鸣渐多了,渐飞渐多了!

老王婆工作剩余的时间,尽是,述说她无穷的命运。她的牙齿为着述说常常切得发响,那样她表示她的愤恨和潜怒。在星光下,她的脸纹绿些,眼睛发青,她的眼睛是大的圆形。有时她讲到兴奋的话句,她发着嘎而没有曲折的直声。邻居的孩子们会说她是一头"猫头鹰",她常常为着小孩子们说她"猫头鹰"而愤激:她想自己怎么会成个那样的怪物呢?像啐着一件什么东西似地,她开始吐痰。

孩子们的妈妈打了他们,孩子跑到一边去哭了!这时王婆她该终止她的讲说,她从窗洞爬进屋去过夜。但有时她并不注意孩子们哭,她不听见似地,她仍说着那一年麦子好,她多买了一条牛,牛又生了小牛,小牛后来又怎样,……她的讲话总是有起有落;关于一条牛,她能有无量的言词:牛是什么颜色,每天要吃多少水草,甚至要说到牛睡觉是怎样的姿式。

但是今夜院中一个讨厌的孩子也没有,王婆领着两个邻妇,坐在一条喂猪的槽子上,她们的故事便流水一般地在夜空里延展开。

天空一些云忙走,月亮陷进云围时,云和烟样,和煤山样,快要燃烧似地。再过一会,月亮埋进云山,四面听不见蛙鸣;只是萤虫闪闪着。

屋里,像是洞里,响起鼾声来,布遍了的声波旋走了满院。天边小的闪光不住的在闪合。王婆的故事对比着天空的云:

"……一个孩子三岁了,我把她摔死了,要小孩子我会成了个废物。……那天早晨……我想一想!……是早晨,我把她坐在草堆上,我去喂牛;草堆是在房后。等我想起孩子来,我跑去抱她,我看见草堆上没有孩子;我看见草堆下有铁犁的时候,我知道,这是恶兆,偏偏孩子跌在铁犁一起,我以为她还活着呀!等我抱起来的时候……啊呀!"

一条闪光裂开来,看得清王婆是一个兴奋的幽灵。全麦田,高粱地,菜圃,都在闪光下出现。妇人们被惶惑着,像是有什么冷的东西,扑向她们的脸去。闪光一过,王婆的话声又连续下去:

"……啊呀!……我把她丢到草堆上,血尽是向草堆上流呀!她的小手颤颤着,血在冒着汽从鼻子流出,从嘴也流出,好像喉管被切断了。我听一听她的肚子还有响;那和一条小狗给车轮压死一样。我也亲眼看过小狗被车轮轧死,我什么都看过。这庄上的谁家养小孩,一遇到孩子不能养下来,我就去拿着钩子,也许用那个掘菜的刀子,把孩子从娘的肚里硬搅出来。孩子死,不算一回事,你们以为我会暴跳着哭吧?我会嚎叫吧?起先我心也觉得发颤,可是我一看见麦田在我眼前时,我一点都不后悔,我一滴眼泪都没淌下。以后麦子收成很好,麦子是我割倒的,在场上一粒一粒我把麦子拾起来,就是那年我整个秋天没有停脚,没讲闲话,像连口气也没得喘似地,冬天就来了!到冬天我和邻人比着麦粒,我的麦粒是那样大呀!到冬天我的背曲得有些利害,在手里拿着大的麦粒。可是,邻人的孩子却长起来了!……到那时候,我好像忽然才想起我的小钟。"

王婆推一推邻妇,荡一荡头:

"我的孩子小名叫小钟呀!……我接连着煞苦了几夜没能睡,什么麦粒?从那时起,我连麦粒也不怎样看重了!就是如今,我也不把什么看重。那时我才二十几岁。"

闪光相连起来,能言的幽灵默默坐在闪光中。邻妇互望着,感到有些寒冷。

狗在麦场张狂着咬过来,多云的夜什么也不能告诉人们。忽然一道闪光,看见的黄狗卷着尾巴向二里半叫去,闪光一过,黄狗又回到麦堆,草茎折动出细微的声音。

"三哥不在家里?"

"他睡着哩!"王婆又回到她的默默中,她的答话像是从一个空瓶子或是从什么空的东西发出。猪槽上她一个人化石一般地留着。

"三哥!你又和三嫂闹嘴吗?你常常和她闹嘴,那会败坏了平安的日子的。"

二里半,能宽容妻子,以他的感觉去衡量别人。

赵三点起烟火来,他红色的脸笑了笑:"我没和谁闹嘴哩!"

二里半他从腰间解下烟袋,从容着说:

"我的羊丢了！你不知道吧？它又走了回来。要替我说出买主去，这条羊留着不是什么好兆相。"

赵三用粗嘎的声音大笑，大手和红色脸在闪光中伸现出来。

"哈……哈，倒不错，听说你的帽子飞到井边团团转呢！"

忽然二里半又看见身边长着一棵小树，快抓住小树，快抓住小树。他幻想终了，他知道被打的消息是传布出来，他捻一捻烟火，解辩着说：

"那家子不通人情，那有丢了羊不许找的勾当？他硬说踏了她的白菜，你看，我不能和他动打。"

摇一摇头，受着辱一般的冷没下去，他吸烟管，切心地感到羊不是好兆相，羊会伤着自己的脸面。

来了一道闪光，大手的高大的赵三，从炕沿站起，用手掌擦着眼睛。他忽然响叫：

"怕是要落雨吧！——坏啦！麦子还没打完，在场上堆着！"

赵三感到养牛和种地不足，必须到城里去发展。他每日进城，他渐渐不注意麦子，他梦想着另一桩有望的事业。

"那老婆，怎不去看麦子？麦子一定要给水冲走呢！"

赵三习惯的总以为她会坐在院心。闪光更来了！雷响，风声。一切翻动着黑夜的村庄。

"我在这里呀！到草棚拿席子来，把麦子盖起吧！"

喊声在有闪光的麦场响出。声音像碰着什么似地，好像在水上响出，王婆又震动着喉咙："快些，没有用的，睡觉睡昏啦！你是摸不到门啦！"

赵三为着未来的大雨所恐吓，没有同她拌嘴。

高粱地像要倒折，地端的榆树吹啸起来，有点像金属的声音，为着闪的原故，全庄忽然裸现，忽然又沉埋下去。全庄像是海上浮着的泡沫。邻家和距离远一点的邻家有孩子的哭声，大人在嚷吵，什么酱缸没有盖啦！驱赶着鸡雏啦！种麦田的人家嚷着麦子还没有打完啦！农家好比鸡笼，向着鸡笼投下火去，鸡们会翻腾着。

黄狗在草堆开始做窝,用腿扒草,用嘴扯草。王婆一边颤动,一边手里拿着耙子。

"该死的,麦子今天就应该打完,你进城就不见回来,麦子算是可惜啦!"

二里半在电光中走近家门,有雨点打下来,在植物的叶子上稀疏的响着。雨点打在他的头上时,他摸一下头顶而没有了草帽。关于草帽,二里半一边走路一边怨恨山羊。

早晨了,雨还没有落下。东边一道长虹悬起来;感到湿的气味的云掠过人头,东边高粱头上,太阳走在云后,那过于艳明,像红色的水晶,像红色的梦。远看高粱和小树林一般森严着;村家在早晨趁着气候的凉爽,各自在田间忙。

赵三门前,麦场上小孩子牵着马,因为是一条年青的马,它跳着荡着尾巴跟它的小主人走上场来。小马欢喜用嘴撞一撞停在场上的石磙,它的前腿在平滑的地上跺打几下,接着它必然像索求什么似地叫起不很好听的声来。

王婆穿的宽袖的短袄,走上平场。她的头发毛乱而且绞卷着,朝晨的红光照着她,她的头发恰像田上成熟的玉米缨穗,红色并且蔫卷。

马儿把主人呼唤出来,它等待给它装置石磙,石磙装好的时候,小马摇着尾巴,不断的摇着尾巴,它十分驯顺和愉快。

王婆摸一摸席子潮湿一点,席子被拉在一边了;孩子跑过去,帮助她,麦穗布满平场,王婆拿着耙子站到一边。小孩欢跑着立到场子中央,马儿开始转跑。小孩在中心地点也是转着。好像画圆周时用的圆规一样,无论马儿怎样跑,孩子总在圆心的位置。因为小马发疯着,飘扬着跑,它和孩子一般地贪玩,弄得麦穗溅出场外。王婆用耙子打着马,可是走了一会它游戏够了,就和厮耍着的小狗需要休息一样,休息下来。王婆着了疯一般地又挥着耙子,马暴跳起来,它跑了两个圈子,把石磙带着离开铺着麦穗的平场;并且嘴里咬嚼一些麦穗。系住马勒带的孩子挨着骂：

"呵！你总偷着把它拉上场，你看这样的马能以打麦子吗？死了去吧！别烦我吧！"

小孩子拉马走出平场的门；到马槽子那里，去拉那个老马。把小马束好在杆子间。老马差不多完全脱了毛，小孩子不爱它，用勒带打着它走，可是它仍和一块石头或是一棵生了根的植物那样不容搬运。老马是小马的妈妈，它停下来，用鼻头偎着小马肚皮间破裂的流着血的伤口。小孩子看见他爱的小马流血，心中惨惨的眼泪要落出来，但是他没能晓得母子之情，因为他还没能看见妈妈，他是私生子。脱着光毛的老动物，催逼着离开小马，鼻头染着一些血，走上麦场。

村前火车经过河桥，看不见火车，听见隆隆的声响。王婆注意着旋上天空的黑烟。前村的人家，驱着白菜车去进城，走过王婆的场子时，从车上抛下几个柿子来，一面说："你们是不种柿子的，这是贱东西，不值钱的东西，麦子是发财之道呀！"驱着车子的青年结实的汉子过去了，鞭子甩响着。

老马看着墙外的马不叫一声，也不响鼻子。小孩去拿柿子吃，柿子还不十分成熟，半青色的柿子，永远被人们摘取下来。

马静静地停在那里，连尾巴也不甩摆一下。也不去用嘴触一触石磙；就连眼睛它也不远看一下，同时它也不怕什么工做，工作来的时候，它就安心去开始；一些绳锁束上身时，它就跟住主人的鞭子。主人的鞭子很少落到它的皮骨，有时它过分疲惫而不能支持，行走过分缓慢，主人打了它，用鞭子，或是用别的什么，但是它并不暴跳，因为一切过去的年代规定了它。

麦穗在场上渐渐不成形了！

"来呀！在这儿拉一会马呀！平儿！"

"我不愿意和老马在一块，老马整天像睡着。"

平儿囊中带着柿子走到一边去吃，王婆怨怒着：

"好孩子呀！我管不好你，你还有爹哩！"

平儿没有理谁，走出场子，向着东边种着花的地端走去。他看着红花,吃着柿子走。

灰色的老幽灵暴怒了:"我去唤你的爹爹来管教你呀!"

她像一只灰色的大鸟走出场去。

清早的叶子们!树的叶子们,花的叶子们,闪着银珠了!太阳不着边际地轮圆在高粱棵的上端,左近的家屋在预备早饭了。

老马自己在滚压麦穗,勒带在嘴下拖着,它不偷食麦粒,它不走脱了轨,转过一个圈,再转过一个,绳子和皮条有次序的向它光皮的身子磨擦,老动物自己无声的动在那里。

种麦的人家,麦草堆得高涨起来了!福发家的草堆也涨过墙头。福发的女人吸起烟管。她是健壮而短小,烟管随意冒着烟;手中的耙子,不住的耙在平场。

侄儿打着鞭子经行在前面的林荫,静静悄悄地他唱着寂寞的歌声;她为歌声感动了!耙子快要停下来,歌声仍起在林端:

"昨晨落着毛毛雨,……小姑娘,披蓑衣……小姑娘,……去打鱼。"

二　菜圃

菜圃上寂寞的大红的西红柿,红着了。小姑娘们摘取着柿子,大红大红的柿子,盛满她们的筐篮;也有的在拔青萝卜、红萝卜。

金枝听着鞭子响,听着口哨响,她猛然站起来,提好她的筐子惊惊怕怕的走出菜圃。在菜田东边,柳条墙的那个地方停下,她听一听口笛渐渐远了!鞭子的响声与她隔离着了!她忍耐着等了一会,口笛婉转地从背后的方向透过来;她又将与他接近着了!菜田上一些女人望见她,远远的呼唤:

"你不来摘柿子,干什么站到那儿?"

她摇一摇她成双的辫子,她大声摆着手说:"我要回家了!"

姑娘假装着回家,绕过人家的篱墙,躲避一切菜田上的眼睛,朝向河湾去了。筐子挂在腕上,摇摇搭搭。口笛不住的在远方催逼她,仿佛她是一块被引的铁跟住了磁石。

静静的河湾有水湿的气味,男人等在那里。

迷迷荡荡的一些花穗颤在那里,背后的长茎草倒折了!不远的地方打柴的老人在割野草。他们受着惊扰了!发育完强的青年的汉子,带着姑娘,像猎犬带着捕捉物似地,又走下高粱地去。他的手是在姑娘的衣裳下面展开着走。

吹口哨,响着鞭子,他觉得人间是温存而愉快。他的灵魂和肉体完全充实着,婶婶远远的望见他,走近一点,婶婶说:

"你和那个姑娘又遇见吗?她真是个好姑娘。……唉……唉!"

婶婶像是烦躁一般紧紧靠住篱墙。侄儿向她说:

"婶娘你唉唉什么呢?我要娶她哩!"

"唉……唉……"

婶婶完全悲伤下去,她说:

"等你娶过来,她会变样,她不和原来一样,她的脸是青白色;你也再不把她放在心上,你会打骂她呀!男人们心上放着女人,也就是你这样的年纪吧!"

婶婶表示出她的伤感,用手按在胸膛,她防止着心脏起什么变化,她又说:

"那姑娘我想该有了孩子吧?你要娶她,就快些娶她。"

侄儿回答:"她娘还不知道哩!要寻一个做媒的人。"

牵着一条牛,福发回来。婶婶望见了,她急旋着走回院中,假意收拾柴栏。叔叔到井边给牛喝水,他又拉着牛走了!婶婶好像小鼠一般又抬起头来,又和侄儿讲话:

"成业,我对你告诉吧!年青的时候,姑娘的时候,我也到河边去钓鱼,九月里落着毛毛雨的早晨,我披着蓑衣坐在河沿,没有想到,我也不愿意那样;我知道给男人做老婆是坏事,可是你叔叔,他从河沿把我拉到马房去,在马房里,我什么都完啦!可是我心也不害怕,我欢喜给你叔叔做老婆。这时节你看,我怕男人,男人和石块一般硬,叫我不敢触一触他。"

"你总是唱什么落着毛毛雨,披蓑衣去打鱼……我再也不愿听这曲子,年青人什么也不可靠,你叔叔也唱这曲子哩!这时他再也不想从前了!那和死过的树一样不能再活。"

年青的男人不愿意听婶婶的话,转走到屋里,去喝一点酒。他为着酒,大胆把一切告诉了叔叔。福发起初只是摇头,后来慢慢的问着:

"那姑娘是十七岁吗?你是廿岁。小姑娘到咱们家里,会做什么活计?"

争夺着一般的,成业说:

"她长得好看哩!她有一双亮油油的黑辫子。什么活计她也能做,很有气力呢!"

成业的一些话,叔叔觉得他是喝醉了,往下叔叔没有说什么,坐在那里沉思过一会,他笑着望着他的女人。

"啊呀……我们从前也是这样哩!你忘记吗?那些事情,你忘记了吧!……哈……哈,有趣的呢,回想年青真有趣的哩。"

女人过去拉着福发的臂,去抚媚他。但是没有动,她感到男人的笑脸不是从前的笑脸,她心中被他无数生气的面孔充塞住,她没有动,她笑一下赶忙又把笑脸收了回去。她怕笑得时间长,会要挨骂。男人叫把酒杯拿过去,女人听了这话,听了命令一般把杯子拿给他。于是丈夫也昏沉的睡在炕上。

女人悄悄地蹑着脚走出了,停在门边,她听着纸窗在耳边鸣,她完全无力,完全灰色下去。场院前,蜻蜓们闹着向日葵的花。但这与年青的妇人绝对隔碍着。

纸窗渐渐的发白,渐渐可以分辨出窗棂来了!进过高粱地的姑娘一边幻想着一边哭,她是那样的低声,还不如窗纸的鸣响。

她的母亲翻转身时,哼着,有时也挫响牙齿。金枝怕要挨打,连在黑暗中把眼泪也拭得干净。老鼠一般地整夜好像睡在猫的尾巴

下。通夜都是这样,每次母亲翻动时,像爆裂一般地,向自己的女孩的枕头的地方骂了一句:

"该死的!"

接着她便要吐痰,通夜是这样,她吐痰,可是她并不把痰吐到地上;她愿意把痰吐到女儿的脸上。这次转身她什么也没有吐,也没骂。

可是清早,当女儿梳好头辫,要走上田的时候,她疯着一般夺下她的筐子:

"你还想摘柿子吗?金枝,你不像摘柿子吧?你把筐子都丢啦!我看你好像一点心肠也没有,打柴的人幸好是朱大爷,若是别人拾去还能找出来吗?若是别人拾得了筐子,名声也不能好听哩!福发的媳妇,不就是在河沿坏的事吗?全村就连孩子们也是传说。唉!……那是怎样的人呀?以后婆家也找不出去。她有了孩子,没法做了福发的老婆,她娘为这事羞死了似地,在村子里见人,都不能抬起头来。"

母亲看着金枝的脸色马上苍白起来,脸色变成那样脆弱。母亲以为女儿可怜了,但是她没晓得女儿的手从她自己的衣裳里边偷偷的按着肚子,金枝感到自己有了孩子一般恐怖。母亲说:

"你去吧!你可再别和小姑娘们到河沿去玩,记住,不许到河边去。"

母亲在门外看着姑娘走,她没立刻转回去,她停住在门前许多时间,眼望着姑娘加入田间的人群,母亲回到屋中一边烧饭,一边叹气,她体内像染着什么病患似地。

农家每天从田间回来才能吃早饭。金枝走回来时,母亲看见她手在按着肚子:

"你肚子疼吗?"

她被惊着了,手从衣裳里边抽出来,连忙摇着头:"肚子不疼。"

"有病吗?"

"没有病。"

于是她们吃饭。金枝什么也没有吃下去,只吃过粥饭就离开饭桌了!母亲自己收拾了桌子说:

"连一片白菜叶也没吃呢!你是病了吧?"

等金枝出门时,母亲呼唤着:

"回来,再多穿一件夹袄,你一定是着了寒,才肚子疼。"

母亲加一件衣服给她,并且又说:

"你不要上地吧?我去吧!"

金枝一面摇着头走了!披在肩上的母亲的小袄没有扣钮子,被风吹飘着。

金枝家的一片柿地,和一个院宇那样大的一片。走进柿地嗅到辣的气味,刺人而说不定是什么气味。柿秧最高的有两尺高,在枝间挂着金红色的果实。每棵,每棵挂着许多,也挂着绿色或是半绿色的一些。除了另一块柿地和金枝家的柿地接连着,左近全是菜田了!八月里人们忙着扒"土豆";也有的砍着白菜,装好车子进城去卖。

二里半就是种菜田的人。麻面婆来回的搬着大头菜,送到地端的车子上。罗圈腿也是来回向地端跑着,有时他抱了两棵大形的圆白菜,走起来两臂像是架着两块石头样。

麻面婆看见身旁别人家的倭瓜红了。她看一下,近处没有人,起始把靠菜地长着的四个大倭瓜都摘落下来了。两个和小西瓜一样大的,她叫孩子抱着。罗圈腿脸累得涨红和倭瓜一般红,他不能再抱动了!两臂像要被什么压掉一般。还没能到地端,刚走过金枝身旁,他大声求救似地:

"爹呀,西……西瓜快要摔啦,快要摔碎啦!"

他着忙把倭瓜叫西瓜。菜田许多人,看见这个孩子都笑了!凤姐望着金枝说:

"你看这个孩子,把倭瓜叫成西瓜。"

金枝看了一下,用面孔无心的笑了一下。二里半走过来,踢了孩子一脚;两个大的果实坠地了!孩子没有哭,发愕地站到一边。二里半骂他:

"混蛋,狗娘养的,叫你抱白菜,谁叫你摘西瓜啦?……"

麻面婆在后面走着,她看到儿子遇了事,她巧妙的弯下身去,把两个更大的倭瓜丢进柿秧中。谁都看见她做这种事,只是她自己感到巧妙。二里半问她:

"你干的吗?胡涂虫!错非你……"

麻面婆哆嗦了一下,口齿比平常更不清楚了:"……我没……"

孩子站在一边尖锐地嚷着:"不是你摘下来叫我抱着送上车去吗?不认账!"

麻面婆她使着眼神,她急得要说出口来:"我是偷的呢!该死的……别嚷叫啦,要被人抓住啦!"

平常最没有心肠看热闹的,不管田上发生了什么事,也沉埋在那里的人们,现在也来围住他们了!这里好像唱着武戏,戏台上耍着他们一家三人。二里半骂着孩子:

"他妈的混账,不能干活,就能败坏,谁叫你摘倭瓜?"

罗圈腿那个孩子,一点也不服气的跑过去,从柿秧中把倭瓜滚弄出来了!大家都笑了,笑声超过人头。可是金枝好像患着传染病的小鸡一般,睒着眼睛蹲在柿秧下,她什么也没有理会,她逃出了眼前的世界。

二里半气愤得几乎不能呼吸,等他说出"倭瓜"是自家种的,为着留种子时候,麻面婆站在那里才松了一口气,她以为这没有什么过错,偷摘自己的倭瓜。她仰起头来向大家表白:"你们看,我不知道,实在不知道倭瓜是自家的呢!"

麻面婆不管自己说话好笑不好笑,挤入人围,结果把倭瓜抱到车子那里。于是车子走向进城的大道,弯腿的孩子拐拐歪歪跑在后面。马,车,人渐渐消失在道口了!

田间不断的讲着偷菜棵的事。关于金枝也起着流言:

"那个丫头也算完啦!"

"我早看她起了邪心,看她摘一个柿子要半天工夫;昨天把柿筐都忘在河沿!"

"河沿不是好人去的地方。"

凤姐身后,两个中年的妇人坐在那里扒胡萝卜。可是议论着,有时也说出一些淫污的话,使凤姐不大明白。

金枝的心总是悸动着,时间像蜘蛛缕着丝线那样绵长;心境坏到极点。金枝脸色脆弱朦胧得像罩着一块面纱。她听一听口哨还没有响。辽阔的可以看到福发家的围墙,可是她心中的哥儿却永不见出来。她又继续摘柿子,无论青色的柿子她也摘下。她没能注意到柿子的颜色,并且筐子也满着了!她不把柿子送回家去,一些杂色的柿子,被她散乱的铺了满地。那边又有女人故意大声议论她:

"上河沿去跟男人,没羞的,男人扯开她的裤子?……"

金枝关于眼前的一切景物和声音,她忽略过去;她把肚子按得那样紧,仿佛肚子里面跳动了!忽然口哨传来了!她站起来,一个柿子被踏碎,像是被踏碎的蛤蟆一样,发出水声。她被跌倒了,口哨也跟着消灭了!以后无论她怎样听,口哨也不再响了。

金枝和男人接触过三次:第一次还是在两个月以前,可是那时母亲什么也不知道,直到昨天筐子落到打柴人手里,母亲算是渺渺茫茫的猜度着一些。

金枝过于痛苦了,觉得肚子变成个可怕的怪物,觉得里面有一块硬的地方,手按得紧些,硬的地方更明显。等她确信肚子有了孩子的时候,她的心立刻发呕一般颤栗起来,她被恐怖把握着了。奇怪的,两个蝴蝶叠落着贴落在她的膝头。金枝看着这邪恶的一对虫子而不拂去它。金枝仿佛是米田上的稻草人。

母亲来了,母亲的心远远就系在女儿的身上。可是她安静的走来,远看她的身体几乎呈出一个完整的方形,渐渐可以辨得出她尖形的脚在袋口一般的衣襟下起伏的动作。在全村的老妇人中什么是她的特征呢?她发怒和笑着一般,眼角集着愉悦的多形的纹皱。嘴角也完全愉快着,只是上唇有些差别,在她真正愉快的时候,她的上唇短了一些。在她生气的时候,上唇特别长,而且唇的中央那一小部分尖尖的,完全像鸟雀的嘴。

母亲停住了。她的嘴是显着她的特征,——全脸笑着,只是嘴和鸟雀的嘴一般。因为无数青色的柿子惹怒她了! 金枝在沉想的深渊中被母亲踢打了:

"你发傻了吗? 啊……你失掉了魂啦? 我撕掉你的辫子……"

金枝没有挣扎,倒了下来;母亲和老虎一般捕住自己的女儿。金枝的鼻子立刻流血。

她小声骂她,大怒的时候她的脸色更畅快笑着,慢慢的掀着尖唇,眼角的线条更加多的组织起来。

"小老婆,你真能败毁。摘青柿子。昨夜我骂了你,不服气吗?"

母亲一向是这样,很爱护女儿,可是当女儿败坏了菜棵,母亲便去爱护菜棵了。农家无论是菜棵,或是一株茅草也要超过人的价值。

该睡觉的时候了!火绳从门边挂手巾的铁线上倒垂下来,屋中听不着一个蚊虫飞了!夏夜每家挂着火绳。那绳子缓慢而绵长的燃着。惯常了,那像庙堂中燃着的香火,沉沉的一切使人无所听闻,渐渐催人入睡。艾蒿的气味渐渐织入一些疲乏的梦魂去。蚊虫被艾蒿烟驱走。金枝同母亲还没有睡的时候,有人来在窗外,轻慢的咳嗽着。

母亲忙点灯火,门响开了! 是二里半来了。无论怎样母亲不能把灯点着,灯心处爆着水的炸响,母亲手中举着一支火柴,把小灯列得和眉头一般高,她说:

"一点点油也没有了呢!"

金枝到外房去倒油。这个时间,他们谈说一些突然的事情。母亲关于这事惊恐似地,坚决的,感到羞辱一般的荡着头:

"那是不行,我的女儿不能配到那家子人家。"

二里半听着姑娘在外房盖好油罐子的声音,他往下没有说什么。金枝站在门限向妈妈问:"豆油没有了,装一点水吧?"

金枝把小灯装好,摆在炕沿,燃着了! 可是二里半到她家来的意义是为着她,她一点不知道。二里半为着烟袋向倒悬的火绳取火。

母亲,手在按住枕头,她像是想什么,两条直眉几乎相连起来。

女儿在她身边向着小灯垂下头。二里半的烟火每当他吸过了一口便红了一阵。艾蒿烟混加着烟叶的气味。使小屋变做地下的窖子一样黑重!二里半作窘一般的咳嗽了几声。金枝把流血的鼻子换上另一块棉花。因为没有言语,每个人起着微小的潜意识的动作。

就这样坐着,灯火又响了。水上的浮油烧尽的时候,小灯又要灭,二里半沉闷着走了! 二里半为人说媒被拒绝,羞辱一般的走了。

中秋节过去,田间变成残败的田间;太阳的光线渐渐从高空忧郁下来,阴湿的气息在田间到处撩走。南部的高粱完全睡倒下来,接接连连的望去,黄豆秧和揉乱的头发一样蓬蓬在地面,也有的地面完全拔秃似地。

早晨和晚间都是一样,田间憔悴起来,只见车子,牛车和马车轮轮滚滚的载满高粱的穗头,和大豆的秆秧。牛们流着口涎愚直的挂下着,发出响动的车子前进。

福发的侄子驱着一条青色的牛,向自家的场院载拖高粱。他故意绕走一条曲道,那里是金枝的家门,她心胀裂一般的惊慌,鞭子于是响来了。

金枝放下手中红色的辣椒,向母亲说:

"我去一趟茅屋。"

于是老太太自己串辣椒,她串辣椒和纺织一般快。

金枝的辫子毛毛着,脸是完全充了血。但是她患着病的现象,把她变成和纸人似地,像被风飘着似地出现房后的围墙。

你害病吗?倒是为什么呢?但是成业是乡村长大的孩子,他什么也不懂得问。他丢下鞭子,从围墙宛如飞鸟落过墙头,用腕力掳住病的姑娘;把她压在墙角的灰堆上,那样他不是想要接吻她,也不是想要热情的讲些情话,他只是被本能支使着想要动作一切。金枝打厮着一般的说:

"不行啦!娘也许知道啦,怎么媒人还不见来?"

男人回答:

"嗳,李大叔不是来过吗?你一点不知道!他说你娘不愿意。明天他和我叔叔一道来。"

金枝按着肚子给他看,一面摇头:"不是呀!……不是呀!你看到这个样子啦!"

男人完全不关心,他小声响起:"管他妈的,活该愿意不愿意,反正是干啦!"

他的眼光又失常了,男人仍被本能不停的要求着。

母亲的咳嗽声,轻轻的从薄墙透出来。墙外青牛的角上挂着秋空的游丝。

母亲和女儿在吃晚饭,金枝呕吐起来,母亲问她:"你吃了苍蝇吗?"

她摇头,母亲又问:"是着了寒吧!怎么你总有病呢?你连饭都咽不下去。不是有痨病啦!?"

母亲说着去按女儿的腹部,手在夹衣上来回的摸了阵。手指四张着在肚子上思索了又思索:

"你有了痨病吧?肚子里有一块硬呢!有痨病人的肚子才是硬一块。"

女儿的眼泪要垂流一般的挂到眼毛的边缘。最后滚动着从眼毛滴下来了!就是在夜里,金枝也起来到外边去呕吐,母亲迷蒙中听着叫娘的声音。窗上的月光差不多和白昼一般明,看得清金枝的半身拖在炕下,另半身是弯在枕上。头发完全埋没着脸面。等母亲拉她手的时候,她抽扭着说起:

"娘……把女儿嫁给福发的侄子吧!我肚里不是……病,是……"

到这样时节母亲更要打骂女儿了吧?可不是那样,母亲好像本身有了罪恶,听了这话,立刻麻木着了,很长的时间她像不存在一样。过了一刻母亲用她从不用过温和的声调说:

"你要嫁过去吗?二里半那天来说媒,我是顶走他的,到如今这事怎么办呢?"

母亲似乎是平息了一下,她又想说,但是泪水塞住了她的嗓子,像是女儿窒息了她的生命似地,好像女儿把她羞辱死了!

三　老马走进屠场

老马走上进城的大道,私宰场就在城门的东边。那里的屠刀正张着,在等待这个残老的动物。

老王婆不牵着她的马儿,在后面用一条短枝驱着它前进。

大树林子里有黄叶回旋着,那是些呼叫着的黄叶。望向林子的那端,全林的树棵,仿佛是关落下来的大伞。凄沉的阳光,晒着所有的秃树。田间望遍了远近的人家。深秋的田地好像没有感觉的光了毛的皮革,远近平铺着。夏季埋在植物里的家屋,现在明显的好像突出地面一般,好像新从地面突出。

深秋带来的黄叶,赶走了夏季的蝴蝶。一张叶子落到王婆的头上,叶子是安静的伏贴在那里。王婆驱着她的老马,头上顶着飘落的黄叶;老马,老人,配着一张老的叶子,他们走在进城的大道。

道口渐渐看见人影,渐渐看见那个人吸烟,二里半迎面来了。他长形的脸孔配起摆动的身子来,有点像一个驯顺的猿猴。他说:"唉呀!起得太早啦!进城去有事吗?怎么驱着马进城,不装车粮拉着?"

振一振袖子,把耳边的头发向后抚弄一下,王婆的手颤抖着说了:"到日子了呢?下汤锅去吧!"王婆什么心情也没有,她看着马在吃道旁的叶子,她用短枝驱着又前进了。

二里半感到非常悲痛。他痉挛着了。过了一个时刻转过身来,他赶上去说:"下汤锅是下不得的,……下汤锅是下不得……"但是怎样办呢?二里半连半句语言也没有了!他扭歪着身子跨到前面,用手摸一摸马儿的鬃发。老马立刻响着鼻子了!它的眼睛哭着一般,湿润而模糊。悲伤立刻掠过王婆的心孔。哑着嗓子,王婆说:"算了吧！算了吧！不下汤锅，还不是等着饿死吗？"

深秋秃叶的树，为了惨厉的风变，脱去了灵魂一般吹啸着。马行在前面，王婆随在后面，一步一步屠场近着了；一步一步风声送着老马归去。

王婆她自己想着：一个人怎么变得这样利害？年青的时候，不是常常为着送老马或是老牛进过屠场吗？她颤寒起来，幻想着屠刀要像穿过自己的背脊，于是，手中的短枝脱落了！她茫然晕昏地停在道旁，头发舞着好像个鬼魂样。等她重新拾起短枝来，老马不见了！它到前面小水沟的地方喝水去了！这是它最末一次饮水吧！老马需要饮水，它也需要休息，在水沟旁倒卧下了！它慢慢呼吸着。王婆用低音，慈和的音调呼唤着："起来吧！走进城去吧，有什么法子呢？"马仍然仰卧着。王婆看一看日午了，还要赶回去烧午饭，但，任她怎样拉缰绳，马仍是没有移动。

王婆恼怒老了！她用短枝打着它起来。虽是起来，老马仍然贪恋着小水沟。王婆因为苦痛的人生，使她易于暴怒，树枝在马儿的脊骨上断成半截。

又安然走在大道上了！经过一些荒凉的家屋，经过几座颓败的小庙。一个小庙前躺着个死了的小孩，那是用一捆谷草束扎着的。孩子小小的头顶露在外面，可怜的小脚从草梢直伸出来；他是谁家的孩子睡在这旷野的小庙前？

屠场近了，城门就在眼前；王婆的心更翻着不停了。

五年前它也是一匹年青的马，为了耕种，伤害得只有毛皮蒙遮着骨架。现在它是老了！秋末了！收割完了！没有用处了！只为一张马皮，主人忍心把它送进屠场。就是一张马皮的价值，地主又要从王婆的手里夺去。

王婆的心自己感觉得好像悬起来；好像要掉落一般，当她看见板墙钉着一张牛皮的时候。那一条小街尽是一些要坍落的房屋；女人啦，孩子啦，散集在两旁。地面踏起的灰粉，污没着鞋子，冲上人的鼻孔。孩子们拾起土块，或是垃圾团打击着马儿，王婆骂道：

"该死的呀！你们这该死的一群。"

这是一条短短的街。就在短街的尽头，张开两张黑色的门扇。再走近一点，可以发见门扇斑斑点点的血印。被血痕所恐吓的老太婆好像自己踏在刑场了！她努力镇压着自己，不让一些年青时所见到刑场上的回忆翻动。但，那回忆却连续的开始织张——一个小伙子倒下来了，一个老头也倒下来了！挥刀的人又向第三个人作着式子。

仿佛是箭，又像火刺烧着王婆，她看不见那一群孩子在打马，她忘记怎样去骂那一群顽皮的孩子。走着，走着，立在院心了。四面板墙钉住无数张毛皮。靠近房檐立了两条高杆，高杆中央横着横梁；马蹄或是牛蹄折下来用麻绳把两只蹄端扎连在一起，做一个叉形挂在上面，一团一团的肠子也搅在上面；肠子因为日久了，干成黑色不动而僵直的片状的绳索。并且那些折断的腿骨，有的从折断处涔滴着血。

在南面靠墙的地方也立着高杆，杆头晒着在蒸气的肠索。这是说，那个动物是被杀死不久哩！肠子还热着呀！

满院在蒸发腥气，在这腥味的人间，王婆快要变做一块铅了！沉重而没有感觉了！

老马——棕色的马，它孤独的站在板墙下，它借助那张钉好的毛皮在搔痒。此刻它仍是马，过一会它将也是一张皮了！

一个大眼睛的恶面孔跑出来，裂着胸襟。说话时，可见他胸膛在起伏：

"牵来了吗？啊！价钱好说，我好来看一下。"

王婆说："给几个钱我就走了！不要麻烦啦。"

那个人打一打马的尾巴，用脚踢一踢马蹄；这是怎样难忍的一刻呀！

王婆得到三张票子，这可以充纳一亩地租。看着钱比较自慰些，她低着头向大门出去，她想还余下一点钱到酒店去买一点酒带回去，她已经跨出大门，后面发着响声：

"不行,不行,……马走啦!"

王婆回过头来,马又走在后面;马什么也不知道,仍想回家。屠场中出来一些男人,那些恶面孔们,想要把马抬回去,终于马躺在道旁了!像树根盘结在地中。无法,王婆又走回院中,马也跟回院中。她给马搔着头顶,它渐渐卧在地面了!渐渐想睡着了!忽然王婆站起来向大门奔走。在道口听见一阵关门声。

她那有心肠买酒?她哭着回家,两只袖子完全湿透。那好像是送葬归来一般。

家中地主的使人早等在门前,地主们就连一块铜板也从不舍弃在贫农们的身上,那个使人取了钱走去。

王婆半日的痛苦没有代价了!王婆一生的痛苦也都是没有代价。

四 荒山

冬天,女人们像松树子那样容易结聚,在王婆家里满炕坐着女人。五姑姑在编麻鞋,她为着笑,弄得一条针丢在席缝里,她寻找针的时候,做出可笑的姿式来,她像一个灵活的小鸽子站起来在炕上跳着走,她说:

"谁偷了我的针?小狗偷了我的针?"

"不是呀!小姑爷偷了你的针!"

新娶来菱芝嫂嫂,总是爱说这一类的话。五姑姑走过去要打她。

"莫要打,打人将要找一个麻面的姑爷。"

王婆在厨房里这样搭起声来;王婆永久是一阵忧默,一阵欢喜,与乡村中别的老妇们不同。她的声音又从厨房打来:

"五姑姑编成几双麻鞋了?给小丈夫要多多编几双呀!"

五姑姑坐在那里做出表情来说她:

"那里有你这样的老太婆,快五十岁了,还说这样话!"

王婆又庄严点说:

"你们都年青,那里懂得什么,多多编几双吧!小丈夫才会希罕哩。"

大家哗笑着了!但五姑姑不敢笑,心里笑,垂下头去,假装在席上找针。等菱芝嫂把针还给五姑姑的时候,屋子安然下来,厨房里王婆用刀刮着鱼鳞的声响,和窗外雪擦着窗纸的声响,混杂在一起了。

王婆用冷水洗着冻冰的鱼,两只手像个胡萝卜样。她走到炕沿,在火盆边烘手。生着斑点在鼻子上新死去丈夫的妇人放下那张小破布,在一堆乱布里去寻更小的一块;她迅速的穿补。她的面孔有点像王婆,腮骨很高,眼睛和琉璃一般深嵌在好像小洞似地眼眶里。并且也和王婆一样,眉峰是突出的。那个女人不喜欢听一些妖艳的词句,她开始追问王婆:

"你的第一家那个丈夫还活着吗?"

两只在烘着的手,有点腥气;一颗鱼鳞掉下去,发出小小响声,微微上腾着烟。她用盆边的灰把烟埋住,她慢慢摇着头,没有回答那个问话。鱼鳞烧的烟有点难耐,每个人皱一下鼻头,或是用手揉一揉鼻头。生着斑点的寡妇,有点后悔,觉得不应该问这话。墙角坐着五姑姑的姐姐,她用麻绳穿着鞋底的吵音单调地起落着。

厨房的门,因为结了冰,破裂一般地鸣叫。

"呀!怎么买这些黑鱼?"

大家都知道是打鱼村的李二婶子来了。听了声音,就可以想象她稍长的身子。

"真是快过年了?真有钱买这些鱼?"

在冷空气中,音波响得很脆;刚踏进里屋,她就看见炕上坐满着人:"都在这儿聚堆呢!小老婆们!"

她生得这般瘦,腰,临风就要折断似地;她的奶子那样高,好像两个对立的小岭。斜面看她的肚子似乎有些不平起来。靠着墙给孩子吃奶的中年的妇人,望察着而后问:

"二婶子,不是又有了呵?"

二婶子看一看自己的腰身说:

"像你们呢！怀里抱着,肚子还装着……"

她故意在讲骗话,过了一会她坦白地告诉大家:

"那是三个月了呢！你们还看不出?"

菱芝嫂在她肚皮上摸了一下,她邪昵地浅浅地笑了:

"真没出息,整夜尽搂着男人睡吧?"

"谁说? 你们新媳妇,才那样。"

"新媳妇……? 哼! 倒不见得!"

"像我们都老了！那不算一回事啦,你们年青,那才了不得哪！小丈夫才会新鲜哩!"

每个人为了言词的引诱,都在幻想着自己,每个人都有些心跳;或是每个人的脸发烧。就连没出嫁的五姑姑都感着神秘而不安了！她羞羞迷迷地经过厨房回家去了！只留下妇人们在一起,她们言调更无边际了！王婆也加入这一群妇人的队伍,她却不说什么,只是帮助着笑。

在乡村永久不晓得,永久体验不到灵魂,只有物质来充实她们。

李二婶子小声问菱芝嫂;其实小声人们听得更清！

菱芝嫂她毕竟是新嫁娘,她猛然羞着了！不能开口。李二婶子的奶子颤动着,用手去推动菱芝嫂:

"说呀！你们年青,每夜要有那事吧?"

在这样的当儿二里半的婆子进来了！二婶子推撞菱芝嫂一下:

"你快问问她!"

那个傻婆娘一向说话是有头无尾:

"十多回。"

全屋人都笑得流着眼泪了！孩子从母亲的怀中起来,大声的哭嚎。

李二婶子静默一会,她站起来说:

"月英要吃咸黄瓜,我还忘了,我是来拿黄瓜。"

李二婶子,拿了黄瓜走了,王婆去烧晚饭,别人也陆续着回家了。王婆自己在厨房里炸鱼。为了烟,房中也不觉着寂寞。

鱼摆在桌子上,平儿也不回来,平儿的爹爹也不回来,暗色的光中王婆自己吃饭,热气作伴着她。

月英是打鱼村最美丽的女人。她家也最贫穷,和李二婶子隔壁住着。她是如此温和,从不听她高声笑过,或是高声吵嚷。生就的一对多情的眼睛,每个人接触她的眼光,好比落到绵绒中那样愉快和温暖。

可是现在那完全消失了!每夜李二婶子听到隔壁惨厉的哭声;十二月严寒的夜,隔壁的哼声愈见沉重了!

山上的雪被风吹着像要埋蔽这傍山的小房似地。大树嚎叫,风雪向小房遮蒙下来。一株山边斜歪着的大树,倒折下来。寒月怕被一切声音扑碎似地,退缩到天边去了!这时候隔壁透出来的声音,更哀楚。

"你……你给我一点水吧!我渴死了!"

声音弱得柔惨欲断似地:

"嘴干死了!……把水碗给我呀!"

一个短时间内仍没有回应,于是那孱弱哀楚的小响不再作了!啜泣着,哼着,隔壁像是听到她流泪一般,滴滴点点地。

日间孩子们集聚在山坡,缘着树枝爬上去,顺着结冰的小道滑下来,他们有各样不同的姿式——倒滚着下来,两腿分张着下来,也有冒险的孩子,把头向下,脚伸向空中溜下来。常常他们要跌破流血回家。冬天,对于村中的孩子们,和对于花果同样暴虐。他们每人的耳朵春天要脓胀起来,手或是脚都裂开伤口,乡村的母亲们对于孩子们永远和对敌人一般。当孩子把爹爹的棉帽偷着戴起跑出去的时候,妈妈追在后面打骂着夺回来,妈妈们摧残孩子永久疯狂着。

王婆约会五姑姑来探望月英。正走过山坡,平儿在那里。平儿偷穿着爹爹的大毡靴子;他从山坡奔逃了!靴子好像两只大熊掌样挂在那个孩子的脚上。平儿蹒跚着了!从上坡滚落着了!可怜的孩子带着那样黑大不相称的脚,球一般滚转下来,跌在山根的大树干上。王婆宛如一阵风落到平儿的身上,那样好像山间的野兽要猎食小兽一般凶暴。终于王婆提了靴子,平儿赤着脚回家,使平儿走在雪上,好像使他走在火上一般不能停留。任孩子走得怎样远,王婆仍是说着:

"一双靴子要穿过三冬,踏破了那里有钱买?你爹进城去都没穿哩!"

月英看见王婆还不及说话,她先哑了嗓子,王婆把靴子放在炕下,手在抹擦鼻涕:

"你好了一点?脸孔有一点血色了!"

月英把被子推动一下,但被子仍然伏盖在肩上,她说:

"我算完了,你看我连被子都拿不动了!"

月英坐在炕的当心。那幽黑的屋子好像佛龛,月英好像佛龛中坐着的女佛。用枕头四面围住她,就这样过了一年。一年月英没能倒下睡过。她患着瘫病,起初她的丈夫替她请神,烧香,也跑到土地庙前索药。后来就连城里的庙也去烧香;但是奇怪的是月英的病并不为这些香烟和神鬼所治好。以后做丈夫的觉得责任尽到了,并且月英一个月比一个月加病,做丈夫的感着伤心!他嘴里骂:

"娶了你这样老婆,真算不走运气!好像娶个小祖宗来家,供奉着你吧!"

起初因为她和他分辩,他还打她。现在不然了,绝望了!晚间他从城里卖完青菜回来,烧饭自己吃,吃完便睡下,一夜睡到天明;坐在一边那个受罪的女人一夜呼唤到天明。宛如一个人和一个鬼安放在一起,彼此不相关联。

月英说话只有舌尖在转动。王婆靠近她,同时那一种难忍的气味更强烈了!更强烈的从那一堆污浊的东西,发散出来。月英指点身后说:

"你们看看,这是那死鬼给我弄来的砖,他说我快死了!用不着被子了!用砖依住我,我全身一点肉都瘦空。那个没有天良的,他想法折磨我呀!"

五姑姑觉得男人太残忍,把砖块完全抛下炕去,月英的声音欲断一般又说:

"我不行啦!我怎么能行,我快死啦!"

她的眼睛,白眼珠完全变绿,整齐的一排前齿也完全变绿,她的头发烧焦了似地,紧贴住头皮。她像一头患病的猫儿,孤独而无望。

王婆给月英围好一张被子在腰间,月英说:

"看看我的身下,脏污死啦!"

王婆下地用条枝笼了盆火,火盆腾着烟放在月英身后。王婆打开她的被子时,看见那一些排泄物淹浸了那座小小的骨盘。五姑姑扶住月英的腰,但是她仍然使人心楚的在呼唤!

"唉哟,我的娘!……唉哟疼呀!"

她的腿像两双白色的竹竿平行着伸在前面。她的骨架在炕上正确的做成一个直角,这完全用线条组成的人形,只有头阔大些,头在身子上仿佛是一个灯笼挂在杆头。

王婆用麦草揩着她的身子,最后用一块湿布为她擦着。五姑姑在背后把她抱起来,当擦臀部下时,王婆觉得有小小白色的东西落到手上,会蠕行似地。借着火盆边的火光去细看,知道那是一些小蛆虫,她知道月英的臀下是腐了,小虫在那里活跃。月英的身体将变成小虫们的洞穴!王婆问月英:

"你的腿觉得有点痛没有?"

月英摇头。王婆用冷水洗她的腿骨,但她没有感觉,整个下体在那个瘫人像是外接的,是另外的一件物体。当给她一杯水喝的时候,王婆问:

"牙怎么绿了?"

终于五姑姑到隔壁借一面镜子来,同时她看了镜子,悲痛沁人心魂地她大哭起来。但面孔上不见一点泪珠,仿佛是猫忽然被斩轧,她难忍的声音,没有温情的声音,开始低嘎。

她说:"我是个鬼啦!快些死了吧!活埋了我吧!"

她用手来撕头发,脊骨摇扭着,一个长久的时间她忙乱的不停。

现在停下了,她是那样无力,头是歪斜地横在肩上;她又那样微微的睡去。

王婆提了靴子走出这个傍山的小房。荒寂的山上有行人走在天边,她昏眩了!为着强的光线,为着瘫人的气味,为着生、老、病、死的烦恼,她的思路被一些烦恼的波所遮拦。

五姑姑走进大门时向王婆打了个招呼。留下一段更长的路途,给那个经验过多样人生的老太婆去走吧!

王婆束紧头上的蓝布巾,加快了速度,雪在脚下也相伴而狂速地呼叫。

三天以后,月英的棺材抬着横过荒山而奔着去埋葬,葬在荒山下。

死人死了!活人计算着怎样活下去。冬天女人们预备夏季的衣裳;男人们计虑着怎样开始明年的耕种。

那天赵三进城回来,他披着两张羊皮回家,王婆问他:

"那里来的羊皮?——你买的吗?……那来的钱呢……?"

赵三有什么事在心中似地,他什么也没言语。摇闪的经过炉灶,通红的火光立刻鲜明着,他走出去了。

夜深的时候他还没有回来。王婆命令平儿去找他。平儿的脚已是难于行动,于是王婆就到二里半家去,他不在二里半家,他到打鱼村去了。赵三阔大的喉咙从李青山家的窗纸透出,王婆知道他又是喝过了酒。当她推门的时候她就说:

"什么时候了?还不回家去睡?"

这样立刻全屋别的男人们也把嘴角合起来。王婆感到不能意料了。青山的女人也没在家,孩子也不见。赵三说:

"你来干么?回去睡吧!我就去……去……"

王婆看一看赵三的脸神,看一看周围也没有可坐的地方,她转身出来,她的心徘徊着:

——青山的媳妇怎么不在家呢？这些人是在做什么？

又是一个晚间。赵三穿好新制成的羊皮小袄出去。夜半才回来。披着月亮敲门。王婆知道他又是喝过了酒，但他睡的时候，王婆一点酒味也没嗅到。那么出去做些什么呢？总是愤怒的归来。

李二婶子拖了她的孩子来了，她问：

"是地租加了价吗？"

王婆说："我还没听说。"

李二婶子做出一个确定的表情：

"是的呀！你还不知道吗？三哥天天到我家去和他爹商量这事。我看这种情形非出事不可，他们天天夜晚计算着，就连我，他们也躲着。昨夜我站在窗外才听到他们说哩！'打死他吧！那是一块恶祸。'你想他们是要打死谁呢？这不是要出人命吗？"

李二婶子抚着孩子的头顶，有一点哀怜的样子：

"你要劝说三哥，他们若是出了事，像我们怎样活？孩子还都小着哩！"

五姑姑和别的村妇们带着她们的小包袱，约会着来的，踏进来的时候，她们是满脸盈笑。可是立刻她们转变了，当她们看见李二婶子和王婆默无言语的时候。

也把事件告诉了她们，她们也立刻忧郁起来，一点闲情也没有！一点笑声也没有，每个人痴呆地想了想，惊恐地探问了几句。五姑姑的姐姐，她是第一个扭着大圆的肚子走出去，就这样一个连着一个寂寞的走去。她们好像群聚的鱼似地，忽然有钓竿投下来，他们四下分行去了！

李二婶子仍没有走，她为的是嘱告王婆怎样破坏这件险事。

赵三这几天常常不在家吃饭；李二婶子一天来过三四次：

"三哥还没回来？他爹爹也没回来。"

一直到第二天下午赵三回来了，当进门的时候，他打了平儿，因为平儿的脚病着，一群孩子集到家来玩。在院心放了一点米，一块长板用短条棍架着，条棍上系着根长绳，绳子从门限拉进去，雀子们去啄食谷粮,孩子们蹲在门限守望,什么时候雀子满集成堆时,那时候,孩子们就抽动绳索。许多饥饿的麻雀丧亡在长板下。厨房里充满了雀毛的气味,孩子们在灶膛里烧食过许多雀子。

赵三焦烦着,他看着一只鸡被孩子们打住。他把板子给踢翻了!他坐在炕沿上燃着小烟袋,王婆把早饭从锅里摆出来。他说:

"我吃过了!"

于是平儿来吃这些残饭。

"你们的事情预备得怎样了?能下手便下手。"

他惊疑。怎么会走漏消息呢?王婆又说:

"我知道的,我还能弄只枪来。"

他无从想象自己的老婆有这样的胆量。王婆真的找来一支老洋炮。可是赵三还从没用过枪。晚上平儿睡了以后王婆教他怎样装火药,怎样上炮子。

赵三对于他的女人慢慢感着可以敬重!但是更秘密一点的事情总不向她说。

忽然从牛棚里发现五个新镰刀。王婆意度这事情是不远了!

李二婶子和别的村妇们挤上门来探听消息的时候,王婆的头沉埋一下,她说:

"没有那回事,他们想到一百里路外去打围,弄得几张兽皮大家分用。"

是在过年的前夜,事情终于发生了!北地端鲜红的血染着雪地;但事情做错了!赵三近些日子有些失常,一条梨木杆打折了小偷的腿骨。他去呼唤二里半,想要把那小偷丢在土坑去,用雪埋起来,二里半说:

"不行,开春时节,土坑发见死尸,传出风声,那是人命哩!"

村中人听着极痛的呼叫,四面出来寻找。赵三拖着独腿人转着弯跑,但他不能把他掩藏起来。在赵三惶恐的心情下,他愿意寻到一个井把他放下去。赵三弄了满手血。

惊动了全村的人,村长进城去报告警所。

于是赵三去坐监狱,李青山他们的"镰刀会"少了赵三也就衰弱了!消灭了!

正月末赵三受了主人的帮忙,把他从监狱提放出来。那时他头发很长,脸也灰白了些,他有点苍老。

为着给那个折腿的小偷做赔偿,他牵了那条仅有的牛上市去卖;小羊皮袄也许是卖了?再不见他穿了!

晚间李青山他们来的时候,赵三忏悔一般地说:

"我做错了!也许是我该招的灾祸:那是一个天将黑的时候,我正喝酒,听着平儿大喊有人偷柴。刘二爷前些日子来说要加地租,我不答应,我说我们联合起来不给他加,于是他走了!过了几天他又来,说:非加不可。再不然叫你们滚蛋!我说好啊!等着你吧!那个管事的,他说:你还要造反?不滚蛋,你们的草堆,就要着火!我只当是那个小子来点着我的柴堆呢!拿着杆子跑出去就把腿给打断了!打断了也甘心,谁想那是一个小偷?哈哈!小偷倒霉了!就是治好,那也是跛子了!"

关于"镰刀会"的事情他像忘记了一般,李青山问他:

"我们应该怎样铲锄刘二爷那恶棍?"

是赵三说的话:

"打死他吧!那个恶祸。"

还是从前他说的话,现在他又不那样了:

"铲锄他又能怎样?我招灾祸,刘二爷也向东家说了不少好话。从前我是错了!也许现在是受了责罚!"

他说话时不像从前那样英气了!脸上有点带着忏悔的意味,羞惭和不安了。王婆坐在一边,听了这话她后脑上的小发卷也像生着气:

"我没见过这样的汉子,起初看来还像一块铁,后来越看越是一堆泥了!"

赵三笑了:"人不能没有良心!"

于是好良心的赵三天天进城,弄一点白菜担着给东家送去,弄一点地豆也给东家送去。为着送这一类菜,王婆同他激烈地吵打,但他绝对保持着他的良心。

有一天少东家出来,站在门阶上像训诲着他一般:

"好险!若不为你说一句话,三年大狱你可怎么蹲呢?那个小偷他算没走好运吧!你看我来着手给你办,用不着给他接腿,让他死了就完啦。你把卖牛的钱也好省下,我们是'地东''地户'那有看着过去的……"

说话的中间,间断了一会,少东家把话尾落到别处去:

"不过今年地租是得加。左近地邻不都是加了价吗?地东地户年头多了,不过得……少加一点。"

过不了几天小偷从医院抬出来,可真的死了就完了!把赵三的牛钱归还一半,另一半少东家说是用做杂费了。

二月了。山上的积雪现出毁灭的色调。但荒山上却有行人来往。渐渐有送粪的人担着担子行过荒凉的山岭。农民们蛰伏的虫子样又醒过来。渐渐送粪的车子也忙着了!只有赵三的车子没有牛挽,平儿冒着汗和爹爹并架着车辕。

地租就这样加成了!

五 羊群

平儿被雇做了牧羊童。他追打群羊跑遍山坡。山顶像是开着小花一般,绿了!而变红了!山顶拾野菜的孩子,平儿不断的戏弄她们,他单独的赶着一只羊去吃她们筐子里拾得的野菜。有时他选一条大身体的羊,像骑马一样的骑着来了!小的女孩们吓得哭着,她们看他像个猴子坐在羊背上。平儿从牧羊时起,他的本领渐渐得以发展。他把羊赶到荒凉的地方去,招集村中所有的孩子练习骑羊。每天那些羊和不喜欢行动的猪一样散遍在旷野。

行在归途上,前面白茫茫的一片,他在最后的一个羊背上,仿佛是大将统治着兵卒一般,他手耍着鞭子,觉得十分得意。

"你吃饱了吗?午饭。"

赵三对儿子温和了许多。从遇事以后他好像是温顺了。

那天平儿正戏耍在羊背上,在进大门的时候,羊疯狂的跑着,使他不能从羊背跳下,那样他像耍着的羊背上张狂的猴子。一个下雨的天气,在羊背上进大门的时候,他把小孩撞倒,主人用拾柴的耙子把他打下羊背来,仍是不停,像打着一块死肉一般。

夜里,平儿不能睡,辗翻着不能睡,爹爹动着他庞大的手掌拍抚他:

"跑了一天!还不困倦,快快睡吧!早早起来好上工!"

平儿在爹爹温顺的手下,感到委屈了!

"我挨打了!屁股疼。"

爹爹起来,在一个纸包里取出一点红色的药粉给他涂擦破口的地方。

爹爹是老了!孩子还那样小,赵三感到人活着没有什么意趣了。第二天平儿去上工被辞退回来,赵三坐在厨房用谷草正织鸡笼,他说:

"好啊!明天跟爹爹去卖鸡笼吧!"

天将明,他叫着孩子:

"起来吧!跟爹爹去卖鸡笼。"

王婆把米饭用手打成坚实的团子,进城的父子装进衣袋去,算做午餐。

第一天卖出去的鸡笼很少,晚间又都背着回来。王婆弄着米缸响:

"我说多留些米吃,你偏要卖出去……又吃什么呢?……又吃什么呢?"

老头子把怀中的铜板给她,她说:

"不是今天没有吃的,是明天呀?"

赵三说:"明天,那好说,明天多卖出几个笼子就有了!"

一个上午,十个鸡笼卖出去了!只剩三个大些的,堆在那里。爹爹手心上数着票子,平儿在吃饭团。

"一百枚还多着,我们该去喝碗豆腐脑来!"

他们就到不远的那个布棚下,蹲在担子旁吃着冒气的食品。是平儿先吃,爹爹的那碗才正在上面倒醋。平儿对于这食品是怎样新鲜呀!一碗豆腐脑是怎样舒畅着平儿的小肠子呀!他的眼睛圆圆地把一碗豆腐脑吞食完了!

那个叫卖人说:"孩子再来一碗吧!"

爹爹惊奇着:"吃完了?"

那个叫卖人把勺子放下锅去说:"再来一碗算半碗的钱吧!"

平儿的眼睛溜着爹爹把碗给过去。他喝豆腐脑做出大大的抽响来。赵三却不那样,他把眼光放在鸡笼的地方,慢慢吃,慢慢吃终于也吃完了!他说:

"平儿,你吃不下吧?倒给我碗点。"

平儿倒给爹爹很少很少。给过钱爹爹去看守鸡笼。平儿仍在那里,孩子贪恋着一点点最末的汤水,头仰向天,把碗扣在脸上一般。

菜市上买菜的人经过,若注意一下鸡笼,赵三就说:

"买吧!仅是十个铜板。"

终于三个鸡笼没有人买,两个分给爹爹,留下的一个,在平儿的背上突起着。经过牛马市,平儿指嚷着:

"爹爹,咱们的青牛在那儿。"

大鸡笼在背上荡动着,孩子去看青牛。赵三笑了,向那个卖牛人说:

"又出卖吗?"

说着这话,赵三无缘的感到酸心。到家他向王婆说:

"方才看见那条青牛在市上。"

"人家的了,就别提了。"王婆整天地不耐烦。

卖鸡笼渐渐的赵三会说价了;慢慢的坐在墙根他会招呼了!也常常给平儿买一两块红绿的糖球吃。后来连饭团也不用带。

他弄些铜板每天交给王婆,可是她总不喜欢,就像无意之中把钱放起来。

二里半又给说妥一家,叫平儿去做小伙计。孩子听了这话,就生气。

"我不去,我不能去,他们好打我呀!"平儿为了卖鸡笼所迷恋:"我还是跟爹爹进城。"

王婆绝对主张孩子去做小伙计。她说:

"你爹爹卖鸡笼你跟着做什么?"

赵三说:"算了吧,不去就不去吧。"

铜板兴奋着赵三,半夜他也是织鸡笼,他向王婆说:

"你就不好也来学学,一种营生呢!还好多织几个。"

但是王婆仍是去睡,就像对于他织鸡笼,怀着不满似地。就像反对他织鸡笼似地。

平儿同情着父亲,他愿意背鸡笼,多背一个,爹爹说:

"不要背了!够了!"

他又背一个,临出门时他又找个小一点的提在手里,爹爹问:

"你能拿动吗?送回两个去吧,卖不完啊!"

有一次从城里割一斤肉回来,吃了一顿像样的晚餐。

村中妇人羡慕王婆:

"三哥真能干哩!把一条牛卖掉,不能再种粮食,可是这比种粮食更好,更能得钱。"

经过二里半门前,平儿把罗圈腿也领进城去。平儿向爹爹要了铜板给小朋友买两片油煎馒头。又走到敲铜锣搭着小棚的地方去挤撞,每人花一个铜板看一看"西洋景"(街头影戏)。那是从一个嵌着小玻璃镜,只容一个眼睛的地方看进去,里面有一张放大的画片活动着。打仗的,拿着枪的,很快又换上一张别样的。耍画片的人一面唱;一面讲:

"这又是一片洋人打仗。你看'老毛子'夺城,那真是哗啦啦!打死的不知多少……"

罗圈腿嚷着看不清,平儿告诉他:"你把眼睛闭起一个来!"

可是不久这就完了!从热闹的、孩子热爱着的城里把他们又赶出来。平儿又被装进这睡着一般的乡村。原因,小鸡初生卵的时节已经过去。家家把鸡笼全预备好了。

平儿不愿跟着,赵三自己进城,减价出卖。后来折本卖。最后他也不去了。厨房里鸡笼靠墙高摆起来。这些东西从前会使赵三欢喜,现在会使他生气。

平儿又骑在羊背上去牧羊。但是赵三是受了挫伤!

六　刑罚的日子

房后的草堆上,温暖在那里蒸腾起了。全个农村跳跃着泛滥的阳光。小风开始荡漾田禾,夏天又来到人间,叶子上树了!假使树会开花,那么花也上树了!

房后草堆上,狗在那里生产。大狗四肢在颤动,全身抖擞着。经过一个长时间,小狗生出来。

暖和的季节,全村忙着生产。大猪带着成群的小猪喳喳的跑过,也有的母猪肚子那样大,走路时快要接触着地面,它多数的乳房有什么在充实起来。

那是黄昏时候,五姑姑的姐姐她不能再延迟,她到婆婆屋中去说:

"找个老太太来吧!觉着不好。"

回到房中放下窗帘和幔帐。她开始不能坐稳,她把席子卷起来,就在草上爬行。收生婆来时,她乍望见这房中,她就把头扭着。她说:

"我没见过,像你们这样大户人家,把孩子还要养到草上。'压柴,压柴,不能发财。'"

家中的婆婆把席下的柴草又都卷起来,土炕上扬起着灰尘。光着身子的女人,和一条鱼似地,她趴在那里。

黄昏以后,屋中起着烛光。那女人是快生产了,她小声叫嚷了一阵,收生婆和一个邻居的老太婆架扶着她,让她坐起来,在炕上微微的移动。可是罪恶的孩子,总不能生产,闹着夜半过去,外面鸡叫的时候,女人忽然苦痛得脸色灰白,脸色转黄,全家人不能安定。为她开始预备葬衣,在恐怖的烛光里四下翻寻衣裳,全家为了死的黑影所骚动。

赤身的女人,她一点不能爬动,她不能为生死再挣扎最后的一刻。天渐亮了。恐怖仿佛是僵尸,直伸在家屋。

五姑姑知道姐姐的消息,来了,正在探问:

"不喝一口水吗?她从什么时候起?"

一个男人撞进来,看形象是一个酒疯子。他的半面脸,红而肿起,走到幔帐的地方,他吼叫:

"快给我的靴子!"

女人没有应声,他用手撕扯幔帐,动着他厚肿的嘴唇:

"装死吗?我看看你还装死不装死!"

说着他拿起身边的长烟袋来投向那个死尸。母亲过来把他拖出去。每年是这样,一看见妻子生产他便反对。

日间苦痛减轻了些,使她清明了!她流着大汗坐在幔帐中,忽然那个红脸鬼,又撞进来,什么也不讲,只见他怕人的手中举起大水盆向着帐子抛来。最后人们拖他出去。

大肚子的女人,仍胀着肚皮,带着满身冷水无言的坐在那里。她几乎一动不敢动,她仿佛是在父权下的孩子一般怕着她的男人。

她又不能再坐住,她受着折磨,产婆给换下她着水的上衣。门响了她又慌张了,要有神经病似地。一点声音不许她哼叫,受罪的女人,身边若有洞,她将跳进去!身边若有毒药,她将吞下去!她仇视着一切,窗台要被她踢翻。她愿意把自己的腿弄断,宛如进了蒸笼,全身将被热力所撕碎一般呀!

产婆用手推她的肚子:

"你再刚强一点,站起来走走,孩子马上就会下来的,到了时候啦!"

走过一个时间,她的腿颤颤得可怜。患着病的马一般,倒了下来。产婆有些失神色,她说:

"媳妇子怕要闹事,再去找一个老太太来吧!"

五姑姑回家去找妈妈。

这边孩子落产了,孩子当时就死去!用人拖着产妇站起来,立刻孩子掉在炕上,像投一块什么东西在炕上响着。女人横在血光中,用肉体来浸着血。

窗外,阳光晒满窗子,屋内妇人为了生产疲乏着。

田庄上绿色的世界里,人们洒着汗滴。

四月里,鸟雀们也孵雏了!常常看见黄嘴的小雀飞下来,在檐下跳跃着啄食。小猪的队伍逐渐肥起来,只有女人在乡村夏季更贫瘦,和耕种的马一般。

刑罚,眼看降临到金枝的身上,使她短的身材,配着那样大的肚子,十分不相称。金枝还不像个妇人,仍和一个小女孩一般。但是肚子膨胀起了!快做妈妈了!妇人们的刑罚快擒着她。

并且她出嫁还不到四个月,就渐渐会诅咒丈夫,渐渐感到男人是炎凉的人类!那正和别的村妇一样。

坐在河边沙滩上,金枝在洗衣服。红日斜照着河水,对岸林子的倒影,随逐着红波模糊下去!

成业在后边,站在远远的地方:

"天黑了呀!你洗衣裳,懒老婆,白天你做什么来?"

天还不明,金枝就摸索着穿起衣裳。在厨房,这大肚子的小女人开始弄得厨房蒸着气。太阳出来,铲地的工人捐着锄头回来。堂屋挤满着黑黑的人头,吞饭、吞汤的声音,无纪律地在响。

中午又烧饭;晚间烧饭,金枝过于疲乏了!腿子痛得折断一般。天黑下来卧倒休息一刻。在她迷茫中她坐起来,知道成业回来了!努力掀起在睡的眼睛,她问:

"才回来?"

过了几分钟,她没有得到答话。只看男人解脱衣裳,她知道又要挨骂了!正相反,没有骂,金枝感到背后温热一些,男人努力低音向她说话:

"……………"

金枝被男人朦胧着了!

立刻,那和灾难一般,跟着快乐而痛苦追来了。金枝不能烧饭。村中的产婆来了!她在炕角苦痛着脸色,她在那里受着刑罚,王婆来帮助她把孩子生下来。王婆摇着她多经验的头颅:

"危险,昨夜你们必定是不安着的。年青什么也不晓得,肚子大了,是不许那样的。容易丧掉性命!"

十几天以后金枝又行动在院中了!小金枝在屋中哭唤她。

牛或是马在不知觉中忙着栽培自己的痛苦。夜间乘凉的时候,可以听见马或是牛棚做出异样的声音来。牛也许是为了自己的妻子而角斗,从牛棚撞出来了。木杆被撞掉,狂张着,成业去拾了耙子猛打疯牛,于是又安然被赶回棚里。

在乡村,人和动物一起忙着生,忙着死……

二里半的婆子和李二婶子在地端相遇:
"啊呀!你还能弯下腰去?"
"你怎么样?"
"我可不行了呢!"
"你什么时候的日子?"
"就是这几天。"

外面落着毛毛雨。忽然二里半的家屋吵叫起来!傻婆娘一向生孩子是闹惯了的,她大声哭,她怨恨男人:

"我说再不要孩子啦!没有心肝的,这不都是你吗?我算死在你身上!"

惹得老王婆扭着身子闭住嘴笑。过了一会傻婆娘又滚转着高声嚷叫:

"肚子疼死了,拿刀快把我肚子给割开吧!"

吵叫声中看得见孩子的圆头顶。

在这时候,五姑姑变青脸色,走进门来,她似乎不会说话,两手不住的扭绞:

"没有气了!小产了,李二婶子快死了呀!"

王婆就这样丢下麻面婆赶向打鱼村去。另一个产婆来时,麻面婆的孩子已在土炕上哭着。产婆洗着刚会哭的小孩。

等王婆回来时,窗外墙根下,不知谁家的猪也正在生小猪。

七 罪恶的五月节

五月节来临,催逼着两件事情发生:王婆服毒,小金枝惨死。

弯月相同弯刀刺上林端。王婆散开头发,她走向房后柴栏,在那儿她轻开篱门。柴栏外是墨沉沉的静甜的,微风不敢惊动这黑色的夜画;黄瓜爬上架了!玉米响着雄宽的叶子,没有蛙鸣,也少虫声。

王婆披着散发,幽魂一般的,跪在柴草上,手中的杯子放到嘴边。一切涌上心头,一切诱惑她。她平身向草堆倒卧过去。被悲哀汹淘着大哭了。

赵三从睡床上起来,他什么都不清楚,柴栏里,他带点愤怒对待王婆:

"为什么?在发疯!"

他以为她是闷着刺到柴栏去哭。

赵三撞到草中的杯子了,使他立刻停止一切思维。他跑到屋中,灯光下,发现黑色浓重的液体东西在杯底。他先用手拭一拭,再用舌尖拭一拭,那是苦味。

"王婆服毒了!"

次晨村中嚷着这样的新闻。村人凄静的断续的来看她。

赵三不在家,他跑出去,乱坟岗子上,给她寻个位置。

乱坟岗子上活人为死人掘着坑子了,坑子深了些,二里半先跌下去。下层的湿土,翻到坑子旁边,坑子更深了!大了!几个人都跳下去,铲子不住的翻着,坑子埋过人腰。外面的土堆涨过人头。

坟场是死的城廓,没有花香,没有虫鸣,即使有花,即使有虫,那都是唱奏着别离歌,陪伴着说不尽的死者永久的寂寞。

乱坟岗子是地主施舍给贫苦农民们死后的住宅。但活着的农民,常常被地主们驱逐,使他们提着包袱,提着小孩,从破房子再走进更破的房子去。有时被逐着在马棚里借宿。孩子们哭闹着马棚里的妈妈。

赵三去进城,突然的事情打击着他,使他怎样柔弱呵!遇见了打鱼村进城卖菜的车子,那个驱车人麻麻烦烦的讲一些:

"菜价低了,钱帖毛荒。粮食也不值钱。"

那个车夫打着鞭子,他又说:

"只有布匹贵,盐贵。慢慢一家子连咸盐都吃不起啦!地租是增加,还叫老庄户活不活呢?"

赵三跳上车,低了头坐在车尾的辕边。两条衰乏的腿子,凄凉的挂下,并且摇荡。车轮在辙道上哐啷的摔响。

城里,大街上拥挤了!菜市过量的纷嚷。围着肉铺,人们吵架一般。忙乱的叫卖童,手中花色的葫芦随着空气而跳荡,他们为了"五月节"而癫狂。

赵三他什么也没看见,好像街上的人都没有了!好像街是空街。但是一个小孩跟在后面:

"过节了,买回家去,给小孩玩吧!"

赵三不听见这话,那个卖葫芦的孩子,好像自己不是孩子,自己是大人了一般,他追逐。

"过节了!买回家去给小孩玩吧!"

柳条枝上各色花样的葫芦好像一些被系住的蝴蝶,跟住赵三在后面跑。

一家棺材铺,红色的,白色的,门口摆了多多少少,他停在那里。孩子也停止追随。

一切预备好！棺材停在门前,掘坑的铲子停止翻扬了！

窗子打开,使死者见一见最后的阳光。王婆跳突着胸口,微微尚有一点呼吸,明亮的光线照拂着她素静的打扮。已经为她换上一件黑色棉裤和一件浅色短单衫。除了脸是紫色,临死她没有什么怪异的现象,人们吵嚷说:

"抬吧！抬她吧！"

她微微尚有一点呼吸,嘴里吐出一点点的白沫,这时候她已经被抬起来了,外面平儿急叫:

"冯丫头来啦！冯丫头！"

母女们相逢太迟了！母女们永远永远不会再相逢了！那个孩子手中提了小包袱,慢慢慢慢走到妈妈面前。她细看一看,她的脸孔快要接触到妈妈脸孔的时候,一阵清脆的暴裂的声浪嘶叫开来。她的小包袱滚滚着落地。

四围的人,眼睛和鼻子感到酸楚和湿浸。谁能止住被这小女孩唤起的难忍的酸痛而不哭呢？不相关连的人混同着女孩哭她的母亲。

其中新死去丈夫的寡妇哭得最利害,也最哀伤。她几乎完全哭着自己的丈夫,她完全幻想是坐在她丈夫的坟前。

男人们嚷叫:"抬呀！该抬了。收拾妥当再哭！"

那个小女孩感到不是自己家,身边没有一个亲人,她不哭了。

服毒的母亲眼睛始终是张着,但她不认识女儿,她什么也不认识了！停在厨房板块上,口吐白沫,她心坎尚有一点微微跳动。

赵三坐在炕沿,点上烟袋。女人们找一条白布给女孩包在头上,平儿把白带束在腰间。

赵三不在屋的时候,女人们便开始问那个女孩:

"你姓冯的那个爹爹多咱死的？"

"死两年多。"

"你亲爹呢？"

"早回山东了！"

"为什么不带你们回去?"

"他打娘,娘领着哥哥和我到了冯叔叔家。"

女人们探问王婆旧日的生活,她们为王婆感动,那个寡妇又说:

"你哥怎不来? 回家去找他来看看娘吧!"

包白头的女孩,把头转向墙壁,小脸孔又爬着眼泪了! 她努力咬住嘴唇,小嘴唇偏张开,她又张着嘴哭了! 接受女人们的温情使她大胆一点,走到娘的近边,紧紧捏住娘的冰寒的手指,又用手给妈妈抹擦唇上的泡沫。小心孔只为母亲所惊扰,她带来的包袱踏在脚下。女人们又说:

"家去找哥哥来看看你娘吧!"

一听说哥哥,她就要大哭,又勉强止住。那个寡妇又问:

"你哥哥不在家吗?"

她终于用白色的包头布拢络住脸孔大哭起来了。借了哭势,她才敢说到哥哥:

"哥哥前天死了呀:官项捉去枪毙的。"

包头布从头上扯掉。孤独的孩子癫痫着一般用头摇着母亲的心窝哭:

"娘呀……娘呀……"

她再什么也不会哭诉,她还小呢!

女人们彼此说:"哥哥多咱死的? 怎么没听……"

赵三的烟袋出现在门口,他听清楚她们议论王婆的儿子。赵三晓得那小子是个"红胡子"。怎样死的,王婆服毒不是听说儿子枪毙才自杀吗? 这只有赵三晓得。他不愿意叫别人知道,老婆自杀还关连着某个匪案,他觉得当土匪无论如何有些不光明。

摇起他的烟袋来,他僵直的空的声音响起,用烟袋催逼着女孩:

"你走好啦! 她已死啦! 没有什么看的,你快走回你家去!"

小女孩被爹爹抛弃,哥哥又被枪毙了,带来包袱和妈妈同住,妈妈又死了,妈妈不在,让她和谁生活呢?

她昏迷地忘掉包袱,只顶了一块白布,离开妈妈的门庭。离开妈妈的门庭,那有点像丢开她的心让她远走一般。

赵三因为他年老,他心中裁判着年青人:

"私奔妇人,有钱可以,无钱怎么也去奔?没见过。到过节,那个淫妇无法过节,使他去抢,年青人就这样丧掉性命。"

当他看到也要丧掉性命的自己的老婆的时候,他非常仇恨那个枪毙的小子。当他想起去年冬天,王婆借来老洋炮的那回事,他又佩服人了:

"久当胡子哩!不受欺侮哩!"

妇人们燃柴,锅渐渐冒气。赵三捻着烟袋他来回踱走。过一会他看看王婆仍少少有一点气息,气息仍不断绝。他好像为了她的死等待得不耐烦似地,他困倦了,依着墙瞌睡。

长时间死的恐怖,人们不感到恐怖!人们集聚着吃饭,喝酒,这时候王婆在地下做出声音,看起来,她紫色的脸变成淡紫。人们放下杯子,说她又要活了吧?

不是那样,忽然从她的嘴角流出一些黑血,并且她的嘴唇有点像是起动,终于她大吼两声,人们瞪住眼睛说她就要断气了吧!

许多条视线围着她的时候,她活动着想要起来了!人们惊慌了!女人跑在窗外去了!男人跑去拿挑水的扁担。说她是死尸还魂。

喝过酒的赵三勇猛着:

"若让她起来,她会抱住小孩死去,或是抱住树,就是大人她也有力量抱住。"

赵三用他的大红手贪婪着把扁担压过去。扎实的刀一般的切在王婆的腰间。她的肚子和胸膛突然增胀,像是鱼泡似地。她立刻眼睛圆起来,像发着电光。她的黑嘴角也动了起来,好像说话,可是没有说话,血从口腔直喷,射了赵三的满单衫。赵三命令那个人:

"快轻一点压吧!弄得满身血。"

王婆就算连一点气息也没有了!她被装进等在门口的棺材里。

后村的庙前,两个村中无家可归的老头,一个打着红灯笼,一个手提水壶,领着平儿去报庙。绕庙走了三周,他们顺着毛毛的行人小道回来,老人念一套成谱调的话,红灯笼伴了孩子头上的白布,他们回家去。平儿一点也不哭,他只记住那年妈妈死的时候不也是这样报庙吗?

王婆的女儿却没能同来。

王婆的死信传遍全村,女人们坐在棺材边大大的哭起!扭着鼻涕,嚎啕着:哭孩子的,哭丈夫的,哭自己命苦的,总之,无管有什么冤屈都到这里来送了!村中一有年岁大的人死,她们,女人之群们,就这样做。

将送棺材上坟场!要钉棺材盖了!

王婆终于没有死,她感到寒凉,感到口渴,她轻轻说:

"我要喝水!"

但她不知道,她是睡在什么地方。

五月节了,家家门上挂起葫芦。二里半那个傻婆子屋里有孩子哭着,她却蹲在门口拿刷马的铁耙子给羊刷毛。

二里半跛着脚。过节,带给他的感觉非常愉快。他在白菜地看见白菜被虫子吃倒几棵。若在平日他会用短句咒骂虫子,或是生气把白菜用脚踢着。但是现在过节了,他一切愉快着,他觉得自己是应该愉快。走在地边他看一看柿子还没有红,他想摘几个柿子给孩子吃吧!过节了!

全村表示着过节,菜田和麦地,无管什地方都是静静的,甜美的。虫子们也仿佛比平日会唱了些。

过节渲染着整个二里半的灵魂。他经过家门没有进去,把柿子扔给孩子又走了!他要趁着这样愉快的日子会一会朋友。

左近邻居的门上都挂了纸葫芦,他经过王婆家,那个门上摆荡着的是绿色的葫芦。再走,就是金枝家。金枝家,门外没有葫芦,门里没有人了!二里半张望好久:孩子的尿布在锅灶旁被风吹着,飘飘的在浮游。

小金枝来到人间才够一月,就被爹爹摔死了:婴儿为什么来到这样的人间?使她带了怨恨回去!仅仅是这样短促呀!仅仅是几天的小生命!

小小的孩子睡在许多死人中,她不觉得害怕呀?妈妈走远了!妈妈啜泣听不见了!

天黑了!月亮也不来为孩子做伴。

五月节的前些日子,成业总是进城跑来跑去。家来和妻子吵打。他说:"米价落了!三月里买的米现在卖出去折本一小半。卖了还债也不足,不卖又怎么能过节?"

并且他渐渐不爱小金枝,当孩子夜里把他吵醒的时候,他说:"拼命吧!闹死吧!"

过节的前一天,他家什么也没预备,连一斤面粉也没买。烧饭的时候豆油罐子什么也倒流不出。

成业带着怒气回家,看一看还没有烧菜。他厉声嚷叫:

"啊!像我……该饿死啦,连饭也没得吃……我进城……我进城。"

孩子在金枝怀中吃奶。他又说:

"我还有好的日子吗?你们累得我,使我做强盗都没有机会。"

金枝垂了头把饭摆好,孩子在旁边哭。

成业看着桌上的咸菜和粥饭,他想了一刻又不住的说起:

"哭吧!败家鬼,我卖掉你去还债。"

孩子仍哭着,妈妈在厨房里,不知是扫地;还是收拾柴堆。爹爹发火了:

"把你们都一块卖掉,要你们这些吵家鬼有什么用……"

厨房里的妈妈和火柴一般被燃着:

"你像个什么?回来吵打,我不是你的冤家,你会卖掉,看你卖吧!"

爹爹飞着饭碗!妈妈暴跳起来。

"我卖?我摔死她吧!……我卖什么!"

就这样小生命被截止了!

王婆听说金枝的孩子死,她要来看看,可是她只扶了杖子立起又倒卧下来。她的腿骨被毒质所侵还不能行走。

年青的妈妈过了三天她到乱坟岗子去看孩子。但那能看到什么呢?被狗扯得什么也没有。

成业他看到一堆草染了血,他幻想是捆小金枝的草吧!他俩背向着流过眼泪。

乱坟岗子不知晒干多少悲惨的眼泪?永年悲惨的地带,连个乌鸦也不落下。

成业又看见一个坟窟,头骨在那里重见天日。

走出坟场,一些棺材,坟堆,死寂死寂的印象催迫着他们加快着步子。

八　蚊虫繁忙着

她的女儿来了!王婆的女儿来了!

王婆能够拿着鱼竿坐在河沿钓鱼了!她脸上的纹褶没有什么增多或减少。这证明她依然没有什么变动,她还必须活下去。

晚间河边蛙声震耳。蚊子从河边的草丛出发,嗡声喧闹的阵伍,迷漫着每个家庭。日间太阳也炎热起来!太阳烧上人们的皮肤,夏天,田庄上人们怨恨太阳和怨恨一个恶毒的暴力者一般。全个田间,一个大火球在那里滚转。

但是王婆永久欢迎夏天。因为夏天有肥绿的叶子,肥的园林,更有夏夜会唤起王婆诗意的心田,她该开始向着夏夜述说故事。今夏她什么也不说了!她偎在窗下和睡了似地,对向幽邃的天空。

蛙鸣振碎人人的寂寞;蚊虫骚扰着不能停息。

这相同平常的六月,这又是去年割麦的时节。王婆家今年没种麦田。她更忧伤而悄默了!当举着钓竿经过作浪的麦田时,她把竿头的绳线缭绕起来,她仰了头,望着高空,就这样睬也不睬地经过麦田。

王婆的性情更恶劣了！她又酗酒起来。她每天钓鱼。全家人的衣服她不补洗，她只每夜烧鱼，吃酒，吃得醉疯疯地，满院，满屋地旋走；她渐渐要到树林里去旋走。

有时在酒杯中她想起从前的丈夫；她痛心看见来在身边孤独的女儿，总之在喝酒以后她更爱烦想。

现在她近于可笑，和石块一般沉在院心，夜里她习惯于院中睡觉。

在院中睡觉被蚊虫迷绕着，正像蚂蚁群拖着已腐的苍蝇。她是再也没有心情了吧！再也没有心情生活！

王婆被蚊虫所食，满脸起着云片，皮肤肿起来。

王婆在酒杯中也回想着女儿初来的那天，女儿横在王婆怀中：

"妈呀！我想你是死了！你的嘴吐着白沫，你的手指都凉了呀！……哥哥死了，妈妈也死了，让我到那里去讨饭吃呀！……他们把我赶出时，带来的包袱都忘了啦，我哭……哭昏啦……妈妈，他们坏心肠，他们不叫我多看你一刻……"

后来孩子从妈妈怀中站起来时，她说出更有意义的话：

"我恨死他们了！若是哥哥活着，我一定告诉哥哥把他们打死。"

最后那个女孩，拭干眼泪说：

"我必定要像哥哥，……"

说完她咬一下嘴唇。

王婆思想着女孩怎么会这样烈性呢？或者是个中用的孩子？

王婆忽然停止酗酒，她每夜，开始在林中教训女儿，在静的林里，她严峻的说：

"要报仇。要为哥哥报仇，谁杀死你的哥哥？"

女孩子想："官项杀死哥哥的。"她又听妈妈说：

"谁杀死哥哥，你要杀死谁，……"

女孩想过十几天以后，她向妈踟蹰着：

"是谁杀死哥哥？妈妈明天领我去进城，找到那个仇人，等后来什么时候遇见他我好杀死他。"

孩子说了孩子话,使妈妈笑了!使妈妈心痛。

王婆同赵三吵架的那天晚上,南河的河水涨出了河床。南河沿嚷着:

"涨大水啦!涨大水啦!"

人们来往在河边,赵三在家里也嚷着:

"你快叫她走,她不是我家的孩子,你的崽子我不招留。快——"

第二天家家的麦子送上麦场。第一场割麦,人们要吃一顿酒来庆祝。赵三第一年不种麦,他家是静悄悄的。有人来请他,他坐到别人欢说着的酒桌前,看见别人欢说,看见别人收麦,他红色的大手在人前窘迫着了,不住的胡乱的扭搅,可是没有人注意他,种麦人和种麦人彼此谈说。

河水落了,却带来众多的蚊虫。夜里蛤蟆的叫声,好像被蚊子的嗡嗡压住似地。日间蚊群也是忙着飞。只有赵三非常哑默。

九 传染病

乱坟岗子,死尸狼藉在那里。无人掩埋,野狗活跃在尸群里。

太阳血一般昏红;从朝至暮蚊虫混同着蒙雾充塞天空。高粱,玉米和一切菜类被人丢弃在田圃,每个家庭是病的家庭。是将要绝灭的家庭。

全村静悄了。植物也没有风摇动它们。一切沉浸在雾中。

赵三坐在南地端出卖五把新镰刀。那是组织"镰刀会"时剩下的。他正看着那伤心的遗留物,村中的老太太来问他:

"我说……天象,这是什么天象?要天崩地陷了。老天爷叫人全死吗?嗳……"

老太婆离去赵三,曲背立即消失在雾中,她的语声也像隔远了似地:

"天要灭人呀!……老天早该灭人啦!人世尽是强盗、打仗、杀害,这是人自己招的罪……"

渐渐远了！远处听见一个驴子在嚎叫，驴子嚎叫在山坡吗？驴子嚎叫在河沟吗？

什么也看不见，只能听闻：那是，二里半的女人作嘎的不愉悦的声音来近赵三。赵三为着镰刀所烦恼，他坐在雾中，他用烦恼的心思在妒恨镰刀，他想：

"青牛是卖掉了！麦田没能种起来。"

那个婆子向他说话，但他没有注意到。那个婆子被脚下的土块跌倒，她起来时慌张着，在雾层中看不清她怎样张皇。她的音波织起了网状的波纹，和老大的蚊音一般：

"三哥，还坐在这里？家怕是有'鬼子'来了，就连小孩子，'鬼子'也要给打针，你看我把孩子抱出来，就是孩子病死也甘心，打针可不甘心。"

麻面婆离开赵三去了！抱着她未死的、连哭也不会哭的孩子沉没在雾中。

太阳变成暗红的放大而无光的圆轮，当在人头。昏茫的村庄埋着天然灾难的种子，渐渐种子在滋生。

传染病和放大的太阳一般勃发起来，茂盛起来！

赵三踏着死蛤蟆走路；人们抬着棺材在他身边暂时现露而滑过去！一个歪斜面孔的小脚女人跟在后面，她小小的声音哭着。又听到驴子叫，不一会驴子闪过去，背上驼着一个重病的老人。

西洋人，人们叫他"洋鬼子"，身穿白外套，第二天雾退时，白衣女人来到赵三的窗外，她嘴上挂着白囊，说起难懂的中国话：

"你的，病人的有？我的治病好，来。快快的。"

那个老的胖一些的，动一动胡子，眼睛胖得和猪眼一般，把头探着窗子望。

赵三着慌说没有病人，可是终于给平儿打针了！

"老鬼子"向那个"小鬼子"说话，嘴上的白囊一动一动的。管子，药瓶和亮刀从提包倾出，赵三去井边提一壶冷水。那个"鬼子"开始擦他通孔的玻璃管。

平儿被停在窗前的一块板上,用白布给他蒙住眼睛。隔院的人们都来看着,因为要晓得"鬼子"怎样治病,"鬼子"治病究竟怎样可怕。

玻璃管从肚脐下一寸的地方插下,五寸长的玻璃管只有半段在肚皮外闪光。于是人们捉紧孩子,使他仰卧不得摇动。"鬼子"开始一个人提起冷水壶,另一个对准那个长长的橡皮管顶端的漏水器。看起来"鬼子"像修理一架机器。四面围观的人好像有叹气的,好像大家一起在缩肩膀。孩子只是做出"呀!呀"的短叫,很快一壶水灌完了!最后在滚胀的肚子上擦一点黄色药水,用小剪子剪一块白绵贴住破口。就这样白衣"鬼子"提了提包轻便的走了!又到别人家去。

又是一天晴朗的日子,传染病患到绝顶的时候!女人们抱着半死的小孩子,女人们始终惧怕打针,惧怕白衣的"鬼子"用水壶向小孩肚里灌水。她们不忍看那肿胀起来奇怪的肚子。

恶劣的传闻布遍着:

"李家的全家死了!""城里派人来验查,有病象的都用车子拉进城去,老太婆也拉,孩子也拉,拉去打药针。"

人死了听不见哭声,静悄地抬着草捆或是棺材向着乱坟岗子走去,接接连连的,不断……

过午二里半的婆子把小孩送到乱坟岗子去!她看到别的几个小孩有的头发蒙住白脸,有的被野狗拖断了四肢,也有几个好好的睡在那里。

野狗在远的地方安然的嚼着碎骨发响。狗感到满足,狗不再为着追求食物而疯狂,也不再猎取活人。

平儿整夜呕着黄色的水,绿色的水,白眼珠满织着红色的丝纹。

赵三喃喃着走出家门,虽然全村的人死了不少,虽然庄稼在那里衰败,镰刀他却总想出卖,镰刀放在家里永久刺着他的心。

一〇　十年

十年前村中的山，山下的小河，而今依旧似十年前，河水静静的在流，山坡随着季节而更换衣裳；大片的村庄生死轮回着和十年前一样。

屋顶的麻雀仍是那样繁多。太阳也照样暖和。山下有牧童在唱童谣，那是十年前的旧调："秋夜长，秋风凉，谁家的孩儿没有娘，谁家的孩儿没有娘，……月亮满西窗。"

什么都和十年前一样，王婆也似没有改变，只是平儿长大了！平儿和罗圈腿都是大人了！

王婆被凉风飞着头发，在篱墙外远听从山坡传来的童谣。

一一　年盘转动了

雪天里，村人们永没见过的旗子飘扬起，升上天空！

全村寂静下去，只有日本旗子在山岗临时军营门前，振荡的响着。

村人们在想：这是什么年月？中华国改了国号吗？

一二　黑色的舌头

宣传"王道"的旗子来了！带着尘烟和骚闹来的。

宽宏的树夹道；汽车闹嚣着了！

田间无际限的浅苗湛着青色。但这不再是静穆的村庄，人们已经失去了心的平衡。草地上汽车突起着飞尘跑过，一些红色绿色的纸片播着种子一般落下来。小茅房屋顶有花色的纸片在起落。附近大道旁的枝头挂住纸片，在飞舞嘶鸣。从城里出发的汽车又追踪着驰来。车上站着威风飘扬的日本人，高丽人，也站着扬威的中国人。

车轮突飞的时候,车上每人手中的旗子摆摆有声,车上的人好像生了翅膀齐飞过去。那一些举着日本旗子做出媚笑杂样的人,消失在道口。

那一些"王道"的书篇飞到山腰去,河边去……

王婆立在门前,二里半的山羊垂下它的胡子。老羊轻轻走过正在繁茂的树下。山羊不再寻什么食物,它困倦了!它过于老,全身变成土一般地毛色。它的眼睛模糊好像垂泪似地。山羊完全幽默和可怜起来;拂摆着长胡子走向洼地。

对着前面的洼地,对着山羊,王婆追踪过去痛苦的日子。她想把那些日子捉回,因为今日的日子还不如昨日。洼地没人种,上岗那些往日的麦田荒乱在那里。她在伤心的追想。

日本飞机拖起狂大的嗡鸣飞过,接着天空翻飞着纸片。一张纸片落在王婆头顶的树枝,她取下看了看丢在脚下。飞机又过去时留下更多的纸片。她不再理睬一下那些纸片,丢在脚下来复的乱踏。

过了一会,金枝的母亲经过王婆,她手中捉住两只公鸡,她向王婆说:

"日子算是没法过了!可怎么过?就剩两只鸡,还得快快去卖掉!"

王婆问她:"你进城去卖吗?"

"不进城谁家肯买?全村也没有几只鸡了!"

她向王婆耳语了一阵:

"日本子恶得很!村子里的姑娘都跑空了!年青的媳妇也是一样。我听说王家屯一个十三岁的小丫头叫日本子弄去了!半夜三更弄走的。"

"歇一歇腿再走吧!"王婆说。

她俩坐在树下。大地上的虫子并不鸣叫,只是她俩惨淡而忧伤的谈着。

公鸡在手下不时振动着膀子。太阳有点正中了!树影做成圆形。

村中添设出异样的风光,日本旗子,日本兵。人们开始讲究这一些:"王道"啦!日"满"亲善啦!快有"真龙天子"啦!

在"王道"之下,村中的废田多起来,人们在广场上忧郁着徘徊。

那老婆说到最后:

"我这些年来,都是养鸡,如今连个鸡毛也不能留,连个'啼明'的公鸡也不让留下。这是什么年头?……"

她振动一下袖子,有点癫狂似地,她立起来,踏过前面一块不耕的废田,废田患着病似地,短草在那婆婆的脚下不愉快的没有弹力的被踏过。

走得很远,仍可辨出两只公鸡是用那个挂下的手提着,另外一只手在面部不住的抹擦。

王婆睡下的时候,她听见远处好像有女人尖叫。打开窗子听一听……

再听一会警笛器叫起来,枪鸣起来,远处的人家闯入什么魔鬼了吗?

"你家有人没有?"

当夜日本兵,中国警察搜遍全村。这是搜到王婆家。她回答:

"有什么人?没有。"

他们掩住鼻子在屋中转了一个弯出去了。手电灯发青的光线乱闪着,临走出门栏,一个日本兵在铜帽子下面说中国话:

"也带走她。"

王婆完全听见他说的是什么:

"怎么也带女人吗?"她想,"女人也要捉去枪毙吗?"

"谁希罕她,一个老婆子!"那个中国警察说。

中国人都笑了!日本人也瞎笑。可是他们不晓得这话是什么意思,别人笑,他们也笑。

真的,不知他们牵了谁家的女人,曲背和猪一般被他们牵走。在稀薄乱动的手电灯绿色的光线里面,分辨不出这女人是谁!

还没走出栏门,他们就调笑那个女人。并且王婆看见那个日本"铜帽子"的手在女人的屁股上急忙的抓了一下。

一三　你要死灭吗?

王婆以为又是假装搜查到村中捉女人,于是她不想到什么恶劣的事情上去,安然的睡了!赵三那老头子也非常老了!他回来没有惊动谁也睡了!

过了夜,日本宪兵在门外轻轻敲门,走进来的,看样像个中国人,他的长靴染了湿淋的露水,从口袋取出手巾,摆出泰然的样子坐在炕沿慢慢擦他的靴子,访问就在这时开始:

"你家昨夜没有人来过?不要紧,你要说实话。"

赵三刚起来,意识有点不清,不晓得这是什么事情要发生。于是那个宪兵把手中的帽子用力抖了一下,不是柔和而不在意的态度了:

"混蛋!你怎么不知道?等带去你就知道了!"

说了这样话并没带他去。王婆一面在扣衣钮一面抢说:

"问的是什么人?昨夜来过几个'老总',搜查没有什么就走了!"

那个军官样的把态度完全是对着王婆,用一种亲昵的声音问:

"老太太请告诉吧!有赏哩!"

王婆的样子仍是没有改变。那人又说:

"我们是捉胡子,有胡子乡民也是同样受害,你没见着昨天汽车来到村子宣传'王道'吗?'王道'叫人诚实。老太太说了吧!有赏呢?"

王婆面对着窗子照上来的红日影,她说:

"我不知道这回事。"

那个军官又想大叫,可是停住了,他的嘴唇困难的又动几下:

"'满洲国'要把害民的胡子扫清,知道胡子不去报告,查出来枪毙!"这时那个长靴人用斜眼神侮辱赵三一下。接着他再不说什么,等待答复,终于他什么也没得到答复。

还不到中午;乱坟岗子多了三个死尸,其中一个是女尸。

人们都知道那个女尸,就是在北村一个寡妇家搜出的那个"女学生"。

赵三听得别人说"女学生"是什么"党"。但是他不晓得什么"党"做什么解释。当夜在喝酒以后把这一切密事告诉了王婆,他也不知道那"女学生"到底有什么密事,到底为什么才死?他只感到不许传说的事情神秘,他也必定要说。

王婆她十分不愿意听,因为这件事情发生,她担心她的女儿,她怕是女儿的命运和那个"女学生"一般样。

赵三的胡子白了!也更稀疏,喝过酒,脸更是发红,他任意把自己摊散在炕角。

平儿担了大捆的绿草回来,晒干可以成柴,在院心他把绿草铺平。进屋他不立刻吃饭,透汗的短衫脱在身边,他好像愤怒似地,用力来拍响他多肉的肩头,嘴里长长的吐着呼吸。过了长时间爹爹说:"你们年青人应该有些胆量。这不是叫人死吗?亡国了!麦地不能种了,鸡犬也要死净。"

老头子说话像吵架一般。王婆给平儿缝汗衫上的大口,她感动了,想到亡国,把汗衫缝错了!她把两个袖口完全缝住。

赵三和一个老牛般样,年青时的气力全都消灭,只回想"镰刀会",又告诉平儿:

"那时候你还小着哩!我和李青山他们弄了个'镰刀会'。勇得很!可是我受了打击,那一次使我碰壁了,你娘去借只洋炮来,谁知还没用洋炮,就是一条棍子出了人命,从那时起就倒霉了!一年不如一年活到如今。"

"狗,到底不是狼,你爹从出事以后,对'镰刀会'就没趣了!青牛就是那年卖的。"

她这样抢白着,使赵三感到羞耻和愤恨。同时自己为什么当时

就那样卑小?心脏发燃了一刻,他说着使自己满意的话:

"这下子东家也不东家了!有日本子,东家也不好干什么!"

他为着轻松充血的身子,他向树林那面去散步,那儿有树林,林梢在青色的天边涂出美调的和舒卷着的云一样的弧线。青的天幕在前面直垂下来,曲卷的树梢花边一般地嵌上天幕。田间往日的蝶儿在飞,一切野花还不曾开。小草房一座一座的坍落着,有的留下残墙在晒阳光,有的也许是被炸弹带走了屋盖。房身整整齐齐地摆在那里。

赵三扩大开胸膛,他呼吸田间透明的空气。他不愿意走了,停脚在一片荒芜的、过去的麦地旁。就这样不多一时,他又感到烦恼,因为他想起往日自己的麦田而今丧尽在炮火下,在日本兵的足下必定不能够再长起来,他带着麦田的忧伤又走过一片瓜田,瓜田也不见了种瓜的人,瓜田尽被一些蒿草充塞。去年看守瓜地的小房,依然存在;赵三倒在小房下的短草梢头。他欲睡了!朦朦中看见一些"高丽"人从大树林穿过。视线从地平面直发过去,那一些"高丽"人仿佛是走在天边。

假如没有乱插在地面的家屋,那么赵三觉得自己是躺在天边了!

阳光迷住他的眼睛,使他不能再远看了!听得见村狗在远方无聊的吠叫。

如此荒凉的旷野,野狗也不到这里巡行。独有酒烧胸膛的赵三到这里巡行,但是他无有目的,任意尖踏到什么地点,走过无数秃田,他觉得过于可惜,点一点头,摆一摆手,不住的叹着气走回家去。

村中的寡妇们多起来,前面是三个寡妇,其中的一个尚拉着她的孩子走。

红脸的老赵三走近家门又转弯了!他是那样信步而无主的走!忧伤在前面招示他,忽然间一个大凹洞,踏下脚去。他未曾注意这个,好像他一心要完成长途似地,继续前进。那里更有炸弹的洞穴,但不能阻碍他的去路,因为喝酒,壮年的血气鼓动他。

在一间破房子里,一只母猫正在哺乳一群小猫。他不愿看这些,他更走,没有一个熟人与他遇见。直到天西烧红着云彩,他滴血的心,垂泪的眼睛竟来到死去的年青时伙伴们的坟上,不带酒祭奠他们,只是无话坐在朋友们之前。

亡国后的老赵三,蓦然念起那些死去的英勇的伙伴!留下活着的老的,只有悲愤而不能走险了,老赵三不能走险了!

那是个繁星的夜,李青山发着疯了!他的哑喉咙,使他讲话带着神秘而紧张的声色。这是第一次他们大型的集会。在赵三家里,他们像在举行什么盛大的典礼,庄严与静肃。人们感到缺乏空气一般,人们连鼻子也没有一个作响。屋子不燃灯,人们的眼睛和夜里的猫眼一般,闪闪有磷光而发绿。

王婆的尖脚,不住的踏在窗外,她安静的手下提了一只破洋灯罩,她时时准备着把玻璃灯罩摔碎。她是个守夜的老鼠,时时防备猫来。她到篱笆外绕走一趟,站在篱笆外听一听他们的谈论高低,有没有危险性?手中的灯罩她时刻不能忘记。

屋中李青山固执而且浊重的声音继续下去:

"在这半月里,我才真知道人民革命军真是不行,要干人民革命军那就必得倒霉,他们尽是些'洋学生',上马还得用人抬上去。他们嘴里就会狂喊'退却'。廿八日那夜外面下小雨,我们十个同志正吃饭,饭碗被炸碎了哩!派两个出去寻炸弹的来路。大家来想一想,两个'洋学生'跑出去,唉!丧气,被敌人追着连帽子都跑丢了,'学生'们常常给敌人打死。……"

罗圈腿插嘴了:"革命军还不如红胡子有用?"

月光照进窗来太暗了!当时没有人能发见罗圈腿发问时是个什么奇怪的神情。

李青山又在开始:

"革命军纪律可真利害,你们懂吗?什么叫纪律?那就是规矩。规矩太紧,我们也受不了。比方吧:屯子里年青青的姑娘眼望着不准去……哈哈！我吃了一回苦，同志打了我十下枪柄哩！"

他说到这里，自己停下笑起来，但是没敢大声。他继续下去。

二里半对于这些事情始终是缺乏兴致，他在一边瞌睡，老赵三用他的烟袋锅撞一下在睡的缺乏政治思想的二里半，并且赵三大不满意起来：

"听着呀！听着，这是什么年头还睡觉？"

王婆的尖脚乱踏着地面作响一阵，人们听一听，没听到灯罩的响声，知道日本兵没有来，同时人们感到严重的气氛。李青山的计划严重着发表。

李青山是个农人，他尚分不清该怎样把事弄起来，只说着：

"屯子里的小伙子招集起来，起来救国吧！革命军那一群'学生'是不行。只有红胡子才有胆量。"

老赵三他的烟袋没有燃着，丢在炕上，急快的拍一下手他说：

"对！招集小伙子们，起名也叫革命军。"

其实赵三完全不能明白，因为他还不曾听说什么叫做革命军，他无由得到安慰，他的大手掌快乐的不停的捋着胡子。对于赵三这完全和十年前组织"镰刀会"同样兴致，也是暗室，也是静悄悄的讲话。

老赵三快乐得终夜不能睡觉，大手掌翻了个终夜。

同时站在二里半的墙外可以数清他鼾声的拍子。

乡间，日本人的毒手努力毒化农民，就说要恢复"大清国"，要做"忠臣"，"孝子"，"节妇"；可是另一方面，正相反的势力也增长着。

天一黑下来就有人越墙藏在王婆家中，那个黑胡子的人每夜来，成为王婆的熟人。在王婆家吃夜饭，那人向她说：

"你的女儿能干得很，背着步枪爬山爬得快呢！可是……已经……"

平儿蹲在炕下，他吸爹爹的烟袋。轻微的一点妒嫉横过心面。他有意弄响烟袋在门扇上，他走出去了。外面是阴沉全黑的夜，他在黑色中消灭了自己。等他忧悒着转回来时，王婆已是在垂泪的境况。

那夜老赵三回来得很晚,那是因为他逢人便讲亡国,救国,义勇军,革命军,……这一些出奇的字眼,所以弄得回来这样晚。快鸡叫的时候了!赵三的家没有鸡,全村听不见往日的鸡鸣。只有褪色的月光在窗上,"三星"不见了,知道天快明了。

他把儿子从梦中唤醒,他告诉他得意的宣传工作:东村那个寡妇怎样把孩子送回娘家预备去投义勇军。小伙子们怎样准备集合。老头子好像已在衙门里做了官员一样,摇摇摆摆着他讲话时的姿式,摇摇摆摆着他自己的心情,他整个的灵魂在阔步!

稍微沉静一刻,他问平儿:

"那个人来了没有?那个黑胡子的人?"

平儿仍回到睡中,爹爹正鼓动着生力,他却睡了!爹爹的话在他耳边,像蚊虫嗡叫一般的无意义。赵三立刻动怒起来,他觉得他光荣的事业,不能有人承受下去,感到养了这样的儿子没用,他失望。

王婆一点声息也不做出,像是在睡般地。

明朝,黑胡子的人,忽然走来,王婆又问他:

"那孩子死的时候,你到底是亲眼看见她没有?"

他弄着骗术一般:

"老太太你怎么还不明白?不是老早就对你讲么?死了就死了吧!革命就不怕死,那是露脸的死啊……比当日本狗的奴隶活着强得多哪!"

王婆常常听他们这一类人说"死"说"活"……她也想死是应该,于是安静下去,用她昨夜为着泪水所浸蚀的眼睛观察那熟人急转的面孔。终于她接受了!那人从囊中取出来的所有小本子,和像黑点一般小字充满在上面的零散的纸张,她全接受了!另外还有发亮的小枪一支也递给王婆。那个人急忙着要走,这时王婆又不自禁的问:

"她也是枪打死的吗?"

那人开门急走出去了!因为急走,那人没有注意到王婆。

王婆往日里,她不知恐怖,常常把那一些别人带来的小本子放在厨房里。有时她竟任意丢在席子下面。今天她却减少了胆量,她想那些东西若被搜查着,日本兵的刺刀会刺通了自己。她好像觉着自己的遭遇要和女儿一样似地,尤其是手掌里的小枪。她被恫吓着慢慢颤栗起来。女儿也一定被同样的枪杀死。她终止了想,她知道当前的事情开始紧急。

赵三仓皇着脸回来,王婆没有理他走向后面柴堆那儿。柴草不似每年,那是烧空了!在一片平地上稀疏的生着马蛇菜。她开始掘地洞;听村狗狂咬,她有些心慌意乱,把镰刀头插进土去无力拔出。她好像要倒落一般:全身受着什么压迫要把肉体解散了一般。过了一刻难忍昏迷的时间,她跑去呼唤她的老同伴。可是当走到房门又急转回来,她想起别人的训告:

——重要的事情谁也不能告诉,两口子也不能告诉。

那个黑胡子的人,向她说过的话也使她回想了一遍:

——你不要叫赵三知道,那老头子说不定和小孩子似地。

等她埋好之后,日本兵继续来过十几个。多半只戴了铜帽,连长靴都没穿就来了!人们知道他们又是在弄女人。

王婆什么观察力也失去了!不自觉地退缩在赵三的背后,就连那永久带着笑脸,常来王婆家搜查的日本官长,她也不认识了。临走时那人向王婆说"再见",她直直迟疑着而不回答一声。

"拔"——"拔",就是出发的意思,老婆们给男人在搜集衣裳或是鞋袜。

李青山派人到每家去寻个公鸡,没得寻到,有人提议把二里半的老山羊杀了吧!山羊正走在李青山门前,或者是歇凉,或者是它走不动了!它的一只独角塞进篱墙的缝际,小伙子们去抬它,但是无法把独角弄出。

二里半从门口经过,山羊就跟在后面回家去了!二里半说:

"你们要杀就杀吧!早晚还不是给日本子留着吗!"

李二婶子在一边说:

"日本子可不要它,老得不成样。"

二里半说:"日本子不要它,老也老死了!"

人们宣誓的日子到了! 没有寻到公鸡,决定拿老山羊来代替。小伙子们把山羊抬着,在杆上四脚倒挂下去,山羊不住哀叫。二里半可笑的悲哀的形色跟着山羊走来。他的跛脚仿佛是一步一步把地面踏陷。波浪状的行走,愈走愈快! 他的老婆疯狂的想把他拖回去,然而不能做到,二里半惶惶的走了一路。山羊被抬过一个山腰的小曲道。山羊被升上院心铺好红布的方桌。

东村的寡妇也来了! 她在桌前跪下祷告了一阵,又到桌前点着两只红蜡烛,蜡烛一点着,二里半知道快要杀羊了。

院心除了老赵三,那尽是一些年青的小伙子在走、转。他们袒露胸臂,强壮而且凶横。

赵三总是向那个东村的寡妇说,他一看见她便宣传她。他一遇见事情,就不像往日那样贪婪吸他的烟袋。说话表示出庄严,连胡子也不动荡一下:

"救国的日子就要来到。有血气的人不肯当亡国奴,甘愿做日本刺刀下的屈死鬼。"

赵三只知道自己是中国人。无论别人对他讲解了多少遍,他总不能明白他在中国人中是站在怎样的阶级。虽然这样,老赵三也是非常进步,他可以代表整个的村人在进步着,那就是他从前不晓得什么叫国家,从前也许忘掉了自己是那国的国民!

他不开言了! 静站在院心,等待宏壮悲愤的典礼来临。

来到三十多人,带来重压的大会,可真的触到赵三了! 使他的胡子也感到非常重要而不可挫碰一下。

四月里晴朗的天空从山脊流照下来,房周的大树群在正午垂曲的立在太阳下。畅明的天光与人们共同宣誓。

寡妇们和亡家的独身汉在李青山喊过口号之后,完全用膝头曲倒在天光之下。羊的脊背流过天光,桌前的大红蜡烛在壮默的人头前面燃烧。李青山的大个子直立在桌前:"弟兄们! 今天是什么日子!知道吗?今天……我们去敢死……决定了……就是把我们的脑袋挂满了整个村子所有的树梢也情愿,是不是啊?……是不是……?弟兄们……?"

回声先从寡妇们传出:"是呀!千刀万剐也愿意!"

哭声刺心一般痛,哭声方锥一般落进每个人的胸膛。一阵强烈的悲酸掠过低垂的人头,苍苍然蓝天欲坠了!

老赵三立到桌子前面,他不发声,先流泪:

"国……国亡了!我……我也……老了!你们还年青,你们去救国吧!我的老骨头再……再也不中用了!我是个老亡国奴,我不会眼见你们把日本旗撕碎,等着我埋在坟里……也要把中国旗子插在坟顶,我是中国人!……我要中国旗子,我不当亡国奴,生是中国人,死是中国鬼……不……不是亡……亡国奴……"

浓重不可分解的悲酸,使树叶垂头。赵三在红蜡烛前用力敲了桌子两下,人们一起哭向苍天了!人们一起向苍天哭泣。大群的人起着嚎啕!

就这样把一只匣枪装好子弹摆在众人前面。每人走到那支枪口就跪倒下去盟誓:

"若是心不诚,天杀我,枪杀我,枪子是有灵有圣有眼睛的啊!"

寡妇们也是盟誓。也是把枪口对准心窝说话。只有二里半在人们宣誓之后快要杀羊时他才回来。从什么地方他捉一只公鸡来!只有他没曾宣誓,对于国亡,他似乎没什么伤心,他领着山羊,就回家去。别人的眼睛,尤其是老赵三的眼睛在骂他:

"你个老跛脚的东西,你,你不想活吗?……"

一四 到都市里去

临行的前夜,金枝在水缸沿上磨剪刀,而后用剪刀撕破死去孩子的尿巾。年青的寡妇是住在妈妈家里。

"你明天一定走吗?"

睡在身边的妈妈被灯光照醒,带着无限怜惜,在已决定的命运中求得安慰似地。

"我不走,过两天再走。"金枝答她。

又过了不多时老太太醒来,她再不能睡,当她看见女儿不在身边而在地心洗濯什么的时候,她坐起来问着:

"你是明天走吗?再住三两天不能够吧!"

金枝在夜里收拾东西,母亲知道她是要走。金枝说:

"娘,我走两天,就回来,娘……不要着急!"

老太太像在摸索什么,不再发声音。

太阳很高很高了,金枝尚偎在病母亲的身边,母亲说:

"要走吗?金枝!走就走吧!去赚些钱吧!娘不阻碍你。"母亲的声音有些惨然:

"可是要学好,不许跟着别人学,不许和男人打交道。"

女人们再也不怨恨丈夫。她向娘哭着:

"这不都是小日本子吗?挨千刀的小日本子!不走等死吗?"

金枝听老人讲,女人独自行路要扮个老相,或丑相,束上一条腰带,她把油罐子挂在身旁,盛米的小桶也挂在腰带上,包着针线和一些碎布的小包袱塞进米桶去,装做讨饭的老婆,用灰尘把脸涂得很脏并有条纹。

临走时妈妈把自己耳上的银环摘下,并且说:

"你把这个带去吧!放在包袱里,别叫人给你抢去,娘一个钱也没有,若饿肚时,你就去卖掉,买个干粮吃吧!"走出门去还听母亲说:"遇见日本子,你快伏在蒿子下。"

金枝走得很远,走下斜坡,但是娘的话仍是那样在耳边反复:"买个干粮吃。"她心中乱乱的幻想,她不知走了多远,她像从家向外逃跑一般,速步而不回头。小道也尽是生着短草,即便是短草也障碍金枝赶路的脚。

日本兵坐着马车,口里吸烟,从大道跑过。金枝有点颤抖了!她想起母亲的话,很快躺在小道旁的蒿子里。日本兵走过,她心跳着站起,她四面惶惶在望:母亲在那里?家乡离开她很远,前面又来到一个生疏的村子,使她感觉到走过无数人间。

红日快要落过天边去,人影横倒地面杆子一般瘦长。踏过去一条小河桥,再没有多少路途!

哈尔滨城渺茫中有工厂的烟囱插入云天。

金枝在河边喝水,她回头望向家乡,家乡遥远而不可见。只是高高的山头,山下辨不清是烟是树,母亲就在烟树荫中。

她对于家乡的山是那般难舍,心脏在胸中飞起了!金枝感到自己的心已被摘掉不知抛向何处!她不愿走了,强行走过河桥又转入小道。前面哈尔滨城在招示她,背后家山向她送别。

小道不生蒿草,日本兵来时,让她躲身到地缝中去吗?她四面寻找,为了心脏不能平衡,脸面过量的流汗,她终于被日本兵寻到:

"你的!……站住。"

金枝好比中了枪弹,滚下小沟去,日本兵走近,看一看她脏污的样子。他们和肥鸭一般,嘴里发响摆动着身子,没有理她走过去了!他们走了许久许久,她仍没起来,以后她哭着,木桶扬翻在那里,小包袱从木桶滚出。她重新走起时,身影在地面越瘦越长起来,和细线似地。

金枝在夜的哈尔滨城,睡在一条小街阴沟板上。那条街是小工人和洋车夫们的街道。有小饭馆,有最下等的妓女,妓女们的大红裤子时时在小土房的门前出现。闲散的人,做出特别姿态,慢慢和大红裤子们说笑,后来走进小房去,过一会又走出来。但没有一个人理会破乱的金枝,她好像一个垃圾桶,好像一个病狗似地堆偎在那里。

这条街连警察也没有,讨饭的老婆和小饭馆的伙计吵架。

满天星火,但那都疏远了!那是与金枝绝缘的物体。半夜过后金枝身边来了一条小狗,也许小狗是个受难的小狗?这流浪的狗它进木桶去睡。金枝醒来仍没出太阳,天空许多星充塞着。

许多街头流浪人,尚挤在小饭馆门前,等候着最后的施舍。

金枝腿骨断了一般酸痛,不敢站起。最后她也挤进要饭人堆去,等了好久,伙计不见送饭出来,四月里露天睡宿打着透心的寒颤,别人看她的时候,她觉得这个样子难看,忍了饿又来在原处。

夜的街头,这是怎样的人间?金枝小声喊着娘,身体在阴沟板上不住的抽拍。绝望着,哭着,但是她和木桶里在睡的小狗一般同样不被人注意,人间好像没有他们存在。天明,她不觉得饿,只是空虚,她的头脑空空尽尽了!在街树下,一个缝补的婆子,她遇见对面去问:

"我是新来的,新从乡下来的……"

看她作窘的样子那个缝婆没理她,面色在清凉的早晨发着淡白走去。

卷尾的小狗偎依着木桶好像偎依妈妈一般,早晨小狗大约感到太寒。

小饭馆渐渐有人来往。一堆白热的馒头从窗口堆出。

"老婶娘,我新从乡下来,……我跟你去,去赚几个钱吧!"

第二次,金枝成功了,那个婆子领她走,一些搅扰的街道,发出浊气的街道,她们走过。金枝好像才明白,这里不是乡间了,这里只是生疏、隔膜、无情感。一路除了饭馆门前的鸡、鱼和香味,其余她都没有看见似地,都没有听闻似地。

"你就这样把袜子缝起来。"

在一个挂金牌的"鸦片专卖所"的门前,金枝打开小包,用剪刀剪了块布角,缝补不认识的男人的破袜。那婆子又在教她:

"你要快缝,不管好坏,缝住,就算。"

金枝一点力量也没有,好像愿意赶快死似地,无论怎样努力眼睛也不能张开。一部汽车擦着她的身边驰过,跟着警察来了,指挥她说:

"到那边去!这里也是你们缝穷的地方?"

金枝忙仰头说:"老总,我刚从乡下来,还不懂得规矩。"

在乡下叫惯了老总,她叫警察也是老总,因为她看警察也是庄严的样子,也是腰间佩枪。别人都笑她,那个警察也笑了。老缝婆又教说她：

"不要理他，也不必说话，他说你，你躲后一步就完。"

她，金枝立刻觉得自己发羞，看一看自己的衣裳也不和别人同样，她立刻讨厌从乡下带来的破罐子，用脚踢了罐子一下。

袜子补完，肚子空虚的滋味不见终止，假若得法，她要到无论什么地方去偷一点东西吃。很长时间她停住针，细看那个立在街头吃饼干的孩子，一直到孩子把饼干的最末一块送进嘴去，她仍在看。

"你快缝，缝完吃午饭，……可是你吃了早饭没有？"

金枝感到过于亲热，好像要哭出来似地，她想说：

"从昨夜就没吃一点东西，连水也没喝过。"

中午来到，她们和从"鸦片馆"出来那些游魂似地人们同行着。女工店有一种特别不流通的气息，使金枝想到这又不是乡村，但是那一些停滞的眼睛，黄色脸，直到吃过饭，大家用水盆洗脸时她才注意到，全屋五丈多长，没有隔壁，墙的四周涂满了臭虫血，满墙拖长着黑色紫色的血点。一些污秽发酵的包袱围墙堆集着。这些多样的女人，好像每个患着病似地，就在包袱上枕了头讲话：

"我那家子的太太，待我不错，吃饭都是一样吃，那怕吃包子我也一样吃包子。"

别人跟住声音去羡慕她。过了一阵又是谁说她被公馆里的听差扭一下嘴巴。她说她气病了一场，接着还是不断的乱说。这一些烦烦乱乱的话金枝尚不能明白，她正在细想什么叫公馆呢？什么是太太？她用遍了思想而后问一个身边在吸烟的剪发的妇人：

"'太太'不就是老太太吗？"

那个妇人没答她，丢下烟袋就去呕吐。她说吃饭吃了苍蝇。可是全屋通长的板炕，那一些城市的女人她们笑得使金枝生厌，她们是前仆后折的笑。她们为着笑这个乡下女人彼此兴奋得拍响着肩膀，笑得过甚的竟流起眼泪来。金枝却静静坐在一边。等夜晚睡觉时，她向初识那个老太太说：

"我看哈尔滨倒不如乡下好，乡下姊妹很和气，你看午间她们笑我拍着掌哩!"

说着她卷紧一点包袱,因为包袱里面藏着赚得的两角钱纸票,金枝枕了包袱,在都市里的臭虫堆中开始睡觉。

金枝赚钱赚得很多了! 在裤腰间缝了一个小口袋,把两元钱的票子放进去,而后缝住袋口。女工店向她收费用时她同那人说:

"晚几天给不行吗? 我还没赚到钱。"她无法又说:

"晚上给吧! 我是新从乡下来的。"

终于那个人不走,她的手摆在金枝眼下,女人们也越集越多,把金枝围起来。她好像在耍把戏一般招来这许多观众,其中有一个三十多岁的胖子,头发完全脱掉,粉红色闪光的头皮,独超出人前,她的脖子装好颤丝一般,使闪光的头颅轻便而随意的在转,在颤,她就向金枝说:

"你快给人家! 怎么你没有钱? 你把钱放在什么地方我都知道。"

金枝生气,当着大众把口袋撕开,她的票子四分之三觉得是损失了! 被人夺走了! 她只剩五角钱。她想:

"五角钱怎样送给妈妈? 两元要多少日子再赚得?"

她到街上去上工很晚。晚间一些臭虫被打破,发出袭人的臭味,金枝坐起来全身搔痒,直到搔出血来为止。

楼上她听着两个女人骂架,后来又听见女人哭,孩子也哭。

母亲病好了没有? 母亲自己拾柴烧吗? 下雨房子流水吗? 渐渐想得恶化起来:她若死了不就是自己死在炕上无人知道吗?

金枝正在走路,脚踏车响着铃子驶过她,立刻心脏膨胀起来,好像汽车要轧上身体,她终止一切幻想了。

金枝知道怎样赚钱,她去过几次独身汉的房舍,她替人缝被,男人们问她:

"你丈夫多大岁数咧?"

"死啦！"

"你多大岁数？"

"二十七。"

一个男人拖着拖鞋，散着裤口，用他奇怪的眼睛向金枝扫了一下，奇怪的嘴唇跳动着：

"年青青的小寡妇哩！"

她不懂在意这个，缝完，带了钱走了。有一次走出门时有人喊她：

"你回来，……你回来。"

给人以奇怪感觉的急切的呼叫，金枝也懂得应该快走，不该回头。晚间睡下时，她向身边的周大娘说：

"为什么缝完，拿钱走时他们叫我？"

周大娘说："你拿人家多少钱？"

"缝一个被子，给我五角钱。"

"怪不得他们叫你！不然为什么给你那么多钱？普通一张被两角。"

周大娘在倦乏中只告诉她一句。

"缝穷婆谁也逃不了他们的手。"

那个全秃的亮头皮的妇人在对面的长炕上类似尖巧的呼叫，她一面走到金枝头顶，好像要去抽拔金枝的头发。弄着她的胖手指：

"唉呀！我说小寡妇，你的好运气来了！那是又来财又开心。"

别人被吵醒开始骂那个秃头：

"你该死的，有本领的野兽，一百个男人也不怕，一百个男人你也不够。"

女人骂着彼此在交谈，有人在大笑，不知谁在一边重复了好几遍：

"还怕！一百个男人还不够哩！"

好像闹着的蜂群静了下去，女人们一点嗡声也停住了，她们全体到梦中去。

"还怕！一百个男人还不够哩！"不知谁，她的声音没有人接受，空洞的在屋中走了一周，最后声音消灭在白月的窗纸上。

金枝站在一家俄国点心铺的纱窗外。里面格子上各式各样的油黄色的点心，肠子，猪腿，小鸡，这些吃的东西，在那里发出油亮。最后她发现一个整个的肥胖的小猪，竖起耳朵伏在一个长盘里。小猪四围摆了一些小白菜和红辣椒。她要立刻上去连盘子都抱住，抱回家去快给母亲看。不能那样做，她又恨小日本子，若不是小日本子搅闹乡村，自家的母猪不是早生了小猪吗？"布包"在肘间渐渐脱落，她不自觉的在铺门前站不安定，行人道上人多起来，她碰撞着行人。一个漂亮的俄国女人从点心铺出来，金枝连忙注意到她透孔的鞋子下面染红的脚趾甲；女人走得很快，比男人还快，使她不能再看。

人行道上：唬——唬——的大响，大队的人经过，金枝一看见铜帽子就知道日本兵，日本兵使她离开点心铺快快跑走。

她遇到周大娘向她说：

"一点活计也没有，我穿这一件短衫，再没有替换的，连买几尺布钱也攒不下，十天一交费用，那就是一块五角。又老，眼睛又花，缝的也慢，从没人领我到家里去缝。一个月的饭钱还是欠着，我住得年头多了！若是新来，那就非被赶出去不可。"她走一条横道又说："新来的一个张婆，她有病都被赶走了。"

经过肉铺，金枝对肉铺也很留恋，她想买一斤肉回家也满足。母亲半年多没尝过肉味。

松花江，江水不住的流，早晨还没有游人，舟子在江沿无聊的彼此骂笑。

周大娘坐在江边。怅然了一刻，接着擦她的眼睛，眼泪是为着她末日的命运在流。江水轻轻拍着江岸。

金枝没被感动，因为她刚来到都市，她还不晓得都市。

金枝为着钱,为着生活,她小心的跟了一个独身汉去到他的房舍。刚踏进门,金枝看见那张床,就害怕,她不坐在床边,坐在椅子上先缝被褥。那个男人开始慢慢和她说话,每一句话使她心跳。可是没有什么,金枝觉得那人很同情她。接着就缝一件夹衣的袖口,夹衣是从那个人身上立刻脱下的,等到袖口缝完时,那男人从腰带间一个小口袋取出一元钱给她,那男人一面把钱送过去,一面用他短胡子的嘴向金枝扭了一下,他说:

"寡妇有谁可怜你?"

金枝是乡下女人,她还看不清那人是假意同情,她轻轻受了"可怜"字眼的感动,她心有些波荡,停在门口,想说一句感谢的话,但是她不懂说什么,终于走了!她听道旁大水壶的笛子在耳边叫,面包作坊门前取面包的车子停在道边,俄国老太太花红的头巾驰过她。

"嗳!回来……你来,还有衣裳要缝。"

那个男人涨红了脖子追在后面。等到房中,没有事可做,那个男人像猿猴一般,袒露出多毛的胸膛,去用厚手掌闩门去了!而后他开始解他的裤子,最后他叫金枝:

"快来呀……小宝贝。"他看一看金枝吓住了,没动:"我叫你是缝裤子,你怕什么?"

缝完了,那人给她一元票,可是不把票子放到她的手里,把票子摔到床底,让她弯腰去取,又当她取得票子时夺过来让她再取一次。

金枝完全摆在男人怀中,她不是正音嘶叫:

"对不起娘呀!……对不起娘……"

她无助的嘶狂着,圆眼睛望一望锁住的门不能自开,她不能逃走,事情必然要发生。

女工店吃过晚饭,金枝好像踏着泪痕行走,她的头过分的迷昏,心脏落进污水沟中似地,她的腿骨软了,松懈了,爬上炕取她的旧鞋,和一条手巾,她要回乡,马上躺到娘身上去哭。

炕尾一个病婆,垂死时被店主赶走,她们停下那件事不去议论,金枝把她们的趣味都集中来。

"什么勾当?这样着急?"第一个是周大娘问她。

"她一定进财了!"第二个是秃头胖子猜说。

周大娘也一定知道金枝赚到钱了,因为每个新来的第一次"赚钱"都是过分的羞恨。羞恨摧毁她,忽然患着传染病一般。

"惯了就好了!那怕什么!弄钱是真的,我连金耳环都赚到手里。"

秃胖子用好心劝她,并且手在扯着耳朵。别人骂她:

"不要脸,一天就是你不要脸!"

旁边那些女人看见金枝的痛苦,就是自己的痛苦,人们慢慢四散,去睡觉了,对于这件事情并不表示新奇和注意。

金枝勇敢的走进都市,羞恨又把她赶回了乡村,在村头的大树枝上发现人头。一种感觉通过骨髓麻寒她全身的皮肤,那是怎样可怕,血浸的人头!

母亲拿着金枝的一元票子,她的牙齿在嘴里埋没不住,完全外露。她一面细看票子上的花纹,一面快乐有点不能自制的说:

"来家住一夜明日就走吧!"

金枝在炕沿搥打酸痛的腿骨;母亲不注意女儿为什么不欢喜,她只跟了一张票子想到另一张,在她想,许多票子不都可以到手吗?她必须鼓励女儿。

"你应该洗洗衣裳收拾一下,明天一早必得要行路的,在村子里是没有出头露面之日。"

为了心切,她好像责备着女儿一般,简直对于女儿没有热情。

一扇窗子立刻打开,拿着枪的黑脸孔的人竟跳进来,踏了金枝的左腿一下。那个黑人向棚顶望了望,他熟习的爬向棚顶去,王婆也跟着走来,她多日不见金枝而没说一句话,宛如她什么也看不见似地。一直爬上棚顶去。金枝和母亲什么也不晓得,只是爬上去。直到黄昏恶消息仍没传来,他们和爬虫样才从棚顶爬下。王婆说:"哈尔滨一定比乡下好,你再去就在那里不要回来,村子里日本子越来越恶,他们捉大肚女人,破开肚子去破'红枪会'(义勇军的一种),活显显的小孩从肚皮流出来。为这事,李青山把两个日本子的脑袋割下挂到树上。"

金枝鼻子做出哼声:

"从前恨男人,现在恨小日本子。"最后她转到伤心的路上去:"我恨中国人呢?除外我什么也不恨。"

王婆的学识有点不如金枝了!

一五　失败的黄色药包

开拔的队伍在南山道转弯时,孩子在母亲怀中向父亲送别。行过大树道,人们滑过河边。他们的衣装和步伐看起来不像一个队伍,但衣服下藏着猛壮的心。这些心把他们带走,他们的心铜一般凝结着出发。最末一刻大山坡还未曾遮没最后的一个人,一个抱在妈妈怀中的小孩他呼叫"爹爹"。孩子的呼叫什么也没得到,父亲连手臂也没摇动一下,孩子好像把声响撞到了岩石。

女人们一进家屋,屋子好像空了;房屋好像修造在天空,素白的阳光在窗上,却不带来一点意义。她们不需要男人回来,只需要好消息。消息来时,是五天过后,老赵三赤着他显露筋骨的脚奔向李二婶子去告诉:

"听说青山他们被打散啦!"显然赵三是手足无措,他的胡子也震惊起来,似乎忙着要从他的嘴巴跳下。

"真的有人回来了吗?"

李二婶子的喉咙变做细长的管道,使声音出来做出多角形。

"真的平儿回来啦!"赵说。

严重的夜,从天上走下。日本兵围剿打鱼村,白旗屯,和三家子……

平儿正在王寡妇家,他休息在情妇的心怀中。外面狗叫,听到日本人说话,平儿越墙逃走;他埋进一片蒿草中,蛤蟆在脚间跳。

"非拿住这小子不可,怕是他们和义勇军接连。"

在蒿草中他听清这是谁们在说:"走狗们。"

平儿他听清他的情妇被拷打:

"男人那里去啦?——快说,再不说枪毙!"

他们不住骂:"你们这些母狗,猪养的。"

平儿完全赤身,他走了很远。他去扯衣襟拭汗,衣襟没有了,在腿上扒了一下,于是才发现自己的身影落在地面和光身的孩子一般。

二里半的麻婆子被杀,罗圈腿被杀,死了两个人,村中安息两天。第三天又是要死人的日子。日本兵满村窜走,平儿到金枝家棚顶去过夜。金枝说:

"不行呀!棚顶方才也来小鬼子翻过。"

平儿于是在田间跑着,枪弹不住向他放射,平儿的眼睛不会转弯,他听有人近处叫:

"拿活的,拿活的。……"

他错觉的听到了一切,他遇见一扇门推进去,一个老头在烧饭,平儿快流眼泪了:

"老伯伯,救命,把我藏起来吧!快救命吧!"

老头子说:"什么事?"

"日本子捉我。"

平儿鼻子流血,好像他说到日本子才流血。他向全屋四面张望,就像连一条缝也没寻到似地,他转身要跑,老人捉住,出了后门,盛粪的长形的笼子在门旁,掀起粪笼老人说:

"你就爬进去,轻轻喘气。"

老人用粥饭涂上纸条把后门封起来,他到锅边吃饭。粪笼下的平儿听见来人和老人讲话,接着他便听到有人在弄门闩,门就要开了,自己就要被捉了!他想要从笼子跳出来。但,很快那些人,那些魔鬼去了!

平儿从安全的粪笼出来,满脸粪屑,白脸染着红血条,鼻子仍然流血,他的样子已经很可惨。

李青山这次他信任"革命军"有用,逃回村来,他不同别人一样带回衰丧的样子,他在王婆家说:

"革命军所好的是他不胡乱干事,他们有纪律,这回我算相信,红胡子算完蛋:自己纷争,乱撞胡撞。"

这次听众很少,人们不相信青山。村人天生容易失望,每个人容易失望。每个人觉得完了! 只有老赵三,他不失望,他说:

"那么再组织起来去当革命军吧!"

王婆觉得赵三说话和孩子一般可笑。但是她没笑他。她的身边坐着戴男人帽子的当过胡子救过国的女英雄说:

"死的就丢下,那么受伤的怎样了?"

"受微伤的不都回来了吗!受重伤那就管不了,死就是啦!"

正这时北村一个老婆婆疯了似地哭着跑来和李青山拼命。她捧住头,像捧住一块石头般地投向墙壁,嘴中发出短句:

"李青山,……仇人……我的儿子让你领走去丧命。"

人们拉开她,她有力挣扎,比一条疯牛更有力:

"就这样不行,你把我给小日本子送去吧! 我要死,……到应死的时候了! ……"

她就这样不住的捉她的头发,慢慢她倒下来,她换不上气来,她轻轻拍着王婆的膝盖:

"老姐姐,你也许知道我的心,十九岁守寡,守了几十年,守这个儿子;……我那些挨饿的日子呀! 我跟孩子到山坡去割毛草,大雨来了,雨从山坡把娘儿两个拍滚下来,我的头,在我想是碎了,谁知道? 还没死……早死早完事。"

她的眼泪一阵湿热湿透王婆的膝盖,她开始轻轻哭:

"你说我还守什么? ……我死了吧! 有日本子等着,菱花那丫头也长不大,死了吧!"

果然死了,房梁上吊死的。三岁孩子菱花小脖颈和祖母并排悬着,高挂起正像两条瘦鱼。

死亡率在村中又在开始快速,但是人们不怎样觉察,患着传染病一般地全乡村又在昏迷中挣扎。

"爱国军"从三家子经过,张着黄色旗,旗上有红字"爱国军"。人们有的跟着去了!他们不知道怎样爱国,爱国又有什么用处,只是他们没有饭吃啊!

李青山不去,他说那也是胡子编成的。老赵三为着"爱国军"和儿子吵架:

"我看你是应该去,在家若是传出风声去有人捉拿你。跟去混混,到最末就是杀死一个日本鬼子也上算,也出出气。年青气壮,出一口气也是好的。"

老赵三一点见识也没有,他这样盲动的说话使儿子不佩服,平儿同爹爹讲话总是把眼睛绕着圈子斜视一下,或是不调协的抖一两下肩头,这样对待他,他非常不愿意接受,有时老赵三自己想:

"老赵三怎不是个小赵三呢!"

一六　尼姑

金枝要做尼姑去。

尼姑庵红砖房子就在山尾那端。她去开门没能开,成群的麻雀在院心啄食,石阶生满绿色的苔藓,她问一个邻妇,邻妇说:

"尼姑在事变以后,就不见,听说跟造房子的木匠跑走的。"

从铁门栏看进去,房子还未上好窗子,一些长短的木块尚在院心,显然可以看见正房里,凄凉的小泥佛在坐着。

金枝看见那个女人肚子大起来,金枝告诉她说:

"这样大的肚子你还敢出来?你没听说小日本子把大肚女人弄去破'红枪会'吗?日本子把女人肚子割开,去带着上阵,他们说红枪会什么也不怕,就怕女人;日本子叫'红枪会'做'铁孩子'呢!"

那个女人立刻哭起来。

"我说不嫁出去,妈妈不许,她说日本子就要姑娘,看看,这回怎么办?孩子的爹爹走就没见回来,他是去当'义勇军'。"

有人从庙后爬出来,金枝她们吓着跑。

"你们见了鬼吗?我是鬼吗?……"

往日美丽的年青的小伙子,和死蛇一般爬回来。五姑姑出来看见自己的男人,她想到往日受伤的马,五姑姑问他:"'义勇军'全散了吗?"

"全散啦!全死啦!就连我也死啦!"他用一只胳臂打着草稍轮回:

"养汉老婆,我弄得这个样子,你就一句亲热的话也没有吗?"

五姑姑垂下头,和睡了的向日葵花一般。大肚子的女人回家去了!金枝又走向那里去?她想出家,庙庵早已空了!

一七 不健全的腿

"'人民革命军'在那里?"二里半突然问起赵三说。这使赵三想:"二里半当了走狗吧?"他没对他告诉。二里半又去问青山。青山说:

"你不要问,再等几天跟着我走好了!"

二里半急迫着好像他就要跑到革命军去。青山长声告诉他:

"革命军在磐石,你去得了吗?我看你一点胆量也没有,杀一只羊都不能够。"接着他故意羞辱他似地:

"你的山羊还好啊?"

二里半为了生气,他的白眼球立刻多过黑眼球。他的热情立刻在心里结成冰。李青山不与他再多说一句,望向窗外天边的树,小声摇着头,他唱起小调来。二里半临出门,青山的女人流汗在厨房向他说:

"李大叔,吃了饭走吧!"

青山看到二里半可怜的样子,他笑说:

"回家做什么,老婆也没有了,吃了饭再说吧!"

他自己没有了家庭,他贪恋别人的家庭。当他拾起筷子时,很快一碗麦饭吃下去了,接连他又吃两大碗,别人还不吃完,他已经在抽烟了!他一点汤也没喝,只吃了饭就去抽烟。

"喝些汤,白菜汤很好。"

"不喝,老婆死了三天,三天没吃干饭哩!"二里半摇着头。

青山忙问:"你的山羊吃了干饭没有?"

二里半吃饱饭,好像一切都有希望。他没生气,照例自己笑起来。他感到满意离开青山家。在小道不断的抽他的烟火。天色茫茫的并不引他悲哀,蛤蟆在小河边一声声的哇叫。河边的小树随了风在骚闹,他踏着往日自己的菜田,他振动着往日的心波。菜田连棵菜也不生长。

那边人家的老太太和小孩子们载起暮色来在田上匍匐。他们相遇在地端,二里半说:

"你们在掘地吗?地下可有宝物?若有我也蹲下掘吧!"

一个很小的孩子发出脆声:"拾麦穗呀!"孩子似乎是快乐,老祖母在那边已叹息了:

"有宝物?……我的老天爷?孩子饿得乱叫,领他们来拾几粒麦穗,回家给他们做干粮吃。"

二里半把烟袋给老太太吸,她拿过烟袋,连擦都没有擦,就放进嘴去。显然她是熟习吸烟,并且十分需要。她把肩膀抬得高高,她紧合了眼睛,浓烟不住从嘴冒出,从鼻孔冒出。那样很危险,好像她的鼻子快要着火。

"一个月也多了,没得摸到烟袋。"

她像仍不愿意舍弃烟袋,理智勉强了她。二里半接过去把烟袋在地面搕响着。

人间已是那般寂寞了!天边的红霞没有鸟儿翻飞,人家的篱墙没有狗儿吠叫。

老太太从腰间慢慢取出一个纸团,纸团慢慢在手下舒展开,而后又折平。

"你回家去看看吧!老婆、孩子都死了!谁能救你,你回家去看看吧!看看就明白啦!"

她指点那张纸,好似指点符咒似地。

天更黑了!黑得和帐幕紧逼住人脸。最小的孩子,走几步,就抱住祖母的大腿,他不住的嚷着:

"奶奶,我的筐满了,我提不动呀!"

祖母为他提筐,拉着他。那几个大一些的孩子卫队似地跑在前面。到家,祖母点灯看时,满筐蒿草,蒿草从筐沿要流出来,而没有麦穗,祖母打着孩子的头笑了:

"这都是你拾得的麦穗吗?"祖母把笑脸转换哀伤的脸,她想:"孩子还不能认识麦穗,难为了孩子!"

五月节,虽然是夏天,却像吹起秋风来。二里半熄了灯,凶壮着从屋檐出现,他提起切菜刀,在墙角,在羊棚,就是院外白树下,他也搜遍。他要使自己无牵无挂,好像非立刻杀死老羊不可。

这是二里半临行的前夜。

老羊鸣叫着回来,胡子间挂了野草,在栏栅处擦得栏栅响。二里半手中的刀,举得比头还高,他朝向栏杆走去。

菜刀飞出去,喳啦的砍倒了小树。

老羊走过来,在他的腿间搔痒。二里半许久许久的摸抚羊头,他十分羞愧,好像耶稣教徒一般向羊祷告。

清早他像对羊说话,在羊棚喃喃了一阵,关好羊栏,羊在栏中吃草。

五月节,晴明的青空。老赵三看这不像个五月节样:麦子没长起来,嗅不到麦香,家家门前没挂纸葫芦。他想这一切是变了!变得这样速!去年五月节,清清明明的,就在眼前似地,孩子们不是捕蝴蝶吗?他不是喝酒吗?

他坐在门前一棵倒折的树干上,凭吊这已失去的一切。

李青山的身子经过他,他扮成"小工"模样,赤足卷起裤口,他说给赵三:

"我走了!城里有人候着,我就要去……"

青山没提到五月节。

二里半远远跛脚奔来,他青色马一样的脸孔,好像带着笑容。他说:

"你在这里坐着,我看你快要朽在这根木头上,……"

二里半回头看时,被关在栏中的老羊,居然随在身后,立刻他的脸更拖长起来:

"这条老羊……替我养着吧!赵三哥!你活一天替我养一天吧!……"

二里半的手,在羊毛上惜别,他流泪的手,最后一刻摸着羊毛。

他快走,跟上前面李青山去。身后老羊不住哀叫,羊的胡子慢慢在摆动……

二里半不健全的腿颠跌着颠跌着,远了!模糊了!山岗和树林,渐去渐遥。羊声在遥远处伴着老赵三茫然的嘶鸣。

一九三四年九月九日

小城三月

一

　　三月的原野已经绿了,像地衣那样绿,透出在这里,那里。郊原上的草,是必须转折了好几个弯儿才能钻出地面的,草儿头上还顶着那胀破了种粒的壳,发出一寸多高的芽子,欣幸地钻出了土皮。放牛的孩子,在掀起了墙脚片下面的瓦片时,找到了一片草芽了,孩子们到家里告诉妈妈,说:"今天草芽出土了!"妈妈惊喜地说:"那一定是向阳的地方!"抢根菜的白色的圆石似地籽儿在地上滚着,野孩子一升一斗地在拾。蒲公英发芽了,羊咩咩地叫,乌鸦绕着杨树林子飞。天气一天暖似一天,日子一寸一寸的都有意思。杨花满天照地飞,像棉花似地。人们出门都是用手捉着,杨花挂着他了。草和牛粪都横在道上,放散着强烈的气味。远远的有用石子打船的声音,空空……的大响传来。

　　河冰发了,冰块顶着冰块,苦闷地又奔放地向下流。乌鸦站在冰块上寻觅小鱼吃,或者是还在冬眠的青蛙。

　　天气突然的热起来,说是"二八月,小阳春",自然冷天气还是要来的,但是这几天可热了。春天带着强烈的呼唤从这头走到那头……

　　小城里被杨花给装满了,在榆树还没变黄之前,大街小巷到处飞着,像纷纷落下的雪块……

　　春来了。人人像久久等待着一个大暴动,今天夜里就要举行,人人带着犯罪的心情,想参加到解放的尝试……春吹到每个人的心坎,带着呼唤,带着蛊惑……

我有一个姨,和我的堂哥哥大概是恋爱了。

姨母本来是很近的亲属,就是母亲的姊妹。但是我这个姨,她不是我的亲姨,她是我的继母的继母的女儿。那么她可算与我的继母有点血统的关系了,其实也是没有的。因为我这个外祖母是在已经做了寡妇之后才来到的外祖父家,翠姨就是这个外祖母的原来在另外的一家所生的女儿。

翠姨还有一个妹妹,她的妹妹小她两岁,大概是十七八岁,那么翠姨也就是十八九岁了。

翠姨生得并不是十分漂亮,但是她长得窈窕,走起路来沉静而且漂亮,讲起话来清楚的带着一种平静的感情。她伸手拿樱桃吃的时候,好像她的手指尖对那樱桃十分可怜的样子,她怕把它触坏了似地轻轻地捏着。

假若有人在她的背后招呼她一声,她若是正在走路,她就会停下;若是正在吃饭,就要把饭碗放下,而后把头向着自己的肩膀转过去,而全身并不大转,于是她自觉地闭合着嘴唇,像是有什么要说而一时说不出来似地……

而翠姨的妹妹,忘记了她叫什么名字,反正是一个大说大笑的,不十分修边幅,和她的姐姐完全不同。花的绿的,红的紫的,只要是市上流行的,她就不大加以选择,做起一件衣服来赶快就穿在身上。穿上了而后,到亲戚家去串门,人家恭维她的衣料怎样漂亮的时候,她总是说,和这完全一样的,还有一件,她给了她的姐姐了。

我到外祖父家去,外祖父家里没有像我一般大的女孩子陪着我玩,所以每当我去,外祖母总是把翠姨喊来陪我。

翠姨就住在外祖父的后院,隔着一道板墙,一招呼,听见就来了。

外祖父住的院子和翠姨住的院子,虽然只隔一道板墙,但是却没有门可通,所以还得绕到大街上去从正门进来。

因此有时翠姨先来到板墙这里,从板墙缝中和我打了招呼,而后回到屋去装饰了一番,才从大街上绕了个圈来到她母亲的家里。

翠姨很喜欢我,因为我在学堂里念书,而她没有,她想什么事我都比她明白。所以她总是有许多事务同我商量,看看我的意见如何。

到夜里,我住在外祖父家里了,她就陪着我也住下的。

每每从睡下了就谈,谈过了半夜,不知为什么总是谈不完……

开初谈的是衣服怎样穿,穿什么样的颜色的,穿什么样的料子。比如走路应该快或是应该慢。有时白天里她买了一个别针,到夜里她拿出来看看,问我这别针到底是好看或是不好看,那时候,大概是十五年前的时候,我们不知别处如何装扮一个女子,而在这个城里几乎个个都有一条宽大的绒绳结的披肩,蓝的,紫的,各色的也有,但最多多不过枣红色了。几乎在街上所见的都是枣红色的大披肩了。

那怕红的绿的那么多,但总没有枣红色的最流行。

翠姨的妹妹有一张,翠姨有一张,我的所有的同学,几乎每人有一张。就连素不考究的外祖母的肩上也披着一张,只不过披的是蓝色的,没有敢用那最流行的枣红色的就是了。因为她总算年纪大了一点,对年青人让了一步。

还有那时候都流行穿绒绳鞋,翠姨的妹妹就赶快地买了穿上。因为她那个人很粗心大意,好坏她不管,只是人家有她也有,别人是人穿衣裳,而翠姨的妹妹就好像被衣服所穿了似地,芜芜杂杂。但永远合乎着应有尽有的原则。

翠姨的妹妹的那绒绳鞋,买来了,穿上了。在地板上跑着,不大一会儿工夫,那每只鞋脸上系着的一只毛球,竟有一个毛球已经离开了鞋子,向上跳着,只还有一根绳连着,不然就要掉下来了。很好玩的,好像一颗大红枣被系到脚上去了。因为她的鞋子也是枣红色的。大家都在嘲笑她的鞋子一买回来就坏了。

翠姨,她没有买,她犹疑了好久,无管什么新样的东西到了,她总不是很快地就去买了来,也许她心里边早已经喜欢了,但是看上去她都像反对似地,好像她都不接受。

她必得等到许多人都开始采办了,这时候看样子,她才稍稍有些动心。

好比买绒绳鞋,夜里她和我谈话,问过我的意见,我也说是好看的,我有很多的同学,她们也都买了绒绳鞋。

第二天翠姨就要求我陪着她上街,先不告诉我去买什么,进了铺子选了半天别的,才问到我绒绳鞋。

走了几家铺子,都没有,都说是已经卖完了。我晓得店铺的人是这样瞎说的。表示他家这店铺平常总是最丰富的,只恰巧你要的这件东西,他就没有了。我劝翠姨说咱们慢慢地走,别家一定会有的。

我们是坐马车从街梢上的外祖父家来到街中心的。

见了第一家铺子,我们就下了马车。不用说,马车我们已经是付过了车钱的。等我们买好了东西回来的时候,会另外叫一辆的。因为我们不知道要有多久。大概看见什么好,虽然不需要也要买点,或是东西已经买全了不必要再多留连,也要留连一会儿,或是买东西的目的,本来只在一双鞋,而结果鞋子没有买到,反而啰里啰嗦的买回来许多用不着的东西。

这一天,我们辞退了马车,进了第一家店铺。

在别的大城市里没有这种情形,而在我家乡里往往是这样,坐了马车,虽然是付过了钱,让他自由去兜揽生意,但是他常常还仍旧等候在铺子的门外,等一出来,他仍旧请你坐他的车。

我们走进第一个铺子,一问没有。于是就看了些别的东西,从绸缎看到呢绒,从呢绒再看到绸缎,布匹是根本不看的,并不像母亲们进了店铺那样子,这个买去做被单,那个买去做棉袄的,因为我们管不了被单棉袄的事。母亲们一月不进店铺,一进店铺又是这个便宜应该买;那个不贵,也应该买。比方一块在夏天才用得着的花洋布,母亲们冬天里就买起来了,说是趁着便宜多买点,总是用得着的。而我们就不然了,我们是天天进店铺的,天天搜寻些个是好看的,是贵的值钱的,平常时候绝对的用不到想不到的。

那一天我们就买了许多花边回来,钉着光片的,带着琉璃的。说不上要做什么样的衣服才配得着这种花边。也许根本没有想到做衣服,就贸然地把花边买下了。一边买着,一边说好,翠姨说好,我也说好。到了后来,回到家里,当众打开了让大家评判,这个一言,那个一语,让大家说得也有一点没有主意了,心里已经五六分空虚了。于是赶快地收拾了起来,或者从别人的手中夺过来,把它包起来,说她们不识货,不让她们看了。

勉强说着:

"我们要做一件红金丝绒的袍子,把这个黑琉璃边镶上。"

或是:

"这红的我们送人去……"

说虽仍旧如此说,心里已经八九分空虚了,大概是这些所心爱的,从此就不会再出头露面的了。

在这小城里,商店究竟没有多少,到后来又加上看不到绒绳鞋,心里着急,也许跑得更快些,不一会儿工夫,只剩了三两家了。而那三两家,又偏偏是不常去的,铺子小,货物少。想来它那里也是一定不会有的了。

我们走进一个小铺子里去,果然有三四双,非小即大,而且颜色都不好看。

翠姨有意要买,我就觉得奇怪,原来就不十分喜欢,既然没有好的,又为什么要买呢?让我说着,没有买成回家去了。

过了两天,我把买鞋子这件事情早忘了。

翠姨忽然又提议要去买。

从此我知道了她的秘密,她早就爱上了那绒绳鞋了,不过她没有说出来就是。她的恋爱的秘密就是这样子的,她似乎要把它带到坟墓里去,一直不要说出口,好像天底下没有一个人值得听她的告诉……

在外边飞着满天的大雪,我和翠姨坐着马车去买绒绳鞋。我们身上围着皮褥子,赶车的车夫高高地坐在车夫台上,摇晃着身子唱着沙哑的山歌:"喝咧咧……"耳边的风呜呜地啸着,从天上倾下来的大雪迷乱了我们的眼睛,远远的天隐在云雾里,我默默地祝福翠姨快快买到可爱的绒绳鞋,我从心里愿意她得救……

市中心远远地朦朦胧胧地站着,行人很少,全街静悄无声。我们一家挨一家地问着,我比她更急切,我想赶快买到吧,我小心地盘问着那些店员们,我从来不放弃一个细微的机会,我鼓励翠姨,没有忘记一家。使她都有点儿诧异,我为什么忽然这样热心起来,但是我完全不管她的猜疑,我不顾一切地想在这小城里,找出一双绒绳鞋来。

只有我们的马车,因为载着翠姨的愿望,在街上奔驰得特别的清醒,又特别的快。雪下的更大了,街上什么都没有了,只有我们两个人,催着车夫,跑来跑去。一直到天都很晚了,鞋子没有买到。翠姨深深地看到我的眼里说:"我的命,不会好的。"我很想装出大人的样子,来安慰她,但是没有等到找出什么适当的话来,泪便流出来了。

二

翠姨以后也常来我家住着,是我的继母把她接来的。

因为她的妹妹订婚了,怕是她一旦的结了婚,忽然会剩下她一个人来,使她难过。因为她的家里并没有多少人,只有她的一个六十多岁的老祖父,再就是一个也是寡妇的伯母,带一个女儿。

堂姊妹本该在一起玩耍解闷的,但是因为性格的相差太远,一向是水火不同炉地过着日子。

她的堂妹妹,我见过,永久是穿着深色的衣裳,黑黑的脸,一天到晚陪着母亲坐在屋子里。母亲洗衣裳,她也洗衣裳;母亲哭,她也哭。也许她帮着母亲哭她死去的父亲,也许哭的是她们的家穷。那别人就不晓得了。

本来是一家的女儿,翠姨她们两姊妹却像有钱的人家的小姐,而那个堂妹妹,看上去却像乡下丫头。这一点使她得到常常到我们家里来住的权利。

她的亲妹妹订婚了,再过一年就出嫁了。在这一年中,妹妹大大地阔气了起来,因为婆家那方面一订了婚就来了聘礼。这个城里,从前不用大洋票,而用的是广信公司出的帖子,一百吊一千吊的论。她妹妹的聘礼大概是几万吊,所以她忽然不得了起来,今天买这样,明天买那样,花别针一个又一个的,丝头绳一团一团的,带穗的耳坠子,洋手表,样样都有了。每逢出街的时候,她和她的姐姐一道,现在总是她付车钱了,她的姐姐要付,她却百般的不肯,有时当着人面,姐姐一定要付,妹妹一定不肯,结果闹得很窘,姐姐无形中觉得一种权利被人剥夺了。

但是关于妹妹的订婚,翠姨一点也没有羡慕的心理。妹妹未来的丈夫,她是看过的,没有什么好看,很高,穿着蓝袍子黑马褂,好像商人,又像一个小土绅士。又加上翠姨太年青了,想不到什么丈夫,什么结婚。

因此,虽然妹妹在她的旁边一天比一天的丰富起来,妹妹是有钱了,但是妹妹为什么有钱的,她没有考查过。

所以当妹妹尚未离开她之前,她绝对的没有重视"订婚"的事。

就是妹妹已经出嫁了,她也还是没有重视这"订婚"的事。

不过她常常的感到寂寞。她和妹妹出来进去的,因为家庭环境孤寂,竟好像一对双生子似地,而今去了一个,不但翠姨自己觉得单调,就是她的祖父也觉得她可怜。

所以自从她的妹妹嫁了,她就不大回家,总是住在她的母亲的家里。有时我的继母也把她接到我们家里。

翠姨非常聪明,她会弹大正琴,就是前些年所流行在中国的一种日本琴。她还会吹箫或是会吹笛子。不过弹那琴的时候却很多。住在我家里的时候,我家的伯父,每在晚饭之后必同我们玩这些乐器的。笛子、箫、日本琴、风琴、月琴,还有什么打琴。真正的西洋的乐器,可一样也没有。

在这种正玩得热闹的时候,翠姨也来参加了。翠姨弹了一个曲子,和我们大家立刻就配合上了。于是大家都觉得在我们那已经天天闹熟了的老调子之中,又多了一个新的花样。于是立刻我们就加倍的努力,正在吹笛子的把笛子吹得特别响,把笛膜振抖得似乎就要爆裂了似地滋滋地叫着。十岁的弟弟在吹口琴,他摇着头,好像要把那口琴吞下去似地,至于他吹的是什么调子,已经是没有人留意了。在大家忽然来了勇气的时候,似乎只需要这种胡闹。

而那按风琴的人,因为越按越快,到后来也许是已经找不到琴键了,只是那踏脚板越踏越快,踏的呜呜地响,好像有意要毁坏了那风琴,而想把风琴撕裂了一般地。

大概所奏的曲子是《梅花三弄》,也不知道接连地弹过了多少圈,看大家的意思都不想要停下来。不过到了后来,实在是气力没有了,找不着拍子的找不着拍子,跟不上调的跟不上调,于是在大笑之中,大家停下来了。

不知为什么,在这么快乐的调子里边,大家都有点伤心,也许是乐极生悲了,把我们都笑得一边流着眼泪,一边还笑。

正在这时候,我们往门窗处一看,我的最小的小弟弟,刚会走路,他也背着一个很大的破手风琴来参加了。

谁都知道,那手风琴从来也不会响的。把大家笑死了。在这回得到了快乐。

我的哥哥(伯父的儿子,钢琴弹得很好)吹箫吹得最好,这时候他放下了箫,对翠姨说:"你来吹吧!"翠姨却没有言语,站起身来,跑到自己的屋子去了,我的哥哥,好久好久地看住那帘子。

三

翠姨在我家,和我住一个屋子。月明之夜,屋子照得通亮。翠姨和我谈话,往往谈到鸡叫,觉得也不过刚刚半夜。

鸡叫了,才说:"快睡吧,天亮了。"

有的时候,一转身,她又问我:

"是不是一个人结婚太早不好,或许是女子结婚太早是不好的!"

我们以前谈了很多话,但没有谈到这些。

总是谈什么衣服怎样穿,鞋子怎样买,颜色怎样配;买了毛线来,这毛线应该打个什么的花纹;买了帽子来,应该评判这帽子还微微有点缺点,这缺点究竟在什么地方,虽然说是不要紧,或者是一点关系也没有,但批评总是要批评的。

有时再谈得远一点,就是表姊表妹之类订了婆家,或是什么亲戚的女儿出嫁了。或是什么耳闻的,听说的,新娘子和新姑爷闹别扭之类。

那个时候,我们的县里,早就有了洋学堂了。小学好几个,大学没有。只有一个男子中学,往往成为谈论的目标。谈论这个,不单是翠姨,外祖母、姑姑、姐姐之类,都愿意讲究这当地中学的学生。因为他们一切洋化,穿着裤子,把裤腿卷起来一寸,一张口,"格得毛宁"①外国话,他们彼此一说话就"答答答"②,听说这是什么俄国话。而更奇怪的就是他们见了女人不怕羞。这一点,大家都批评说是不如从前了,从前的书生,一见了女人脸就红。

我家算是最开通的了。叔叔和哥哥他们都到北京和哈尔滨那些大地方去读书了,他们开了不少的眼界。回到家里来,大讲他们那里都是男孩子和女孩子同学。

这一题目,非常的新奇,开初都认为这是造了反。后来因为叔叔也常和女同学通信,因为叔叔在家庭里是有点地位的人。并且父亲从前也加入过国民党,革过命,所以这个家庭都"咸与维新"起来。

因此在我家里一切都是很随便的,逛公园,正月十五看花灯,都是不分男女,一齐去。

而且我家里设了网球场,一天到晚地打网球,亲戚家的男孩子来了,我们也一齐地打。

这都不谈,仍旧来谈翠姨。

翠姨听了很多的故事。关于男学生结婚的事情,就是我们本县里,已经有几件事情不幸的了。有的结婚了,从此就不回家了;有的

---

① 即 Good morning,早安(英语)。
② 即 да,да,да,是的,对的。

娶来了太太,把太太放在另一间屋子里住着,而且自己却永久住在书房里。

每逢讲到这些故事时,多半别人都是站在女的一面,说那男子都是念书念坏了,一看了那不识字的又不是女学生之类就生气。觉得处处都不如他。天天总说是婚姻不自由,可是自古至今,都是爹许娘配的,偏偏到了今天,都要自由,看吧,这还没有自由呢,就先来了花头故事了,娶了太太的不回家,或是把太太放在另一个屋子里。这些都是念书念坏了的。

翠姨听了许多别人家的评论。大概她心里边也有些不平,她就问我不读书是不是很坏的,我自然说是很坏的。而且她看了我们家里男孩子、女孩子通通到学堂去念书的。而且我们亲戚家的孩子也都是读书的。

因此她对我很佩服,因为我是读书的。

但是不久,翠姨就订婚了。就是她妹妹出嫁不久的事情。

她的未来的丈夫,我见过。在外祖父的家里。人长得又低又小,穿一身蓝布棉袍子,黑马褂,头上戴一顶赶大车的人所戴的五耳帽子。

当时翠姨也在的,但她不知道那是她的什么人,她只当是那里来了这样一位乡下的客人。外祖母偷着把我叫过去,特别告诉了我一番,这就是翠姨将来的丈夫。

不久翠姨就很有钱,她的丈夫的家里,比她妹妹丈夫的家里还更有钱得多。婆婆也是个寡妇,守着个独生的儿子。儿子才十七岁,是在乡下的私学馆里读书。

翠姨的母亲常常替翠姨解说,人矮点不要紧,岁数还小呢,再长上两三年两个人就一般高了。劝翠姨不要难过,婆家有钱就好的。聘礼的钱十多万都交过来了,而且就由外祖母的手亲自交给了翠姨;而且还有别的条件保障着,那就是说,三年之内绝对的不准娶亲,借着男的一方面年纪太小为辞,翠姨更愿意远远的推着。

翠姨自从订婚之后,是很有钱的了,什么新样子的东西一到,虽说不是一定抢先去买了来,总是过不了多久,箱子里就要有的了。那时候夏天最流行银灰色市布大衫,而翠姨的穿起来最好,因为她有好几件,穿过两次不新鲜就不要了,就只在家里穿,而出门就又去做一件新的。

那时候正流行着一种长穗的耳坠子,翠姨就有两对,一对红宝石的,一对绿的,而我的母亲才有两对,而我才有一对。可见翠姨是顶阔气的了。

还有那时候就已经开始流行高跟鞋了。可是在我们本街上却不大有人穿,只有我的继母早就开始穿,其余就算是翠姨。并不是一定因为我的母亲有钱,也不是因为高跟鞋一定贵,只是女人们没有那么摩登的行为,或者说她们不很容易接受新的思想。

翠姨第一天穿起高跟鞋来,走路还很不平稳,但到第二天就比较的习惯了。到了第三天,就是说以后,她就是跑起来也是很平稳的。而且走路的姿态更加可爱了。

我们有时也去打网球玩玩,球撞到她脸上的时候,她才用球拍遮了一下,否则她半天也打不到一个球。因为她一上了场站在白线上就是白线上,站在格子里就是格子里,她根本地不动。有的时候她竟拿着网球拍子站着一边去看风景去。尤其是大家打完了网球,吃东西的吃东西去了,洗脸的洗脸去了,惟有她一个人站在短篱前面,向着远远的哈尔滨市影痴望着。

有一次我同翠姨一同去做客。我继母的族中娶媳妇。她们是八旗人,也就是满人,满人才讲究场面呢,所有的族中的年青的媳妇都必得到场,而个个扮得如花似玉。似乎咱们中国的社会,是没这么繁华的社交的场面的,也许那时候,我是小孩子,把什么都看得特别繁华,就只说女人们的衣服吧,就个个都穿得和现在西洋女人在夜会里边那么庄严。一律都穿着绣花大袄。而她们是八旗人,大袄的襟下一律的没有开口。而且很长。大袄的颜色枣红的居多,绛色的也有,玫瑰紫色的也有。而那上边绣的颜色,有的荷花,有的玫瑰,有的松竹梅,一句话,特别的繁华。

她们的脸上,都擦着白粉,她们的嘴上都染得桃红。

每逢一个客人到了门前,她们是要列着队出来迎接的,她们都是我的舅母,一个一个地上前来问候了我和翠姨。

翠姨早就熟识她们的,有的叫表嫂子,有的叫四嫂子。而在我,她们就都是一样的,好像小孩子的时候,所玩的用花纸剪的纸人,这个和那个都是一样,完全没有分别。都是花缎的袍子,都是白白的脸,都是很红的嘴唇。

就是这一次,翠姨出了风头了,她进到屋里,靠着一张大镜子旁坐下了。

女人们就忽然都上前来看她,也许她从来没有这么漂亮过,今天把别人都惊住了。

依我看翠姨还没有她从前漂亮呢,不过她们说翠姨漂亮得像棵新开的腊梅。翠姨从来不擦胭脂的,而那天又穿了一件为着将来作新娘子而准备的蓝色缎子满是金花的夹袍。

翠姨让她们围起看着,难为情了起来,站起来想要逃掉似地,迈着很勇敢的步子,茫然地往里边的房间里闪开了。

谁知那里边就是新房呢,于是许多的嫂嫂们就哗然地叫着,说:
"翠姐姐不要急,明年就是个漂亮的新娘子,现在先试试去。"

当天吃饭饮酒的时候,许多客人从别的屋子来呆呆地望着翠姨。翠姨举着筷子,似乎是在思量着,保持着镇静的态度,用温和的眼光看着她们。仿佛她不晓得人们专门在看着她似地。但是别的女人们羡慕了翠姨半天了,脸上又都突然地冷落起来,觉得有什么话要说出,又都没有说,然后彼此对望着,笑了一下,吃菜了。

四

有一年冬天,刚过了年,翠姨就来到了我家。

伯父的儿子——我的哥哥,就正在我家里。

我的哥哥,人很漂亮,很直的鼻子,很黑的眼睛,嘴也好看,头发也梳得好看,人很长,走路很爽快。大概在我们所有的家族中,没有这么漂亮的人物。

冬天,学校放了寒假,所以来我们家里休息。大概不久,学校开学就要上学去了。哥哥是在哈尔滨读书。

我们的音乐会,自然要为这新来的角色而开了。翠姨也参加的。

于是非常的热闹,比方我的母亲,她一点也不懂这行,但是她也列了席,她坐在旁边观看,连家里的厨子、女工,都停下了工作来望着我们,似乎他们不是听什么乐器,而是在看人。我们聚满了一客厅。这些乐器的声音,大概很远的邻居都可以听到。

第二天邻居来串门的,就说:

"昨天晚上,你们家又是给谁祝寿?"

我们就说,是欢迎我们的刚到的哥哥。

因此我们家是很好玩的,很有趣的。不久就来到了正月十五看花灯的时节了。

我们家里自从父亲维新革命,总之在我们家里,兄弟姊妹,一律相待,有好玩的就一齐玩,有好看的就一齐去看。

伯父带着我们,哥哥、弟弟、姨……共八九个人,在大月亮地里往大街里跑去了。那路之滑,滑得不能站脚,而且高低不平。他们男孩子们跑在前面,而我们因为跑得慢就落了后。

于是那在前边的他们回头来嘲笑我们,说我们是小姐,说我们是娘娘。说我们走不动。

我们和翠姨早就连成一排向前冲去,但是不是我倒,就是她倒。到后来还是哥哥他们一个一个地来扶着我们,说是扶着,未免的太示弱了,也不过就是和他们连成一排向前进着。

不一会儿到了市里,满路花灯。人山人海。又加上狮子、旱船、龙灯、秧歌,闹得眼也花起来,一时也数不清多少玩艺。那里会来得及看,似乎只是在眼前一晃,就过去了,而一会儿别的又来了,又过去了。其实也不见得繁华得多么了不得了,不过觉得世界上是不会比这个再繁华的了。

商店的门前，点着那么大的火把，好像热带的大椰子树似地。一个比一个亮。

我们进了一家商店，那是父亲的朋友开的。他们很好的招待我们，茶、点心、橘子、元宵。我们那里吃得下去，听到门外一打鼓，就心慌了。而外边鼓和喇叭又那么多，一阵来了，一阵还没有去远，一阵又来了。

因为城本来是不大的，有许多熟人，也都是来看灯的都遇到了。其中我们本城里的在哈尔滨念书的几个男学生，他们也来看灯了。哥哥都认识他们。我也认识他们，因为这时候我们到哈尔滨念书去了。所以一遇到了我们，他们就和我们在一起，他们出去看灯，看了一会儿，又回到我们的地方，和伯父谈话，和哥哥谈话。我晓得他们，因为我们家比较有势力，他们是很愿和我们讲话的。

所以回家的一路上，又多了两个男孩子。

无管人讨厌不讨厌，他们穿的衣服总算都市化了。个个都穿着西装，戴着呢帽，外套都是到膝盖的地方，脚下很利落清爽。比起我们城里的那种怪样子的外套，好像大棉袍子似地好看得多了。而且颈间又都束着一条围巾，那围巾自然也是全丝全线的花纹。似乎一束起那围巾来，人就更显得庄严，漂亮。

翠姨觉得他们个个都很好看。

哥哥也穿的西装，自然哥哥也很好看。因此在路上她直在看哥哥。

翠姨梳头梳得是很慢的，必定梳得一丝不乱；擦粉也要擦了洗掉，洗掉再擦，一直擦到认为满意为止。花灯节的第二天早晨她就梳得更慢，一边梳头一边在思量。本来按规矩每天吃早饭，必得三请两请才能出席，今天必得请到四次，她才来了。

我的伯父当年也是一位英雄，骑马、打枪绝对的好。后来虽然已经五十岁了，但是风采犹存。我们都爱伯父的，伯父从小也就爱我们。诗、词、文章，都是伯父教我们的。翠姨住在我们家里，伯父也很喜欢翠姨。今天早饭已经开好了。催了翠姨几次，翠姨总是不出来。

伯父说了一句:"林黛玉……"
于是我们全家的人都笑了起来。

翠姨出来了,看见我们这样的笑,就问我们笑什么。我们没有人肯告诉她。翠姨知道一定是笑的她,她就说:

"你们赶快的告诉我,若不告诉我,今天我就不吃饭了,你们读书识字,我不懂,你们欺侮我……"

闹嚷了很久,还是我的哥哥讲给她听了。伯父当着自己的儿子面前到底有些难为情,喝了好些酒,总算是躲过去了。

翠姨从此想到了念书的问题,但是她已经二十岁了,上那里去念书?上小学没有她这样的大学生;上中学,她是一字不识,怎样可以。所以仍旧住在我们家里。

弹琴、吹箫、看纸牌,我们一天到晚地玩着。我们玩的时候,全体参加,我的伯父,我的哥哥,我的母亲。

翠姨对我的哥哥没有什么特别的好,我的哥哥对翠姨就像对我们,也是完全的一样。

不过哥哥讲故事的时候,翠姨总比我们留心听些,那是因为她的年龄稍稍比我们大些,当然在理解力上,比我们更接近一些哥哥的了。哥哥对翠姨比对我们稍稍的客气一点。他和翠姨说话的时候,总是"是的""是的"的,而和我们说话则"对啦""对啦"。这显然因为翠姨是客人的关系,而且在名分上比他大。

不过有一天晚饭之后,翠姨和哥哥都没有了。每天饭后大概总要开个音乐会的。这一天也许因为伯父不在家,没有人领导的缘故。大家吃过也就散了。客厅里一个人也没有。我想找弟弟和我下一盘棋,弟弟也不见了。于是我就一个人在客厅里按起风琴来,玩了一下也觉得没有趣。客厅是静得很的,在我关上了风琴盖子之后,我就听见了在后屋里,或者在我的房子里是有人的。

我想一定是翠姨在屋里。快去看看她,叫她出来张罗着看纸牌。

我跑进去一看,不单是翠姨,还有哥哥陪着她。

看见了我,翠姨就赶快地站起来说:

"我们去玩吧。"

哥哥也说:

"我们下棋去,下棋去。"

他们出来陪我来玩棋,这次哥哥总是输。从前是他回回赢我的,我觉得奇怪,但是心里高兴极了。

不久寒假终了,我就回到哈尔滨的学校念书去了。可是哥哥没有同来,因为他上半年生了点病,曾在医院里休养了一些时候,这次伯父主张他再请两个月的假,留在家里。

以后家里的事情,我就不大知道了。都是由哥哥或母亲讲给我听的。我走了以后,翠姨还住在家里。

后来母亲还告诉过,就是在翠姨还没有订婚之前,有过这样一件事情。我的族中有一个小叔叔,和哥哥一般大的年纪,说话口吃,没有风采,也是和哥哥在一个学校里读书。虽然他也到我们家里来过,但怕翠姨没有见过。那时外祖母就主张给翠姨提婚。那族中的祖母,一听就拒绝了,说是寡妇的孩子,命不好,也怕没有家教,何况父亲死了,母亲又出嫁了,好女不嫁二夫郎,这种人家的女儿,祖母不要。但是我母亲说,辈分合,他家还有钱,翠姨过门是一品当朝的日子,不会受气的。

这件事情翠姨是晓得的,而今天又见了我的哥哥,她不能不想哥哥大概是那样看她的。她自觉地觉得自己的命运不会好的。现在翠姨自己已经订了婚,是一个人的未婚妻;二则她是出了嫁的寡妇的女儿,她自己一天把这个背了不知有多少遍,她记得清清楚楚。

五

翠姨订婚,转眼三年了,正这时,翠姨的婆家,通了消息来,张罗要娶。她的母亲来接她回去整理嫁妆。

翠姨一听就得病了。

但没有几天,她的母亲就带着她到哈尔滨采办嫁妆去了。

偏偏那带着她采办嫁妆的向导又是哥哥给介绍来的他的同学。他们住在哈尔滨的秦家岗上,风景绝佳,是洋人最多的地方。那男学生们的宿舍里边,有暖气、洋床。翠姨带着哥哥的介绍信,像一个女同学似地被他们招待着。又加上已经学了俄国人的规矩,处处尊重女子,所以翠姨当然受了他们不少的尊敬,请她吃大菜,请她看电影。坐马车的时候,上车让她先上;下车的时候,人家扶她下来。她每一动别人都为她服务,外套一脱,就接过去了。她刚一表示要穿外套,就给她穿上了。

不用说,买嫁妆她是不痛快的,但那几天,她总算一生中最开心的时候。

她觉得到底是读大学的人好,不野蛮,不会对女人不客气,绝不能像她的妹夫常常打她的妹妹。

经这到哈尔滨去一买嫁妆,翠姨就更不愿意出嫁了。她一想那个又丑又小的男人,她就恐怖。

她回来的时候,母亲又接她来到我们家来住着,说她的家里又黑,又冷,说她太孤单可怜。我们家是一团暖气的。

到了后来,她的母亲发现她对于出嫁太不热心,该剪裁的衣裳,她不去剪裁;有一些零碎还要去买的,她也不去买。做母亲的总是常常要加以督促,后来就要接她回去,接到她的身边,好随时提醒她。她的母亲以为年青的人必定要随时提醒的,不然总是贪玩。而况出嫁的日子又不远了,或者就是二三月。

想不到外祖母来接她的时候,她从心的不肯回去,她竟很勇敢地提出来她要读书的要求。她说她要念书,她想不到出嫁。

开初外祖母不肯,到后来,她说若是不让她读书,她是不出嫁的。外祖母知道她的心情,而且想起了很多可怕的事情……

外祖母没有办法,依了她。给她在家里请了一位老先生,就在自己家院子的空房子里边摆上了书桌,还有几个邻居家的姑娘,一齐念书。

翠姨白天念书,晚上回到外祖母家。

念了书,不多日子,人就开始咳嗽,而且整天的闷闷不乐。她的母亲问她,有什么不如意?陪嫁的东西买得不顺心吗?或者是想到我们家去玩吗?什么事都问到了。

翠姨摇着头不说什么。

过了一些日子,我的母亲去看翠姨,带着我的哥哥。他们一看见她,第一个印象,就觉得她苍白了不少。而且母亲断言地说,她活不久了。

大家都说是念书累的,外祖母也说是念书累的,没有什么要紧的;要出嫁的女儿们,总是先前瘦的,嫁过去就要胖了。

而翠姨自己则点点头,笑笑,不承认,也不加以否认。还是念书,也不到我们家来了,母亲接了几次,也不来,回说没有工夫。

翠姨越来越瘦了,哥哥去到外祖母家看了她两次,也不过是吃饭、喝酒,应酬了一番。而且说是去看外祖母的。在这里年青的男子,去拜访年青的女子,是不可以的。哥哥回来也并不带回什么欢喜或是什么新的忧郁,还是一样和大家打牌下棋。

翠姨后来支持不了啦,躺下了。她的婆婆听说她病,就要娶她,因为花了钱,死了不是可惜吗?这一种消息,翠姨听了病就更加重。婆家一听她病重,立刻要娶她。因为在迷信中有这样一章,病新娘娶过来一冲,就冲好了。翠姨听了就只盼望赶快死,拼命地糟蹋自己的身体,想死得越快一点儿越好。

母亲记起了翠姨,叫哥哥去看翠姨。是我的母亲派哥哥去的,母亲拿了一些钱让哥哥给翠姨去,说是母亲送她在病中随便买点什么吃的。母亲晓得他们年青人是很拘泥的,或者不好意思去看翠姨,也或者翠姨是很想看他的,他们好久不能看见了。同时翠姨不愿出嫁,母亲很久的就在心里边猜疑着他们了。

男子是不好去专访一位小姐的,这城里没有这样的风俗。母亲给了哥哥一件礼物,哥哥就可去了。

哥哥去的那天,她家里正没有人,只是她家的堂妹妹应接着这从未见过的生疏的年青的客人。

那堂妹妹还没问清客人的来由,就往外跑,说是去找她们的祖父去,请他等一等。大概她想是凡男客就是来会祖父的。

客人只说了自己的名字,那女孩子连听也没有听就跑出去了。

哥哥正想,翠姨在什么地方？或者在里屋吗？翠姨大概听出什么人来了,她就在里边说:

"请进来。"

哥哥进去了,坐在翠姨的枕边,他要去摸一摸翠姨的前额,是否发热,他说:

"好了点吗？"

他刚一伸出手去,翠姨就突然地拉了他的手,而且大声地哭起来了,好像一颗心也哭出来了似地。哥哥没有准备,就很害怕,不知道说什么,作什么。他不知道现在应该是保护翠姨的地位,还是保护自己的地位。同时听得见外边已经有人来了,就要开门进来了。一定是翠姨的祖父。

翠姨平静地向他笑着,说:

"你来得很好,一定是姐姐告诉你来的,我心里永远纪念着她。她爱我一场,可惜我不能去看她了……我不能报答她了……不过我总会记起在她家里的日子的……她待我也许没有什么,但是我觉得已经太好了……我永远不会忘记的……我现在也不知道为什么,心里只想死得快一点就好,多活一天也是多余的……人家也许以为我是任性……其实是不对的,不知为什么,那家对我也是很好的,我要是过去,他们对我也会是很好的,但是我不愿意。我小时候,就不好,我的脾气总是,不从心的事,我不愿意……这个脾气把我折磨到今天了……可是我怎能从心呢……真是笑话……谢谢姐姐她还惦着我……请你告诉她,我并不像她想的那么苦呢,我也很快乐……"翠姨苦笑了一笑,"我心里很安静,而且我求的我都得到了……"

哥哥茫然地不知道说什么。这时祖父进来了。看了翠姨的热度,又感谢了我的母亲,对我哥哥的降临,感到荣幸。他说请我母亲放心吧,翠姨的病马上就会好的,好了就嫁过去。

哥哥看了翠姨就退出去了,从此再没有看见她。

哥哥后来提起翠姨常常落泪,他不知翠姨为什么死,大家也都心中纳闷。

尾　声

等我到春假回来,母亲还当我说:

"要是翠姨一定不愿意出嫁,那也是可以的,假如他们当我说。"

…………

翠姨坟头的草籽已经发芽了,一掀一掀地和土粘成了一片,坟头显出淡淡的青色,常常会有白色的山羊跑过。

这时城里的街巷,又装满了春天。

暖和的太阳,又转回来了。

街上有提着筐子卖蒲公英的了,也有卖小根蒜的了。更有些孩子们他们按着时节去折了那刚发芽的柳条,正好可以拧成哨子,就含在嘴里满街地吹。声音有高有低,因为那哨子有粗有细。

大街小巷,到处地呜呜呜,呜呜呜。好像春天是从他们的手里招待回来了似地。

但是这为期甚短。一转眼,吹哨子的不见了。

接着杨花飞起来了,榆钱飘满了一地。

在我的家乡那里,春天是快的。五天不出屋,树发芽了,再过五天不看树,树长叶了,再过五天,这树就像绿得使人不认识它了。使人想,这棵树,就是前天的那棵树吗?自己回答自己,当然是的。春天就像跑的那么快。好像人能够看见似地。春天从老远的地方跑来了,跑到这个地方只向人的耳朵吹一句小小的声音:"我来了呵,"而后很快地就跑过去了。

春,好像它不知道多么忙迫,好像无论什么地方都在招呼它,假若它晚到一刻,阳光会变色的,大地会干成石头,尤其是树木,那真是好像再多一刻工夫也不能忍耐,假若春天稍稍在什么地方留连了一下,就会误了不少的生命。

　　春天为什么它不早一点来,来到我们这城里多住一些日子,而后再慢慢地到另外的一个城里去,在另外一个城里也多住一些日子。

　　但那是不能的了,春天的命运就是这么短。

　　年青的姑娘们,她们三两成双,坐着马车,去选择衣料去了,因为就要换春装了。她们热心地弄着剪刀,打着衣样,想装成自己心中想得出的那么好,她们白天黑夜地忙着,不久春装换起来了,只是不见载着翠姨的马车来。

一九四一年

呼兰河传

第 一 章

一

严冬一封锁了大地的时候，则大地满地裂着口，从南到北，从东到西，几尺长的，一丈长的，还有好几丈长的，它们毫无方向的，便随时随地，只要严冬一到，大地就裂开口了。

严寒把大地冻裂了。

年老的人，一进屋用扫帚扫着胡子上的冰溜，一面说：

"今天好冷啊！地冻裂了。"

赶车的车夫，顶着三星，绕着大鞭子走了六七十里，天刚一蒙亮，进了大店，第一句话就向客栈掌柜的说：

"好厉害的天啊！小刀子一样。"

等进了栈房，摘下狗皮帽子来，抽一袋烟之后，伸手去拿热馒头的时候，那伸出来的手在手背上有无数的裂口。

人的手被冻裂了。

卖豆腐的人清早起来沿着人家去叫卖，偶一不慎，就把盛豆腐的方木盘贴在地上拿不起来了。被冻在地上了。

卖馒头的老头，背着木箱子，里边装着热馒头，太阳一出来，就在街上叫唤。他刚一从家里出来的时候，他走的快，他喊的声音也大。可是过不了一会，他的脚上挂了掌子了，在脚心上好像踏着一个鸡蛋似地,圆滚滚的。原来冰雪封满了他的脚底了。使他走起来十分的不得力,若不是十分的加着小心,他就要跌倒了。就是这样,也还是跌倒的。跌倒了是不很好的,把馒头箱子跌翻了,馒头从箱底一个一个的跑了出来。旁边若有人看见,趁着这机会,趁着老头子倒下一时还爬不起来的时候,就拾了几个一边吃着就走了。等老头子挣扎起来,连馒头带冰雪一起检到箱子去,一数,不对数。他明白了。他向着那走不太远的吃他馒头的人说:

"好冷的天,地皮冻裂了,吞了我的馒头了。"

行路人听了这话都笑了。他背起箱子来再往前走,那脚下的冰溜,似乎是越结越高,使他越走越困难,于是背上出了汗,眼睛上了霜,胡子上的冰溜越挂越多,而且因为呼吸的关系,把破皮帽子的帽耳朵和帽前遮都挂了霜了。这老头越走越慢,担心受怕,颤颤惊惊,好像初次穿上滑冰鞋,被朋友推上了溜冰场似地。

小狗冻得夜夜的叫唤,哽哽的,好像它的脚爪被火烧着一样。

天再冷下去:

水缸被冻裂了;

井被冻住了;

大风雪的夜里,竟会把人家的房子封住,睡了一夜,早晨起来,一推门,竟推不开门了。

大地一到了这严寒的季节,一切都变了样,天空是灰色的,好像刮了大风之后,呈着一种混沌沌的气象,而且整天飞着清雪。人们走起路来是快的,嘴里边的呼吸,一遇到了严寒好像冒着烟似地。七匹马拉着一辆大车,在旷野上成串的一辆挨着一辆的跑,打着灯笼,甩着大鞭子,天空挂着三星。跑了两里路之后,马就冒汗了。再跑下去,这一批人马在冰天雪地里边竟热气腾腾的了。一直到太阳出来,进了栈房,那些马才停止了出汗。但是一停止了出汗,马毛立刻就上了霜。

人和马吃饱了之后,他们再跑。这寒带的地方,人家很少,不像南方,走了一村,不远又来了一村,过了一镇,不远又来了一镇。这里是什么也看不见,远望出去是一片白。从这一村到那一村,根本是看不见的。只有凭了认路的人的记忆才知道是走向了什么方向。拉着粮食的七匹马的大车,是到他们附近的城里去。载来大豆的卖了大豆,载来高粱的卖了高粱。等回去的时候,他们带了油,盐和布匹。

呼兰河就是这样的小城,这小城并不怎样繁华,只有两条大街,一条从南到北,一条从东到西,而最有名的算是十字街了。十字街口集中了全城的精华。十字街上有金银首饰店,布庄,油盐店,茶庄,药店,也有拔牙的洋医生,那医生的门前,挂着很大的招牌,那招牌上画着特别大的有量米的斗那么大的一排牙齿,这广告在这小城里边无乃太不相当,使人们看了竟不知道那是什么东西,因为油店,布店和盐店,他们都没有什么广告,也不过是盐店门前写个"盐"字,布店门前挂了两张怕是自古亦有之的两张布幌子。其余的如药店的招牌也不过是把那戴着花镜的伸出手去在小枕头上号着妇女们的脉管的医生的名字挂在门外就是了。比方那医生的名字叫李永春,那药店也就叫"李永春"。人们凭着记忆,那怕就是李永春摘掉了他的招牌,人们也都知李永春是在那里。不但城里的人这样,就是从乡下来的人也多少都把这城里的街道,和街道上尽是些什么都记熟了。用不着什么广告,用不着什么招引的方式,要买的比如油盐,布匹之类,自己走进去就会买。不需要的,你就是挂了多大的牌子人们也是不去买。那牙医生就是一个例子,那从乡下来的人们看了这么大的牙齿,真是觉得希奇古怪,所以那大牌子前边,停了许多人在看,看也看不出是什么道理来。假若他是正在牙痛,他也绝对的不去让那用洋法子的医生给他拔掉,也还是走到李永春药店去,买二两黄连,回家去含着算了吧!因为那牌子上的牙齿太大了,有点莫明其妙,怪害怕的。

所以那牙医生,挂了两三年招牌,到那里去拔牙的却是寥寥无几。

后来那女医生没有办法,大概是生活没法维持,她兼做了收生婆。

城里除了十字街之外,还有两条街,一个叫做东二道,一个叫做西二道街,这两条街是从南到北的,大概五六里长,这两条街上没有什么好记载的,有几座庙,有几家烧饼铺,有几家粮栈。

东二道街上有一家火磨,那火磨的院子很大,用红色的好砖砌起来的大烟筒是非常高的,听说那火磨里边进去不得,那里边的消信可多了,是碰不得的。一碰就会把人用火烧死,不然为什么叫火磨呢?就是因为有火,听说那里边不用马,或是毛驴拉磨,用的是火。一般人以为尽是用火,岂不把火磨烧着了吗?想来想去,想不明白,越想也就越糊涂。偏偏那火磨又是不准参观的。听说门口站着守卫。

东二道街上还有两家学堂,一个在南头,一个在北头。都是在庙里边,一个在龙王庙里,一个在祖师庙里。两个都是小学:

龙王庙里的那个学的是养蚕,叫做农业学校。祖师庙里的那个,是个普通的小学,还有高级班,所以又叫做高等小学。

这两个学校,名目上虽然不同,实际上是没有什么分别的。也不过那叫做农业学校的,到了秋天把蚕用油炒起来,教员们大吃几顿就是了。

那叫做高等小学的,没有蚕吃,那里边的学生的确比农业学校的学生长的高,农业学生开头是念"人、手、足、刀、尺",顶大的也不过十六七岁。那高等小学的学生却不同了,吹着洋号,竟有二十四岁的,在乡下私学馆里已经教了四五年的书了,现在才来上高等小学,也有的在粮站里当了二年的管账先生的现在也来上学了。

这小学的学生写起家信来,竟有写到:"小秃子闹眼睛好了没有?"小秃子就是他的八岁的长公子的小名。次公子,女公子还都没有写上,若都写上怕是把信写得太长了。因为他已经子女成群,已经是一家之主了,写起信来总是多谈一些个家政,姓王的地户的地租送来没有?大豆卖了没有?行情如何之类。

这样的学生,在课堂里边也是极有地位的,教师也得尊敬他,一不留心,他这样的学生就站起来了,手里拿着《康熙字典》,常常会把先生指问住的。万里乾坤的"乾"和乾菜的"乾",据这学生说是不同的。乾菜的"乾"应该这样写:"乾",而不是那样写:"乾"。

西二道街上不但没有火磨,学堂也就只有一个。是个清真学校,设在城隍庙里边。

其余的也和东二道街一样,灰秃秃的,若有车马走过,则烟尘滚滚,下了雨满地是泥。而且东二道街上有大泥坑一个,五六尺深。不下雨那泥浆好像粥一样,下了雨,这泥坑就变成河了,附近的人家,就要吃它的苦头,冲了人家里满满是泥,等坑水一落了去,天一晴了,被太阳一晒出来很多蚊子飞到附近的人家去。同时那泥坑也就越晒越纯净,好像在提炼什么似地,好像要从那泥坑里边提炼出点什么来似地。若是一个月以上不下雨,那大泥坑的质度更纯了,水份完全被蒸发走了,那里边的泥,又黏又黑,比粥锅潡糊,比浆糊还黏。好像炼胶的大锅似地,黑糊糊的,油亮亮的,那怕苍蝇蚊子从那里一飞也要黏住的。

小燕子是很喜欢水的,有时误飞到这泥坑上来,用翅子点着水,看起来很危险,差一点没有被泥坑陷害了它,差一点没有被黏住,赶快的头也不回的飞跑了。

若是一匹马,那就不然了,非黏住不可。而不仅仅是黏住,而是把它陷进去,马在那里边滚着,挣扎着,挣扎了一会,没有了力气那马就躺下了,一躺下那就很危险,很有致命的可能。但是这种时候不很多,很少有人牵着马或是拉着车子来冒这种险。

这大泥坑出乱子的时候,多半是在旱年,若两三个月不下雨这泥坑子才到了真正危险的时候。在表面上看来,似乎是越下雨越坏,一下了水好像小河似地了,该多么危险,有一丈来深,人掉下去也要没顶的。其实不然,呼兰河这城里的人没有这么傻,他们都晓得这个坑是很厉害的,没有一个人敢有这样大的胆子牵着马从此泥坑上过。

可是若三个月不下雨,这泥坑子就一天一天的干下去,到后来也不过是二三尺深,有些勇敢者就试探着冒险的赶着车从上边过去了,还有些次勇敢者,看着别人过去,也就跟着过去了,一来二去的,这坑子的两岸,就压成车轮经过的车辙了。那再后来者,一看,前边已经有人走在先了,这懦怯者比之勇敢的人更勇敢,赶着车子走上去了。

谁知这泥坑子的底是高低不平的,人家过去了,可是他却翻了车了。

车夫从泥坑爬出来,弄得和个小鬼似地,满脸泥污,而后再从泥中往外挖掘他的马,不料那马已经倒在泥污之中了,这时候有些过路的人,也就走上前来,帮忙施救。

这过路的人分成两种,一种是穿着长袍短褂的,非常清洁。看那样子也伸不出手来,因为他的手也是很洁净的。不用说那就是绅士一流的人物了,他们是站在一旁参观的。

看那马要站起来了,他们就喝彩,"噢!噢!"的喊叫着,看那马又站不起来,又倒下去了,这时他们又是喝彩"噢噢"的又叫了几声。不过这喝的是倒彩。

就这样的马要站起来,而又站不起来的闹了一阵之后,仍然没有站起来,仍是照原样可怜的躺在那里。这时候,那些看热闹的觉得也不过如此,也没有什么新花样了。于是星散开去,各自回家去了。

现在再来说那马还是在那里躺着,那些帮忙救马的过路人,都是些普通的老百姓,是这城里的担葱的,卖菜的,瓦匠,车夫之流。他们卷卷裤脚,脱了鞋子,看看没有什么办法,走下泥坑去,想用几个人的力量把那马抬起来。

结果抬不起来了,那马的呼吸不大多了。于是人们着了慌,赶快解了马套。从车子把马解下来,以为这回那马毫无担负的就可以站起来了。

不料那马还是站不起来。马的脑袋露在泥浆的外边,两个耳朵哆嗦着,眼睛闭着,鼻子往外喷着秃秃的气。

看了这样可怜的景象,附近的人们跑回家去,取了绳索,拿了绞锥。用绳子把马捆了起来,用绞锥从下边掘着。人们喊着号令,好像造房子或是架桥梁似地。把马抬出来了。

马是没有死,躺在道旁。人们给马浇了一些水,还给马洗了一个脸。

看热闹的也有来的,也有去的。

第二天大家都说:

"那大水泡子又淹死了一匹马。"

虽然马没有死,一哄起来就说马死了。若不这样说,觉得那大泥坑也太没有什么威严了。

在这大泥坑上翻车的事情不知有多少。一年除了被冬天冻住的季节之外,其余的时间,这大泥坑子像它被付给生命了似地,它是活的。水涨了,水落了,过些日子大了,过些日子又小了。大家对它都起着无限的关切。

水大的时间,不但阻碍了车马,且也阻碍了行人,老头走在泥坑子的沿上,两条腿打颤,小孩子在泥坑子的沿上吓得狼哭鬼叫。

一下起雨来这大泥坑子白亮亮的涨得溜溜的满,涨到两边的人家的墙根上去了,把人家的墙根给淹没了。来往过路的人,一走到这里,就像在人生的路上碰到了打击。是要奋斗的,卷起袖子来,咬紧了牙根,全身的精力集中起来,手抓着人家的板墙,心脏扑通扑通的跳,头不要晕,眼睛不要花,要沉着迎战。

偏偏那人家的板墙造得又非常的平滑整齐,好像有意在危难的时候不帮人家的忙似地,使那行路人不管怎样巧妙的伸出手来,也得不到那板墙的怜悯,东抓抓不着什么,西摸也摸不到什么,平滑得连一个疤拉节子也没有,这可不知道是什么山上长的木头,长得这样完好无缺。

挣扎了五六分钟之后,总算是过去了。弄得满头流汗,满身发烧,那都不说。再说那后来的人,依法炮制,那花样也不多,也只是东抓抓,西摸摸。弄了五六分钟之后,又过去了。

一过去了可就精神饱满,哈哈大笑着,回头向那后来的人,向那正在艰苦阶段上奋斗着的人说:

"这算什么,一辈子不走几回险路那不算英雄。"

可也不然,也不一定都是精神饱满的,而大半是被吓得脸色发白。有的虽然已经过去了多时,还是不能够很快的抬起腿来走路,因为那腿还在打颤。

这一类胆小的人,虽然是险路已经过去了,但是心里边无由的生起来一种感伤的情绪,心里颤抖抖的,好像被这大泥坑子所感动了似地,总要回过头来望了一望,打量了一会,似乎要有些话说。终于也没有说什么,还是走了。

有一天,下大雨的时候,一个小孩子掉下去,让一个卖豆腐的救了上来。

救上来一看,那孩子是农业学校校长的儿子。

于是议论纷纷了,有的说是因为农业学堂设在庙里边,冲了龙王爷了,龙王爷要降大雨淹死这孩子。

有的说不然,完全不是这样,都是因为这孩子的父亲的关系,他父亲在讲堂上指手画脚的讲,讲给学生们说,说这天下雨不是在天的龙王爷下的雨,他说没有龙王爷。你看这不把龙王爷活活的气死,他这口气那能不出呢?所以就抓住了他的儿子来实行因果报应了。

有的说,那学堂里的学生也太不像样了,有的爬上了老龙王的头顶,给老龙王去戴了一个草帽。这是什么年头,一个毛孩子就敢惹这么大的祸,老龙王怎么会不报应呢?看着吧,这还不能算了事,你想龙王爷并不是白人呵!你若惹了他,他可能够饶了你?那不像对付一个拉车的,卖菜的,随便的踢他们一脚就让他们去。那是龙王爷呀!龙王爷还是惹得的吗?

有的说,那学堂的学生都太不像样了,他说他亲眼看见过,学生们拿了蚕放在大殿上老龙王的手上。你想老龙王那能够受得了。

有的说,现在的学堂太不好了,有孩子是千万上不得学堂的。一上了学堂就天地人鬼神不分了。

有的说他要到学堂把他的儿子领回来,不让他念书了。

有的说孩子在学堂里念书,是越念越坏,比方吓掉了魂,他娘给他叫魂的时候,你听他说什么?他说这叫迷信。你说再念下去那还了得吗?

说来说去,越说越远了。

过了几天,大泥坑子又落下去了,泥坑两岸的行人通行无阻。

再过些日子不下雨,泥坑子就又有点像要干了。这时候,又有车马开始在上面走,又有车子翻在上面,又有马倒在泥中打滚,又是绳索棍棒之类的,往外抬马,被抬出去的赶着车子走了,后来的,陷进去,再抬。

一年之中抬车抬马,在这泥坑子上不知抬了多少次,可没有一个人说把泥坑子用土填起来不就好了吗? 没有一个。

有一次一个老绅士在泥坑涨水时掉在里边了。他一爬出来,他就说:

"这街道太窄了,去了这水泡子连走路的地方都没有了。这两边的院子,怎么不把院墙拆了让出一块来?"

他正说着,板墙里边,就是那院中的老太太搭了言。她说院墙是拆不得的,她说最好种树,若是沿着墙根种上一排树,下起雨来人就可以攀着树过去了。

说拆墙的有,说种树的有,若说用土把泥坑来填平的,一个人也没有。

这泥坑子里边淹死过小猪,用泥浆闷死过狗,闷死过猫,鸡和鸭也常常死在这泥坑里边。

原因是这泥坑上边结了一层硬壳,动物们不认识那硬壳下面就是陷阱,等晓得了可也就晚了。它们跑着或是飞着,等往那硬壳上一落可就再也站不起来了。白天还好,或者有人又要来施救。夜晚可就没有办法了。它们自己挣扎,挣扎到没有力量的时候就很自然的沉下去了,其实也或者越挣扎越沉下去的快。有时至死也还不沉下去的事也有。若是那泥浆的密度过高的时候,就有这样的事。

比方肉上市。忽然卖便宜猪肉了,于是大家就想起那泥坑子来了,说:

"可不是那泥坑子里边又淹死了猪了?"

说着若是腿快的,就赶快跑到邻人的家去,告诉邻居:

"快去买便宜肉吧,快去吧,快去吧,一会没有了。"

等买回家来才细看一番,似乎有点不大对,怎么这肉又紫又青的!可不要是瘟猪肉。

但是又一想,那能是瘟猪肉呢,一定是那泥坑子淹死的。

于是煎,炒,蒸,煮,家家吃起便宜猪肉来。虽然吃起来了,但就总觉得不大香,怕还是瘟猪肉。

可是又一想,瘟猪肉怎么可以吃得,那么还是泥坑子淹死的吧!

本来这泥坑子一年只淹死一两只猪,或两三口猪,有几年还连一个猪也没有淹死。至于居民们常吃淹死的猪肉,这可不知是怎么一回事,真是龙王爷晓得。

虽然吃的自己说是泥坑子淹死的猪肉,但也有吃了病的,那吃病了的就大发议论说:

"就是淹死的猪肉也不应该抬到市上去卖,死猪肉终究是不新鲜的,税局子是干什么的,让大街上,在光天化日之下就卖起死猪肉来?"

那也是吃了死猪肉的,但是尚且没有病的人说:

"话可也不能是那么说,一定是你疑心,你三心二意的吃下去还会好。你看我们也一样能吃了,可怎么没病?"

间或也有小孩子太不知时务,他说他妈不让他吃,说那是瘟猪肉。

这样的孩子,大家都不喜欢。大家都用眼睛瞪着他,说他:

"瞎说,瞎说。"

有一次一个孩子说那猪肉一定是瘟猪肉,并且是当着母亲的面向邻人说的。

那邻人听了倒并没有坚决的表示什么,可是他的母亲的脸立刻就红了。伸出手去就打了那孩子。

那孩子很固执,仍是说:

"是瘟猪肉吗!是瘟猪肉吗!"

母亲实在难为情起来,就拾起门旁的烧火的叉子,向着那孩子的肩膀就打了过去。于是孩子一边哭着一边跑回家里去了。

一进门,炕沿上坐着外祖母,那孩子一边哭着一边扑到外祖母的

怀里说:

"姥姥,你吃的不是瘟猪肉吗?我妈打我。"

外祖母对这打得可怜的孩子本想安慰一番,但是一抬头看见了同院的老李家的奶妈站在门口往里看。

于是外祖母就掀起孩子后衣襟来,用力的在孩子的屁股上腔腔的打起来,嘴里还说着:

"谁让你这么一点你就胡说八道!"

一直打到李家的奶妈抱着孩子走了才算完事。

那孩子哭得一塌糊涂,什么"瘟猪肉"不"瘟猪肉"的,哭得也说不清了。

总共这泥坑子施给当地居民的福利有两条:

第一条:常常抬车抬马,淹鸡,淹鸭,闹得非常热闹,可使居民说长道短,得以消遣。

第二条就是这猪肉的问题了,若没有这泥坑子,可怎么吃瘟猪肉呢?吃是可以吃的,但是可怎么说法呢?真正说是吃的瘟猪肉,岂不太不讲卫生了吗?有这泥坑子可就好办,可以使瘟猪变成淹猪,居民们买起肉来,第一经济,第二也不算什么不卫生。

二

东二道街除了大泥坑子这番盛举之外,再就没有什么了。也不过是几家碾磨房,几家豆腐店,也有一两家机房,也许一两家染布匹的染缸房,这个也不过是自己默默的在那里做着自己的工作,没有什么可以使别人开心的,也不能招来什么议论。那里边的人都是天黑了,就睡觉,天亮了就起来工作。一年四季,春暖花开,秋雨,冬雪,也不过是随着季节穿起棉衣来,脱下单衣去的过着。生老病死也都是一声不响的默默的办理。

比方就是东二道街南头,那卖豆芽菜的王寡妇吧:她在房脊上插了一个很高的杆子,杆子头上挑着一个破筐。因为那杆子很高,差不多和龙王庙的铁马铃子一般高了。来了风,庙上的铃子格仍格仍的响。王寡妇的破筐子虽是它不会响，但是它也会东摇西摆的作着态。

就这样一年一年的过去，王寡妇一年一年的卖着豆芽菜，平静无事，过着安详的日子，忽然有一年夏天，她的独子到河边去洗澡，掉河淹了。

这事情似乎轰动了一时，家传户晓，可是不久也就平静下去了。不但邻人，街坊，就是她的亲戚朋友也都把这回事情忘记了。

再说那王寡妇，虽然她从此以后就疯了，但她到底还晓得卖豆芽菜，她仍还是静静的活着，虽然偶尔她的菜被偷了，在大街上或是在庙台上狂笑一场，但一笑过了之后，她还是平平静静的活着。

至于邻人街坊们，或是过路人看见了她在庙台上哭，也会引起一点恻隐之心来的，不过为时甚短罢了。

还有人们常常喜欢把一些不幸者归划在一起，比如疯子傻子之类，都一律去看待。

那个乡，那个县，那个村都有些个不幸者，瘤子啦，瞎子啦，疯子或是傻子。

呼兰河这城里，就有许多这一类的人。人们关于他们都似乎听得多，看得多，也就不以为奇了。偶尔在庙台上或是大门洞里不幸遇到了一个，刚想多少加一点恻隐之心在那人身上，但是一转念，人间这样的人多着哩！于是转过眼睛去，三步两步的就走过去了。即或有人停下来，也不过是和那些毫没有记性的小孩子似地向那疯子投一个石子，或是做着把瞎子故意领到水沟里边去的事情。

一切不幸者，就都是叫化子，至少在呼兰河这城里边是这样。

人们对待叫化子们是很平凡的。

门前聚了一群狗在咬，主人问：

"咬什么？"

仆人答：

"咬一个讨饭的。"

说完了也就完了。

可见这讨饭人的活着是一钱不值了。

卖豆芽菜的女疯子,虽然她疯了还忘不了自己的悲哀,隔三差五的还到庙台上去哭一场,但是一哭完了,仍是得回家去吃饭,睡觉,卖豆芽菜。

她仍是平平静静的活着。

三

再说那染缸房里边,也发生过不幸,两个年青的学徒,为了争一个街头上的妇人,其中的一个把另一个按进染缸子给淹死了。死了的不说,就说那活着的也下了监狱,判了个无期徒刑。

但这也是不声不响的把事就解决了,过了三年二载,若有人提起那件事来,差不多就像人们讲着岳飞、秦桧似地,久远得不知多少年前的事情似地。

同时发生这件事情的染缸房,仍旧是在原址,甚或连那淹死人的大缸也许至今还在那儿使用着。从那染缸房发卖出来的布匹,仍旧是远近的乡镇都流通着。蓝色的布匹男人们做起棉裤棉袄,冬天穿它来抵御严寒。红色的布匹,则做成大红袍子,给十八九岁的姑娘穿上,让她去做新娘子。

总之,除了染缸房子在某年某月某日死了一个人外,其余的世界,并没有因此而改动了一点。

再说那豆腐房里边也发生过不幸:两个伙计打仗,竟把拉磨的小驴的腿打断了。

因为它是驴子,不谈它也就罢了。只因为这驴子哭瞎了一个妇人的眼睛(即打了驴子那人的母亲),所以不能不记上。

再说那造纸的纸房里边,把一个私生子活活饿死了。因为他是一个初生的孩子,算不了什么。也就不说他了。

四

其余的东二道街上,还有几家扎彩铺。这是为死人而预备的。

人死了,魂灵就要到地狱里边去,地狱里边怕是他没有房子住,没有衣裳穿,没有马骑。活着的人就为他做了这么一套,用火烧了,据说是到阴间就样样都有了。

大至喷钱兽,聚宝盆,大金山,大银山,小至丫嬛使女,厨房里的厨子,喂猪的猪倌,再小至花盆,茶壶茶杯,鸡鸭鹅犬,以至窗前的鹦鹉。

看起来真是万分的好看,大院子也有院墙。墙头上是金色的琉璃瓦。一进了院,正房五间,厢房三间,一律是青红砖瓦房,窗明几净,空气特别新鲜,花盆一盆一盆的摆在花架子上,石柱子,金百合,马蛇菜九月菊都一齐的开了。看起使人不知道是什么季节,是夏天还是秋天,居然那马蛇菜也和菊花同时站在一起。也许阴间是不分什么春夏秋冬的。这且不说。

再说那厨房里的厨子,真是活神活现,比真的厨子真是干净到一千倍,头戴白帽子,身扎白围裙。手里边在做拉面条。似乎午饭的时候就要到了,煮了面就要开饭了似地。

院子里的牵马童,站在一匹大白马的旁边,那马好像是阿拉伯马,特别高大,英姿挺立,假若有人骑上,看样子一定比火车跑得更快。就是呼兰河这城里的将军,相信他也没有骑过这样的马。

小车子,大骡子,都排在一边,骡子是油黑的,闪亮的,用鸡蛋壳做的眼睛。所以眼珠是不会转的。

大骡子旁边还站着一匹小骡子,那小骡子是特别好看,眼珠是和大骡子一般的大。

小车子装璜得特别漂亮,车轮子都是银色的,车前边的帘子是半掩半卷的,使人得以看到里边去。车里边是红堂堂的铺着大红的褥子。赶车的坐在车沿上,满脸是笑,得意洋洋,装饰得特别漂亮,扎着紫色的腰带,穿着蓝色花丝葛的大袍,黑缎鞋,雪白的鞋底。大概穿起这鞋来还没有走路就赶过车来了。他头上戴着黑帽头,红帽顶,把脸扬着,他蔑视着一切,越看他越不像一个车夫,好像一位新郎。

公鸡三两只,母鸡七八只,都是在院子里边静静的啄食,一声不响,鸭子也并不呱呱的直叫,叫得烦人。狗蹲在上房的门旁,非常的守职,一动不动。

看热闹的人,人人说好,个个称赞。穷人们看了这个竟觉得活着还没有死了好。

正房里,窗帘,被格,桌椅板凳,一切齐全。

还有一个管家的,手里拿着一个算盘在打着,旁边还摆着一个账本,上边写着:

"北烧锅欠酒贰拾贰斤

东乡老王家昨借米二十担

白旗屯泥人子昨送地租四百卅吊

白旗屯二个子共欠地租两千吊"

这以下写了个:

四月二十八日

以上的是四月二十七日的流水账,大概二十八日的还没有写吧!

看这账目也就知道阴间欠了账也是马虎不得的,也设了专门人才,即管账先生一流的人物来管。同时也可以看出来,这大宅子的主人不用说就是个地主了。

这院子里边,一切齐全,一切都好,就是看不见这院子的主人在什么地方,未免的使人疑心这么好的院子而没有主人了。这一点似乎使人感到空虚,无着无落的。

再一回头看,就觉得这院子终归是有点两样,怎么丫鬟使女,车夫,马童的胸前都挂着一张纸条,那纸条上写着他们每个人的名字:

那漂亮得和新郎似地车夫的名字叫:

"长鞭"

马童的名字叫:

"快腿"

左手拿着水烟袋,右手抡着花手巾的小丫鬟叫:

"德顺"

另外一个叫:

"顺平"

管账的先生叫：

"妙算"

提着喷壶在浇花的使女叫：

"花姐"

再一细看才知道那匹大白马也是有名字的，那名字是贴在马屁股上的，叫：

"千里驹"

其余的如骡子，狗，鸡，鸭之类没有名字。

那在厨房里拉着面条的"老王"，他身上写着他名字的纸条，来风一吹，还忽咧忽咧的跳着。

这可真有点奇怪，自家的仆人，自己都不认识了，还要挂上个名签。

这一点未免的使人迷离恍惚，似乎阴间究竟没有阳间好。

虽然这么说，羡慕这座宅子的人还是不知多少。因为的确这座宅子是好。清悠，闲静，鸦雀无声，一切规整，绝不紊乱。丫嬛，使女，照着阳间的一样，鸡犬猪马，也都和阳间一样，阳间有什么，到了阴间也有，阳间吃面条，到了阴间也吃面条，阳间有车子坐，到了阴间也一样的有车子坐，阴间是完全和阳间一样，一模一样的。

只不过没有东二道街上那大泥坑子就是了。是凡好的一律都有，坏的不必有。

五

东二道上街的扎彩铺，就扎的是这一些。一摆起来又威风，又好看，但那作房里边是乱七八糟的，满地碎纸，球杆棍子一大堆，破盒子，乱罐子，颜料瓶子，浆糊盆，细麻绳，粗麻绳……走起路来，会使人跌倒。那里边砍的砍，绑的绑，苍蝇也来回的飞着。

要做人，先做一个脸孔，糊好了，挂在墙上，男的女的，到用的时候，摘下一个来就用，给一个用球杆捆好的人架子，穿上衣服，装上一个头就像人了。把一个瘦骨伶仃的用纸糊好的马架子，上边贴上用纸剪成的白毛，那就是一匹很漂亮的马了。

做这样的活计的，也不过是几个极粗糙极丑陋的人，他们虽懂得怎样打扮一个马童或是打扮一个车夫，怎样打扮一个妇人女子，但他们对他们自己是毫不加修饰的，长头发的，毛头发的，歪嘴的，歪眼的，赤足裸膝的，似乎使人不能相信，这么漂亮煊眼耀目，好像要活了的人似地，是出于他们之手。

他们吃的是粗菜，粗饭，穿的是破乱的衣服，睡觉则睡在车马、人、头之中。

他们这种生活，似乎也很苦的。但是一天一天的，也就糊里糊涂的过去了，也就过着春夏秋冬，脱下单衣去，穿起棉衣来的过去了。

生，老，病，死，都没有什么表示。生了就任其自然的长去，长大就长大，长不大也就算了。

老，老了也没有什么关系，眼花了，就不看，耳聋了，就不听，牙掉了，就整吞，走不动了，就瘫着。这有什么办法，谁老谁活该。

病，人吃五谷杂粮，谁不生病呢？

死，这回可是悲哀的事情了，父亲死了，儿子哭。儿子死了母亲哭，哥哥死了一家全哭，嫂子死了，她的娘家人来哭。

哭了一朝或是三日，就总得到城外去，挖一个坑把这人埋起来。

埋了之后，那活着的仍旧得回家照旧的过着日子。该吃饭，吃饭。该睡觉，睡觉。外人绝对看不出来是他家已经没有了父亲或是失掉了哥哥，就连他们自己也不是关起门来，每天哭上一场。他们心中的悲哀，也不过是随着当地的风俗的大流逢年遇节的到坟上去观望一回，二月过清明，家家户户都提着香火去上坟茔，有的坟头上塌了一块土，有的坟头上陷了几个洞，相观之下，感慨唏嘘，烧香点酒。若有远亲的人如子女父母之类，往往且哭上一场；那哭的语句，数数落落，无异是在做一篇文章或者是在诵一篇长诗。歌诵完了之后，站起来拍拍屁股上的土，也就随着上坟的人们回城的大流，回城去了。

回到城中的家里，又得照旧的过着日子，一年柴米油盐，浆洗缝补。从早晨到晚上忙了个不休。夜里疲乏之极，躺在炕上就睡了。

在夜梦中并梦不到什么悲哀的或是欣喜的景况,只不过咬着牙,打着哼,一夜一夜的就都这样的过去了。

假若有人问他们,人生是为了什么?他们并不会茫然无所对答的,他们会直截了当的不加思索的说了出来,"人活着是为吃饭穿衣。"

再问他,人死了呢?他们会说:"人死了就完了。"

所以没有人看见过做扎彩匠的活着的时候为他自己糊一座阴宅,大概他不怎么相信阴间。假如有了阴间,到那时候他再开扎彩铺,怕又要租人家的房子了。

六

呼兰河城里,除了东二道街,西二道街,十字街之外,再就都是些个小胡同了。

小胡同里边更没有什么了,就连打烧饼麻花的店铺也不大有,就连卖红绿糖球的小床子,也都是摆在街口上去,很少有摆在小胡同里边的。那些住在小街上的人家,一天到晚看不见多少闲散杂人。耳听的眼看的,都比较的少,所以整天寂寂寞寞的,关起门来在过着生活。破草房有上半间,买上二斗豆子,煮一点盐豆下饭吃,就是一年。

在小街上住着,又冷清,又寂寞。

一个提篮子卖烧饼的,从胡同的东头喊,胡同向西头都听到了。虽然不买,若走谁家的门口,谁家的人都是把头探出来看看,间或有问一问价钱的,问一问糖麻花和油麻花现在是不是还卖着前些日子的价钱。

间或有人走过去掀开了筐子上盖着的那张布,好像要买似地,拿起一个来摸一摸是否还是热的。

摸完了也就放下了,卖麻花的也绝对的不生气。

于是又提到第二家的门口去。

第二家的老太婆也是在闲着,于是就又伸出手来,打开筐子,摸了一回。

摸完了也是没有买。

等到了第三家,这第三家可要买了。

一个三十多岁的女人,刚刚睡午觉起来,她的头顶上梳着一个卷,大概头发不怎样整齐,发卷上罩着一个用大黑珠线织的网子,网子上还插了不少的疙疸针。可是因为这一睡觉,不但头发乱了,就是那些疙疸针也都跳出来了,好像这女人的发卷上被射了不少的小箭头。

她一开门就很爽快,把门扇刮打的往两边一分,她就从门里闪出来了。随后就跟出来五个孩子。这五个孩子也都个个爽快。像一个小连队似地,一排就排好了。

第一个是女孩子,十二三岁,伸出手来就拿了一个五吊钱一只的一竹筷子长的大麻花。她的眼光很迅速,这麻花在这筐子里的确是最大的,而且就只有这一个。

第二个是男孩子,拿了一个两吊钱一只的。

第三个也是拿了个两吊钱一只的。也是个男孩子。

第四个看了看,没有办法,也只得拿了一个两吊钱的。也是个男孩子。

轮到第五个了,这个可分不出来是男孩子,还是女孩子。头是秃的,一只耳朵上挂着钳子,瘦得好像个干柳条,肚子可特别大。看样子也不过五岁。

一伸手,他的手就比其余的四个的都黑得更厉害,其余的四个,虽然他们的手也黑得够厉害的,但总还认得出来那是手,而不是别的什么,惟有他的手是连认也认不出来了,说是手吗,说是什么呢,说什么都行。完全起着黑的灰的,深的浅的,各种的云层。看上去,好像看隔山照似地,有无穷的趣味。

他就用这手在筐子里边挑选,几乎是每个都让他摸过了,不一会工夫,全个的筐子都让他翻遍了。本来这筐子虽大,麻花也并没有几只。除了一个顶大的之外,其余小的也不过十来只,经了他这一翻,可就完全遍了。弄了他满手是油,把那小黑手染得油亮油亮的,黑亮黑亮的。

而后他说：

"我要大的。"

于是就在门口打了起来。

他跑得非常之快,他去追着他的姐姐。他的第二个哥哥,他的第三个哥哥,也都跑了上去,都比他跑得更快。再说他的大姐,那个拿着大麻花的女孩,她跑得更快到不能想象了。已经找到一块墙的缺口的地方,跳了出去,后边的也就跟着一溜烟的跳过去。等他们刚一追着跳过去,那大孩子又跳回来了。在院子里跑成了一阵旋风。

那个最小的,不知是男孩子还是女孩子的,早已追不上了。落在后边,在嚎啕大哭。间或也想检一点便宜,那就是当他的两个哥哥,把他的姐姐已经扭住的时候,他就趁机会想要从中抢他姐姐手里的麻花。可是几次都没有做到,于是又落在后边嚎啕大哭。

他们的母亲,虽然是很有威风的样子,但是不动手是招呼不住他们的。母亲看了这样子也还没有个完了,就进屋去,拿起烧火的铁叉子来,向着她的孩子就奔去了。不料院子里有一个小泥坑,是猪在里打腻的地方。她恰好就跌在泥坑那儿了。把叉子跌出去五尺多远。

于是这场戏才算达到了高潮,看热闹的人没有不笑的,没有不称心愉快的。

就连那卖麻花的人也看出神了,当那女人坐到泥坑中把泥花四边溅起来的时候,那卖麻花的差一点没把筐子掉了地下。他高兴极了,他早已经忘了他手里的筐子了。

至于那几个孩子,则早就不见了。

等母亲起来去把他们追回来的时候,那做母亲的这回可发了威风,让他们一个一个的向着太阳跪下。在院子里排起一小队来,把麻花一律的解除。

顶大的孩子的麻花没有多少了,完全被撞碎了。

第三个孩子的已经吃完了。

第二个的还剩了一点点。

只有第四个的还拿在手上没有动。

第五个,不用说,根本没有拿在手里。

闹到结果,卖麻花的和那女人吵了一阵之后提着筐子又到另一家去叫卖去了。他和那女人所吵的是关于那第四个孩子手上拿了半天的麻花又退回了的问题,卖麻花的坚持着不让退,那女人又非退回不可。结果是付了三个麻花的钱,就把那提篮子的人赶了出来了。

为着麻花而下跪的五个孩子不提了。再说那一进胡同口就被挨家摸索过来的麻花,被提到另外的胡同里去,到底也卖掉了。

一个已经脱完了牙齿的老太太买了其中的一个,用纸裹着拿到屋子去了。她一边走着一边说:

"这麻花真干净,油亮亮的。"

而后招呼了她的小孙子,快来吧。

那卖麻花的人看了老太太很喜欢这麻花,于是就又说:

"是刚出锅的,还热忽着哩!"

七

过去了卖麻花的,后半天,也许又来了卖凉粉的,也是一在胡同口的这头喊,那头就听到了。

要买的拿着小瓦盆出去了。不买的坐在屋子一听这卖凉粉的一招呼,就知道是应烧晚饭的时候了。因为这凉粉一个整个的夏天都是在太阳偏西,他就来的,来得那么准,就像时钟一样,到了四五点钟他必来的。就像他卖凉粉专门到这一条胡同来卖似地。似乎在别的胡同里就没有为着多卖几家而耽误了这一定的时间。

卖凉粉的一过去了。一天也就快黑了。

打着拨楞鼓的货郎,一到太阳偏西,就再不进到小巷子里来,就连僻静的街他也不去了,他担着担子从大街口走回家去。

卖瓦盆的,也早都收市了。

检绳头的,换破烂的也都回家去了。

只有卖豆腐的则又出来了。

晚饭时节,吃了小葱沾大酱就已经很可口了,若外加上一块豆腐,那真是锦上添花,一定要多浪费两碗苞米大云豆粥的。一吃就吃多了,那是很自然的,豆腐加上点辣椒油,再拌上点大酱,那是多么可口的东西,用筷子触了一点点豆腐,就能够吃下去半碗饭,再到豆腐上去触了一下,一碗饭就完了。因为豆腐而多吃两碗饭,并不算吃得多,没有吃过的人,不能够晓得其中的滋味的。

所以卖豆腐的人来了,男女老幼,全都欢迎。打开门来,笑盈盈的,虽然不说什么,但是彼此有一种融洽的感情,默默生了起来。

似乎卖豆腐的在说:

"我的豆腐真好!"

似乎买豆腐的回答:

"你的豆腐果然不错。"

买不起豆腐的人对那卖豆腐的,就非常的羡慕,一听了那从街口越招呼越近的声音就特别的感到诱惑,假若能吃一块豆腐可不错,切上一点青辣椒,拌上一点小葱子。

但是天天这样想,天天就没有买成,卖豆腐的一来,就把这等人白白的引诱一场。于是那被诱惑的人,仍然逗不起决心,就多吃几口辣椒,辣得满头是汗。他想假若一个人开了一个豆腐房可不错,那就可以自由随便的吃豆腐了。

果然,他的儿子长到五岁的时候,问他:

"你长大了干什么?"

五岁的孩子说:

"开豆腐房。"

这显然要继承他父亲未遂的志愿。

关于豆腐这美妙的一盘菜的爱好,竟还有甚于此的,竟有想要倾家荡产的。传说上,有这样的一个家长,他下了决心,他说:

"不过了,买一块豆腐吃去!"这"不过了"的三个字,用旧的语言来翻译,就是毁家纾难的意思,用现代的话来说,就是:"我破产了!"

八

卖豆腐的一收了市,一天的事情都完了。

家家户户都把晚饭吃过了。吃过了晚饭,看晚霞的看晚霞,不看晚霞的躺到炕上去睡觉的也有。

这地方的晚霞是很好看的,有一个土名,叫火烧云。说"晚霞"人们不懂,若一说"火烧云"就连三岁的孩子也会呀呀的往西天空里指给你看。

晚饭一过,火烧云就上来了。照得小孩子的脸是红的。把大白狗变成红色的狗了。红公鸡就变成金的了。黑母鸡变成紫檀色的了。喂猪的老头子,往墙根上靠,他笑盈盈的看着他的两匹小白猪,变成小金猪了,他刚想说:

"他妈的,你们也变了……"

他的旁边走来了一个乘凉的人,那人说:

"你老人家必要高寿,你老是金胡子了。"

天空的云,从西边一直烧到东边,红堂堂的,好像是天着了火。

这地方的火烧云变化极多,一会红堂堂的了,一会金洞洞的了,一会半紫半黄的,一会半灰半百合色。葡萄灰,大黄梨,紫茄子,这些颜色天空上边都有。还有些说也说不出来的,见也未曾见过的,诸多种的颜色。

五秒钟之内,天空里有一匹马,马头向南,马尾向西,那马是跪着的,像是在等着有人骑到它的背上,它才站起来。再过一秒钟,没有什么变化。再过两三秒钟,那匹马加大了,马腿也伸开了,马脖子也长了,但是一条马尾巴却不见了。

看的人,正在寻找马尾巴的时候,那马就变靡了。

忽然又来了一条大狗,这条狗十分凶猛,它在前边跑着,它的后面似乎还跟了好几条小狗仔。跑着跑着,小狗就不知跑到那里去了,大狗也不见了。

又找到了一个大狮子,和娘娘庙门前的大石头狮子一模一样的,也是那么大,也是那样的蹲着,很威武的,很镇静的蹲着,它表示着蔑视一切的样子,似乎眼睛连什么也不眨,看着看着的,一不谨慎,同时又看到了别一个什么。这时候,可就麻烦了,人的眼睛不能同时又看东,又看西。这样子会活活把那个大狮子糟踏了。一转眼,一低头,那天空的东西就变了。若是再找,怕是看瞎了眼睛也找不到了。

大狮子既然找不到,另外的那什么,比方就是一个猴子吧,猴子虽不如大狮子,可同时也没有了。

一时恍恍惚惚的,满天空里又像这个,又像那个,其实是什么也不像,什么也没有了。

必须是低下头去,把眼睛揉一揉,或者是沉静一会再来看。

可是天空偏偏又不常常等待着那些爱好它的孩子。一会工夫火烧云下去了。

于是孩子们困倦了,回屋去睡觉了。竟有还没能来得及进屋的,就靠在姐姐的腿上,或者是依在祖母的怀里就睡着了。

祖母的手里,拿着白马鬃的蝇甩子,就用蝇甩子给他驱逐着蚊虫。

祖母还不知道这孩子是已经睡了,还以为他在那里玩着呢!

"下去玩一会去吧!把奶奶的腿压麻了。"

用手一推,这孩子已经睡得摇摇晃晃的了。

这时候,火烧云已经完全下去了。

于是家家户户都进屋去睡觉,关起窗门来。

呼兰河这地方,就是在六月里也是不十分热的,夜里总要盖着薄棉被睡觉。

等黄昏之后的乌鸦飞过时,只能够隔着窗子听到那很少的尚未睡的孩子在嚷叫:

"乌鸦乌鸦你打场,

给你二斗粮……

…………"

那漫天盖地的一群黑乌鸦,啊啊的大叫在整个的县城的头顶上飞过去了。

据说飞过了呼兰河的南岸,就在一个大树林子里边住下了。明天早晨起来再飞。

夏秋之间每夜要过乌鸦,究竟这些成百成千的乌鸦过到那里去,孩子们是不大晓得的,大人们也不大讲给他们听。

只晓得念这套歌,"乌鸦乌鸦你打场,给你二斗粮。"

究竟给乌鸦二斗粮做什么,似乎不大有道理。

九

乌鸦一飞过,这一天才真正的过去了。

因为大卯星升起来了,大卯星好像铜球似地亮晶晶的了。

天河和月亮也都上来了。

蝙蝠也飞起来了。

是凡跟着太阳一起来的,现在都回去了。人睡了,猪、马、牛、羊也都睡了,燕子和蝴蝶也都不飞了。就连房根底下的牵牛花,也一朵没有开的。含苞的含苞,卷缩的卷缩。含苞的准备着欢迎那早晨又要来的太阳,那卷缩的,因为它已经在昨天欢迎过了,它要落去了。

随着月亮上来的星夜,大卯星也不过是月亮的一个马前卒,让它先跑到一步就是了。

夜一来蛤蟆就叫,在河沟里叫,在洼地里叫。虫子也叫,在院心草棵子里,在城外的大田上,有的叫在人家的花盆里,有的叫在人家的坟头上。

夏夜若无风无雨就这样的过去了,一夜又一夜。

很快的夏天就过完了,秋天就来了。秋天和夏天的分别不太大,也不过天凉了,夜里非盖着被子睡觉不可。种田的人白天忙着收割,夜里多做几个割高粱的梦就是了。

女人一到了八月也不过就是浆衣裳,拆被子,捶棒捶,捶得街街巷巷早晚的叮叮当当的乱响。

"棒捶"一捶完,做起被子来,就是冬天。

冬天下雪了。

人们四季里,风、霜、雨、雪的过着,霜打了,雨淋了。大风来时是飞沙走石。似乎是很了不起的样子。冬天,大地被冻裂了,江河被冻住了。再冷起来,江河也被冻得腔腔的响着裂开了纹。冬天,冻掉了人的耳朵……破了人的鼻子……裂了人的手和脚。

但这是大自然的威风,与小民们无关。

呼兰河的人们就是这样,冬天来了就穿棉衣裳,夏天来了就穿单衣裳。就好像太阳出来了就起来,夜阳落了就睡觉似地。

被冬天冻裂了手指的,到了夏天也自然就好了。好不了的,"李永春"药铺,去买二两红花,泡一点红花酒来擦一擦,擦得手指通红也不见消,也许就越来越肿起来。那么再到"李永春"药铺去,这回可不买红花了,是买了一贴膏药来。回到家里,用火一烤,黏黏糊糊的就贴在冻疮上了。这膏药是真好,贴上了一点也不碍事。该赶车的去赶车,该切菜的去切菜。黏黏糊糊的是真好,见了水也不掉,该洗衣裳的去洗衣裳去好了。就是掉了,拿在火上再一烤,就还贴得上的。一贴,贴了半个月。

呼兰河这地方的人,什么都讲结实,耐用,这膏药这样的耐用,实在是合乎这地方的人情。虽然是贴了半个月,手也还没有见好,但这膏药总算是耐用,没有白花钱。

于是再买一贴去,贴来贴去,这手可就越肿越大了。还有些买不起膏药的,就捡人家贴乏了的来贴。到后来,那结果,谁晓得是怎样呢,反正一塌糊涂去了吧。

春夏秋冬,一年四季来回循环的走,那是自古也就这样的了。风霜雨雪,受得住的就过去了,受不住的,就寻求着自然的结果。那自然的结果不大好,把一个人默默的一声不响的就拉着离开了这人间的世界了。

至于那还没有被拉去的,就风霜雨雪,仍旧在人间被吹打着。

第 二 章

一

呼兰河除了这些卑琐平凡的实际生活之外，在精神上，也还有不少的盛举，如：

跳大神；

唱秧歌；

放河灯；

野台子戏；

四月十八娘娘庙大会……

先说大神。大神是会治病的，她穿着奇怪的衣裳，那衣裳平常的人不穿；红的，是一张裙子，那裙子一围在她的腰上，她的人就变样了。开初，她并不打鼓，只是一围起那红花裙子就哆嗦。从头到脚，无处不哆嗦，哆嗦了一阵之后，又开始打颤。她闭着眼睛，嘴里边叽咕的。每一打颤，就装出来要倒的样子。把四边的人都吓得一跳，可是她又坐住了。

大神坐的是凳子，她的对面摆着一块牌位，牌位上贴着红纸，写着黑字。那牌位越旧越好，好显得她一年之中跳神的次数不少，越跳多了就越好，她的信用就远近皆知。她的生意就会兴隆起来。那牌前，点着香，香烟慢慢地旋着。

那女大神多半在香点了一半的时候神就下来了。那神一下来，可就威风不同，好像有万马千军让她领导似地，她全身是劲，她站起来乱跳。

大神的旁边，还有一个二神，当二神的都是男人。他并不昏乱，他是清晰如常的，他赶快把一张圆鼓交到大神的手里。大神拿了这鼓，站起来就乱跳，先诉说那附在她身上的神灵的下山的经历，是乘着云，是随着风，或者是驾雾而来，说得非常之雄壮。二神站在一边，大神问他什么，他回答什么。好的二神是对答如流的，坏的二神，一不加小心说冲着了大神的一字,大神就要闹起来的。大神一闹起来的时候,她也没有别的办法,只是打着鼓,乱骂一阵,说这病人,不出今夜就必得死的,死了之后,还会游魂不散,家族、亲戚、乡里都要招灾。这时吓得那请神的人家赶快烧香点酒,烧香点酒之后,若再不行,就得赶送上红布来,把红布挂在牌位上,若再不行,就得杀鸡,若闹到了杀鸡这个阶段,就多半不能再闹了。因为再闹就没有什么想头了。

这鸡、这布,一律都归大神所有,跳过了神之后,她把鸡拿回家去自己煮上吃了。把红布用蓝靛染了之后,做起裤子穿了。

有的大神,一上手就百般的下不来神。请神的人家就得赶快的杀鸡来,若一杀慢了,等一会跳到半道就要骂的,谁家请神都是为了治病,让大神骂,是非常不吉利的。所以对大神是非常尊敬的,又非常怕。

跳大神,大半是天黑跳起,只要一打起鼓来,就男女老幼,都往这跳神的人家跑,若是夏天,就屋里屋外都挤满了人。还有些女人,拉着孩子,抱着孩子,哭天叫地地从墙头上跳过来,跳过来看跳神的。

跳到半夜时分,要送神归山了,那时候,那鼓打得分外地响,大神也唱得分外地好听;邻居左右,十家二十家的人家都听得到,使人听了起着一种悲凉的情绪,二神嘴里唱:

"大仙家回山了,要慢慢地走,要慢慢地行。"

大神说:

"我的二仙家,青龙山,白虎山……夜行三千里,乘着风儿不算难……"

这唱着的词调,混合着鼓声,从几十丈远的地方传来,实在是冷森森的,越听就越悲凉。听了这种鼓声,往往终夜而不能眠的人也有。

请神的人家为了治病,可不知那家的病人好了没有?却使邻居街坊感慨兴叹,终夜而不能已的也常常有。

满天星光,满屋月亮,人生何如,为什么这么悲凉。

过了十天半月的,又是跳神的鼓,当当地响。于是人们又都着了慌,爬墙的爬墙,登门的登门,看看这一家的大神,显的是什么本领,穿的是什么衣裳。听听她唱的是什么腔调,看看她的衣裳漂亮不漂亮。

跳到了夜静时分,又是送神回山。送神回山的鼓,个个都打得漂亮。

若赶上一个下雨的夜,就特别凄凉,寡妇可以落泪,鳏夫就要起来彷徨。

那鼓声就好像故意招惹那般不幸的人,打得有急有慢,好像一个迷路的人在夜里诉说着他的迷惘,又好像不幸的老人在回想着他幸福的短短的幼年。又好像慈爱的母亲送着她的儿子远行。又好像是生离死别,万分地难舍。

人生为了什么,才有这样凄凉的夜。

似乎下回再有打鼓的连听也不要听了。其实不然,鼓一响就又是上墙头的上墙头,侧着耳朵听的侧着耳朵在听,比西洋人赴音乐会更热心。

二

七月十五盂兰会,呼兰河上放河灯了。

河灯有白菜灯、西瓜灯,还有莲花灯。

和尚、道士吹着笙、管、笛、箫,穿着拼金大红缎子的褊衫。在河沿上打起场子来在做道场。那乐器的声音离开河沿二里路就听到了。

一到了黄昏,天还没有完全黑下来,奔着去看河灯的人就络绎不绝了。小街大巷,那怕终年不出门的人,也要随着人群奔到河沿去。先到了河沿的就蹲在那里。沿着河岸蹲满了人,可是从大街小巷往外出发的人仍是不绝,瞎子、瘸子都来看河灯(这里说错了,惟独瞎子是不来看河灯的),把街道跑得冒了烟了。

姑娘、媳妇,三个一群,两个一伙,一出了大门,不用问,到那里去。就都是看河灯去。

黄昏时候的七月,火烧云刚刚落下去,街道上发着显微的白光,喊喊喳喳,把往日的寂静都冲散了,个个街道都活了起来,好像这城里发生了大火,人们都赶去救火的样子。非常忙迫,踢踢踏踏地向前跑。

先跑到了河沿的就蹲在那里,后跑到的,也就挤上去蹲在那里。

大家一齐等候着,等候着月亮高起来,河灯就要从水上放下来了。

七月十五日是个鬼节,死了的冤魂怨鬼,不得脱生,缠绵在地狱里边是非常苦的,想脱生,又找不着路。这一天若是每个鬼托着一个河灯,就可得以脱生。大概从阴间到阳间的这一条路,非常之黑,若没有灯是看不见路的。所以放河灯这件事情是件善举。可见活着的正人君子们,对着那些已死的冤魂怨鬼还没有忘记。

但是这其间也有一个矛盾,就是七月十五这夜生的孩子,怕是都不大好,多半都是野鬼托着个莲花灯投生而来的。这个孩子长大了将不被父母所喜欢,长到结婚的年龄,男女两家必要先对过生日时辰,才能够结亲。若是女家生在七月十五,这女子就很难出嫁,必须改了生日,欺骗男家。若是男家七月十五的生日,也不大好,不过若是财产丰富的,也就没有多大关系,嫁是可以嫁过去的,虽然就是一个恶鬼,有了钱大概怕也不怎样恶了。但在女子这方面可就万万不可,绝对的不可以;若是有钱的寡妇的独养女,又当别论,因为娶了这姑娘可以有一份财产在那里晃来晃去,就是娶了而带不过财产来,先说那一份妆奁也是少不了的。假说女子就是一个恶鬼的化身,但那也不要紧。

平常的人说:"有钱能使鬼推磨。"似乎人们相信鬼是假的,有点不十分真。

但是当河灯一放下来的时候,和尚为着庆祝鬼们更生,打着鼓,叮当地响;念着经,好像紧急符咒似地,表示着,这一工夫可是千金一刻,且莫匆匆地让过,诸位男鬼女鬼,赶快托着灯去投生吧。

念完了经,就吹笙管笛箫,那声音实在好听,远近皆闻。

同时那河灯从上流拥拥挤挤,往下浮来了。浮得很慢,又镇静,又稳当,绝对的看不出来水里边会有鬼们来捉了它们去。

这灯一下来的时候,金呼呼的,亮通通的,又加上有千万人的观众,这举动实在是不小的。河灯之多,有数不过来的数目,大概是几千百只。两岸上的孩子们,拍手叫绝,跳脚欢迎。大人则都看出了神了,一声不响,陶醉在灯光灯色之中。灯光照得河水幽幽地发亮。水上跳跃着天空的月亮。真是人生何世,会有这样好的景况。

一直闹到月亮来到了中天,大昴星,二昴星,三昴星都出齐了的时候,才算渐渐地从繁华的景况,走向了冷静的路去。

河灯从几里路长的上流,流了很久很久才流过来了。再流了很久很久才流过去了。在这过程中,有的流到半路就灭了。有的被冲到了岸边,在岸边生了野草的地方就被挂住了。还有每当河灯一流到了下流,就有些孩子拿着竿子去抓它,有些渔船也顺手取了一两只。到后来河灯越来越稀疏了。

到往下流去,就显出荒凉孤寂的样子来了。因为越流越少了。

流到极远处去的,似乎那里的河水也发了黑。而且是流着流着地就少了一个。

河灯从上流过来的时候,虽然路上也有许多落伍的,也有许多淹灭了的,但始终没有觉得河灯是被鬼们托着走了的感觉。

可是当这河灯,从上流的远处流来,人们是满心欢喜的,等流过了自己,也还没有什么,惟独到了最后,那河灯流到了极远的下流去的时候,使看河灯的人们,内心里无由地来了空虚。

"那河灯,到底是要漂到那里去呢?"

多半的人们,看到了这样的景况,就抬起身来离开了河沿回家去了。

于是不但河里冷落,岸上也冷落了起来。

这时再往远处的下流看去,看着,看着,那灯就灭了一个。再看着看着,又灭了一个,还有两个一块灭的。于是就真像被鬼一个一个地托着走了。

打过了三更,河沿上一个人也没有了,河里边一个灯也没有了。

河水是寂静如常的,小风把河水皱着极细的波浪。月光在河水上边并不像在海水上边闪着一片一片的金光,而是月亮落到河底里去了。似乎那渔船上的人,伸手可以把月亮拿到船上来似地。

河的南岸,尽是柳条丛,河的北岸就是呼兰河城。

那看河灯回去的人们,也许都睡着了。不过月亮还是在河上照着。

三

野台子戏也是在河边上唱的。也是秋天,比方这一年秋收好,就要唱一台子戏,感谢天地。若是夏天大旱,人们戴起柳条圈来求雨,在街上几十人,跑了几天,唱着,打着鼓。求雨的人不准穿鞋,龙王爷可怜他们在太阳下边把脚烫得很痛,就因此下了雨了。一下了雨,到秋天就得唱戏的,因为求雨的时候许下了愿。许愿就得还愿,若是还愿的戏就更非唱不可了。

一唱就是三天。

在河岸的沙滩上搭起了台子来。这台子是用杆子绑起来的,上边搭上了席棚,下了一点小雨也不要紧,太阳则完全可以遮住的。

戏台搭好了之后,两边就搭看台。看台还有楼座。坐在那楼座上是很好的,又风凉,又可以远眺。不过,楼座是不大容易坐得到的,除非当地的官、绅,别人是不大坐得到的。既不卖票,那怕你就有钱,也没有办法。

只搭戏台,就搭三五天。

台子的架一竖起来,城里的人就说:

"戏台竖起架子来了。"

一上了棚,人就说:

"戏台上棚了。"

戏台搭完了就搭看台,看台是顺着戏台的左边搭一排,右边搭一排,所以是两排平行而相对的。一搭要搭出十几丈远去。

眼看台子就要搭好了,这时候,接亲戚的接亲戚,唤朋友的唤朋友。

比方嫁了的女儿,回来住娘家,临走(回婆家)的时候,做母亲的送到大门外,摆着手还说:

"秋天唱戏的时候,再接你来看戏。"

坐着女儿的车子远了,母亲含着眼泪还说:

"看戏的时候接你回来。"

所以一到了唱戏的时候,可并不是简单地看戏,而是接姑娘唤女婿,热闹得很。

东家的女儿长大了,西家的男孩子也该成亲了,说媒的这个时候,就走上门来。约定两家的父母在戏台底下,第一天或是第二天,彼此相看。也有只通知男家而不通知女家的,这叫做"偷看",这样的看法,成与不成,没有关系,比较的自由,反正那家的姑娘也不知道。

所以看戏去的姑娘,个个都打扮得漂亮。都穿了新衣裳,擦了胭脂涂了粉,刘海剪得并排齐。头辫梳得一丝不乱,扎了红辫根,绿辫梢。也有扎了水红的,也有扎了蛋青的。走起路来像客人,吃起瓜子来,头不歪眼不斜的,温文尔雅,都变成了大家闺秀。有的着蛋青市布长衫,有的穿了藕荷色的,有的银灰的。有的还把衣服的边上压了条,有的蛋青色的衣裳压了黑条,有的水红洋纱的衣裳压了蓝条,脚上穿了蓝缎鞋,或是黑缎绣花鞋。

鞋上有的绣着蝴蝶,有的绣着蜻蜓,有的绣着莲花,绣着牡丹的,各样的都有。

手里边拿着花手巾。耳朵上戴了长钳子,土名叫做"戴穗钳子"。这戴穗钳子有两种,一种是金的、翠的;一种是铜的、琉璃的。有钱一点的戴金的,稍微差一点的戴琉璃的。反正都很好看,在耳朵上摇来晃去。黄忽忽,绿森森的。再加上满脸矜持的微笑,真不知这都是谁家的闺秀。

那些已嫁的妇女,也是照样地打扮起来,在戏台下边,东邻西舍的姊妹们相遇了,好互相的品评。

谁的模样俊,谁的鬓角黑。谁的手镯是福泰银楼的新花样,谁的压头簪又小巧又玲珑。谁的一双绛紫缎鞋,真是绣得漂亮。

老太太虽然不穿什么带颜色的衣裳,但也个个整齐,人人利落,手拿长烟袋,头上撇着大扁方。慈祥,温静。

戏还没有开台,呼兰河城就热闹不得了了,接姑娘的,唤女婿的,有一个很好的童谣:

"拉大锯,扯大锯,老爷(外公)门口唱大戏。接姑娘,唤女婿,小外孙也要去。……"

于是乎不但小外孙,三姨二姑也都聚在了一起。

每家如此,杀鸡买酒,笑语迎门,彼此谈着家常,说着趣事,每夜必到三更,灯油不知浪费了多少。

某村某村,婆婆虐待媳妇。那家那家的公公喝了酒就耍酒疯。又是谁家的姑娘出嫁了刚过一年就生了一对双生。又是谁的儿子十三岁就定了一家十八岁的姑娘做妻子。

烛火灯光之下,一谈谈个半夜,真是非常的温暖而亲切。

一家若有几个女儿,这几个女儿都出嫁了,亲姊妹,两三年不能相遇的也有。平常是一个住东,一个住西。不是隔水的就是离山,而且每人有一大群孩子,也各自有自己的家务,若想彼此过访,那是不可能的事情。

若是做母亲的同时把几个女儿都接来了,那她们的相遇,真仿佛已经隔了三十年了。相见之下,真是不知从何说起,羞羞惭惭,欲言又止,刚一开口又觉得不好意思,过了一刻工夫,耳脸都发起烧来,于是相对无语,心中又喜又悲。过了一袋烟的工夫,等那往上冲的血流落了下去,彼此都逃出了那种昏昏恍恍的境界,这才来找几句不相干的话来开头;或是——

"你多咱来的?"

或是:

"孩子们都带来了?"

关于别离了几年的事情,连一个字也不敢提。

从表面上看来,她们并不是像姊妹,丝毫没有亲热的表现。面面相对的,不知道她们两个人是什么关系,似乎连认识也不认识,似乎从前她们两个并没有见过,而今天是第一次的相见,所以异常的冷落。

但是这只是外表,她们的心里,就早已沟通着了。甚至于在十天或半月之前,她们的心里就早已开始很远地牵动起来,那就是当着她们彼此都接到了母亲的信的时候。

那信上写着迎接她们姊妹回来看戏的。

从那时候起,她们就把要送给姐姐或妹妹的礼物规定好了。

一双黑大绒的云子卷,是亲手做的。或者就在她们的本城和本乡里,有一个出名的染缸房,那染缸房会染出来很好的麻花布来。于是送了两匹白布去,嘱咐他好好地加细地染着。一匹是白地染蓝花,一匹是蓝地染白花。蓝地的染的是刘海戏金蟾,白地的染的是蝴蝶闹莲花。

一匹送给大姐姐,一匹送给三妹妹。

现在这东西,就都带在箱子里边。等过了一天二日的,寻个夜深人静的时候,轻轻地从自己的箱底把这等东西取出来,摆在姐姐的面前,说:

"这麻花布被面,你带回去吧!"

只说了这么一句,看样子并不像是送礼物,并不像今人似地,送一点礼物很怕邻居左右看不见,是大嚷大吵着的,说这东西是从什么山上,或是什么海里得来的,那怕是小河沟子的出品,也必要连那小河沟子的身份也提高,说河沟子是怎样地不凡,是怎样地与众不同,可不同别的河沟子。

这等乡下人,糊里糊涂的,要表现的,无法表现,什么也说不出来,只能把东西递过去就算了事。

至于那受了东西的,也是不会说什么,连声道谢也不说,就收下了。也有的稍微推辞了一下,也就收下了。

"留着你自己用吧!"

当然那送礼物的是加以拒绝。一拒绝,也就收下了。

每个回娘家看戏的姑娘,都零零碎碎的带来一大批东西。送父母的,送兄嫂的,送侄女的,送三亲六故的。带了东西最多的,是凡见了长辈或晚辈都多少有点东西拿得出来,那就是谁的人情最周到。

这一类的事情,等野台子唱完,拆了台子的时候,家家户户才慢慢的传诵。

每个从娘家回婆家的姑娘,也都带着很丰富的东西,这些都是人家送给她的礼品。东西丰富得很,不但有用的,也有吃的,母亲亲手装的咸肉,姐姐亲手晒的干鱼,哥哥上山打猎打了一只雁来腌上,至今还有一只雁大腿,这个也给看戏小姑娘带回去,带回去给公公去喝酒吧。

于是乌三八四的,离走的前一天晚上,真是忙了个不休,就要分散的姊妹们连说个话儿的工夫都没有了。大包小包一大堆。

再说在这看戏的时间,除了看亲戚,会朋友,还成了许多好事,那就是谁家的女儿和谁家公子订婚了,说是明年二月,或是三月就要娶亲。订婚酒,已经吃过了,眼前就要过"小礼"的,所谓"小礼"就是在法律上的订婚形式,一经过了这番手续,东家的女儿,终归就要成了西家的媳妇了。

也有男女两家都是外乡赶来看戏的,男家的公子也并不在,女家的小姐也并不在。只是两家的双亲有媒人从中媾通着,就把亲事给定了。也有的喝酒作乐的随便的把自己的女儿许给了人家。也有的男女两家的公子、小姐都还没有生出来,就给定下亲了。这叫做"指腹为亲"。这指腹为亲的,多半都是相当有点资财的人家才有这样的事。

两家都很有钱,一家是本地的烧锅掌柜的,一家是白旗屯的大窝堡,两家是一家种高粱,是一家开烧锅。开烧锅的需要高粱,种高粱的需要烧锅买他的高粱,烧锅非高粱不可,高粱非烧锅不行。恰巧又赶上这两家的妇人,都要将近生产,所以就"指腹为亲"了。

无管是谁家生了男孩子,谁家生了女孩子,只要是一男一女就规定他们是夫妇。假若两家都生了男孩,都就不能勉强规定了。两家都生了女孩也是不能够规定的。

但是这指腹为亲,好处不太多,坏处是很多的。半路上当中的一家穷了,不开烧锅了,或者没有窝堡了。其余的一家,就不愿意娶他家的姑娘,或是把女儿嫁给一家穷人。假若女家穷了,那还好办,若实在不娶,他也没有什么办法。若是男家穷了,男家就一定要娶,若一定不让娶,那姑娘的名誉就很坏,说她把谁家谁家给"妨"穷了,又不嫁了。"妨"字在迷信上说就是因为她命硬,因为她某家某家穷了。以后她的婆家就不大容易找人家,会给她起一个名叫做"望门妨"。无法,只得嫁过去,嫁过去之后,妯娌之间又要说她嫌贫爱富,百般地侮辱她。丈夫因此也不喜欢她了,公公婆婆也虐待她,她一个年轻的未出过家门的女子,受不住这许多攻击,回到娘家去,娘家也无甚办法,就是那当年指腹为亲的母亲说:

"这都是你的命(命运),你好好地耐着吧!"

年轻的女子,莫名其妙的,不知道自己为什么要有这样的命,于是往往演出悲剧来,跳井的跳井,上吊的上吊。

古语说,"女子上不了战场。"

其实不对的,这井多么深,平白地你问一个男子,问他这井敢跳不敢跳,怕他也不敢的。而一个年轻的女子竟敢了,上战场不一定死,也许回来闹个一官半职的。可是跳井就很难不死,一跳就多半跳死了。

那么节妇坊上为什么没写着赞美女子跳井跳得勇敢的赞词?那是修节妇坊的人故意给删去的。因为修节妇坊的,多半是男人。他家里也有一个女人。他怕是写上了,将来他打他女人的时候,他的女人也去跳井。女人也跳下井,留下来一大群孩子可怎么办?于是一律不写。只写,温文尔雅,孝顺公婆……

大戏还没有开台,就来了这许多事情。等大戏一开了台,那戏台下边,真是人山人海,拥挤不堪。搭戏台的人,也真是会搭,正选了一块平平坦坦的大沙滩,又光滑,又干净,使人就是倒在上边,也不会把衣裳沾一丝儿的土星。这沙滩有半里路长。

人们笑语连天,那里是在看戏,闹得比锣鼓好像更响,那戏台上出来一个穿红的,进去一个穿绿的,只看见摇摇摆摆地走出走进,别的什么也不知道了,不用说唱得好不好,就连听也听不到。离着近的还看得见不挂胡子的戏子在张嘴,离得远的就连戏台那个穿红衣裳的究竟是一个坤角,还是一个男角也都不大看得清楚。简直是还不如看木偶戏。

但是若有一个唱木偶戏的这时候来在台下,唱起来,问他们看不看,那他们一定不看的,那怕就连戏台子的边也看不见了,那怕是站在二里路之外,他们也不看那木偶戏的。因为在大戏台底下,那怕就是睡了一觉回去,也总算是从大戏台子底下回来的,而不是从什么别的地方回来的。

一年没有什么别的好看,就这一场大戏还能够轻易地放过吗?所以无论看不看,戏台底下是不能不来。

所以一些乡下的人也都来了,赶着几套马的大车,赶着老牛车,赶着花轮子,赶着小车子,小车子上边驾着大骡子。总之家里有什么车就驾了什么车来。也有的似乎他们家里并不养马,也不养别的牲口,就只用了一匹小毛驴,拉着一个花轮子也就来了。

来了之后,这些车马,就一齐停在沙滩上,马匹在草包上吃着草,骡子到河里去喝水。车子上都搭席棚,好像小看台似地,排列在戏台的远处。那车子带来了他们的全家,从祖母到孙子媳,老少三辈,他们离着戏台二三十丈远,听是什么也听不见的,看也很难看到什么,也不过是五红大绿的,在戏台上跑着圈子,头上戴着奇怪的帽子,身上穿着奇怪的衣裳。谁知道那些人都是干什么的,有的看了三天大戏子台,而连一场的戏名字也都叫不出来。回到乡下去,他也跟着人家说长道短,偶尔人家问了他说的是那出戏,他竟瞪了眼睛,说不出来了。

至于一些孩子们在戏台底下,就更什么也不知道了,只记住一个大胡子,一个花脸的,谁知道那些都是在做什么,比比划划,刀枪棍棒的乱闹一阵。

反正戏台底下有些卖凉粉的,有些卖糖球的,随便吃去好了。什么黏糕,油炸馒头,豆腐脑都有,这些东西吃了又不饱,吃了这样再去吃那样。卖西瓜的,卖香瓜的,戏台底下都有,招得苍蝇一大堆,嗡嗡地飞。

戏台下敲锣打鼓震天地响。

那唱戏的人,也似乎怕远处的人听不见,也在拼命地喊,喊破了喉咙也压不住台的。那在台下的早已忘记了是在看戏,都在那里说长道短,男男女女的谈起家常来。还有些个远亲,平常一年也看不到,今天在这里看到了,那能不打招呼。所以三姨二婶子的,就在人多的地方大叫起来,假若是在看台的凉棚里坐着,忽然有一个老太太站了起来,大叫着说:

"他二舅母,你可多咱来的?"

于是那一方也就应声而起。原来坐在看台的楼座上的,离着戏比较近,听唱是听得到的,所以那看台上比较安静。姑娘媳妇都吃着瓜子,喝着茶。对这大嚷大叫的人,别人虽然讨厌,但也不敢去禁止,你若让她小一点声讲话,她会骂了出来:

"这野台子戏,也不是你家的,你愿听戏,你请一台子到你家里去唱……"

另外的一个也说:

"哟哟,我没见过,看起戏来,都六亲不认了,说个话儿也不让……"

这还是比较好的,还有更不客气的,一开口就说:

"小养汉老婆……你奶奶,一辈子家里外头靡受过谁的大声小气,今天来到戏台底下受你的管教来啦,你娘的……"

被骂的人若是不搭言,过一回也就了事了,若一搭言,自然也没有好听的。于是两边就打了起来啦,西瓜皮之类就飞了过去。

这来在戏台下看戏的,不料自己竟演起戏来,于是人们一窝蜂似地,都聚在这个真打真骂的活戏的方面来了。也有一些流氓混子之类,故意地叫着好,惹得全场的人哄哄大笑。假若打仗的还是个年轻的女子,那些讨厌的流氓们还会说着各样的俏皮话,使她火上加油越骂就越凶猛。

自然那老太太无理,她一开口就骂了人。但是一闹到后来,谁是谁非也就看不出来了。

幸而戏台上的戏子总算沉着,不为所动,还在那里阿拉阿拉地唱。过了一个时候,那打得热闹的也究竟平静了。

再说戏台下边也有一些个调情的,那都是南街豆腐房里的嫂嫂,或是碾磨房的碾官磨官的老婆。碾官的老婆看上了一个赶马车的车夫。或是豆腐匠看上了开粮米铺那家的小姑娘。有的是两方面都眉来眼去,有的是一方面殷勤,他一方面则表示要拒之千里之外。这样的多半是一边低,一边高,两方面的资财不对。

绅士之流,也有调情的,彼此都坐在看台之上,东张张,西望望。三亲六故,姐夫小姨之间,未免地就要多看几眼,何况又都打扮得漂亮,非常好看。

绅士们平常到别人家的客厅去拜访的时候,绝不能够看上了人家的小姐就不住地看,那该多么不绅士,那该多么不讲道德。那小姐若一告诉了她的父母,她的父母立刻就和这样的朋友绝交。绝交了,倒不要紧,要紧的是一传出去名誉该多坏。绅士是高雅的,那能够不清不白的,那能够不分长幼地去存心朋友的女儿,像那般下等人似地。

绅士彼此一拜访的时候,都是先让到客厅里去,端端庄庄地坐在那里,而后倒茶装烟。规矩礼法,彼此都尊为是上等人。朋友的妻子儿女,也都出来拜见,尊为长者。在这种时候,只能问问大少爷的书读了多少,或是又写了多少字了。连朋友的太太也不可以过多的谈话,何况朋友的女儿呢?那就连头也不能够抬的,那里还敢细看。

现在在戏台上看看怕不要紧,假设有人问道,就说是东看西看,瞧一瞧是否有朋友在别的看台上。何况这地方又人多眼杂,也许没有人留意。

三看两看的,朋友的小姐倒没有看上,可看上了一个不知道在什么地方见到过的一位妇人,那妇人拿着小小的鹅翎扇子,从扇子梢上往这边转着眼珠,虽说是一位妇人,可是又年轻,又漂亮。

　　这时候,这绅士就应该站起来打着口哨,好表示他是开心的,可是我们中国上一辈的老绅士不会这一套。他另外也有一套,就是他的眼睛似睁非睁的迷离恍惚的望了出去,表示他对她有无限的情意。可惜离得太远,怕不会看得清楚,也许是枉费了心思了。

　　也有的在戏台下边,不听父母之命,不听媒妁之言,自己就结了终生不解之缘。这多半是表哥表妹等等,稍有点出身来历的公子小姐的行为。他们一言为定,终生合好。间或也有被父母所阻拦,生出来许多波折。但那波折都是非常美丽的,使人一讲起来,真是比看《红楼梦》更有趣味。来年再唱大戏的时候,姊妹们一讲起这佳话来,真是增添了不少的回想……

　　赶着车进城来看戏的乡下人,他们就在河边沙滩上,扎了营了。夜里大戏散了,人们都回家了,只有这等连车带马的,他们就在沙滩上过夜。好像出征的军人似地,露天为营。有的住了一夜,第二夜就回去了。有的住了三夜,一直到大戏唱完,才赶着车子回乡。不用说这沙滩上是很雄壮的,夜里,他们每家燃了火,煮茶的煮茶,谈天的谈天,但终归是人数太少,也不过二三十辆车子。所燃起来的火,也不会火光冲天,所以多少有一些凄凉之感。夜深了,住在河边上,被河水吸着又特别的凉,人家睡起觉来都觉得冷森森的。尤其是车夫马官之类,他们不能够睡觉,怕是有土匪来抢劫他们的马匹,所以就坐以待旦。

　　于是在纸灯笼下边,三个两个的赌钱。赌到天色发白了,该牵着马到河边去饮水去了。在河上,遇到了捉蟹的蟹船。蟹船上的老头说:

　　"昨天的《打渔杀家》唱得不错,听说今天有《汾河湾》。"

　　那牵着牲口饮水的人,是一点大戏常识也没有的。他只听到牲口喝水的声音呵呵的,其他的则不知所答了。

四

四月十八娘娘庙大会,这也是为着神鬼,而不是为着人的。

这庙会的土名叫做"逛庙",也是无分男女老幼都来逛的,但其中以女子最多。

女子们早晨起来,吃了早饭,就开始梳洗打扮。打扮好了,就约了东家姐姐,西家妹妹的去逛庙去了。竟有一起来就先梳洗打扮的,打扮好了,才吃饭,一吃了饭就走了。总之一到逛庙这天,各不后人,到不了半晌午,就车水马龙,拥挤得气息不通了。

挤丢了孩子的站在那儿喊,找不到妈的孩子在人丛里边哭,三岁的、五岁的,还有两岁的刚刚会走,竟也被挤丢了。

所以每年庙会上必得有几个警察在收这些孩子。收了站在庙台上,等着他的家人来领。偏偏这些孩子都很胆小,张着嘴大哭,哭得实在可怜,满头满脸是汗。有的十二三岁了,也被丢了,问他家住在那里?他竟说不出所以然来,东指指,西划划,说是他家门口有一条小河沟,那河沟里边出虾米,就叫做"虾沟子",也许他家那地名就叫"虾沟子",听了使人莫名其妙。再问他这虾沟子离城多远,他便说:骑马要一顿饭的工夫可到,坐车要三顿饭的工夫可到。究竟离城多远,他没有说。问他姓什么,他说他祖父叫史二,他父亲叫史成……这样你就再也不敢问他了。要问他吃饭没有?他就说:"睡觉了。"这是没有办法的,任他去吧。于是却连大带小的一齐站在庙门口,他们哭的哭,叫的叫。好像小兽似地,警察在看守他们。

娘娘庙是在北大街上,老爷庙和娘娘庙离不了好远。那些烧香的人,虽然说是求子求孙,是先该向娘娘来烧香的,但是人们都以为阴间也是一样的重男轻女,所以不敢倒反天干。所以都是先到老爷庙去,打过钟,磕过头,好像跪到那里报个到似地,而后才上娘娘庙去。

老爷庙有大泥像十多尊,不知道那个是老爷,都是威风凛凛,气概盖世的样子。有的泥像的手指尖都被攀了去,举着没有手指的手在那里站着,有的眼睛被挖了,像是个瞎子似地。有的泥像的脚趾是被写了一大堆的字,那字不太高雅,不怎么合乎神的身份。似乎是说泥像也该娶个老婆,不然他看了和尚去找小尼姑,他是要忌妒的。这字现在没有了,传说是这样。

为了这个,县官下了手令,不到初一十五,一律的把庙门锁起来,不准闲人进去。

当地的县官是很讲仁义道德的。传说他第五个姨太太,就是从尼姑庵接来的。所以他始终相信尼姑绝不会找和尚。自古就把尼姑列在和尚一起,其实是世人不查,人云亦云。好比县官的第五房姨太太,就是个尼姑。难道她也被和尚找过了吗?这是不可能的。

所以下令一律的把庙门关了。

娘娘庙里比较的清静,泥像也有一些个,以女子为多,多半都没有横眉竖眼,近乎普通人,使人走进了大殿不必害怕。不用说是娘娘了,那自然是很好的温顺的女性。就说女鬼吧,也都不怎样恶,至多也不过披头散发的就完了,也决没有像老爷庙里那般泥像似地,眼睛冒了火,或像老虎似地张着嘴。

不但孩子进了老爷庙有的吓得大哭,就连壮年的男人进去也要肃然起敬,好像说虽然他在壮年,那泥像若走过来和他打打,他也决打不过那泥像的。

所以在老爷庙上磕头的人,心里比较虔诚,因为那泥像,身子高、力气大。

到了娘娘庙,虽然也磕头,但就总觉得那娘娘没有什么出奇之处。

塑泥像的人是男人,他把女人塑得很温顺,似乎对女人很尊敬。他把男人塑得很凶猛,似乎男性很不好。其实不对的,世界上的男人,无论多凶猛,眼睛冒火的似乎还未曾见过。就说西洋人吧,虽然与中国人的眼睛不同,但也不过是蓝瓦瓦的有点类似猫头鹰的眼睛而已,居然间冒了火的也没有。眼睛会冒火的民族,目前的世界还未发现。那么塑泥像的人为什么把他塑成那个样子呢?那就是让你一见生畏,不但磕头,而且要心服。就是磕完了头站起再看着,也绝不会后悔,不会后悔这头是向一个平庸无奇的人白白磕了。至于塑像的人塑起女子来为什么要那么温顺,那就告诉人,温顺的就是老实的,老实的就是好欺侮的,告诉人快来欺侮她们吧。

人若老实了,不但异类要来欺侮,就是同类也不同情。

比方女子去拜过了娘娘庙,也不过向娘娘讨子讨孙。讨完了就出来了,其余的并没有什么尊敬的意思。觉得子孙娘娘也不过是个普通的女子而已,只是她的孩子多了一些。

所以男人打老婆的时候便说:

"娘娘还得怕老爷打呢?何况你一个长舌妇!"

可见男人打女人是天理应该,神鬼齐一。怪不得那娘娘庙里的娘娘特别温顺,原来是常常挨打的缘故。可见温顺也不是怎么优良的天性,而是被打的结果。甚或是招打的原由。

两个庙都拜过了的人,就出来了,拥挤在街上。街上卖什么玩具的都有,多半玩具都是适于几岁的小孩子玩的。泥做的泥公鸡,鸡尾巴上插着两根红鸡毛,一点也不像,可是使人看去,就比活的更好看。家里有小孩子的不能不买。何况拿在嘴上一吹又会呜呜地响。买了泥公鸡,又看见了小泥人,小泥人的背上也有一个洞,这洞里边插着一根芦苇,一吹就响。那声音好像是诉怨似地,不太好听,但是孩子们都喜欢,做母亲的也一定要买。其余的如卖哨子的,卖小笛子的,卖线蝴蝶的,卖不倒翁的,其中尤以不倒翁最著名,也最为讲究,家家都买,有钱的买大的,没有钱的,买个小的。大的有一尺多高,二尺来高。小的有小得像个鸭蛋似地。无论大小,都非常灵活,按倒了就起来,起得很快,是随手就起来的。买不倒翁要当场试验,间或有生手的工匠所做出来的不倒翁,因屁股太大了,他不愿意倒下,也有的倒下了他就不起来。所以买不倒翁的人就把手伸出去,一律把他们按倒,看那个先站起来就买那个,当那一倒一起的时候真是可笑,摊子旁边围了些孩子,专在那里笑。不倒翁长得很好看,又白又胖。并不是老翁的样子,也不过他的名叫不倒翁就是了。其实他是一个胖孩子。做得讲究一点的,头顶上还贴了一簇毛算是头发。有头发的比没有头发的要贵二百钱。有的孩子买的时候力争要戴头发的,做母亲的舍不得那二百钱,就说到家给他剪点狗毛贴。孩子非要戴毛的不可,选了一个戴毛的抱在怀里不放。没有法只得买了。这孩子抱着欢喜了一路,等到家一看,那簇毛不知什么时候已经飞了。于是孩子大哭。虽然母亲已经给剪了簇狗毛贴上了,但那孩子就总觉得这狗毛不是真的,不如原来的好看。也许那原来也贴的是狗毛,或许还不如现在的这个好看。但那孩子就总不开心,忧愁了一个下半天。

庙会到下半天就散了。虽然庙会是散了,可是庙门还开着,烧香的人、拜佛的人继续的还有。有些没有儿子的妇女,仍旧在娘娘庙上捉弄着娘娘。给子孙娘娘的背后钉一个钮扣,给她的脚上绑一条带子,耳朵上挂一只耳环,给她带一副眼镜,把她旁边的泥娃娃给偷着抱走了一个。据说这样做,来年就都会生儿子的。

娘娘庙的门口,卖带子的特别多,妇人们都争着去买,她们相信买了带子,就会把儿子给带来了。

若是未出嫁的女儿,也误买了这东西,那就将成为大家的笑柄了。

庙会一过,家家户户就都有一个不倒翁,离城远至十八里路的,也都买了一个回去。回到家里,摆在迎门的向口,使别人一过眼就看见了,他家的确有一个不倒翁。不差,这证明逛庙会的时节他家并没有落伍,的确是去逛过了。

歌谣上说:

"小大姐,去逛庙,扭扭搭搭走的俏,回来买个搬不倒。"

五

这些盛举,都是为鬼而做的,并非为人而做的。至于人去看戏、逛庙,也不过是揩油借光的意思。

跳大神有鬼,唱大戏是唱给龙王爷看的,七月十五放河灯,是把灯放给鬼,让他顶着个灯去脱生。四月十八也是烧香磕头的祭鬼。

只是跳秧歌,是为活人而不是为鬼预备的。跳秧歌是在正月十五,正是农闲的时候,趁着新年而化起装来,男人装女人,装得滑稽可笑。

狮子、龙灯、旱船……等等,似乎也跟祭鬼似地,花样复杂,一时说不清楚。

第三章

一

呼兰河这小城里边住着我的祖父。

我生的时候,祖父已经六十多岁了,我长到四五岁,祖父就快七十了。

我家有一个大花园,这花园里蜂子、蝴蝶、蜻蜓、蚂蚱,样样都有。蝴蝶有白蝴蝶、黄蝴蝶。这种蝴蝶极小,不太好看。好看的是大红蝴蝶,满身带着金粉。

蜻蜓是金的,蚂蚱是绿的,蜂子则嗡嗡地飞着,满身绒毛,落到一朵花上,胖圆圆地就和一个小毛球似地不动了。

花园里边明晃晃的,红的红,绿的绿,新鲜漂亮。

据说这花园,从前是一个果园。祖母喜欢吃果子就种了果园。祖母又喜欢养羊,羊就把果树给啃了。果树于是都死了。到我有记忆的时候,园子里就只有一棵樱桃树,一棵李子树,因为樱桃和李子都不大结果子,所以觉得他们是并不存在的。小的时候,只觉得园子里边就有一棵大榆树。

这榆树在园子的西北角上,来了风,这榆树先啸,来了雨,大榆树先就冒烟了。太阳一出来,大榆树的叶子就发光了,它们闪烁得和沙滩上的蚌壳一样了。

祖父一天都在后园里边,我也跟着祖父在后园里边。祖父戴一个大草帽,我戴一个小草帽,祖父栽花,我就栽花;祖父拔草,我就拔草。当祖父下种,种小白菜的时候,我就跟在后边,把那下了种的土窝,用脚一个一个地溜平,那里会溜得准,东一脚的,西一脚的瞎闹。有的把菜种不单没被土盖上,反而把菜子踢飞了。

小白菜长得非常之快,没有几天就冒了芽了。一转眼就可以拔下来吃了。

祖父铲地,我也铲地;因为我太小,拿不动那锄头杆,祖父就把锄头杆拔下来,让我单拿着那个锄头的"头"来铲。其实那里是铲,也不过爬在地上,用锄头乱勾一阵就是了。也认不得那个是苗,那个是草。往往把韭菜当做野草一起地割掉,把狗尾草当做谷穗留着。

等祖父发现我铲的那块满留着狗尾草的一片,他就问我:

"这是什么?"

我说:

"谷子。"

祖父大笑起来,笑得够了,把草摘下来问我:

"你每天吃的就是这个吗?"

我说:

"是的。"

我看着祖父还在笑,我就说:

"你不信,我到屋里拿来你看。"

我跑到屋里拿了鸟笼上的一头谷穗,远远地就抛给祖父了。说:

"这不是一样的吗?"

祖父慢慢地把我叫过去,讲给我听,说谷子是有芒针的。狗尾草则没有,只是毛嘟嘟的真像狗尾巴。

祖父虽然教我,我看了也并不细看,也不过马马虎虎承认下来就是了。一抬头看见了一个黄瓜长大了,跑过去摘下来,我又去吃黄瓜去了。

黄瓜也许没有吃完,又看见了一个大蜻蜓从旁飞过,于是丢了黄瓜又去追蜻蜓去了。蜻蜓飞得多么快,那里会追得上。好在一开初也没有存心一定追上,所以站起来,跟了蜻蜓跑了几步就又去做别的去了。

采一个倭瓜花心,捉一个大绿豆青蚂蚱,把蚂蚱腿用线绑上,绑了一会,也许把蚂蚱腿就绑掉,线头上只拴了一只腿,而不见蚂蚱了。

玩腻了,又跑到祖父那里去乱闹一阵,祖父浇菜,我也抢过来浇,奇怪的就是并不往菜上浇,而是拿着水瓢,拼尽了力气,把水往天空里一扬,大喊着:

"下雨了,下雨了。"

太阳在园子里是特大的,天空是特别高的,太阳的光芒四射,亮得使人睁不开眼睛,亮得蚯蚓不敢钻出地面来,蝙蝠不敢从什么黑暗的地方飞出来。是凡在太阳下的,都是健康的、漂亮的,拍一拍连大树都会发响的,叫一叫就是站在对面的土墙都会回答似地。

花开了,就像花睡醒了似地。鸟飞了,就像鸟上天了似地。虫子叫了,就像虫子在说话似地。一切都活了。都有无限的本领,要做什么,就做什么。要怎么样,就怎么样。都是自由的。倭瓜愿意爬上架就爬上架,愿意爬上房就爬上房。黄瓜愿意开一个谎花,就开一个谎花,愿意结一个黄瓜,就结一个黄瓜。若都不愿意,就是一个黄瓜也不结,一朵花也不开,也没有人问它。玉米愿意长多高就长多高,他若愿意长上天去,也没有人管。蝴蝶随意的飞,一会从墙头上飞来一对黄蝴蝶,一会又从墙头上飞走了一个白蝴蝶。它们是从谁家来的,又飞到谁家去?太阳也不知道这个。

只是天空蓝悠悠的,又高又远。

可是白云一来了的时候,那大团的白云,好像洒了花的白银似地,从祖父的头上经过,好像要压到了祖父的草帽那么低。

我玩累了,就在房子底下找个荫凉的地方睡着了。不用枕头,不用席子,就把草帽遮在脸上就睡了。

二

祖父的眼睛是笑盈盈的,祖父的笑,常常笑得和孩子似地。

祖父是个长得很高的人,身体很健康,手里喜欢拿着个手杖。嘴上则不住地抽着旱烟管,遇到了小孩子,每每喜欢开个玩笑,说:

"你看天空飞个家雀。"

趁那孩子往天空一看,就伸出手去把那孩子的帽给取下来了,有的时候放在长衫的下边,有的时候放在袖口里头。他说:

"家雀叼走了你的帽啦。"

孩子们都知道了祖父的这一手了,并不以为奇,就抱住他的大腿,向他要帽子,摸着他的袖管,撕着他的衣襟,一直到找出帽子来为止。

祖父常常这样做,也总是把帽放在同一的地方,总是放在袖口和衣襟下。那些搜索他的孩子没有一次不是在他衣襟下把帽子拿出来的,好像他和孩子们约定了似地:"我就放在这块,你来找吧!"

这样的不知做过了多少次,就像老太太永久讲着"上山打老虎"这一个故事给孩子们听似地,那怕是已经听过了五百遍,也还是在那里回回拍手,回回叫好。

每当祖父这样做一次的时候,祖父和孩子们都一齐地笑得不得了。好像这戏还像第一次演似地。

别人看了祖父这样做,也有笑的,可不是笑祖父的手法好,而是笑他天天使用一种方法抓掉了孩子的帽子,这未免可笑。

祖父不怎样会理财,一切家务都由祖母管理。祖父只是自由自在地一天闲着;我想,幸好我长大了,我三岁了,不然祖父该多寂寞。我会走了,我会跑了。我走不动的时候,祖父就抱着我;我走动了,祖父就拉着我。一天到晚,门里门外,寸步不离,而祖父多半是在后园里,于是我也在后园里。

我小的时候,没有什么同伴,我是我母亲的第一个孩子。

我记事很早,在我三岁的时候,我记得我的祖母用针刺过我的手指,所以我很不喜欢她。我家的窗子,都是四边糊纸,当中嵌着玻璃。祖母是有洁癖的,以她屋的窗纸最白净。别人抱着把我一放在祖母的炕边上,我不加思索地就要往炕里边跑,跑到窗子那里,就伸出手去,把那白白透着花窗棂的纸窗给通了几个洞,若不加阻止,就必得挨着排给通破,若有人招呼着我,我也得加速的抢着多通几个才能停止。手指一触到窗上,那纸窗像小鼓似地,嘭嘭地就破了。破得越多,自己越得意。祖母若来追我的时候,我就越得意了,笑得拍着手,跳着脚的。

有一天祖母看我来了,她拿了一个大针就到窗子外边去等我去了。我刚一伸出手去,手指就痛得厉害。我就叫起来了。那就是祖母用针刺了我。

从此,我就记住了,我不喜她。

虽然她也给我糖吃,她咳嗽时吃猪腰烧川贝母,也分给我猪腰,但是我吃了猪腰还是不喜她。

在她临死之前,病重的时候,我还曾吓了她一跳。有一次她自己一个人坐在炕上熬药,药壶是坐在炭火盆上,因为屋里特别的寂静,听得见那药壶骨碌骨碌地响。祖母住着两间房子,是里外屋,恰巧外屋也没有人,里屋也没人,就是她自己。我把门一开,祖母并没有看见我,于是我就用拳头在板隔壁上,咚咚地打了两拳。我听到祖母"哟"地一声,铁火剪子就掉了地上了。

我再探头一望,祖母就骂起我来。她好像就要下地来追我似地。我就一边笑着,一边跑了。

我这样地吓唬祖母,也并不是向她报仇,那时我才五岁,是不晓得什么的,也许觉得这样好玩。

祖父一天到晚是闲着的,祖母什么工作也不分配给他。只有一件事,就是祖母的地樑上的摆设,有一套锡器,却总是祖父擦的。这可不知道是祖母派给他的,还是他自动的愿意工作,每当祖父一擦的时候,我就不高兴,一方面是不能领着我到后园里去玩了,另一方面祖父因此常常挨骂,祖母骂他懒,骂他擦的不干净。祖母一骂祖父的时候,就常常不知为什么连我也骂上。

祖母一骂祖父,我就拉着祖父的手往外边走,一边说:

"我们后园里去吧。"

也许因此祖母也骂了我。

她骂祖父是"死脑瓜骨",骂我是"小死脑瓜骨"。

我拉着祖父就到后园里去了,一到了后园里,立刻就另是一个世界了。决不是那房子里的狭窄的世界,而是宽广的,人和天地在一起,天地是多么大,多么远,用手摸不到天空。而土地上所长的又是那么繁华,一眼看上去,是看不完的,只觉得眼前鲜绿的一片。

一到后园里,我就没有对象地奔了出去,好像我是看准了什么而奔去了似地,好像有什么在那儿等着我似地。其实我是什么目的也没有。只觉得这园子里边无论什么东西都是活的,好像我的腿也非跳不可了。

若不是把全身的力量跳尽了,祖父怕我累了想招呼住我,那是不可能的,反而他越招呼,我越不听话。

等到自己实在跑不动了,才坐下来休息,那休息也是很快的,也不过随便在秧子上摘下一个黄瓜来,吃了也就好了。

休息好了又是跑。

樱桃树,明是没有结樱桃,就偏跑到树上去找樱桃。李子树是半死的样子了,本不结李子的,就偏去找李子。一边在找还一边大声的喊,在问着祖父:

"爷爷,樱桃树为什么不结樱桃?"

祖父老远的回答着:

"因为没有开花,就不结樱桃。"

再问:

"为什么樱桃树不开花?"

祖父说:

"因为你嘴馋,它就不开花。"

我一听了这话,明明是嘲笑我的话,于是就飞奔着跑到祖父那里,似乎是很生气的样子。等祖父把眼睛一抬,他用了完全没有恶意的眼睛一看我,我立刻就笑了。而且是笑了半天的工夫才能够止住,不知那里来了那许多高兴。把后园一时都让我搅乱了,我笑的声音不知有多大,自己都感到震耳了。

后园中有一棵玫瑰。一到五月就开花的。一直开到六月。花朵和酱油碟那么大。开得很茂盛,满树都是,因为花香,招来了很多的蜂子,嗡嗡地在玫瑰树那儿闹着。

别的一切都玩厌了的时候,我就想起来去摘玫瑰花,摘了一大堆把草帽脱下来用帽兜子盛着。在摘那花的时候,有两种恐惧,一种是怕蜂子的勾刺人,另一种是怕玫瑰的刺刺手。好不容易摘了一大堆,摘完了可又不知道做什么了。忽然异想天开,这花若给祖父戴起来该多好看。

祖父蹲在地上拔草,我就给他戴花。祖父只知道我是在捉弄他的帽子,而不知道我到底是在干什么。我把他的草帽给他插了一圈的花,红通通的二三十朵。我一边插着一边笑,当我听到祖父说:

"今年春天雨水大,咱们这棵玫瑰开得这么香。二里路也怕闻得到的。"

就把我笑得哆嗦起来。我几乎没有支持的能力再插上去。等我插完了,祖父还是安然的不晓得。他还照样地拔着垅上的草。我跑得很远的站着,我不敢往祖父那边看,一看就想笑。所以我借机进屋去找一点吃的来,还没有等我回到园中,祖父也进屋来了。

那满头红通通的花朵,一进来祖母就看见了。她看见什么也没说,就大笑了起来。父亲母亲也笑了起来,而以我笑得最厉害,我在炕上打着滚笑。

祖父把帽子摘下来一看,原来那玫瑰的香并不是因为今年春天雨水大的缘故,而是那花就顶在他的头上。

他把帽子放下,他笑了十多分钟还停不住,过一会一想起来,又笑了。

祖父刚有点忘记了,我就在旁边提着说:

"爷爷……今年春天雨水大呀……"

一提起,祖父的笑就来了。于是我也在炕上打起滚来。

就这样一天一天的,祖父,后园,我,这三样是一样也不可缺少的了。

刮了风,下了雨,祖父不知怎样,在我却是非常寂寞的了。去没有去处,玩没有玩的,觉得这一天不知有多少日子那么长。

三

偏偏这后园每年都要封闭一次的,秋雨之后这花园就开始凋零了,黄的黄、败的败,好像很快似地一切花朵都灭了,好像有人把它们摧残了似地。它们一齐都没有从前那么健康了,好像它们都很疲倦了,而要休息了似地,好像要收拾收拾回家去了似地。

大榆树也是落着叶子,当我和祖父偶尔在树下坐坐,树叶竟落在我的脸上来了。树叶飞满了后园。

没有多少时候,大雪又落下来了,后园就被埋住了。

通到园去的后门,也用泥封起来了,封得很厚,整个的冬天挂着白霜。

我家住着五间房子,祖母和祖父共住两间,母亲和父亲共住两间。祖母住的是西屋,母亲住的是东屋。

是五间一排的正房,厨房在中间,一齐是玻璃窗子,青砖墙,瓦房间。

祖母的屋子,一个是外间,一个是内间。外间里摆着大躺箱,地长桌,太师椅。椅子上铺着红椅垫,躺箱上摆着朱砂瓶,长桌上列着坐钟。钟的两边站着帽筒。帽筒上并不挂着帽子,而插着几个孔雀翎。

我小的时候,就喜欢这个孔雀翎,我说它有金色的眼睛,总想用手摸一摸,祖母就一定不让摸,祖母是有洁癖的。

还有祖母的躺箱上摆着一个坐钟,那坐钟是非常希奇的,画着一个穿着古装的大姑娘,好像活了似地,每当我到祖母屋去,若是屋子里没有人,她就总用眼睛瞪我,我几次的告诉过祖父,祖父说:

"那是画的,她不会瞪人。"

我一定说她是会瞪人的,因为我看得出来,她的眼珠像是会转。

还有祖母的大躺箱上也尽雕着小人,尽是穿古装衣裳的,宽衣大袖,还戴顶子,带着翎子。满箱子都刻着,大概有二三十个人,还有吃酒的,吃饭的,还有作揖的……

我总想要细看一看,可是祖母不让我沾边,我还离得很远的,她就说:

"可不许用手摸,你的手脏。"

祖母的内间里边,在墙上挂着一个很古怪很古怪的挂钟,挂钟的下边用铁链子垂着两穗铁苞米。铁苞米比真的苞米大了很多,看起来非常重,似乎可以打死一个人。再往那挂钟里边看就更希奇古怪了,有一个小人,长着蓝眼珠,钟摆一秒钟就响一下,钟摆一响,那眼珠就同时一转。

那小人是黄头发,蓝眼珠,跟我相差太远,虽然祖父告诉我,说那是毛子人,但我不承认她,我看她不像什么人。

所以我每次看这挂钟,就半天半天的看,都看得有点发呆了。我想:这毛子人就总在钟里边呆着吗?永久也不下来玩吗?

外国人在呼兰河的土语叫做"毛子人"。我四五岁的时候,还没有见过一个毛子人,以为毛子人就是因为她的头发毛烘烘地卷着的缘故。

祖母的屋子除了这些东西,还有很多别的,因为那时候,别的我都不发生什么趣味,所以只记住了这三五样。

母亲的屋里,就连这一类的古怪玩艺也没有了,都是些普通的描金柜,也是些帽筒、花瓶之类,没有什么好看的,我没有记住。

这五间房子的组织,除了四间住房一间厨房之外,还有极小的、极黑的两个小后房。祖母一个,母亲一个。

那里边装着各种样的东西,因为是储藏室的缘故。

坛子罐子、箱子柜子、筐子篓子。除了自己家的东西,还有别人寄存的。

那里边是黑的,要端着灯进去才能看见。那里边的耗子很多,蜘蛛网也很多。空气不大好,永久有一种扑鼻的和药的气味似地。

我觉得这储藏室很好玩,随便打开那一只箱子,里边一定有一些好看的东西,花丝线、各种色的绸条、香荷包、搭腰、裤腿、马蹄袖、绣花的领子。古香古色,颜色都配得特别的好看。箱子里边也常常有蓝翠的耳环或戒指,被我看见了,我一看见就非要一个玩不可,母亲就常常随手抛给我一个。

还有些桌子带着抽屉的,一打开那里边更有些好玩的东西,铜环、木刀、竹尺、观音粉。这些个都是我在别的地方没有看过的。而且这抽屉始终也不锁的。所以我常常随意地开,开了就把样样,似乎是不加选择地都搜了出去,左手拿着木头刀,右手拿着观音粉,这里砍一下,那里画一下。后来我又得到了一个小锯,用这小锯,我开始毁坏起东西来,在椅子腿上锯一锯,在炕沿上锯一锯。我自己竟把我自己的小木刀也锯坏了。

无论吃饭和睡觉,我这些东西都带在身边,吃饭的时候,我就用这小锯,锯着馒头。睡觉做起梦来还喊着:

"我的小锯那里去了?"

储藏室好像变成我探险的地方了。我常常趁着母亲不在屋我就打开门进去了。这储藏室也有一个后窗,下半天也有一点亮光,我就趁着这亮光打开了抽屉,这抽屉已经被我翻得差不多的了,没有什么新鲜的了。翻了一会,觉得没有什么趣味了,就出来了。到后来连一块水胶,一段绳头都让我拿出来了,把五个抽屉通通拿空了。

除了抽屉还有筐子笼子,但那个我不敢动,似乎每一样都是黑洞洞的,灰尘不知有多厚,蛛网蛛丝的不知有多少,因此我连想也不想动那东西。

记得有一次我走到这黑屋子的极深极远的地方去,一个发响的东西撞住我的脚上,我摸起来抱到光亮的地方一看,原来是一个小灯笼,用手指把灰尘一划,露出来是个红玻璃的。

我在一两岁的时候,大概我是见过灯笼的,可是长到四五岁,反而不认识了。我不知道这是个什么。我抱着去问祖父去了。

祖父给我擦干净了,里边点上个洋蜡烛,于是我欢喜得就打着灯笼满屋跑,跑了好几天,一直到把这灯笼打碎了才算完了。

我在黑屋子里边又碰到了一块木头,这块木头是上边刻着花的,用手一摸,很不光滑,我拿出来用小锯锯着。祖父看见了,说:

"这是印帖子的帖板。"

我不知道什么叫帖子,祖父刷上一片墨刷一张给我看,我只看见印出来几个小人。还有一些乱七八糟的花,还有字。祖父说:

"咱们家开烧锅的时候,发帖子就是用这个印的,这是一百吊的……还有五十吊的十吊的……"

祖父给我印了许多,还用鬼子红给我印了些红的。

还有戴缨子的清朝的帽子,我也拿了出来戴上。多少年前的老大的鹅翎扇子,我也拿了出来吹着风。翻了一瓶砂仁出来,那是治胃病的药,母亲吃着,我也跟着吃。

不久,这些八百年前的东西,都被我弄出来了。有些是祖母保存着的,有些是已经出了嫁的姑母的遗物,已经在那黑洞洞的地方放了多少年了,连动也没有动过,有些个快要腐烂了,有些个生了虫子,因为那些东西早被人们忘记了,好像世界上已经没有那么一回事了。而今天忽然又来到了他们的眼前,他们受了惊似地又恢复了他们的记忆。

每当我拿出一件新的东西的时候,祖母看见了,祖母说:

"这是多少年前的了!这是你大姑在家里边玩的……"

祖父看见了,祖父说:

"这是你二姑在家时用的……"

这是你大姑的扇子,那是你三姑的花鞋……都有了来历。但我不知道谁是我的三姑,谁是我的大姑。也许我一两岁的时候,我见过她们,可是我到四五岁时,我就不记得了。

我祖母有三个女儿,到我长起来时,她们都早已出嫁了。可见二三十年内就没有小孩子了。而今也只有我一个。实在的还有一个小弟弟,不过那时他才一岁半岁的,所以不算他。

家里边多少年前放的东西,没有动过,他们过的是既不向前,也不回头的生活,是凡过去的,都算是忘记了,未来的他们也不怎样积极地希望着,只是一天一天地平板地、无怨无尤地在他们祖先给他们准备好的口粮之中生活着。

等我生来了,第一给了祖父的无限的欢喜,等我长大了,祖父非常地爱我。使我觉得在这世界上,有了祖父就够了,还怕什么呢?虽然父亲的冷淡,母亲的恶言恶色,和祖母的用针刺我手指的这些事,都觉得算不了什么。何况又有后花园!后园虽然让冰雪给封闭了,但是又发现了这储藏室。这里边是无穷无尽地什么都有,这里边宝藏着的都是我所想象不到的东西,使我感到这世界上的东西怎么这样多!而且样样好玩,样样新奇。

比方我得到了一包颜料,是中国的大绿,看那颜料闪着金光,可是往指甲上一染,指甲就变绿了,往胳臂上一染,胳臂立刻飞来了一张树叶似地。实在是好看,也实在是莫名其妙,所以心里边就暗暗地欢喜,莫非是我得了宝贝吗?

得了一块观音粉。这观音粉往门上一划,门就白了一道,往窗上一划,窗就白了一道。这可真有点奇怪,大概祖父写字的墨是黑墨,而这是白墨吧。

得了一块圆玻璃,祖父说是"显微镜"。他在太阳底下一照,竟把祖父装好的一袋烟照着了。

这该多么使人欢喜,什么什么都会变的。你看他是一块废铁,说不定他就有用,比方我检到一块四方的铁块,上边有一个小窝。祖父把榛子放在小窝里边,打着榛子给我吃。在这小窝里打,不知道比用牙咬要快了多少倍。何况祖父老了,他的牙又多半不大好。

我天天从那黑屋子往外搬着,而天天有新的。搬出来一批,玩厌了,弄坏了,就再去搬。

因此使我的祖父、祖母常常地慨叹。

他们说这是多少年前的了,连我的第三个姑母还没有生的时候就有这东西。那是多少年前的了,还是分家的时候,从我曾祖那里得来的呢。又那样那样是什么人送的,而那家人家到今天也都家败人亡了,而这东西还存在着。

又是我在玩着的那葡蔓藤的手镯,祖母说她就戴着这个手镯,有一年夏天坐着小车子,抱着我大姑去回娘家,路上遇了土匪,把金耳环给摘去了,而没有要这手镯。若也是金的银的,那该多危险,也一定要被抢去的。

我听了问她:

"我大姑在那儿?"

祖父笑了。祖母说:

"你大姑的孩子比你都大了。"

原来是四十年前的事情,我那里知道。可是藤手镯却戴在我的手上,我举起手来,摇了一阵,那手镯好像风车似地,滴溜溜地转,手镯太大了,我的手太细了。

祖母看见我把从前的东西都搬出来了,她常常骂我:

"你这孩子,没有东西不拿着玩的,这小不成器的……"

她嘴里虽然是这样说,但她又在光天化日之下得以重看到这东西,也似乎给了她一些回忆的满足。所以她说我是并不十分严刻的,我当然是不听她,该拿还是照旧地拿。

于是我家里久不见天日的东西,经我这一搬弄,才得以见了天日。于是坏的坏,扔的扔,也就都从此消灭了。

我有记忆的第一个冬天,就这样过去了。没有感到十分的寂寞,但总不如在后园里那样玩着好。但孩子是容易忘记的,也就随遇而安了。

四

第二年夏天,后园里种了不少的韭菜,是因为祖母喜欢吃韭菜馅的饺子而种的。

可是当韭菜长起来时,祖母就病重了,而不能吃这韭菜了,家里别的人也没有吃这韭菜,韭菜就在园子里荒着。

因为祖母病重,家里非常热闹,来了我的大姑母,又来了我的二姑母。

二姑母是坐着她白家的小车子来的。那拉车的骡子挂着铃铛,哗哗啷啷的就停在窗前了。

从那车上第一个就跳下来一个小孩,那小孩比我高了一点,是二姑母的儿子。

他的小名叫"小兰",祖父让我向他叫兰哥。

别的我都不记得了,只记得不大一会工夫我就把他领到后园里去了。

告诉他这个是玫瑰树,这个是狗尾草,这个是樱桃树。樱桃树是不结樱桃的,我也告诉了他。

不知道在这之前他见过我没有,我可并没有见过他。

我带他到东南角上去看那棵李子树时,还没有走到眼前,他就说:

"这树前年就死了。"

他说了这样的话,是使我很吃惊的。这树死了,他可怎么知道的?心中立刻来了一种忌妒的情感,觉得这花园是属于我的,和属于祖父的,其余的人连晓得也不该晓得才对的。

我问他:

"那么你来过我们家吗?"

他说他来过。

这个我更生气了,怎么他来我不晓得呢?

我又问他:

"你什么时候来过的?"

他说前年来的,他还带给我一个毛猴子。他问着我:

"你忘了吗?你抱着那毛猴子就跑,跌倒了你还哭了哩!"

我无论怎样想,也想不起来了。不过总算他送给我过一个毛猴子,可见对我是很好的,于是我就不生他的气了。

从此天天就在一块玩。

他比我大三岁,已经八岁了,他说他在学堂里边念了书的,他还带来了几本书,晚上在煤油灯下他还把书拿出来给我看。书上有小人、有剪刀、有房子。因为都是带着图,我一看就连那字似乎也认识了,我说:

"这念剪刀,这念房子。"

他说不对:

"这念剪,这念房。"

我拿过来一细看,果然都是一个字,而不是两个字,我是照着图念的,所以错了。

我也有一盒方字块,这边是图,那边是字,我也拿出来给他看了。

从此整天的玩。祖母病重与否,我不知道。不过在她临死的前几天就穿上了满身的新衣裳,好像要出门做客似地。说是怕死了来不及穿衣裳。

因为祖母病重,家里热闹得很,来了很多亲戚。忙忙碌碌不知忙些个什么。有的拿了些白布撕着,撕得一条一块的,撕得非常的响亮,旁边就有人拿着针在缝那白布。还有的把一个小罐,里边装了米,罐口蒙上了红布。还有的在后园门口拢起火来,在铁火勺里边炸着面饼了。问她:

"这是什么?"

"这是打狗饽饽。"

她说阴间有十八关,过到狗关的时候,狗就上来咬人,用这饽饽一打,狗吃了饽饽就不咬人了。

似乎是姑妄言之姑妄听之,我没有听进去。

家里边的人越多,我就越寂寞,走到屋里,问问这个,问问那个,一切都不理解。祖父也似乎把我忘记了。我从后园里捉了一个特别大的蚂蚱送给他去看,他连看也没有看,就说:

"真好,真好,上后园去玩去吧!"

新来的兰哥也不陪我时,我就在后园里一个人玩。

五

祖母已经死了,人们都到龙王庙上去报过庙回来了。而我还在后园里边玩着。

后园里边下了点雨,我想要进屋去拿草帽去,走到酱缸旁边(我家的酱缸是放在后园里的),一看,有雨点拍拍的落到缸帽子上。我想这缸帽子该多大,遮起雨来,比草帽一定更好。

于是我就从缸上把它翻下来了,到了地上它还乱滚一阵,这时候,雨就大了。我好不容易才设法钻进这缸帽子去。因为这缸帽子太大了,差不多和我一般高。

我顶着它,走了几步,觉得天昏地暗。而且重也是很重的,非常吃力。而且自己已经走到那里了,自己也不晓,只晓得头顶上拍拍拉拉的打着雨点,往脚下看着,脚下只是些狗尾草和韭菜。找了一个韭菜很厚的地方,我就坐下了,一坐下这缸帽子就和个小房似地扣着我。这比站着好得多,头顶不必顶着,帽子就扣在韭菜地上。但是里边可是黑极了,什么也看不见。

同时听什么声音,也觉得都远了。大树在风雨里边被吹得呜呜的,好像大树已经被搬到别人家的院子去了似地。

韭菜是种在北墙根上,我是坐在韭菜上。北墙根离家里的房子很远的,家里边那闹嚷嚷的声音,也像是来在远方。

我细听了一会,听不出什么来,还是在我自己的小屋里边坐着。这小屋这么好,不怕风,不怕雨。站起来走的时候,顶着屋盖就走了,有多么轻快。

其实是很重的了,顶起来非常吃力。

我顶着缸帽子,一路摸索着,来到了后门口,我是要顶给爷爷看看的。

我家的后门坎特别高,迈也迈不过去,因为缸帽子太大,使我抬不起腿来。好不容易两手把腿拉着,弄了半天,总算是过去了。虽然进了屋,仍是不知道祖父在什么方向,于是我就大喊,正在这喊之间,父亲一脚把我踢翻了,差点没把我踢到灶口的火堆上去。缸帽子也在地上滚着。

等人家把我抱了起来,我一看,屋子里的人,完全不对了,都穿了白衣裳。

再一看,祖母不是睡在炕上,而是睡在一张长板上。

从这以后祖母就死了。

六

祖母一死,家里继续着来了许多亲戚,有的拿着香、纸,到灵前哭了一阵就回去了。有的就带着大包小包的来了就住下了。

大门前边吹着喇叭,院子里搭了灵棚,哭声终日,一闹闹了不知多少日子。

请了和尚道士来,一闹闹到半夜,所来的都是吃、喝、说、笑。

我也觉得好玩,所以就特别高兴起来。又加上从前我没有小同伴,而现在有了。比我大的,比我小的,共有四五个。我们上树爬墙,几乎连房顶也要上去了。

他们带我到小门洞子顶上去捉鸽子,搬了梯子到房檐头上去捉家雀。后花园虽然大,已经装不下我了。

我跟着他们到井口边去往井里边看,那井是多么深,我从未见过。在上边喊一声,里边有人回答。用一个小石子投下去,那响声是很深远的。

他们带我到粮食房子去,到碾磨房去,有时候竟把我带到街上,是已经离开家了,不跟着家人在一起,我是从来没有走过这样远。

不料除了后园之外,还有更大的地方,我站在街上,不是看什么热闹,不是看那街上的行人车马,而是心里边想:是不是我将来一个人也可以走得很远?

有一天,他们把我带到南河沿上去了,南河沿离我家本不算远,也不过半里多地。可是因为我是第一次去,觉得实在很远。走出汗来了。走过一个黄土坑,又过一个南大营,南大营的门口,有兵把守门。那营房的院子大得在我看来太大了,实在是不应该。我们的院子就够大的了,怎么能比我们家的院子更大呢,大得有点不大好看了,我走过了,我还回过头来看。

路上有一家人家,把花盆摆到墙头上来了,我觉得这也不大好,若是看不见人家偷去呢!

还看见了一座小洋房,比我们家的房不知好了多少倍。若问我,那里好？我也说不出来，就觉得那房子是一色新，不像我家的房子那么陈旧。

我仅仅走了半里多路，我所看见的可太多了。所以觉得这南河沿实在远。问他们：

"到了没有？"

他们说：

"就到的，就到的。"

果然，转过了大营房的墙角，就看见河水了。

我第一次看见河水，我不能晓得这河水是从什么地方来的？走了几年了。

那河太大了，等我走到河边上，抓了一把沙子抛下去，那河水简直没有因此而脏了一点点。河上有船，但是不很多，有的往东去了，有的往西去了。也有的划到河的对岸去的，河的对岸似乎没有人家，而是一片柳条林。再往远看，就不能知道那是什么地方了，因为也没有人家，也没有房子，也看不见道路，也听不见一点音响。

我想将来是不是我也可以到那没有人的地方去看一看。

除了我家的后园，还有街道。除了街道，还有大河。除了大河，还有柳条林。除了柳条林，还有更远的，什么也没有的地方，什么也看不见的地方，什么声音也听不见的地方。

究竟除了这些，还有什么，我越想越不知道了。

就不用说这些我未曾见过的。就说一个花盆吧，就说一座院子吧。院子和花盆，我家里都有。但说那营房的院子就比我家的大，我家的花盆是摆在后园里的，人家的花盆就摆到墙头上来了。

可见我不知道的一定还有。

所以祖母死了，我竟聪明了。

七

祖母死了，我就跟祖父学诗。因为祖父的屋子空着，我就闹着一定要睡在祖父那屋。

早晨念诗,晚上念诗,半夜醒了也是念诗。念了一阵,念困了再睡去。

祖父教我的有《千家诗》,并没有课本,全凭口头传诵,祖父念一句,我就念一句。

祖父说:

"少小离家老大回……"

我也说:

"少小离家老大回……"

都是些什么字,什么意思,我不知道,只觉得念起来那声音很好听。所以很高兴地跟着喊。我喊的声音,比祖父的声音更大。

我一念起诗来,我家的五间房都可以听见,祖父怕我喊坏了喉咙,常常警告着我说:

"房盖被你抬走了。"

听了这笑话,我略微笑了一会工夫,过不了多久,就又喊起来了。

夜里也是照样地喊,母亲吓唬我,说再喊她要打我。

祖父也说:

"没有你这样念诗的,你这不叫念诗,你这叫乱叫。"

但我觉得这乱叫的习惯不能改,若不让我叫,我念它干什么。每当祖父教我一个新诗,一开头我若听了不好听,我就说:

"不学这个。"

祖父于是就换一个,换一个不好,我还是不要。

"春眠不觉晓,处处闻啼鸟,

夜来风雨声,花落知多少。"

这一首诗,我很喜欢,我一念到第二句,"处处闻啼鸟"那处处两字,我就高兴起来了。觉得这首诗,实在是好,真好听"处处"该多好听。

还有一首我更喜欢的:

"重重叠叠上楼台,几度呼童扫不开。

刚被太阳收拾去,又为明月送将来。"

就这"几度呼童扫不开",我根本不知道什么意思,就念成西沥忽通扫不开。

越念越觉得好听,越念越有趣味。

还当客人来了,祖父总是呼我念诗的,我就总喜念这一首。

那客人不知听懂了与否,只是点头说好。

八

就这样瞎念,到底不是久计。念了几十首之后,祖父开讲了。

"少小离家老大回,乡音无改鬓毛衰。"

祖父说:

"这是说小的时候离开了家到外边去,老了回来了。乡音无改鬓毛衰,这是说家乡的口音还没有改变,胡子可白了。"

我问祖父:

"为什么小的时候离家？离家到那里去？"

祖父说:

"好比爷像你那么大离家,现在老了回来了,谁还认识呢？儿童相见不相识,笑问客从何处来。小孩子见了就招呼着说:你这个白胡老头,是从那里来的？"

我一听觉得不大好,赶快就问祖父:

"我也要离家的吗？等我胡子白了回来,爷爷你也不认识我了吗？"

心里很恐惧。

祖父一听就笑了:

"等你老了还有爷爷吗？"

祖父说完了,看我还是不很高兴,他又赶快说:

"你不离家的,你那里能够离家……快再念一首诗吧！念春眠不觉晓……"

我一念起春眠不觉晓来,又是满口的大叫,得意极了。完全高兴,什么都忘了。

但从此再读新诗,一定要先讲的,没有讲过的也要重讲。似乎那大嚷大叫的习惯稍稍好了一点。

"两个黄鹂鸣翠柳,一行白鹭上青天。"

这首诗本来我也很喜欢的,黄梨是很好吃的。经祖父这一讲,说是两个鸟,于是不喜欢了。

"去年今日此门中,人面桃花相映红。

人面不知何处去,桃花依旧笑春风。"

这首诗祖父讲了我也不明白,但是我喜欢这首。因为其中有桃花。桃树一开了花不就结桃吗?桃子不是好吃吗?

所以每念完这首诗,我就接着问祖父:

"今年咱们的樱桃树花开不开花?"

九

除了念诗之外,还很喜欢吃。

记得大门洞子东边那家是养猪的,一个大猪在前边走,一群小猪跟在后边。有一天一个小猪掉井了,人们用抬土的筐子把小猪从井里吊了上来。吊上来,那小猪早已死了。井口旁边围了很多人看热闹,祖父和我也在旁边看热闹。

那小猪一被打上来,祖父就说他要那小猪。

祖父把那小猪抱到家里,用黄泥裹起来,放在灶坑里烧上了,烧好了给我吃。

我站在炕沿旁边,那整个的小猪,就摆在我的眼前,祖父把那小猪一撕开,立刻就冒了油,真香,我从来没有吃过那么香的东西,从来没有吃过那么好吃的东西。

第二次,又有一只鸭子掉井了,祖父也用黄泥包起来,烧上给我吃了。

在祖父烧的时候,我也帮着忙,帮着祖父搅黄泥,一边喊着,一边叫着,好像拉拉队似地给祖父助兴。

鸭子比小猪更好吃,那肉是不怎样肥的。所以我最喜欢吃鸭子。

我吃,祖父在旁边看着。祖父不吃。等我吃完了,祖父才吃。他说我的牙齿小,怕我咬不动,先让我选嫩的吃,我吃剩了的他才吃。

祖父看我每咽下去一口,他就点一下头,而且高兴地说:

"这小东西真馋,"或是"这小东西吃得真快。"

我的手满是油,随吃随在大襟上擦着,祖父看了也并不生气,只是说:

"快蘸点盐吧,快蘸点韭菜花吧,空口吃不好,等会要反胃的……"

说着就捏几个盐粒放在我手上拿着的鸭子肉上。我一张嘴又进肚去了。

祖父越称赞我能吃,我越吃得多。祖父看看不好了,怕我吃多了。让我停下,我才停下来。我明明白白的是吃不下去了,可是我嘴里还说着:

"一个鸭子还不够呢!"

自此吃鸭子的印象非常之深,等了好久,鸭子再不掉到井里,我看井沿有一群鸭子,我拿了秫秆就往井里边赶,可是鸭子不进去,围着井口转,而呱呱地叫着。我就招呼了在旁边看热闹的小孩子,我说:

"帮我赶哪!"

正在吵吵叫叫的时候,祖父奔到了,祖父说:

"你在干什么?"

我说:

"赶鸭子,鸭子掉井,捞出来好烧吃。"

祖父说:

"不用赶了,爷爷抓个鸭子给你烧着。"

我不听他的话,我还是追在鸭子的后边跑着。

祖父上前来把我拦住了,抱在怀里,一面给我擦着汗一面说:

"跟爷爷回家,抓个鸭子烧上。"

我想:不掉井的鸭子,抓都抓不住,可怎么能规规矩矩贴起黄泥来让烧呢？于是我从祖父的身上往下挣扎着，喊着：

"我要掉井的！我要掉井的！"

祖父几乎抱不住我了。

第 四 章

一

一到了夏天，蒿草长没大人的腰了，长没我的头顶了，黄狗进去，连个影也看不见了。

夜里一刮起风来，蒿草就刷拉刷拉的响着，因为满院子都是蒿草，所以那响声就特别大，成群结队的就响起来了。

下了雨，那蒿草的梢上都冒着烟，雨本来下得很大，若一看那蒿草，就像那雨下得特别大似地。

下了毛毛雨，那蒿草上就迷漫得朦朦胧胧的像是已经来了大雾，或者像是要变天了，好像是下了霜的早晨，混混沌沌的，在蒸腾着白烟。

刮风和下雨，这院子是很荒凉的了。这是晴天，多大的太阳照在上空，这院子也一样是荒凉的。没有什么显眼耀目的装饰，没有人工设置过的一点痕迹，什么都是任其自然，愿意东，就东，愿意西，就西。若是纯然能够做到这样，倒也保存了原始的风景。但不对的，这算什么风景呢？东边堆着一堆朽木头，西边扔着一片乱柴火。左门旁排着一大片旧砖头，右门边晒着一片沙泥土。

沙泥土是厨子拿来搭炉灶的，搭好了炉灶的，泥土就扔在门边了。若问他还有什么用处吗，我想他也不知道，不过忘了就是了。

至于那砖头可不知道是干什么的，已经放了很久了，风吹日晒，下了雨被雨浇。反正砖头是不怕雨的，浇浇又碍什么事。那么就浇着去吧，没人管它。也实在正不必管它，凑巧炉灶或是炕洞子坏了，那就用得着它了。就在眼前，伸手就来，用着多么方便。但是炉灶就总不常坏，炕洞子修的也比较结实。不知那里找的这样好的工人，一修上炕洞子就是一年,头一年八月修上,不到第二年八月是不坏的,就是到了第二年八月,也得泥水匠来,砖瓦匠来用铁刀一块一块的把砖砍着搬下来。所以那门前的一堆砖头似乎是一年也没有多大的用处。三年两年的还是在那里摆着。大概总是越摆越少,东家拿去一块垫花盆,西家搬去一块又是做什么。不然若是越摆越多,那可就糟了,岂不是慢慢的会把房门封起来的吗?

其实门前的那砖头是越来越少的。不用人工,任其自然,过了三年两载也就没有了。

可是目前还是有的。就和那堆泥土同时在晒着太阳,它陪伴着它,它陪伴着它。

除了这个,还有打碎了的大缸扔在墙边上,大缸旁边还有一个破了口的坛子陪着它蹲在那里。坛子底上没有什么,只积了半坛雨水,用手攀着坛子边一摇动:那水里边有很多活物,会上下的跑,似鱼非鱼,似虫非虫,我不认识。再看那勉强站着的,几乎是站不住了的已经被打碎了的大缸,那缸里边可是什么也没有。其实不能够说那是"里边",本来这缸已经破了肚子。谈不到什么"里边""外边"了。就简称"缸磉"吧!在这缸磉上什么也没有,光滑可爱,用手一拍还会发响。小的时候就总喜欢到旁边去搬一搬,一搬就不得了了,在这缸磉的下边有无数的潮虫。吓得赶快就跑。跑得很远的站在那里回头看着,看了一回,那潮虫乱跑一阵又回到那缸磉的下边去了。

这缸磉为什么不扔掉呢?大概就是专养潮虫。

和这缸磉相对着,还扣着一个猪槽子,那猪槽子已经腐朽了,不知扣了多少年了。槽底上长了不少的蘑菇,黑深深的,那是些小蘑,看样子,大概吃不得,不知长着做什么。

靠着槽子的旁边就睡着一柄生锈的铁犁头。

说也奇怪,我家里的东西都是成对的,成双的。没有单个的。

砖头晒太阳,就有泥土来陪着。有破坛子,就有破大缸。有猪槽子就有铁犁头。像是它们都配了对,结了婚。而且各自都有新生命送到世界上来。比方缸子里的似鱼非鱼,大缸下边的潮虫,猪槽子上的蘑菇等等。

不知为什么,这铁犁头,却看不出什么新生命来,而是全体腐烂下去了。什么也不生,什么也不长,全体黄澄澄的。用手一触就往下掉末,虽然他本质是铁的,但沦落到今天,就完全像黄泥做的了。就像要瘫了的样子。比起它的同伴那木槽子来,真是远差千里,惭愧惭愧。这犁头假若是人的话,一定要流泪大哭,"我的体质比你们都好哇,怎么今天衰弱到这个样子。"

它不但它自己衰弱,发黄,一下了雨,它那满身的黄色的色素,还跟着雨水流到别人的身上去。那猪槽子的半边已经被染黄了。

那黄色的水流,还一直流得很远,是凡它所经过的那条土地,都被它染得焦黄。

二

我家是荒凉的。

一进大门,靠着大门洞子的东壁是三间破房子,靠着大门洞子的西壁仍是三间破房子。再加上一个大门洞,看起来是七间连着串,外表上似乎是很威武的,房子都很高大,架着很粗的木头的房架。大花是很粗的,一个小孩抱不过来。都一律是瓦房盖,房脊上还有透窿的用瓦做的花,迎着太阳看去,是很好看的,房脊的两梢上,一边有一个鸽子,大概也是瓦做的。终年不动,停在那里。这房子的外表,似乎不坏。

但我看它内容空虚。

西边的三间,自家用装粮食的,粮食没有多少,耗子可是成群了。

粮食仓子底下让耗子咬出洞来,耗子的全家在吃着粮食。耗子在下边吃,麻雀在上边吃。全屋都是土腥气。窗子坏了,用板钉起来,门也坏了,每一开就颤抖抖的。

靠着门洞子西壁的三间房,是租给一家养猪的。那屋里屋外没有别的,都是猪了。大猪小猪,猪槽子,猪粮食。来往的人也都是猪贩子,连房子带人,都弄得气味非常之坏。

说来那家也并没有养了多少猪,也不过十个八个的。每当黄昏的时候,那叫猪的声音远近得闻。打着猪槽子,敲着圈棚。叫了几声,停了一停。声音有高有低,在黄昏的庄严的空气里好像是说他家的生活是非常寂寞的。

除了这一连串的七间房子之外,还有六间破房子,三间破草房,三间碾磨房。

三间碾磨房一起租给那家养猪的了,因为它靠近那家养猪的。

三间破草房是在院子的西南角上,这房子它单独的跑得那么远,孤伶伶的,毛头毛脚的,歪歪斜斜的站在那里。

房顶的草上长着青苔,远看去,一片绿,很是好看。下了雨,房顶上就出蘑菇,人们就上房采蘑菇,就好像上山去采蘑菇一样,一采采了很多。这样出蘑菇的房顶实在是很少有,我家的房子共有三十来间,其余的都不会出蘑菇,所以住在那房里的人一提着筐子上房去采蘑菇,全院子的人没有不羡慕的,都说:

"这蘑菇是新鲜的,可不比那干蘑菇,若是杀一个小鸡炒上,那真好吃极了。"

"蘑菇炒豆腐,嗳,真鲜!"

"雨后的蘑菇嫩过了仔鸡。"

"蘑菇炒鸡,吃蘑菇而不吃鸡。"

"蘑菇下面,吃汤而忘了面。"

"吃了这蘑菇,不忘了姓才怪的。"

"清蒸蘑菇加姜丝,能吃八碗小米子干饭。"

"你不要小看了这蘑菇,这是意外之财!"

同院住的那些羡慕的人,都恨自己为什么不住在那草房里。若早知道租了房子连蘑菇都一起租来了,就非租那房子不可。天下那有这样的好事,租房子还带蘑菇的。于是感慨唏嘘,相叹不已。

再说站在房间上正在采着的,在多少只眼目之中,真是一种光荣的工作。于是也就慢慢的采,本来一袋烟的工夫就可以采完,但是要延长到半顿饭的工夫。同时故意选了几个大的,从房顶上骄傲的抛

下来,同时说:

"你们看吧,你们见过这样干净的蘑菇吗?错了是这个房顶,那个房顶能够长出这样的好蘑菇来。"

那在下面的,根本看不清房顶到底那蘑菇全部多大,以为一律是这样大的,于是就更增加了无限的惊异。赶快弯下腰去拾起来,拿到家里,晚饭的时候,卖豆腐的来,破费二百钱检点豆腐,把蘑菇烧上。

可是那在房顶上的因为骄傲,忘记了那房顶有许多地方是不结实的,已经露了洞,一不加小心就把脚掉下去了,把脚往外一拨,脚上的鞋子不见了。

鞋子从房顶落下去,一直就落在锅里,锅里正是翻开的滚水,鞋子就在滚水里边煮上了。锅边漏粉的人越看越有意思,越觉得好玩,那一只鞋子在开水里滚着,翻着,还从鞋底上滚下一些泥浆来,弄得漏下去的粉条都黄忽忽的了。可是他们还不把鞋子从锅拿出来,他们说,反正这粉条是卖的,也不是自己吃。

这房顶虽然产蘑菇,但是不能够避雨,一下起雨来,全屋就像小水罐似地。摸摸这个是湿的,摸摸那个是湿的。

好在这里边住的都是些个粗人。

有一个歪鼻瞪眼的名叫"铁子"的孩子。他整天手里拿着一柄铁锹,在一个长槽子里边往下切着,切些个什么呢?初到这屋子里来的人是看不清的,因为热气腾腾的这屋里不知都在做些个什么。细一看,才能看出来他切的是马铃薯。槽子里都是马铃薯。

这草房是租给一家开粉房的。漏粉的人都是些粗人,没有好鞋袜,没有好行李,一个一个的和小猪差不多,住在这房子里边是很相当的,好房子让他们一住也怕是住坏了。何况每一下雨还有蘑菇吃。

这粉房里的人吃蘑菇,总是蘑菇和粉配在一道,蘑菇炒粉,蘑菇炖粉,蘑菇煮粉。没有汤的叫做"炒",有汤的叫做"煮",汤少一点的叫做"炖"。

他们做好了,常常还端着一大碗来送给祖父。等那歪鼻瞪眼的孩子一走了,祖父就说:

"这吃不的,若吃到有毒的就吃死了。"

但那粉房里的人,从来没吃死过,天天里边唱着歌,漏着粉。

粉房的门前搭了几丈高的架子,亮晶晶的白粉,好像瀑布似地挂在上边。

他们一边挂着粉,也是一边唱着的。等粉条晒干了。他们一边收着粉,也是一边的唱着。那唱不是从工作所得到的愉快,好像含着眼泪在笑似地。

逆来顺受,你说我的生命可惜,我自己却不在乎。你看着很危险,我却自己以为得意。不得意怎么样?人生是否苦多乐少。

那粉房里的歌声,就像一朵红花开在了墙头上。越鲜明,就越觉得荒凉。

"正月十五正月正,

家家户户挂红灯。

人家的丈夫团圆聚,

孟姜女的丈夫去修长城。"

只要是一个晴天,粉丝一挂起来了,这歌音就听得见的。因为那破草房是在西南角上,所以那声音比较的辽远。偶尔也有装腔女人的音调在唱"五更天"。

那草房实在是不行了,每下一次大雨,那草房北头就要多加一只支柱,那支柱已经有七八只之多了,但是房子还是天天的往北边歪。越歪越厉害,我一看了就害怕,怕从那旁边一过,恰好那房子倒了下来,压在我身上。那房子实在是不像样子了,窗本来是四方的,都歪斜得变成菱形的了。门也歪斜得关不上了。墙上的大柁就像要掉下来似地,向一边跳出来了。房脊上的正梁一天一天的往北走。已经拔了榫,脱离别人的牵掣,而它自己单独行动起来了。那些钉在房脊上的椽杆子,能够跟着它跑的,就跟着它一顺水的往北边跑下去了。不能够跟着它跑的,就挣断了钉子,而垂下头来,向着粉房里的人们的头垂下来,因为另一头是压在檐外,所以不能够掉下来,只是滴里郎当的垂着。

我一定进粉房去,想要看一看漏粉到底是怎样漏法。但是不敢细看,我很怕那椽子头掉下来打了我。

一刮起风来这房子就喳喳的山响,大柁响,马梁响,门框、窗框响。

一下了雨又是喳喳的响。

不刮风,不下雨,夜里也是会响的,因为夜深人静了,万物齐鸣,何况这本来就会响的房子,那能不响呢。

以它响得最厉害。别的东西的响,是因为倾心去听它,就是听得到的,也是极幽渺的,不十分可靠的。也许是因为一个人的耳鸣而引起来的错觉,比方猫、狗、虫子之类的响叫,那是因为它们是生物的缘故。

可曾有人听过夜里房子会叫的,谁家的房子会叫,叫得好像个活物似地,嚓嚓的,带着无限的重量。往往会把睡在这房子里的人叫醒。

被叫醒了的人,翻了一个身说:

"房子又走了。"

真是活神活现,听他说了这话,好像房子要搬了场似地。

房子都要搬场了,为什么睡在里边的人还不起来,他是不起来的,他翻了个身又睡了。

住在这里边的人,对于房子就要倒的这回事,毫不加戒心,好像他们已经有了血族的关系,是非常信靠的。

似乎这房一旦倒了,也不会压到他们,就像是压到了,也不会压死的,绝对的没有生命的危险。这些人的过度的自信,不知从那里来的,也许住在那房子里边的人都是用铁铸的,而不是肉长的。再不然就是他们都是敢死队,生命置之度外了。

若不然为什么这么勇敢? 生死不怕。

若说他们是生死不怕,那也是不对的,比方那晒粉条的人,从杆子上往下摘粉条的时候,那杆子掉下来了,就吓他一哆嗦。粉条打碎了,他还没有敢打着。他把粉条收起来,他还看着那杆子,他思索起

来,他说:

"莫不是……"

他越想越奇怪,怎么粉打碎了,而人没打着呢。他把那杆子扶了上去,远远的站在那里看着,用眼睛捉摸着。越捉摸越觉得可怕。

"唉呀!这要是落到头上呢。"

那真是不堪想象了。于是他摸着自己的头顶,他觉得万幸万幸,下回该加小心。

本来那杆子还没有房椽子那么粗,可是他一看见,他就害怕,每次他再晒粉条的时候,他都是躲着那杆子,连在它旁边走也不敢走。总是用眼睛溜着它,过了很多日才算把这回事忘了。

若下雨打雷的时候,他就把灯灭了,他们说雷扑火,怕雷劈着。

他们过河的时候,抛两个铜板到河里去,传说河是馋的,常常淹死人的,把铜板一摆到河里,河神高兴了,就不会把他们淹死了。

这证明住在这嚓嚓响着的草房里的他们,也是很胆小的,也和一般人一样是颤颤惊惊的活在这世界上。

那么这房子既然要塌了,他们为什么不怕呢?

据卖馒头的老赵头说:

"他们要的就是这个要倒的么!"

据粉房里的那个歪鼻瞪眼的孩子说:

"这是住房子啊,也不是娶媳妇要她周周正正。"

据同院住的周家的两位少年绅士说:

"这房子对于他们那等粗人,就再合适也没有了。"

据我家的有二伯说:

"是他们贪图便宜,好房子呼兰城里有的多,为啥他们不搬家呢?好房子人家要房钱的呀,不像是咱们家这房子,一年送来十斤二十斤的干粉就完事,等于白住,你二伯是没有家眷,若不我也找这样房子去住。"

有二伯说的也许有点对。

祖父早就想拆了那座房子的,是因为他们几次的全体挽留才留下来的。

至于这个房子将来倒与不倒,或是发生什么幸与不幸,大家都以为这太远了,不必想了。

三

我家的院子是很荒凉的。

那边住着几个漏粉的,那边住着几个养猪的。养猪的那厢房里还住着一个拉磨的。

那拉磨的,夜里打着梆子通夜的打。

养猪的那一家有几个闲散杂人,常常聚在一起唱着秦腔,拉着胡琴。

西南角上那漏粉的则欢喜在晴天里边唱一个"叹五更"。

他们虽然是拉胡琴,打梆子,叹五更,但是并不是繁华的,并不是一往直前的,并不是他们看见了光明,或是希望着光明,这些都不是的。

他们看不见什么是光明的,甚至于根本也不知道,就像太阳照在了瞎子的头上了,瞎子也看不见太阳,但瞎子却感到实在是温暖了。

他们就是这类人,他们不知道光明在那里,可是他们实实在在的感得到寒凉就在他们的身上,他们想击退了寒凉,因此而来了悲哀。

他们被父母生下来,没有什么希望,只希望吃饱了,穿暖了。但也吃不饱,也穿不暖。

逆来的,顺受了。

顺来的事情,却一辈子也没有。

磨房里那打梆子的,夜里常常是越打越响,他越打得激烈,人们越说那声音凄凉。因为他单单的响音,没有同调。

四

我家的院子是很荒凉的。

粉房旁边的那小偏房里,还住着一家赶车的,那家喜欢跳大神,常常就打起鼓来,喝喝咧咧唱起来了。鼓声往往打到半夜才止,那说仙道鬼的,大神和二神的一对一答。苍凉,幽渺,真不知今世何世。

那家的老太太终年生病,跳大神都是为她跳的。

那家是这院子顶丰富的一家,老少三辈。家风是干净利落,为人谨慎,兄友弟恭,父慈子爱。家里绝对的没有闲散杂人。绝对不像那粉房和那磨房,说唱就唱,说哭就哭。他家永久是安安静静的。跳大神不算。

那终年生病的老太太是祖母,她有两个儿子,大儿子是赶车的,二儿子也是赶车的。一个儿子都有一个媳妇。大儿媳妇胖胖的,年已五十了。二儿媳妇瘦瘦的,年已四十了。

除了这些,老太太还有两个孙儿,大孙儿是二儿子的。二孙儿是大儿子的。

因此他家里稍稍有点不睦,那两个媳妇妯娌之间,稍稍有点不合适,不过也不很明朗化。只是你我之间各自晓得。做嫂子的总觉得兄弟媳妇对她有些不驯,或者就因为她的儿子大的缘故吧。兄弟媳妇就总觉得嫂子是想压她,凭什么想压人呢?自己的儿子小。没有媳妇指使着,看了别人还眼气。

老太太有了两个儿子,两个孙子,认为十分满意了。人手整齐,将来的家业,还不会兴旺的吗?就不用说别的,就说赶大车这把力气也是够用的。看看谁家的车上是爷四个,拿鞭子的,坐在车后尾巴上的都是姓胡,没有外姓。在家一盆火,出外父子兵。

所以老太太虽然是终年病着,但很乐观,也就是跳一跳大神什么的解一解心疑也就算了。她觉得就是死了,也是心安意得的了,何况还活着,还能够看得见儿子们的忙忙碌碌。

媳妇们对于她也很好的,总是隔长不短的张罗着给她花几个钱跳一跳大神。

每一次跳神的时候,老太太总是坐在炕里,靠着枕头,挣扎着坐了起来,向那些来看热闹的姑娘媳妇们讲:

"这回是我大媳妇给我张罗的。"或是"这回是我二媳给我张罗的。"

她说的时候非常得意。说着说着就坐不住了。她患的是瘫病。就赶快来招媳妇们来把她放下了。放下了还要喘一袋烟的工夫。

看热闹的人,没有一个不说老太太慈祥的。没有一个不说媳妇孝顺的。

所以每一跳大神,远远近近的人都来了,东院西院的,还有前街后街的也都来了。

只是不能够预先订座,来得早的就有凳子,炕沿坐。来得晚的,就得站着了。

一时这胡家的孝顺,居于领导的地位,风传一时,成为妇女们的楷模。

不但妇女,就是男也得说:

"老胡家人旺,将来财也必旺。"

"天时,地利,人和。最要紧的还是人和。人和了,天时不好也好了。地利,不利也利了。"

"将来看着吧,今天人家赶大车的,再过五年看,不是二等户,也是三等户。"

我家的有二伯说:

"你看着吧,过不了几年人家就骡马成群了。别看如今人家就一辆车。"

他家的大儿媳妇和二儿媳妇的不睡,虽然没有新的发展,可也总没有消灭。

大孙子媳妇通红的脸,又能干,又温顺。人长得不肥不瘦,不高不矮,说起话来,声音不大不小。正合适配到他们这样的人家。

车回来了,牵着马就到井边去饮水。车马一出去了,就喂草。看她那长样可并不是做这类粗活人,可是做起事来并不弱于人,比起男人来,也差不了许多。

放下了外边的事情不做,再说屋里的,也样样拿得起来,剪、裁、缝、补,做那样像那样,她家里虽然没有什么绫、罗、绸、缎可做的,就说粗布衣也要做个四六见线,平平板板,一到过年的时候,无管怎样忙,也要偷空给奶奶婆婆,自己的婆婆,大娘婆婆,各人做一双花鞋。虽然没有什么好的鞋面,就说青水布的,也要做个精致。虽然没有丝线,就用棉花线,但那颜色却配得水泠泠的新鲜。

奶奶婆婆的那双绣的是桃红的大瓣莲花。大娘婆婆的那双绣的是牡丹花。婆婆的那双绣的是素素雅雅的绿叶兰。

这孙子媳妇回了娘家,娘家的人一问她婆家怎样,她说都好都好,将来非发财不可。大伯公是怎样的兢兢业业,公公是怎样的吃苦耐劳。奶奶婆婆也好,大娘婆婆也好。凡是婆家的无一不好。完全顺心,这样的婆家实在难找。

虽然她的丈夫也打过她,但她说,那个男人不打女人呢?于是也心满意足的并不以为那是缺陷了。

她把绣好的花鞋送给奶奶婆婆,她看她绣了那么一手好花,她感到了对这孙子媳妇有无限的惭愧,觉得这样一手好针线,每天让她喂猪打狗的,真是难为了她了,奶奶婆婆把手伸出来,把那鞋接过来,真是不知如何说好,只是轻轻的托着那鞋,苍白的脸孔,笑盈盈的点着头。

这是这样好的一个大孙子媳妇。二孙子媳妇也订好了,只是二孙子还太小,一时不能娶过来。

她家的两个妯娌之间的磨擦,都是为了这没有娶过来的媳妇,她自己的婆婆的主张把她接过来,做团圆媳妇,婶婆婆就不主张接来,说她太小不能干活,只能白吃饭,有什么好处。

争执了许久,来与不来,还没有决定。等下回给老太太跳大神的时候,顺便问一问大仙家再说吧。

五

我家是荒凉的。

天还未明,鸡先叫了,后边磨房里那梆子声还没有停止,天就发白了。天一发白,乌鸦群就来了。

我睡在祖父旁边,祖父一醒,我就让祖父念诗,祖父就念:

"春眠不觉晓,处处闻啼鸟。

夜来风雨声,花落知多少。"

"春天睡觉不知不觉的就睡醒了,醒了一听,处处有鸟叫着,回想昨夜的风雨,可不知道今早花落了多少。"

是每念必讲的,这是我的约请。

祖父正在讲着诗,我家的老厨子就起来了。

他咳嗽着,听得出来,他担着水桶到井边去挑水去了。

井口离得我家的住房很远,他摇着井绳花拉拉的响,日里是听不见的,可是在清晨,就听得分外的清明。

老厨子挑完了水,家里还没有人起来。

听得见老厨子刷锅的声音刷拉拉的响。老厨子刷完了锅,烧了一锅洗脸水了,家里还没有人起来。

我和祖父念诗,一直念到太阳出来。

祖父说:

"起来吧。"

"再念一首。"

祖父说:

"再念一首可得起来了。"

于是再念一首,一念完了,我又赖起来不算了,说再念一首。

每天早晨都是这样纠缠不清的闹。等一开了门,到院子去。院子里边已经是万道金光了,大太阳晒在头上都滚热的了。太阳两丈高了。

祖父到鸡架那里去放鸡,我也跟在那里,祖父到鸭架那里去放鸭,我也跟在后边。

我跟着祖父,大黄狗在后边跟着我。我跳着,大黄狗摇着尾巴。

大黄狗的头像盆那么大,又胖又圆,我总想要当一匹小马来骑它。祖父说骑不得。

但是大黄是喜欢我的,我是爱大黄狗的。

鸡从架里出来了,鸭子从架里出来了,它们抖擞着毛,一出来就连跑带叫的,吵的声音很大。

祖父撒着通红的高粱粒在地上,又撒了金黄的谷粒子在地上。

于是鸡啄食的声音,咯咯的响成群了。

喂完了鸡,往天空一看,太阳已经三丈高了。

我和祖父回到屋里,摆上小桌,祖父吃一碗饭米汤,浇白糖,我则不吃,我要吃烧苞米,祖父领着我,到后园去,趟着露水去到苞米丛中为我掰一穗苞米来。

掰来了苞米,袜子,鞋,都湿了。

祖父让老厨子把苞米给我烧上,等苞米烧好了,我已经吃了两碗以上的饭米汤浇白糖了。苞米拿来,我吃了一两个粒,就说不好吃,因为我已吃饱了。

于是我手里拿烧苞米就到院子去喂大黄去了。

"大黄"就是大黄狗的名字。

街上,在墙头外面,各种叫卖声音都有了,卖豆腐的,卖馒头的,卖青菜的。

卖青菜的喊着,茄子,黄瓜,荚豆和小葱子。

一挑喊着过去了,又来了一挑,这一挑不喊茄子,黄瓜,而喊着,芹菜,韭菜,白菜……

街上虽然热闹起来了,而我家里则仍是静悄悄的。

满院子蒿草,草里面叫着虫子。破东西东一件西一样的扔着。

看起来似乎是因为清早,我家才冷静,其实不然的,是因为我家的房子多,院子大,人少的缘故。

那怕就是到了正午,也仍是静悄悄的。

每到秋天,在蒿草的当中,也往往开了蓼花,所以引来了不少的蜻蜓和蝴蝶在那荒凉的一片蒿草上闹着。这样一来,不但不觉得繁华,反而更显得荒凉寂寞。

第 五 章

一

我玩的时候,除了在后花园里,有祖父陪着,其余的玩法,就只有我自己了。

我自己在房檐下搭了个小布棚,玩着玩着就睡在那布棚里了。

我家的窗子是可以摘下来的,摘下来直立着是立不住的,就靠着墙斜立着,正好立出一个小斜坡来,我称这小斜坡叫"小屋",我也常常睡到这小屋里边去了。

我家满院子是蒿草,蒿草上飞着许多蜻蜓,那蜻蜓是为着红蓼花而来的。可是我偏偏喜欢捉它,捉累了就躺在蒿草里边睡着了。

蒿草里边长着一丛一丛的天星星,好像山葡萄似地,是很好吃的。

我在蒿草里边搜索着吃,吃困了,就睡在天星星秧子的旁边了。

蒿草是很厚的,我躺在上边好像是我的褥子,蒿草是很高的,它给我遮着荫凉。

有一天,我就正在蒿草里边做着梦,那是下午晚饭之前,太阳偏西的时候。大概我睡得不太着实,我似乎是听到了什么地方有不少的人讲着话,说说笑笑,似乎是很热闹。但到底发生了什么事情,却听不清,只觉得在西南角上,或者是院里,或者是院外。到底是院里院外,那就不大清楚了。反正是有几个人在一起嚷嚷着。

我似睡非睡地听了一会就又听不见了。大概我已经睡着了。

等我睡醒了,回到屋里去,老厨子第一个就告诉我:

"老胡家的团圆媳妇来啦,你还不知道,快吃了饭去看吧!"

老厨子今天特别忙,手里端着一盘黄瓜菜往屋里走,因为跟我指手划脚地一讲话,差一点没把菜碟子掉在地上,只把黄瓜丝打翻了。

我一走进祖父的屋去,只有祖父一个人坐在饭桌前面,桌子上边的饭菜都摆好了,却没有人吃,母亲和父亲都没有来吃饭,有二伯也

没有来吃饭。祖父一看见我,祖父就问我:

"那团圆媳妇好不好?"

大概祖父以为我是去看团圆媳妇回来的。我说我不知道,我在草棵里边吃天星星来的。

祖父说:

"你妈他们都去看团圆媳妇去了,就是那个跳大神的老胡家。"

祖父说着就招呼老厨子,让他把黄瓜菜快点拿来。

醋拌黄瓜丝,上边浇着辣椒油,红的红,绿的绿,一定是那老厨子又重切了一盘的,那盘我眼看着撒在地上了。

祖父一看黄瓜菜也来了,祖父说:

"快吃吧,吃了饭好看团圆媳妇去。"

老厨子站在旁边,用围裙在擦着他满脸的汗珠,他每一说话就眨巴眼睛,从嘴里往外喷着唾沫星。他说:

"那看团圆媳妇的人才多呢!粮米铺的二老婆,带着孩子也去了。后院的小麻子也去了,西院老杨家也来了不少人,都是从墙头上跳过来的。"

他说他在井沿上打水看见的。

经他这一喧惑,我说:

"爷爷,我不吃饭了,我要看团圆媳妇去。"

祖父一定让我吃饭,他说吃了饭他带我去。我急得一顿饭也没有吃好。我从来没有看过团圆媳妇,我以为团圆媳妇不知道多么好看呢!越想越觉得一定是很好看的,越着急也越觉得是非特别好看不可。不然,为什么大家都去看呢。不然,为什么母亲也不回来吃饭呢。

越想越着急,一定是很好看的节目都看过。若现在就去,还多少看得见一点,若再去晚了,怕是就来不及了。我就催促着祖父。

"快吃,快吃,爷爷快吃吧。"

那老厨子还在旁边乱讲乱说,祖父间或问他一两句。

我看那老厨子打搅祖父吃饭,我就不让那老厨子说话。那老厨子不听,还是笑嘻嘻地说。我就下地把老厨子硬推出去了。

祖父还没有吃完,老周家的周三奶又来了,是她说她的公鸡总是往我这边跑,她是来捉公鸡的。公鸡已经捉到了,她还不走,她还扒着玻璃窗子跟祖父讲话,她说:

"老胡家那小团圆媳妇过来,你老爷子还没去看看吗?那看的人才多呢,我还没去呢,吃了饭就去。"

祖父也说吃了饭就去,可是祖父的饭总也吃不完。一会要点辣椒油,一会要点咸盐面的。我看不但我着急,就是那老厨子也急得不得了了。头上直冒着汗,眼睛直眨巴。

祖父一放下饭碗,连点一袋烟我也不让他点,拉着他就往西南墙角那边走。

一边走,一边心里后悔,眼看着一些看热闹的人都回来了。为什么一定要等祖父呢?不会一个人早就跑着来吗?何况又觉得我躺在草棵子里就已经听见这边有了动静了。真是越想越后悔,这事情都闹了一个下半天了,一定是好看的都过去了,一定是来晚了。白来了,什么也看不见了,在草棵子听到了这边说笑,为什么不就立刻跑来看呢?越想越后悔。自己和自己生气,等到了老胡家的窗前,一听,果然连一点声音也没有了。差一点没有气哭了。

等真的进屋一看,全然不是那么一回事,母亲,周三奶奶,还有些个不认识的人,都在那里,与我想象的完全不一样,没有什么好看的,团圆媳妇在那儿?我也看不见,经人家指指点点的,我才看见了。不是什么媳妇,而是一个小姑娘。

我一看就没有兴趣了,拉着爷爷就向外边走,说:

"爷爷回家吧。"

等第二天早晨她出来倒洗脸水的时候,我看见她了。

她的头发又黑又长,梳着很大的辫子,普通姑娘们的辫子都是到腰间那么长,而她的辫子竟快到膝间了。她脸长得黑忽忽的,笑呵呵的。

院子里的人,看过老胡家的团圆媳妇之后,没有什么不满意的地方。不过都说太大方了,不像个团圆媳妇了。

周三奶奶说:

"见人一点也不知道羞。"

隔院的杨老太太说:

"那才不怕羞呢!头一天来到婆家,吃饭就吃三碗。"

周三奶奶又说:

"哟哟!我可没见过,别说还是一个团圆媳妇,就说一进门就姓了人家的姓,也得头两天看看人家的脸色。哟哟!那么大的姑娘。她今年十几岁啦?"

"听说十四岁么!"

"十四岁会长得那么高,一定是瞒岁数。"

"可别说呀!也有早长的。"

"可是他们家可怎么睡呢?"

"可不是,老少三辈,就三铺小炕……"

这是杨老太太扒在墙头上和周三奶奶讲的。

至于我家里,母亲也说那团圆媳妇不像个团圆媳妇。

老厨子说:

"没见过,大模大样的,两个眼睛骨碌骨碌地转。"

有二伯说:

"介(这)年头是啥年头呢,团圆媳妇也不像个团圆媳妇了。"

只是祖父什么也不说,我问祖父:

"那团圆媳妇好不好?"

祖父说:

"怪好的。"

于是我也觉得怪好的。

她天天牵马到井边上去饮水,我看见她好几回,中间没有什么人介绍,她看看我就笑了,我看看她也笑了。我问她十几岁?她说:

"十二岁。"

我说不对。

"你十四岁的,人家都说你十四岁。"

她说:

"他们看我长得高,说十二岁怕人家笑话,让我说十四岁的。"

我不知道,为什么长得高还让人家笑话,我问她:

"你到我们草棵子里去玩好吧!"

她说:

"我不去,他们不让。"

二

过了没有几天,那家就打起团圆媳妇来了,打得特别厉害,那叫声无管多远都可以听得见的。

这全院子都是没有小孩子的人家,从没有听到过谁家在哭叫。

邻居左右因此又都议论起来,说早就该打的,那有那样的团圆媳妇一点也不害羞,坐到那儿坐得笔直,走起路来,走得风快。

她的婆婆在井边上饮马,和周三奶奶说:

"给她一个下马威。你听着吧,我回去我还得打她呢,这小团圆媳妇才厉害呢!没见过,你拧她大腿,她咬你;再不然,她就说她回家。"

从此以后,我家的院子里,天天有哭声,哭声很大,一边哭,一边叫。

祖父到老胡家去说了几回,让他们不要打她了;说小孩子,知道什么,有点差错教调教调也就行了。

后来越打越厉害了,不分昼夜,我睡到半夜醒来和祖父念诗的时候,念着念着就听西南角上哭叫起来了。

我问祖父:

"是不是那小团圆媳妇哭?"

祖父怕我害怕,说:

"不是,是院外的人家。"

我问祖父:

"半夜哭什么?"

祖父说:

"别管那个,念诗吧。"

清早醒了,正在念"春眠不觉晓"的时候,那西南角上的哭声又来了。

一直哭了很久,到了冬天,这哭声才算没有了。

三

虽然不哭了,那西南角上又夜夜跳起大神来,打着鼓,叮当叮当地响;大神唱一句,二神唱一句,因为是夜里,听得特别清晰,一句半句的我都记住了。

什么"小灵花呀",什么"胡家让她去出马呀"。

差不多每天大神都唱些个这个。

早晨起来,我就模拟着唱:

"小灵花呀,胡家让她去出马呀……"

而且叮叮当,叮叮当的,用声音模拟着打打鼓。

"小灵花"就是小姑娘;"胡家"就是胡仙;"胡仙"就是狐狸精;"出马"就是当跳大神的。

大神差不多跳了一个冬天,把那小团圆媳妇就跳出毛病来了。

那小团圆媳妇,有点黄,没有夏天她刚一来的时候那么黑了。不过还是笑呵呵的。

祖父带着我到那家去串门,那小团圆媳妇还过来给祖父装了一袋烟。

她看见我,也还偷着笑,大概她怕她婆婆看见,所以没和我说话。

她的辫子还是很大的。她的婆婆说她有病了,跳神给她赶鬼。

等祖父临出来的时候,她的婆婆跟出来了,小声跟祖父说:

"这团圆媳妇,怕是要不好,是个胡仙旁边的,胡仙要她去出马……"

祖父想要让他们搬家。但呼兰河这地方有个规矩,春天是二月搬家,秋天是八月搬家。一过了二八月就不是搬家的时候了。

我们每当半夜让跳神惊醒的时候,祖父就说:

"明年二月就让他们搬了。"

我听祖父说了好几次这样的话。

当我模拟着大神喝喝咧咧地唱着"小灵花"的时候,祖父也说那同样的话,明年二月让他们搬家。

四

可是在这期间,院子的西南角上就越闹越厉害。请一个大神,请好几个二神,鼓声连天地响。

说那小团圆媳妇若再去让她出马,她的命就难保了。所以请了不少的二神来,设法从大神那里把她要回来。

(于是有许多人给他家出了主意,人那能够见死不救呢?于是凡有善心的人都帮起忙来。他说他有一个偏方,她说她有一个邪令。

(有的主张给她扎一个谷草人,到南大坑去烧了。

(有的主张到扎彩铺去扎一个纸人,叫做"替身",把它烧了或者可以替了她。

(有的主张给她画上花脸,把大神请到家里,让那大神看了,嫌她太丑,也许就不捉她当弟子了,就可以不必出马了。

(周三奶奶则主张给她吃一个全毛的鸡,连毛带腿地吃下去,选一个星星出全的夜,吃了用被子把人蒙起来,让她出一身大汗。蒙到第二天早晨鸡叫,再把她从被子放出来。她吃了鸡,她又出了汗,她的魂灵里边因此就永远有一个鸡存在着,神鬼和胡仙黄仙就都不敢上她的身了。传说鬼是怕鸡的。

(据周三奶奶说,她的曾祖母就是被胡仙抓住过的,闹了整整三年,差一点没死,最后就是用这个方法治好的。因此一生不再闹别的病。她半夜里正做一个恶梦,她正吓得要命,她魂灵里边的那个鸡,就帮了她的忙,只叫了一声,恶梦就醒了。她一辈子没生过病。说也奇怪,就是到死,也死得不凡,她死那年已经是八十二岁了。八十二岁还能够拿着花线绣花,正给她小孙子绣花兜肚嘴。绣着绣着,就有点困了,她坐在木凳上,背靠着门扇就打一个盹。这一打盹就死了。

别人就问周三奶奶:

"你看见了吗?"

她说:

"可不是……你听我说呀,死了三天三夜按都按不倒。后来没有办法,给她打着一口棺材也是坐着的,把她放在棺材里,那脸色是红扑扑的,还和活着的一样……"

别人问她:

"你看见了吗?"

她说:

"哟哟!你这问的可怪,传话传话,一辈子谁能看见多少,不都是传话传的吗!"

她有点不大高兴了。

再说西院的杨老太太,她也有个偏方,她说黄连二两,猪肉半斤,把黄连和猪肉都切碎了,用瓦片来焙,焙好了,压成面,用红纸包分成五包包起来。每次吃一包,专治惊风,掉魂。

这个方法,倒也简单。虽然团圆媳妇害的病可不是惊风,掉魂,似乎有点药不对症。但也无妨试一试,好在只是二两黄连,半斤猪肉。何况呼兰河这个地方,又常有卖便宜猪肉的。虽说那猪肉怕是瘟猪,有点靠不住。但那是治病,也不是吃,又有什么关系。

"去,买上半斤来,给她治一治。"

旁边有着赞成的说:

"反正治不好也治不坏。"

她的婆婆也说:

"反正死马当活马治吧!"

于是团圆媳妇先吃了半斤猪肉加二两黄连。

这药是婆婆亲手给她焙的。可是切猪肉是他家的大孙子媳妇给切的。那猪肉虽然是连紫带青的,但中间毕竟有一块是很红的,大孙子媳妇就偷着把这块给留下来了,因为她想,奶奶婆婆不是四五个月没有买到一点荤腥了吗?于是她就给奶奶婆婆偷着下了一碗面疙瘩汤吃了。

(奶奶婆婆问:

"可那儿来的肉?"

(大孙子媳妇说:

"你老人家吃就吃吧,反正是孙子媳妇给你做的。"

(那团圆媳妇的婆婆是在灶坑里边搭起瓦来给她焙药。一边焙着,一边说:

"这可是半斤猪肉,一条不缺……"

(越焙,那猪肉的味越香,有一匹小猫嗅到了香味而来了,想要在那已经焙好了的肉干上攫一爪,它刚一伸爪,团圆媳妇的婆婆一边用手打着那猫,一边说:

"这也是你动得爪的吗!你这馋嘴巴,人家这是治病呵,是半斤猪肉,你也想要吃一口?你若吃了这口,人家的病可治不好了。一个人活活地要死在你身上,你这不知好歹的。这是整整半斤肉,不多不少。"

(药焙好了,压碎了就冲着水给团圆媳妇吃了。

(一天吃两包,才吃了一天,第二天早晨,药还没有再吃,还有三包压在灶王爷板上,那些传偏方的人就又来了。

(有的说,黄连可怎么能够吃得?黄连是大凉药,出虚汗像她这样的人,一吃黄连就要泄了元气,一个人要泄了元气那还得了吗?

(又一个人说:

"那可吃不得呀!吃了过不去两天就要一命归阴的。"

(团圆媳妇的婆婆说:

"那可怎么办呢?"

(那个人就慌忙地问:

"吃了没有呢?"

（团圆媳妇的婆婆刚一开口,就被他家的聪明的大孙子媳妇给遮过去了,说:
　"没吃,没吃,还没吃。"
　（那个人说:
　"既然没吃就不要紧,真是你老胡家有天福,吉星高照,你家差点没有摊了人命。"
　（于是他又给出了个偏方,这偏方,据他说已经不算是偏方了,就是东二道街上"李永春"药铺的先生也常常用这个方单,是一用就好的,百试,百灵。无管男、女、老、幼,一吃一个好。也无管什么病,头痛、脚痛、肚子痛、五脏六腑痛,跌、打、刀伤,生疮、生疔、生疖子……
　（无管什么病,药到病除。
　（这究竟是什么药呢? 人们越听这药的效力大,就越想知道究竟是怎样的一种药。
　（他说:
　"年老的人吃了,眼花缭乱,又恢复到了青春。"
　"年轻的人吃了,力气之大,可以搬动泰山。"
　"妇女吃了,不用胭脂粉,就可以面如桃花。"
　"小孩子吃了,八岁可以拉弓,九岁可以射箭,十二岁可以考状元。"
　（开初,老胡家的全家,都为之惊动,到后来怎么越听越远了。本来老胡家一向是赶车拴马的人家,一向没有考状元。
　（大孙子媳妇,就让一些围观的闪开一点,她到梳头匣子里拿出一根画眉的柳条炭来。
　她说:
　"快请把药方开给我们吧,好到药铺去赶早去抓药。"
　（这个出药方的人,本是"李永春"药铺的厨子。三年前就离开了"李永春"那里了。三年前他和一个妇人吊膀子,那妇人背弃了他,还带走了他半生所积下的那点钱财,因此一气而成了个半疯。虽然是个半疯了,但他在"李永春"那里所记住的药名字还没有全然忘记。

（他是不会写字的，他就用嘴说：

"车前子二钱，当归二钱，生地二钱，藏红花二钱，川贝母二钱，白术二钱，远志二钱，紫河车二钱……"

（他说着说着似乎就想不起来了，急得头顶一冒汗，张口就说红糖二斤，就算完了。

（说完了，他就和人家讨酒喝。

"有酒没有，给两盅喝喝。"

（这半疯，全呼兰河的人都晓得，只有老胡家不知道。因为老胡家是外来户，所以受了他的骗了。家里没有酒，就给了他两吊钱的酒钱。那个药方是根本不能够用的，是他随意胡说了一阵的结果。）

团圆媳妇的病，一天比一天严重，据他家里的人说，夜里睡觉，她要忽然坐起来的。看了人她会害怕的。她的眼睛里边老是充满了眼泪。这团圆媳妇大概非出马不可了。若不让她出马，大概人要好不了的。

（这种传说，一传出来，东邻西邻的，又都去建了议，都说那能够见死不救呢？

（有的说，让她出马就算了。有的说，还是不出马的好。年轻轻的就出马，这一辈子可得什么才能够到个头。

（她的婆婆则是绝对不赞成出马的，她说：

"大家可不要错猜了，以为我订这媳妇的时候花了几个钱，我不让她出马，好像我舍不得这几个钱似地。我也是那么想，一个小小的人出了马，这一辈子可什么时候才到个头。"

（于是大家就都主张不出马的好，想偏方的，请大神的，各种人才齐聚，东说东的好，西说西的好。于是来了一个"抽帖儿的"。

（他说他不远千里而来，他是从乡下赶到的。他听城里的老胡家有一个团圆媳妇新接来不久就病了。经过多少名医，经过多少仙家也治不好，他特地赶来看看，万一要用得着，救一个人命也是好的。

（这样一说，十分使人感激。于是让到屋里，坐在奶奶婆婆的炕沿上。给他倒一杯水，给他装一袋烟。

（大孙子媳妇先过来说：

"我家的弟妹，年本十二岁，因为她长得太高，就说她十四岁。又说又笑，百病皆无。自接到我们家里就一天一天的黄瘦。到近来就水不想喝，饭不想吃，睡觉的时候睁着眼睛，一惊一乍的。什么偏方都吃过了，什么香火也都烧过了。就是百般地不好……"

（大孙子媳妇还没有说完，大娘婆婆就接着说：

"她来到我家，我没给她气受，那家的团圆媳妇不受气，一天打八顿，骂三场。可是我也打过她，那是我要给她一个下马威。我只打了她一个多月，虽然说我打得狠了一点，可是不狠那能够规矩出一个好人来。我也是不愿意狠打她的，打得连喊带叫的，我是为她着想，不打得狠一点，她是不能够中用的。有几回，我是把她吊在大梁上，让她叔公公用皮鞭子狠狠地抽了她几回，打得是着点狠了，打昏过去了。可是只昏了一袋烟的工夫，就用冷水把她浇过来了。是打狠了一点，全身也都打青了，也还出了点血。可是立刻就打了鸡蛋清子给她擦上了。也没有肿得怎样高，也就是十天半月地就好了。这孩子，嘴也是特别硬，我一打她，她就说她要回家。我就问她，'那儿是你的家？这儿不就是你的家吗？'她可就偏不这样说。她说回她的家。我一听就更生气。人在气头上还管得了这个那个，因此我也用烧红过的烙铁烙过她的脚心。谁知道来，也许是我把她打掉了魂啦，也许是我把她吓掉了魂啦，她一说她要回家，我不用打她，我就说看你回家，我用锁链子把你锁起来。她就吓得直叫。大仙家也看过了，说是要她出马。一个团圆媳妇的花费也不少呢，你看她八岁我订下她的，一订就是八两银子，年年又是头绳钱，鞋面钱的，到如今又用火车把她从辽阳接来，这一路的盘费。到了这儿，就是今天请神，明天看香火，几天吃偏方。若是越吃越好，那还罢了。可是百般地不见好，将来谁知道来……到结果……"

（不远千里而来的这位抽帖儿的，端庄严肃，风尘仆仆，穿的是蓝袍大衫，罩着棉袄。头上戴的是长耳四喜帽。使人一见了就要尊之为师。

（所以奶奶婆婆也说：

"快给我二孙子媳妇抽一个帖吧，看看她命理如何。"

（那抽帖儿的一看，这家人家真是诚心诚意，于是他就把皮耳帽子从头上摘下来了。

（一摘下帽子来，别人都看得见，这人头顶上梳着发卷，戴着道帽。一看就知道他可不是市井上一般的平凡人。别人正想要问，还不等开口，他就说他是某山上的道人，他下山来是为的奔向山东的泰山去，谁知路出波折，缺少盘程，就流落在这呼兰河的左右，已经不下半年之久了。

（人家问他，既是道人，为什么不穿道人的衣裳。他回答说：

"你们那里晓得，世间三百六十行，各有各的苦。这地方的警察特别厉害，他一看穿了道人的衣裳，他就说三问四。他们那些叛道的人，无理可讲，说抓就抓，说拿就拿。"

（他还有一个别号，叫云游真人，他说一提云游真人，远近皆知。无管什么病痛或是吉凶，若一抽了他的帖儿，则生死存亡就算定了。他说他的帖法，是张天师所传。

（他的帖儿并不多，只有四个，他从衣裳的口袋里一个一个地往外摸，摸出一帖来是用红纸包着，再一帖还是红纸包着，摸到第四帖也都是红纸包着。

（他说帖下也没有字，也没有影。里边只包着一包药面，一包红，一包绿，一包蓝，一包黄。抽着黄的就是黄金富贵，抽着红的就是红颜不老。抽到绿的就不大好了，绿色的是鬼火。抽到蓝的也不大好，蓝的就是铁脸蓝青，张天师说过，铁脸蓝青，不死也得见阎王。

（那抽帖的人念完了一套，就让病人的亲人伸出手来抽。

（团圆媳妇的婆婆想，这倒也简单、容易，她想赶快抽一帖出来看看，命定是死是活，多半也可以看出来个大概。不曾想，刚一伸出手去，那云游真人就说：

"每帖十吊钱，抽着蓝的，若嫌不好，还可以再抽，每帖十吊……"

（团圆媳妇的婆婆一听，这才恍然大悟，原来这可不是白抽的，十吊钱一张可不是玩的,一吊钱捡豆腐可以捡二十块。三天捡一块豆腐,二十块,二三得六,六十天都有豆腐吃。若是隔十天捡一块,一个月捡三块,那就半年都不缺豆腐吃了。她又想,三天一块豆腐,那有这么浪费的人家。依着她一个月捡一块大家尝尝也就是了,那么办,二十块豆腐,每月一块,可以吃二十个月,这二十个月,就是一年半还多两个月。

（若不是买豆腐,若养一口小肥猪,经心地喂着它,喂得胖胖的,喂到五六个月,那就是多少钱哪！喂到一年,那就是千八百吊了……

（再说就是不买猪,买鸡也好,十吊钱的鸡,就是十来个,一年的鸡,第二年就可以下蛋,一个蛋,多少钱！就说不卖鸡蛋,就说拿鸡蛋换青菜吧,一个鸡蛋换来的青菜,够老少三辈吃一天的了……何况鸡会生蛋,蛋还会生鸡,永远这样循环地生下去,岂不有无数的鸡,无数的蛋了吗？岂不发了财吗？

（但她可并不是这么想,她想够吃也就算了,够穿也就算了。一辈子俭俭朴朴,多多少少积储了一点也就够了。她虽然是爱钱,若说让她发财,她可绝对的不敢。

（那是多么多呀！数也数不过来了。记也记不住了。假若是鸡生了蛋,蛋生了鸡,来回地不断地生,这将成个什么局面,鸡岂不和蚂蚁一样多了吗？看了就要眼花,眼花就要头痛。

（这团圆媳妇的婆婆,从前也养过鸡,就是养了十吊钱的。她也不多养,她也不少养。十吊钱的就是她最理想的。十吊钱买了十二个小鸡子,她想:这就正好了,再多怕丢了,再少又不够十吊钱的。

（在她一买这刚出蛋壳的小鸡子的时候,她就挨着个看,这样的不要,那样的不要。黑爪的不要,花膀的不要,脑门上带点的又不要。她说她亲娘就是会看鸡,那真是养了一辈子鸡呀！年年养,可也不多养。可是一辈子针啦、线啦,没有缺过,一年到头糜花过钱,都是拿鸡蛋换的。人家那眼睛真是认货,什么样的鸡短命,什么样的鸡长寿,一看就跑不了她老人家的眼睛的。就说这样的鸡下蛋大,那样的鸡下蛋小,她都一看就在心里了。

（她一边买着鸡，她就一边怨恨着自己没有用，想当年为什么不跟母亲好好学学呢！唉！年青的人那里会虑后事。她一边买着，就一边感叹。她虽然对这小鸡子的选择上边，也下了万分的心思，可以说是选无可选了。那卖鸡子的人一共有二百多小鸡，她通通地选过了，但究竟她所选了的，是否都是顶优秀的，这一点，她自己也始终把握不定。

（她养鸡，是养得很经心的，她怕猫吃了，怕耗子咬了。她一看那小鸡，白天一打盹，她就给驱着苍蝇，怕苍蝇把小鸡咬醒了，她让它多睡一会儿，她怕小鸡睡眠不足，小鸡的腿上，若让蚊子咬了一块疤，她一发现了，她就立刻泡了艾蒿水来给小鸡来擦。她说若不及早地擦呀，那将来是公鸡，就要长不大，是母鸡就要下小蛋。小鸡蛋一个换两块豆腐，大鸡蛋换三块豆腐。

（这是母鸡。再说公鸡，公鸡是一刀菜，谁家杀鸡不想杀胖的。小公鸡是不好卖的。

（等她的小鸡，略微长大了一点，能够出了屋了，能够在院子里自己去找食吃去的时候，她就把它们给染了六匹红的，六匹绿的。都是在脑门上。

（至于把颜色染在什么地方，那就先得看邻居家的都染在什么地方，而后才能够决定。邻居家的小鸡把色染在膀梢上，那她就染在脑门上。邻居家的若染在了脑门上，那她就要染在肚囊上。大家切不要都染在一个地方，染在一个地方可怎么能够识别呢？你家的跑到我家来，我家的跑到你家去，那么岂不又要混乱了吗？

（小鸡上染了颜色是十分好看的，红脑门的，绿脑门的，好像它们都戴了花帽子。好像不是养的小鸡，好像养的是小孩似地。

（这团圆媳妇的婆婆从前她养鸡的时候就说过：

"养鸡可比养小孩更娇贵，谁家的孩子还不就是扔在旁边他自己长大的，蚊子咬咬，臭虫咬咬，那怕什么的，那家的孩子的身上没有个疤拉疖子的。没有疤拉疖子的孩子都不好养活，都要短命的。"

（据她说，她一辈子的孩子并不多，就是这一个儿子，虽然说是稀少，可是也没有娇养过。到如今那身上的疤也有二十多块。

（她说：

"不信，脱了衣裳给大家伙看看……那孩子那身上的疤拉，真是多大的都有，碗口大的也有一块。真不是说，我对孩子真没有娇养过。除了他自个儿跌的摔的不说，就说我用劈材拌子打的也落了好几个疤。养活孩子可不是养活鸡鸭的呀！养活小鸡，你不好好养它，它不下蛋。一个蛋，大的换三块豆腐，小的换两块豆腐，是闹玩的吗？可不是闹着玩的。"

（有一次，她的儿子踏死了一个小鸡子，她打了她儿子三天三夜，她说：

"我为什么不打他呢？一个鸡子就是三块豆腐，鸡子是鸡蛋变的呀！要想变一个鸡子，就非一个鸡蛋不行，半个鸡蛋能行吗？不但半个鸡蛋不行，就是差一点也不行，坏鸡蛋不行，陈鸡蛋不行。一个鸡要一个鸡蛋，那么一个鸡不就是三块豆腐是什么呢？眼睁睁地把三块豆腐放在脚底踩了，这该多大的罪，不打他，那儿能够不打呢？我越想越生气，我想起来就打，无管黑夜白日，我打了他三天。后来打出一场病来，半夜三更的，睡得好好的说哭就哭。可是我也没有当他是一回子事，我就拿饭勺子敲着门框，给他叫了叫魂。没理他也就好了。"

（她这有多少年没养鸡了，自从订了这团圆媳妇，把积存下的那点针头线脑的钱都花上了。这还不说，还得每年头绳钱啦，腿带钱的托人捎去，一年一个空，这几年来就紧得不得了。想养几个鸡，都狠心没有养。

（现在这抽帖的云游真人坐在她的眼前，一帖又是十吊钱。若是先不提钱，先让她把帖抽了，那管抽完了再要钱呢，那也总算是没有花钱就抽了帖的。可是偏偏不先，那抽帖的人，帖还没让抽，就是提到了十吊钱。

（所以那团圆媳妇的婆婆觉得，一伸手，十吊钱，一张口，十吊钱。这不是眼看着钱往外飞吗？

211

(这不是飞,这是干什么,一点声响也没有,一点影子也看不见。还不比过河,往河里扔钱,往河里扔钱,还听一个响呢,还打起一个水泡呢。这是什么代价也没有的,好比自己发了昏,把钱丢了,好比遇了强盗,活活地把钱抢去了。

(团圆媳妇的婆婆,差一点没因为心内的激愤而流了眼泪。她一想十吊钱一帖,这那里是抽帖,这是抽钱。

(于是她把伸出去的手缩回来了。她赶快跑到脸盆那里去,把手洗了,这可不是闹笑话的,这是十吊钱哪!她洗完了手又跪在灶王爷那里祷告了一番。祷告完了才能够抽帖的。

(她第一帖就抽了个绿的,绿的不大好,绿的就是鬼火。她再抽一帖,这一帖就更坏了,原来就是那最坏的,不死也得见阎王的里边包着蓝色药粉的那张帖。

(团圆媳妇的婆婆一见两帖都坏,本该抱头大哭,但是她没有那么的。自从团圆媳妇病重了,说长的、道短的、说死的、说活的,样样都有。又加上已经左次右番的请胡仙、跳大神、闹神闹鬼,已经使她见过不少的世面了。说话虽然高兴,说去见阎王也不怎样悲哀,似乎一时也总像见不了的样子。

(于是她就问那云游真人,两帖抽的都不好。是否可以想一个方法可以破一破?云游真人就说了:

"拿笔拿墨来。"

(她家本也没有笔,大孙子媳妇就跑到大门洞子旁边那粮米铺去借去了。

(粮米铺的山东女老板,就用山东腔问她:

"你家做啥?"

(大孙子媳妇说:

"给弟妹画病。"

(女老板又说:

"你家的弟妹,这一病就可不浅,到如今好了点没?"

(大孙子媳妇本想端着砚台,拿着笔就跑,可是人家关心,怎好不答,于是去了好几袋烟的工夫,还不见回来。

(等她抱了砚台回来的时候,那云游真人,已经把红纸都撕好了。于是拿起笔来,在他撕好的四块红纸上,一块上边写了一个大字,那红纸条也不过半寸宽,一寸长。他写的那字大得都要从红纸的四边飞出来了。

(这四个字,他家本没有识字的人,灶王爷上的对联还是求人写的。一模一样,好像一母所生,也许写的就是一个字。大孙子媳妇看看不认识,奶奶婆婆看看也不认识。虽然不认识,大概这个字一定也坏不了,不然就用这个字怎么能破开一个人不见阎王呢?于是都一齐点头称好。

(那云游真人又命拿浆糊来。她们家终年不用浆糊,浆糊多么贵,白面十多吊钱一斤。都是用黄米饭粒来黏鞋面的。

(大孙子媳妇到锅里去铲了一块黄黏米饭来。云游真人,就用饭粒贴在红纸上了。于是掀开团圆媳妇蒙在头上的破棉袄,让她拿出手来,一个手心上给她贴一张。又让她脱了袜子,一只脚心上给她贴上一张。

(云游真人一见,脚心上有一大片白色的疤痕,他一想就是方才她婆婆所说的用烙铁给她烙的。可是他假装不知,问说:

"这脚心可是生过什么病症吗?"

(团圆媳妇的婆婆连忙就接过来说:

"我方才不是说过吗,是我用烙铁给她烙的。那里会见过的呢?走道像飞似地,打她,她记不住,我就给她烙一烙。好在也没什么,小孩子肉皮活,也就是十天半月的下不来地,过后也就好了。"

(那云游真人想了一想,好像要吓唬她一下,就说这脚心的疤,虽然是贴了红帖,也怕贴不住,阎王爷是什么都看得见的,这疤怕是就给了阎王爷以特殊的记号,有点不大好办。

(云游真人说完了,看一看她们怕不怕,好像是不怎样怕。于是他就说得严重一些:

"这疤不掉,阎王爷在三天之内就能够找到她,一找到她,就要把她活捉了去的。刚才的那帖是再准也没有的了,这红帖也绝没有用处。"

（他如此的吓唬着她们,似乎她们从奶奶婆婆到孙子媳妇都不大怕。那云游真人,连想也没有想,于是开口就说：

"阎王爷不但要捉团圆媳妇去,还要捉了团圆媳妇的婆婆去,现世现报,拿烙铁烙脚心,这不是虐待,这是什么,婆婆虐待媳妇,做婆婆的死了下油锅,老胡家的婆婆虐待媳妇……"

（他就越说越声大,似乎要喊了起来,好像他是专打抱不平的好汉,而变了他原来的态度了。

（一说到这里,老胡家的老少三辈都害怕了,毛骨悚然,以为她家里又是撞进来了什么恶魔。而最害怕的是团圆媳妇的婆婆,吓得乱哆嗦,这是多么骇人听闻的事情,虐待媳妇世界上能有这样的事情吗？

（于是团圆媳妇的婆婆赶快跪下了,面向着那云游真人,眼泪一对一双地往下落：

"这都是我一辈子没有积德,有孽遭到儿女的身上,我哀告真人,请真人诚心地给我化散化散,借了真人的灵法,让我的媳妇死里逃生吧。"

（那云游真人立刻就不说见阎王了,说她的媳妇一定见不了阎王,因为他还有一个办法一办就好的；说来这法子也简单得很,就是让团圆媳妇把袜子再脱下来,用笔在那疤痕上一画,阎王爷就看不见了。当场就脱下袜子来在脚心上画了。一边画着还嘴里嘟嘟地念着咒语。这一画不知费了多大力气,旁边看着的人倒觉十分的容易,可是那云游真人却冒了满头的汗,他故意地咬牙切齿,皱面瞪眼。这一画也并不是容易的事情,好像他在上刀山似地。

（画完了,把钱一算,抽了两帖二十吊。写了四个红纸贴在脚心手心上,每帖五吊是半价出售的,一共是四五等于二十吊。外加这一画,这一画本来是十吊钱,现在就给打个对折吧,就算五吊钱一只脚心,一共画了两只脚心,又是十吊。

（二十吊加二十吊,再加十吊。一共是五十吊。

（云游真人拿了这五十吊钱乐乐呵呵地走了。

（团圆媳妇的婆婆,在她刚要抽帖的时候,一听每帖十吊钱,她就心痛得了不得,又要想用这钱养鸡,又要想用这钱养猪。等到现在五十吊钱拿出去了,她反而也不想养鸡了,也不想养猪了。因为她想,来到临头,不给也是不行了。帖也抽了,字也写了,要想不给人家钱也是不可能的了。事到临头,还有什么办法呢？别说五十吊,就是一百吊钱也得算着吗？不给还行吗？

（于是她心安理得地把五十吊钱给了人家了。这五十吊钱,是她秋天出城去在豆田里拾黄豆粒,一共拾了二升豆子卖了几十吊钱。在田上拾黄豆粒也不容易,一片大田,经过主人家的收割,还能够剩下多少豆粒呢？而况穷人聚了那么大的一群,孩子、女人、老太太……你抢我夺的,你争我打的。为了二升豆子就得在田上爬了半月二十天的,爬得腰酸腿疼。唉,为着这点豆子,那团圆媳妇的婆婆还到"李永春"药铺,去买过二两红花的。那就是因为在土上爬豆子的时候,有一棵豆秧刺了她的手指甲一下。她也没有在乎,把刺拔出来也就去他的了。该拾豆子还是拾豆子。就因此那指甲可就不知怎么样,睡了一夜那指甲就肿起来了,肿得和茄子似地。

（这肿一肿又算什么呢？又不是皇上娘娘,说起来可真娇惯了,那有一个人吃天靠天,而不生点天灾的？

（闹了好几天,夜里痛得火辣辣地不能睡觉了。这才去买了二两红花来。

（说起买红花来,是早就该买的,奶奶婆婆劝她买,她不买。大孙子媳妇劝她买,她也不买。她的儿子想用孝顺来征服他的母亲,他强硬地要去给她买,因此还挨了他妈的一烟袋锅子,这一烟袋锅子就把儿子的脑袋给打了鸡蛋大的一个包。

"你这小子,你不是败家吗？你妈还没死,你就作了主了。小兔崽子,我看着你再说买红花的！大兔崽子我看着你的。"

（就这一边骂着,一边烟袋锅子就打下来了。

(后来也到底还是买了,大概是惊动了东邻西舍,这家说说,那家讲讲的,若再不买点红花来,也太不好看了,让人家说老胡家的大儿媳妇,一年到头,就能够寻寻觅觅地积钱,钱一到她的手里,就好像掉了地缝了,一个钱也再不用想从她的手里拿出来。假若这样地说开去,也是不太好听,何况这捡来的豆子能卖好几十吊呢,花个三吊两吊的就花了吧。一咬牙,去买上二两红花来擦擦。

　　(想虽然是这样想过了,但到底还没有决定,延持了好几天还没有"一咬牙"。

　　(最后也毕竟是买了,她选择了一个顶严重的日子,就是她的手,不但一个指头,而是整个的手都肿起来了。那原来肿得像茄子的指头,现在更大了,已经和一个小冬瓜似地了。而且连手掌也无限度地胖了起来,胖得和张大簸箕似地。她多少年来,就嫌自己太瘦,她总说,太瘦的人没有福分。尤其是瘦手瘦脚的,一看就不带福相。尤其是精瘦的两只手,一伸出来和鸡爪似地,真是轻薄的样子。

　　(现在她的手是胖了,但这样胖法,是不大舒服的。同时她也发了点热,她觉得眼睛和嘴都干,脸也发烧,身上也时冷时热,她就说:

　　"这手是要闹点事吗?这手……"

　　(一清早起,她就这样地念了好几遍。那胖得和小簸箕似地手,是一动也不能动了,好像一匹大猫或者一个小孩的头似地,她把它放在枕头上和她一齐地躺着。

　　"这手是要闹点事的吧!"

　　(当她的儿子来到她旁边的时候,她就这样说。

　　(她的儿子一听她母亲的口气,就有些了解了。大概这回她是要买红花的了。

　　(于是她的儿子跑到奶奶的面前,去商量着要给她母亲去买红花,她们家住的是南北对面的炕,那商量的话声,虽然不甚大,但是他的母亲是听到的了。听到了,也假装没有听到,好表示这买红花可到底不是她的意思,可并不是她的主使,她可没有让他们去买红花。

　　(在北炕上,祖孙二人商量了一会儿,孙子说向她妈去要钱去。

祖母说：

"拿你奶奶的钱先去买吧,你妈好了再还我。"

（祖母故意把这句说得声音大一点,似乎故意让她的大儿媳妇听见。

（大儿媳妇是不但这句话,就是全部的话也都了然在心了,不过装着不动就是了。

（红花买回来了,儿子坐到母亲的旁边,儿子说：

"妈,你把红花酒擦上吧。"

（母亲从枕头上转过脸儿来,似乎买红花这件事情,事先一点也不晓得,说：

"哟！这小鬼羔子,到底买了红花来……"

（这回可并没有用烟袋锅子打,倒是安安静静地把手伸出来,让那浸了红花的酒,把一只胖手完全染上了。

（这红花到底是二吊钱的,还是三吊钱的,若是二吊钱的倒给的不算少,若是三吊钱的,那可贵了一点。若是让她自己去买,她可绝对地不能买这么多,也不就是红花吗！红花就是红的就是了,治病不治病,谁晓得？也不过就是解解心疑就是了。

（她想着想着,因为手上涂了酒觉得凉爽,就要睡一觉,又加上烧酒的气味香扑扑的,红花的气味药忽忽的。她觉实在是舒服了不少。于是她一闭眼睛就做了一个梦。

（这梦做的是她买了两块豆腐,这豆腐又白又大。是用什么钱买的呢？就是用买红花剩来的钱买的。因为在梦里边她梦见是她自己去买的红花。她自己也不买三吊钱的,也不买两吊钱的,是买了一吊钱的。在梦里边她还算着,不但今天有两块豆腐吃,那天一高兴还有两块吃的！三吊钱才买了一吊钱的红花呀！

（现在她一遭就拿了五十吊钱给了云游真人。若照她的想法来说,这五十吊钱可该买多少豆腐了呢？

（但是她没有想,一方面因为团圆媳妇的病也实在病得缠绵,在她身上花钱也花得大手大脚的了。另一方面就是那云游真人的来势也过于猛了点,竟打起抱不平来,说她虐待团圆媳妇。还是赶快地给了他钱,让他滚蛋吧。

(真是家里有病人是什么气都受得呵。团圆媳妇的婆婆左思右想,越想越是自己遭了无妄之灾,满心的冤屈,想骂又没有对象,想哭又哭不出来,想打也无处下手了。

(那小团圆媳妇再打也就受不住了。

(若是那小团圆媳妇刚来的时候,那就非先抓过她来打一顿再说。做婆婆的打了一只饭碗,也抓过来把小团圆媳妇打一顿。她丢了一根针也抓过来把小团圆媳妇打一顿。她跌了一个筋斗,把单裤膝盖的地方跌了一个洞,她也抓过来把小团圆媳妇打一顿。总之,她一不顺心,她就觉得她的手就想要打人。她打谁呢?谁能够让她打呢?于是就轮到小团圆媳妇了。

(有娘的,她不能够打。她自己的儿子也舍不得打。打猫,她怕把猫打丢了。打狗,她怕把狗打跑了。打猪,怕猪掉了斤两。打鸡,怕鸡不下蛋。

(惟独打这小团圆媳妇是一点毛病没有,她又不能跑掉,她又不能丢了。她又不会下蛋,反正也不是猪,打掉了一些斤两也不要紧,反正也不过秤。

(可是这小团圆媳妇,一打也就吃不下饭去。吃不下饭去不要紧,多喝一点饭米汤好啦,反正饭米汤剩下也是要喂猪的。

(可是这都成了已往的她的光荣的日子了,那种自由的日子恐怕一时不会再来了。现在她不用说打,就连骂也不大骂她了。

(现在她别的都不怕,她就怕她死,她心里总有一个荫影,她的小团圆媳妇可不要死了呵。

(于是她碰到了多少的困难,她都克服了下去,她咬着牙根,她忍住眼泪,她要骂不能骂,她要打不能打。她要哭,她又止住了。无限的伤心,无限的悲哀,常常一齐会来到她的心中的。她想,也许是前生没有做了好事,此生找到她了。不然为什么连一个团圆媳妇的命都没有。她想一想,她一生没有做过恶事,面软、心慈,凡事都是自己吃亏,让着别人。虽然没有吃斋念佛,但是初一十五的素口也自幼就吃着。虽然不怎样拜庙烧香,但四月十八的庙会,也没有拉下过。娘娘庙前一把香,老爷庙前三个头。那一年也都是烧香磕头的没有拉过"过场"。虽然是自小没有读过诗文,不认识字,但是"金刚经""灶王经"也会念上两套。虽然说不曾做过舍善的事情,没有补过路,没有修过桥,但是逢年过节,对那些讨饭的人,也常常过给他们剩汤剩饭的。虽然过日子不怎样俭省,但也没有多吃过一块豆腐。拍拍良心,对天对得起,对地也对得住。那为什么老天爷明明白白的却把祸根种在她身上?

（她越想,她越心烦意乱。

"都是前生没有做了好事,今生才找到了。"

（她一想到这里,她也就不再想了,反正事到临头,瞎想一阵又能怎样呢？于是她自己劝着自己就又忍着眼泪,咬着牙根,把她那兢兢业业的,养猪喂狗所积下来的那点钱,又一吊一吊的,一五一十的,往外拿着。

（东家说看个香火,西家说吃个偏方。偏方、野药、大神、赶鬼、看香、扶乩,样样都已经试过。钱也不知花了多少,但是都不怎样见效。

（那小团圆媳妇夜里说梦话,白天发烧。一说起梦话来,总是说她要回家。

（"回家"这两个字,她的婆婆觉得最不祥,就怕她是阴间的花姐,阎王奶奶要把她叫了回去。于是就请了一个圆梦的。那圆梦的一圆,果然不错,"回家"就是回阴间地狱的意思。

（所以那小团圆媳妇,做梦的时候,一梦到她的婆婆打她,或者是用梢子绳把她吊在房梁上了,或是梦见婆婆用烙铁烙她的脚心,或是梦见婆婆用针刺她的手指尖。一梦到这些,她就大哭大叫,而且嚷着她要"回家"。

（婆婆一听她嚷回家,就伸出手去在大腿上拧着她。日子久了,拧来,拧去,那小团圆媳妇的大腿被拧得像一个梅花鹿似地青一块、紫一块的了。

（她是一份善心，怕是真的她回了阴间地狱，赶快地把她叫醒来。

（可是小团圆媳妇睡得朦里朦胧的，她以为她的婆婆可又真的在打她了，于是她大叫着，从炕上翻身起来，就跳下地去，拉也拉不住她，按也按不住她。

（她的力气大得惊人，她的声音喊得怕人。她的婆婆于是觉得更是见鬼了、着魔了。

（不但她的婆婆，全家的人也都相信这孩子的身上一定有鬼。

（谁听了能够不相信呢？半夜三更的喊着回家，一招呼醒了，她就跳下地去，瞪着眼睛，张着嘴，连哭带叫的，那力气比牛还大，那声音好像杀猪似地。

（谁能够不相信呢？又加上她婆婆的渲染，说她眼珠子是绿的，好像两点鬼火似地，说她的喊声，是直声拉气的，不是人声。

（所以一传出去，东邻西舍的，没有不相信的。

（于是一些善人们，就觉得这小女孩子也实在让鬼给捉弄得可怜了。那个孩儿是没有娘的，那个人不是肉生肉长的。谁家不都是养老育小，……于是大动恻隐之心。东家二姨，西家三姑，她说她有奇方，她说她有妙法。

（于是就又跳神赶鬼、看香、扶乩，老胡家闹得非常热闹。传为一时之盛。若有不去看跳神赶鬼的，竟被指为落伍。

（因为老胡家跳神跳得花样翻新，是自古也没有这样跳的，打破了跳神的纪录了，给跳神开了一个新纪元。若不去看看，耳目因此是会闭塞了的。

（当地没有报纸，不能记录这桩盛事。若是患了半身不遂的人，患了瘫病的人，或是大病卧床不起的人，那真是一生的不幸，大家也都为他惋惜，怕是他此生也要孤陋寡闻，因为这样的隆重的盛举，他究竟不能够参加。

（呼兰河这地方，到底是太闭塞，文化是不大有的。虽然当地的官、绅，认为已经满意了，而且请了一位满清的翰林，作了一首歌，歌曰：

溯呼兰天然森林,自古多奇材。

5 5 5 3 | 5 5 ı̇ ı̇ | 2 ı̇ 3 3 2

（这首歌还配上了从东洋流来的乐谱,使当地的小学都唱着。这歌不止这两句这么短,不过只唱这两句就已经够好的了。所好的是使人听了能够引起一种自负的感情来,尤其当清明植树节的时候,几个小学堂的学生都排起队来在大街上游行,并唱着这首歌。使老百姓听了,也觉得呼兰河是个了不起的地方,一开口说话就"我们呼兰河",那在街道上检粪蛋的孩子,手里提着粪耙子,他还说"我们呼兰河!"可不知道呼兰河给了他什么好处。也许那粪耙子就是呼兰河给了他的。

（呼兰河这地方,尽管奇才很多,但到底太闭塞,竟不会办一张报纸。以至于把当地的奇闻妙事都没有记载,任它风散了。

（老胡家跳大神,就实在跳得奇。用大缸给团圆媳妇洗澡,而且是当众就洗的。

（这种奇闻盛举一经传了出来,大家都想去开开眼界,就是那些患了半身不遂的,患了瘫病的人,人们觉得他们瘫了倒没有什么,只是不能够前来看老胡家团圆媳妇大规模地洗澡,真是一生的不幸。）

五

天一黄昏,老胡家就打起鼓来了。大缸,开水,公鸡,都预备好了。

公鸡抓来了,开水烧滚了,大缸摆好了。

看热闹的人,络绎不绝地来看。我和祖父也来了。

小团圆媳妇躺在炕上,黑忽忽的,笑呵呵的。我给她一个玻璃球,又给她一片碗碟,她说这碗碟很好看,她拿在眼睛前照一照。她说这玻璃球也很好玩,她用手指甲弹着。她看一看她的婆婆不在旁边,她就起来了,她想要坐起来在炕上弹这玻璃球。

还没有弹,她的婆婆就来了,就说:

"小不知好歹的,你又起来疯什么?"

说着走近来,就用破棉袄把她蒙起来了,蒙得没头没脑的,连脸也露不出来。

我问祖父她为什么不让她玩?

祖父说:

"她有病。"

我说:

"她没有病,她好好的。"

于是我上去把棉袄给她掀开了。

掀开一看,她的眼睛早就睁着。她问我,她的婆婆走了没有,我说走了,于是她又起来了。

她一起来,她的婆婆又来了。又把她给蒙了起来说:

"也不怕人家笑话,病得跳神赶鬼的,那有的事情,说起来,就起来。"

这是她婆婆向她小声说的,等婆婆回过头去向着众人,就又那么说:

"她是一点也着不得凉的,一着凉就犯病。"

屋里屋外,越张罗越热闹了,小团圆媳妇跟我说:

"等一会儿你看吧,就要洗澡了。"

她说着的时候,好像说着别人一样。

果然,不一会儿工夫就洗起澡来了,洗得吱哇乱叫。

大神打着鼓,命令她当众脱了衣裳。衣裳她是不肯脱的,她的婆婆抱住了她,还请了几个帮忙的人,就一齐上来,把她的衣裳撕掉了。

她本来是十二岁,却长得十五六岁那么高,所以一时看热闹的姑娘媳妇们,看了她,都难为情起来。

很快地小团圆媳妇就被抬进大缸里去。大缸里满是热水,是滚热的热水。

她在大缸里边,叫着,跳着,好像她要逃命似地狂喊。她的旁边站着三四个人从缸里搅起热水来往她的头上浇。不一会儿,浇得满脸通红,她再也不能够挣扎了,她安稳地在大缸里边站着,她再不往外边跳了,大概她觉得跳也跳不出来了。那大缸是很大的,她站在里边仅仅露着一个头。

我看了半天,到后来她连动也不动,哭也不哭,笑也不笑。满脸的汗珠,满脸通红,红得像一张红纸。

我跟祖父说:

"小团圆媳妇不叫了。"

我再往大缸里一看,小团圆媳妇没有了。她倒在大缸里了。

这时候,看热闹的人们,一声狂喊,都以为小团圆媳妇是死了,大家都跑过去拯救她,竟有心慈的人,流下眼泪来。

(小团圆媳妇还活着的时候,她像要逃命似地。前一刻还求救于人的时候,并没有一个人上前去帮忙她,把她从热水里解救出来。)

(现在她是什么也不知道了,什么也不要求了。可是一些人,偏要去救她。)

(把她从大缸里抬出来,给她浇一点冷水。这小团圆媳妇一昏过去,可把那些看热闹的人可怜得不得了,就是前一刻她还主张着"用热水浇哇!用热水浇哇!"的人,现在也心痛起来。怎能够不心痛呢,活蹦乱跳的孩子,一会儿工夫就死了。)

小团圆媳妇摆在炕上,浑身像火炭那般热,东家的婶子,伸出一只手来,到她身上去摸一摸,西家大娘也伸出手来到她身上去摸一摸。

都说:

"哟哟,热得和火炭似地。"

有的说,水太热了一点,有的说,不应该往头上浇,大热的水,一浇那有不昏的。

大家正在谈说之间,她的婆婆过来,赶快拉了一张破棉袄给她盖上了,说:

"赤身裸体的羞不羞!"

（小团圆媳妇怕羞不肯脱下衣裳来,她婆婆喊着号令给她撕下来了。现在她什么也不知道了,她没有感觉了,婆婆反而替她着想了。）

（大神打了几阵鼓,二神向大神对了几阵话。看热闹的人,你望望他,他望望你。虽然不知道下文如何,这小团圆媳妇到底是死是活。但却没有白看一场热闹,到底是开了眼界,见了世面,总算是不无所得的。）

有的竟觉得困了,问着别人,三道鼓是否打了横锣,说他要回家睡觉去了。

（大神一看这场面不大好,怕是看热闹的人都要走了,就卖一点力气叫一叫座,于是痛打了一阵鼓,喷了几口酒在团圆媳妇的脸上,从腰里拿出银针来,刺着小团圆媳妇的手指尖。）

不一会儿,小团圆媳妇就活转来了。

大神说,洗澡必得连洗三次,还有两次要洗的。

（于是人心大为振奋,困的也不困了,要回家睡觉的也精神了。这来看热闹的,不下三十人,个个眼睛发亮,人人精神百倍。看吧,洗一次就昏过去了,洗两次又该怎样呢？洗上三次,那可就不堪想象了。所以看热闹的人的心里,都满着秘密。）

（果然的,小团圆媳妇一被抬到大缸里去,被热水一烫,就又大声地怪叫了起来,一边叫着一边还伸出手来把着缸沿想要跳出来。这时候,浇水的浇水,按头的按头,总算让大家压服又把她昏倒在缸底里了。）

这次她被抬出来的时候,她的嘴里还往外吐着水。

（于是一些善心的人,是没有不可怜这小女孩子的。）东家的二姨,西家的三婶,就都一齐围拢过去,都去设法施救去了。

她们围拢过去,看看有没有死？（若还有气,那就不用救。若是死了,那就赶快浇凉水。）

（若是有气,她自己就会活转来的。若是断了气,那就赶快施救,不然,怕她真的死了。）

六

小团圆媳妇当晚被热水烫了三次,烫一次,昏一次。

(闹到三更天才散了场。大神回家去睡觉去了。看热闹的人也都回家去睡觉去了。

(星星月亮,出满了一天,冰天雪地正是个冬天。雪扫着墙根,风刮着窗棂。鸡在架里边睡觉,狗在窝里边睡觉,猪在栏里边睡觉,全呼兰河都睡着了。

(只有远远的狗叫,那或许是从白旗屯传来的,或者是呼兰河的南岸那柳条林子里的野狗的叫唤。总之,那声音是来得很远,那已经是呼兰河城以外的事情了。而呼兰河全城,就都一齐睡着了。

(前半夜那跳神打鼓的事情一点也没有留下痕迹。那连哭带叫的小团圆媳妇,好像在这世界上她也并未曾哭过叫过,因为一点痕迹也并未留下。家家户户都是黑洞洞的,家家户户都睡得沉实实的。

(团圆媳妇的婆婆也睡得打呼了。

(因为三更已经过了,就要来到四更天了。)

七

(第二天小团圆媳妇昏昏沉沉地睡了一天,第三天,第四天,也都是昏昏沉沉地睡着,眼睛似睁非睁的,留着一条小缝,从小缝里边露着白眼珠。

(家里的人,看了她那样子,都说,这孩子经过一番操持,怕是真魂就要附体了,真魂一附了体,病就好了。不但她的家里人这样说,就是邻人也都这样说。所以对于她这种不饮不食,似睡非睡的状态,不但不引以为忧,反而觉得应该庆幸。她昏睡了四五天,她家的人就快乐了四五天,她睡了六七天,她家的人就快乐了六七天。在这期间,绝对的没有使用偏方,也绝对的没有采用野药。

(但是过了六七天,她还是不饮不食地昏睡,要好起来的现象一点也没有。

（于是又找了大神来,大神这次不给她治了,说这团圆媳妇非出马当大神不可。

（于是又采用了正式的赶鬼的方法,到扎彩铺去,扎了一个纸人,而后给纸人缝起布衣来穿上,——穿布衣裳为的是绝对的像真人——擦脂抹粉,手里提着花手巾,很是好看,穿了满身花洋布的衣裳,打扮成一个十七八岁的大姑娘。用人抬着,抬到南河沿旁边那大土坑去烧了。

（这叫做烧"替身",据说把这"替身"一烧了,她可以替代真人,真人就可以不死。

（烧"替身"的那天,团圆媳妇的婆婆为着表示虔诚,她还特意地请了几个吹鼓手,前边用人举着那扎彩人,后边跟着几个吹鼓手,呜哇嘡、呜哇嘡地向着南大土坑走去了。

（那景况说热闹也很热闹,喇叭曲子吹的是句句双。说凄凉也很凄凉,前边一个扎彩人,后边三五个吹鼓手,出丧不像出丧,报庙不像报庙。

（跑到大街上来看这热闹的人也不很多,因为天太冷了,探头探脑地跑出来的人一看,觉得没有什么可看的,就关上大门回去了。

（所以就孤孤单单的,凄凄凉凉在大土坑那里把那扎彩人烧了。

（团圆媳妇的婆婆一边烧着还一边后悔,若早知道没有什么看热闹的人,那又何必给这扎彩人穿上真衣裳。她想要从火堆中把衣裳抢出来,但又来不及了,就眼看着让它烧去了。这一套衣裳,一共花了一百多吊钱。于是她看着那衣裳的烧去,就像眼看着烧去了一百多吊钱。

（她心里是又悔又恨,她简直忘了这是她的团圆媳妇烧替身,她本来打算念一套祷神告鬼的词句。她回来的时候,走在路上才想起来。但想起来也晚了,于是她自己感到大概要白白地烧了个替身,灵不灵谁晓得呢!）

八

后来又听说那团圆媳妇的大辫子,睡了一夜觉就掉下来了。

就掉在枕头旁边,这可不知是怎么回事。

她的婆婆说这团圆媳妇一定是妖怪。

把那掉下来的辫子留着,谁来给谁看。

看那样子一定是什么人用剪刀给她剪下来的。但是她的婆婆偏说不是,就说,睡了一夜觉就自己掉下来了。

(于是这奇闻又远近地传开去了。不但她的家人不愿意和妖怪在一起,就是同院住的人也都觉得太不好。)

(夜里关门关窗户的,一边关于是就都说:

"老胡家那小团圆媳妇一定是个小妖怪。")

我家的老厨子是个多嘴的人,他和祖父讲老胡家的团圆媳妇又怎样怎样了。又出了新花头,辫子也掉了。

我说:

"不是的,是用剪刀剪的。"

老厨子看我小,他欺侮我,他用手指住了我的嘴。他说:

"你知道什么,那小团圆媳妇是个妖怪呀!"

我说:

"她不是妖怪,我偷着问她,她头发是怎么掉了的,她还跟我笑呢!她说她不知道。"

祖父说:"好好的孩子快让他们捉弄死了。"

过了些日子,老厨子又说:

"老胡家要'休妻'了,要'休'了那小妖怪。"

祖父以为老胡家那人家不大好。

祖父说:"二月让他搬家。把人家的孩子快捉弄死了,又不要了。"

九

还没有到二月,那黑忽忽的,笑呵呵的小团圆媳妇就死了。是一个大清早晨,老胡家的大儿子,那个黄脸大眼睛的车老板子就来了。一见了祖父,他就双手举在胸前作了一个揖。

祖父问他什么事?

他说:

"请老太爷施舍一块地方,好把小团圆媳妇埋上……"

祖父问他:

"什么时候死的?"

他说:

"我赶着车,天亮才到家。听说半夜就死了。"

祖父答应了他,让他埋在城外的地边上。并且招呼有二伯来,让有二伯领着他们去。

有二伯临走的时候,老厨子也跟去了。

我说,我也要去,我也跟去看看,祖父百般地不肯。祖父说:

"咱们在家下压拍子打小雀吃……"

我于是就没有去。虽然没有去,但心里边总惦着有一回事。等有二伯也不回来,等那老厨子也不回来。等他们回来,我好听一听那情形到底怎样?

一点多钟,他们两个在人家喝了酒,吃了饭才回来的。前边走着老厨子,后边走着有二伯。好像两个胖鸭子似地,走也走不动了,又慢又得意。

走在前边的老厨子,眼珠通红,嘴唇发光。走在后边的有二伯,面红耳热,一直红到他脖子下边的那条大筋。

进到祖父屋来,一个说:

"酒菜真不错……"

一个说:

"……鸡蛋汤打得也热乎。"

关于埋葬团圆媳妇的经过,却先一字未提。好像他们两个是过年回来的,充满了欢天喜地的气象。

我问有二伯,那小团圆媳妇怎么死的,埋葬的情形如何。

有二伯说:

"你问这个干什么,人死还不如一只鸡……一伸腿就算完事……"

我问:

"有二伯,你多咱死呢?"

他说:

"你二伯死不了的……那家有万贯的,那活着享福的,越想长寿,就越活不长……上庙烧香,上山拜佛的也活不长。像你有二伯这条穷命,越老越结实。好比个石头疙瘩似地,那儿死啦!俗语说得好,'有钱三尺寿,穷命活不够'。像二伯就是这穷命,穷命鬼阎王爷也看不上眼儿来的。"

到晚饭,老胡家又把有二伯他们二位请去了。又在那里喝的酒。因为他们帮了人家的忙,人家要酬谢他们。

十

老胡家的团圆媳妇死了不久,他家的大孙子媳妇就跟人跑了。

奶奶婆婆后来也死了。

他家的两个儿媳妇,一个为着那团圆媳妇瞎了一只眼睛。因为她天天哭,哭她那花在团圆媳妇身上的倾家荡产的五千多吊钱。

另外的一个因为她的儿媳妇跟着人家跑了,要把她羞辱死了,一天到晚的,不梳头,不洗脸地坐在锅台上抽着烟袋,有人从她旁边过去,她高兴的时候,她向人说:

"你家里的孩子、大人都好哇?"

她不高兴的时候,她就向着人脸,吐一口痰。

她变成一个半疯了。

老胡家从此不大被人记得了。

十一

我家的背后有一个龙王庙,庙的东角上有一座大桥。人们管这桥叫"东大桥"。

那桥下有些冤魂枉鬼,每当阴天下雨,从那桥上经过的人,往往听到鬼哭的声音。

据说,那团圆媳妇的灵魂,也来到了东大桥下。说她变了一只很大的白兔,隔三差五的就到桥下来哭。

有人问她哭什么?

她说她要回家。

那人若说:

"明天,我送你回去……"

那白兔子一听,拉过自己的大耳朵来,擦擦眼泪,就不见了。

若没有人理她,她就一哭,哭到鸡叫天明。

第六章

一

我家的有二伯,性情很古怪。

有东西,你若不给他吃,他就骂。若给他送上去,他就说:

"你二伯不吃这个,你们拿去吃吧!"

家里买了落花生、冻梨之类,若不给他,除了让他看不见,若让他找着了一点影子,他就没有不骂的:

"他妈的……王八蛋……兔羔子,有猫狗吃的,有蟑螂、耗子吃的,他妈的就是没有人吃的……兔羔子,兔羔子……"

若给他送上去,他就说:

"你二伯不吃这个,你们拿去吃吧。"

二

有二伯的性情真古怪,他很喜欢和天空的雀子说话。他很喜欢和大黄狗谈天。他一和人在一起,他就一句话没有了,就是有话也是很古怪的,使人听了常常不得要领。

夏天晚饭后大家坐在院子里乘凉的时候,大家都是嘴里不停的讲些个闲话,讲得很热闹,就连蚊子也嗡嗡的,就连远处的蛤蟆也呱呱的叫着。只是有二伯一声不响的坐着。他手里拿着蝇甩子,东甩一下,西甩一下。

若有人问他的蝇甩子是马鬃的还是马尾的?他就说:

"啥人玩啥鸟,武大郎玩鸭子:马鬃,都是贵东西,那是穿绸穿缎的人拿着,腕上戴着藤萝镯,指上戴着大攀指。什么人玩什么物。穷人,野鬼,不要自不量力,让人家笑话。……"

传说天上的那颗大卯星,就是灶王爷骑着毛驴上西天的时候,他手里打着的那个灯笼,因为毛驴跑得太快,一加小心灯笼就掉在天空了。我就常常把这个话题来问祖父,说那灯笼为什么被掉在天空,就永久长在那里了,为什么不落在地上来?

这话题,我看祖父也回答不出的,但是因为我的非问不可,祖父也就非答不可了。他说,天空里有一个灯笼杆子,那才高呢,大卯星就挑在那灯笼杆子上。并且那灯笼杆子,人的眼睛是看不见的。

我说:

"不对,我不相信……"

我说:

"没有灯笼杆子,若是有为什么我看不见?"

于是祖父又说:

"天上有一根线,大卯星就被那线系着。"

我说:

"我不信,天上没有线的,有为什么我看不见?"

祖父说:

"线是细的么,你那能看见,就是谁也看不见的。"

我就问祖父:

"谁也看不见,你怎么看见啦?"

乘凉的人都笑了,都说我真厉害。

于是祖父被逼得东说西说,说也说不上来了。眼看祖父是被我逼得胡诌起来,我也知道他是说不清楚的了。不过我越看他胡诌我就越逼他。

到后来连大卯星是灶王爷的灯笼这回事,我也推翻了。我问祖父大卯星到底是个什么?

别人看我纠缠不清了,就有出主意的让我问有二伯去。

我跑到了有二伯坐着的地方,我还没有问,我就刚一碰了他的蝇甩子,他就把我吓了一跳。他把蝇甩子一抖,嘀唠一声:

"你这孩子,远点去吧……"

使我不得不站得远一点,我说:

"有二伯,你说那天上的大卯星到底是个什么?"

他没有立刻回答我,他似乎想了一想,才说:

"穷人不观天象。狗咬耗子,猫看家,多管闲事。"

我又问,我以为他没有听准:

"大卯星是灶王爷的灯笼吗?"

他说:

"你二伯虽然也长了眼睛,但是一辈子没有看见什么。你二伯虽然也长了耳朵,但是一辈子也没有听见什么。你二伯是又聋又瞎,这话可怎么说呢?比方那亮亮堂堂的大瓦房吧,你二伯也有看见了的,可是看见了怎么样,是人家的,看见了也白看。听也是一样,听见了又怎样,与你不相干……你二伯活着是个不相干……星星,月亮,刮风,下雨,那是天老爷的事情,你二伯不知道……"

有二伯真古怪,他走路的时候,他的脚踢到了一块砖头,那砖头把他的脚碰痛了。他就很小心的弯下腰去把砖头拾起来,他细细的端相着那砖头,看看那砖头长得是否瘦胖合适,是否顺眼,看完了,他才和那砖头开始讲话:

"你这小子,我看你也是没有眼睛,也是跟我一样,也是瞎模糊眼的。不然你为啥往我脚上撞,若有胆子撞,就撞那个耀武扬威的,脚上穿着靴子鞋的……你撞我还不是个白撞,撞不出一大二小来,臭泥子滚石头,越滚越臭……"

他和那砖头把话谈完了,他才顺手把它抛开去,临抛开的时候,他还最后嘱咐了它一句:

"下回你往那穿鞋,穿袜的脚上去碰呵。"

他这话说完了,那砖头也就拍搭的落到了地上。原来他没有抛得多远,那砖头又落到原来的地方。

有二伯走在院子里,天空飞着的麻雀或是燕子若落了一点粪在他的身上,他就停下脚来,站在那里不走了。他扬着头。他骂着那早已飞过去了的雀子,大意是:那雀子怎样怎样不该把粪落在他身上,应该落在那穿绸穿缎的人的身上。不外骂那雀子糊涂瞎眼之类。

可是那雀子很敏捷的落了粪之后,早已飞得无影无踪了,于是他就骂着他头顶上那块蓝瓦瓦的天空。

三

有二伯说话的时候,把"这个"说成"介个"。

"那个人好。"

"介个人坏。"

"介个人狼心狗肺。"

"介个物不是物。"

"家雀也往身上落粪,介个年头是啥年头。"

四

还有,

有二伯不吃羊肉。

五

祖父说,有二伯在三十年前他就来到了我们家里,那时候他才三十多岁。

而今有二伯六十多岁了。

他的乳名叫有子,他已经六十多岁了,还叫着乳名。祖父叫他

"有子做这个","有子做那个。"

我们叫他有二伯。

老厨子叫他有二爷。

他到房户,地户那里去,人家叫他有二东家。

他到北街头的烧锅去,人家叫他有二掌柜的。

他到油房去抬油,人家也叫他有二掌柜的。

他到肉铺子上去买肉,人家也叫他有二掌柜的。

一听人家叫他"二掌柜的",他就笑逐颜开。叫他有二爷叫他有二东家,叫他有二伯也都是一样的笑逐颜开。

有二伯最忌讳人家叫他的乳名,比方街上的孩子们,那些讨厌的,就常常在他的背后抛一颗石子,掘一捧灰土,嘴里边喊着"有二子""大有子""小有子"。

有二伯一遇到这机会,就没有不立刻打了过去的,他手里若是拿着蝇甩子,他就用蝇甩子把去打。他手里若是拿着烟袋,他就用烟袋锅子去打。

把他气的像老母鸡似地,把眼睛都气红了。

那些顽皮的孩子们一看他打了来,就立刻说,"有二爷,有二东家,有二掌柜的,有二伯。"并且举起手来作着揖,向他朝拜着。

有二伯一看他们这样子,立刻就笑逐颜开,也不打他们了,就走自己的路去了。

可是他走不了多远,那些孩子们就在后边又吵起来了,什么:

"有二爷,兔儿爷。"

"有二伯,打桨杆。"

"有二东家,捉大王八。"

他在前边走,孩子们还在他背后的远处喊。一边喊着一边扬着街道上的灰土,灰土高飞着一会工夫,街上闹成个小旋风似地。

有二伯不知道听见了这个与否,但孩子们以为他是听见了的。

有二伯却很庄严的,连头也不回的一步一步的沉着的向前走去了。

"有二爷。"老厨子总是一开口"有二爷"一闭口"有二爷"的叫着。

"有二爷的蝇甩子……"

"有二爷的烟袋锅子……"

"有二爷的烟合包……"

"有二爷的烟合包疙瘩……"

"有二爷吃饭啦……"

"有二爷,天下雨啦……"

"有二爷快看吧,院子里的狗打仗啦……"

"有二爷,猫上墙头啦……"

"有二爷,你的蝇甩子掉了毛啦。"

"有二爷,你的草帽顶落了家雀粪啦。"

老厨子一向是叫他"有二爷"的。惟独他们两个一吵起来的时候,老厨子就说:

"我看你这个'二爷'一丢了,就只剩下个'有'字了。"

"有字"和"有子"差不多,有二伯一听正好是他的乳名。

于是他和老厨子骂了起来,他骂他一句,他骂他两句。越骂声音越大。有时他们两个也就打了起来。

但是过了不久,他们两个又照旧的好了起来。又是:

"有二爷这个。"

"有二爷那个。"

老厨子一高起兴来,就说:

"有二爷,我看你的头上去了个'有'字,不就只剩了'二爷'吗?"

有二伯于是又笑逐颜开了。

祖父叫他"有子",他不生气,他说:

"向皇上说话,还称自己是奴才呢!总也得有个大小。宰相大不大,可是他见了皇上也得跪下,在万人之上,在一人之下。"

有二伯的胆子是很大的,他什么也不怕。我问他怕狼不怕?

他说:

"狼有什么怕的,在山上,你二伯小的时候上山放猪去,那山上就有狼。"

我问他敢走黑路不敢?

他说:

"走黑路怕啥的,没有愧心事,不怕鬼叫门。"

我问他夜里一个人,敢过那东大桥吗?

他说:

"有啥不敢的,你二伯就是亏心事不敢做,别的都敢。"

有二伯常常说,跑毛子的时候(日俄战时)他怎样怎样的胆大,全城都跑空了,我们家也跑空了。那毛子拿着大马刀在街上跑来跑去,骑在马身上。那真是杀人无数。见了关着大门的就敲,敲开了,抓着人就杀,有二伯说:

"毛子在街上跑来跑去,那大马蹄子跑得呱呱的响,我正自己煮面条吃呢,毛子就来敲大门来了,在外边喊着'里边有人没有?',若有人快点把门打开,不打开毛子就要拿刀把门劈开的,劈开门进来,那就没有好,非杀不可……"

我就问:

"有二伯你可怕?"

他说:

"你二伯烧着一锅开水,正在下着面条。那毛子在外边敲,你二伯还在屋里吃面呢……"

我还是问他:

"你可怕?"

他说:

"怕什么?"

我说:

"那毛子进来,他不拿马刀杀你?"

他说:

"杀又怎么样! 不就是一条命吗?"

可是每当他和祖父算起账来的时候,他就不这么说了。他说:

"人是肉长的呀!人是爹娘养的呀!谁没有五脏六腑。不怕,怎么能不怕!也是吓得抖抖乱颤,⋯⋯眼看着那是大马刀,一刀上来,一条命就完了。"

我一问他:

"你不是说过,你不怕吗?"

这种时候,他就骂我:

"没心肝的,远的去着罢!不怕,是人还有不怕的⋯⋯"

不知怎么的,他一和祖父提起跑毛子来,他就胆小了,他自己越说越怕。有的时候他还哭了起来。说那大马刀闪光湛亮,说那毛子骑在马上乱杀乱砍。

六

有二伯的行李,是零零碎碎的,一掀动他的被子就从被角往外流着棉花,一掀动他的褥子,那所铺着的毡片,就一片一片的好像活动地图似地一省一省的割据开了。

有二伯的枕头,里边装的是荞麦壳,每当他一抡动的时候,那枕头就在角上或是在肚上漏了馅了,花花的往外流着荞麦壳。

有二伯是爱护他这一套行李的,没有事的时候,他就拿起针来缝它们。缝缝枕头,缝缝毡片,缝缝被子。

不知他的东西,怎那样的不结实,有二伯三天两天的就要动手缝一次。

有二伯的手是很粗的,因此他拿着一棵很大的大针,他说太小的针他拿不住的。他的针是太大了点,迎着太阳,好像一颗女人头上的银簪子似地。

他往针鼻里穿线的时候,那才好看呢,他把针线举得高高的,睁着一个眼睛,闭着一个眼睛,好像是在瞄准,好像他在半天空里看见了一样东西,他想要快快的拿它,又怕拿不准跑了,想要研究一会再去拿,又怕过一会就没有了。于是他的手一着急就哆嗦起来,那才好看呢。

有二伯的行李,睡觉起来,就卷起来的。卷起来之后,用绳子捆着。好像他每天要去旅行的样子。

有二伯没有一定的住处,今天住在那唝唝响着房架子的粉房里,明天住在养猪的那家的小猪倌的炕梢上,后天也许就和那后磨房里的冯歪嘴子一条炕睡上了。反正他是什么地方有空他就在什么地方睡。

他的行李他自己背着,老厨子一看他背起行李,就大嚷大叫的说:

"有二爷,又赶集去了……"

有二伯也就远远的回答着他:

"老王,我去赶集,你有啥捎的没有呵?"

于是有二伯又自己走自己的路,到房户的家里的方便地方去投宿去了。

七

有二伯的草帽没有边沿,只有一个帽顶,他的脸焦焦黑,他的头顶雪雪白。黑白分明的地方,就正是那草帽扣下去被切得溜齐的脑盖的地方。他每一摘下帽子来,是上一半白,下一半黑,就好像后园里的倭瓜晒着太阳的那半是绿的,背着阴的那半是白的一样。

不过他一戴起草帽来也就看不见了。他戴帽的尺度是很准确的,一戴就把帽边很准确的切在了黑白分明的那条线上。不高不低,就正正的在那条线上。偶尔也戴得略微高了一点,但是这种时候很少,不大被人注意。那就是草帽与脑盖之间,好像镶了一趟窄窄的白边似地,有那么一趟白线。

八

有二伯穿的是大半截子的衣袋,不是长衫,也不是短衫,而是齐到膝头那么长的衣裳,那衣裳是鱼蓝色竹布的,带着四方大尖托领,宽衣大袖，怀前带着大麻铜钮子。

这衣裳本是前清的旧货，压在祖父的箱底里，祖母一死了，就陆续的穿在有二伯的身上了。

所以有二伯一走在街上，都不知他是那个朝代的人。

老厨子常说：

"有二爷，你宽衣大袖的，和尚看了像和尚，道人看了像道人。"

有二伯是喜欢卷着裤脚的，所以耕田种地的庄稼人看了，又以为他是一个庄稼人，一定是插秧了刚刚回来。

九

有二伯的鞋子，不是前边掉了底，就是后边缺了跟。

他自己前边掌掌，后边钉钉，似乎钉也钉不好，掌也掌不好，过了几天又是掉底缺跟仍然照旧。

走路的时候拖拖的，再不然就搭搭的。前边掉了底，那鞋就张着嘴，他的脚好像舌头似地，每一迈步，就在那大嘴里边活动着，后边缺了跟，每一走动，就踢踢踏踏的脚跟打着鞋底发响。

有二伯的脚，永远离不开地面，母亲说他脚下了千斤闸。

老厨子说有二伯的脚上了绊马锁。

有二伯自己则说：

"你二伯挂了绊脚丝了。"

绊脚丝是人临死的时候挂在两只脚上的绳子。有二伯就这样的说着自己。

十

有二伯虽然作弄成一个耍猴不像耍猴的，讨饭不像讨饭的，可是他一走起路来，却是端庄，沉静，两个脚跟非常有力，打得地面冬冬的响，而且是慢吞吞的前进，好像一位大将军似地。

有二伯一进了祖父的屋子，那摆在琴桌上的那口黑色的坐钟，钟里边的钟摆，就常常格炎炎，格炎炎的响了一阵就停下来了。

原来有二伯的脚步过于沉重了点,好像大石头似地打着地板,使地板上所有的东西,一时都起了跳动。

十一

有二伯偷东西被我撞见了。

秋末,后园里的大榆树也落了叶子,园里荒凉了。没有什么好玩的了。

长在前院的蒿草,也都败坏了而倒了下来,房后菜园上的各种秧棵完全挂满了白霜,老榆树全身的叶子已经没有多少了,可是秋风还在摇动着它。天空是发灰的,云彩也失了形状,好像被洗过砚台的水盆,有深有浅,混沌沌的。这样的云彩,有时带来了雨点,有时带来了细雪。

这样的天气,我为着外边没有好玩的,我就在藏乱东西的后房里玩着。我爬上了装旧东西的屋顶去。

我是登着箱子上去的,我摸到了一个小琉璃罐,那里边装的完全是墨枣。

等我抱着这罐子要下来的时候,可就下不来了,方才上来的时候,我登着的那箱子,有二伯站在那里正在开着它。

他不是用锁匙开,他是用铁丝在开。

我看着他开了很多时候,他用牙齿咬着他手里的那块小东西……他歪着头,咬得格格拉拉的发响。咬了之后又放在手里扭着它,而后又把它触到箱子上去试一试。

他显然不知道我在棚顶上看着他,他既打开了箱子,他就把没有边沿的草帽脱下来,把那块咬了半天的小东西就压在帽顶里面。

他把箱子翻了好几次,红色的椅垫,蓝色粗布的绣花围裙,女人的绣花鞋子……还有一团滚乱的花色的丝线,在箱子底上还躺着一只湛黄的铜酒壶。

有二伯用他满都是脉络的粗手把绣花鞋子,乱丝线,抓到一边去,只把铜酒壶从那一堆之中抓出来了。

太师椅上的红垫子,他把它放在地上,用腰带捆了起来。铜酒壶放在箱子盖上,而后把箱子锁了。

看样子好像他要带着这些东西出去,不知为什么,他没有带东西,他自己出去了。

我一看他出去,我赶快的登着箱子就下来了。

我一下来,有二伯就又回来了,这一下子可把我吓了一跳,因为我是在偷墨枣,若让母亲晓得了,母亲非打我不可。平常我偷着把鸡蛋馒头之类,拿出去和邻居家的孩子一块去吃,有二伯一看见就没有不告诉母亲的,母亲一晓得就打我。

他先提起门旁的椅垫子,而后又来拿箱子盖上的铜酒壶。等他掀着衣襟把铜酒壶压在肚子上边,他才看到墙角上站着的是我。

他的肚子前压着铜酒壶,我的肚子前抱着一罐墨枣。他偷,我也偷,所以两边害怕。

有二伯一看见我,立刻头盖上就冒着很大的汗珠。他说:

"你不说么?"

"说什么……"

"不说,好孩子……"他拍着我的头顶。

"那么,你让我把这琉璃拿出去。"

他说,"拿罢。"

他一点没有阻挡我。我看他不阻挡我,我还在门旁的筐子里抓了四五个大馒头,就跑了。

有二伯还在粮食仓子里边偷米,用大口袋背着,背到大桥东边那粮米铺去卖了。

有二伯还偷各种东西,锡火锅,大铜钱,烟袋嘴……反正家里边一丢了东西,就说有二伯偷去了。有的东西是老厨子偷去的,也就赖上了有二伯。有的东西是我偷着拿出去玩了,也赖上了有二伯。还有比方一个镰刀头,根本没有丢,只不过放忘了地方,等用的时候一找不到就说有二伯偷去了。

有二伯带着我上公园的时候,他什么也不买给我吃。公园里边卖什么的都有,油炸糕,香油掀饼,豆腐脑,碗碟。他一点也不买给我吃。

我若是稍稍在那卖东西吃的旁边一站,他就说:

"快走罢,快往前走。"

逛公园就好像赶路似地,他一步也不让我停。

公园里变把戏的,耍熊瞎子的都有,敲锣打鼓,非常热闹。而他不让我看。我若是稍稍的在那变把戏的前边停了一停,他就说:

"快走罢!快往前走。"

不知为什么他时时在追着我。

等走到一个卖冰水的白布篷前边,我看见那玻璃瓶子里边泡着两个焦黄的大佛手,这东西我没有见过,我就问有二伯那是什么?

他说:

"快走罢,快往前走。"

好像我若再多看一会工夫,人家就要来打我了似地。

等来到了跑马戏的近前,那里边连喊带唱的,实在热闹,我就非要进去看不可。有二伯则一定不进去,他说:

"没有什么好看的……"

他说:

"你二伯不看介个……"

他又说:

"家里边吃饭了。"

他又说:

"你再闹,我打你。"

到了后来,他才说:

"你二伯也是愿意看,好看的有谁不愿意看。你二伯没有钱,没有钱买票人家不让咱进去。"

在公园里边,当场我就拉住了有二伯的口袋,给他施以检查,检查出几个铜板来,买票这不够的。有二伯又说:

"你二伯没有钱……"

我一急就说：

"没有钱你不会偷？"

有二伯听了我那话。脸色雪白，可是一转眼之间又变成通红的了。他通红的脸上，他的小眼睛故意的笑着，他的嘴唇颤抖着，好像他又要照着他的习惯，一串一串的说一大套的话。但是他没有说。

"回家罢！"

他想了一想之后，他这样的招呼着我。

我还看见过有二伯偷过一个大澡盆。

我家院子里本来一天到晚是静的，祖父常常睡觉，父亲不在家里，母亲也只是在屋子里边忙着，外边的事情，她不大看见。

尤其是到了夏天睡午觉的时候，全家都睡了，连老厨子也睡了。连大黄狗也睡在有荫凉的地方了。所以前院，后园，静悄悄的一个人也没有，一点声音也没有。

就在这样的一个白天，一个大澡盆被一个人掮着在后园里边走起来了。

那大澡盆是白洋铁的，在太阳下边闪光湛亮。大澡盆有一人多长，一边走着还一边光郎光郎的响着。看起来，很害怕，好像瞎话上的白色的大蛇。

那大澡盆太大了，扣在有二伯的头上，一时看不见有二伯，只看见了大澡盆。好像那大澡盆自己走动了起来似地。

再一细看，才知道是有二伯顶着它。

有二伯走路，好像是没有眼睛似地，东倒一倒，西斜一斜，两边歪着。我怕他撞到了我，我就靠住了墙根上。

那大澡盆是很深的，从有二伯头上扣下来，一直扣到他的腰间。所以他看不见路了，他摸着往前走。

有二伯偷了这澡盆之后，就像他偷那铜酒壶之后的一样。一被发现了之后，老厨子就天天戏弄他，用各种的话戏弄着有二伯。

有二伯偷了铜酒壶之后，每当他一拿着酒壶喝酒的时候，老厨子就问他：

"有二爷,喝酒还是铜酒壶好呀,还是锡酒壶好?"

有二伯说:

"什么的还不是一样,反正喝的是酒。"

老厨子说:

"不见得罢,大概还是铜的好呢……"

有二伯说:

"铜的有啥好!"

老厨子说:

"对了,有二爷。咱们就是不要铜酒壶,铜酒壶拿去卖了也不值钱。"

旁边的人听到这里都笑了,可是有二伯还不自觉。

老厨子问有二伯:

"一个铜酒壶卖多少钱?"

有二伯说:

"没卖过,不知道。"

到后来老厨子又说五十吊,又说七十吊。

有二伯说:

"那有那么贵的价钱,好大一个铜酒壶还卖不上三十吊呢。"

于是把大家都笑坏了。

自从有二伯偷了澡盆之后,那老厨子就不提酒壶,而常常问有二伯洗澡不洗澡,问他一年洗几次澡,问有二伯一辈子洗几次澡。他还问人死了到阴间也洗澡的吗?

有二伯说:

"到阴间,阴间阳间一样,活着是个穷人,死了是条穷鬼。穷鬼阎王爷也不爱惜,不下地狱就是好的。还洗澡呢!别沾污了那洗澡水。"

老厨子于是说:

"有二爷,照你说的穷人是用不着澡盆的啰!"

有二伯有点听出来了,就说:

"阴间没去过,用不用不知道。"

"不知道?"

"不知道。"

"我看你是明明知道,我看你是昧着良心说瞎话……"老厨子说。

于是两个人打起来了。

有二伯逼着问老厨子,他那儿昧过良心。有二伯说:

"一辈子没昧过良心。走的正,行的端,一步两脚窝……"

老厨子说:

"两脚窝,看不透……"

有二伯正颜厉色的说:

"你有什么看不透的?"

老厨子说:

"说出来怕你羞死!"

有二伯说:

"死,死不了,你别看我穷,穷人还有个穷活头。"

老厨子说:

"我看你也是死不了。"

有二伯说:

"死不了。"

老厨子说:

"死不了,老不死,我看你也是个老不死的。"

有的时候,他们两个能接续着骂了一两天,每次到后来,都是有二伯打了败仗。老厨子骂他是个老"绝后"。

有二伯每一听到这两个字,就甚于一切别的字,比"见阎王"更坏。于是他哭了起来,他说:

"可不是么!死了连个添坟上土的人也没有。人活一辈子是个白活,到了归终是一场空……无家无业,死了连个打灵头幡的人也没有。"

于是他们两个又和和平平的,笑笑嬉嬉的照旧的过着和平的日子。

245

十二

后来我家在五间正房的旁边,造了三间东厢房。

这新房子一造起来,有二伯就搬回家里来住了。

我家是静的,尤其是夜里,连鸡鸭都上了架,房头的鸽子,檐前的麻雀也都各自回到自己的窝里去睡觉了。

这时候就常常听到厢房里的哭声。

有一回父亲打了有二伯,父亲三十多岁,有二伯快六十岁了。他站起来就被父亲打倒下去,他再站起来,又被父亲打倒下去,最后他起不来了,他躺在院子里边了,而他的鼻子也许是嘴还流了一些血。

院子里一些看热闹的人都站得远远的,大黄狗也吓跑了,鸡也吓跑了。老厨子该收柴收柴,该担水担水,假装没有看见。

有二伯孤冷冷的躺在院心,他的没有边的草帽,也被打掉了,所以看得见有二伯的头部的上一半是白的,下一半是黑的,而且黑白分明的那条线就在他的前额上,好像西瓜的"阴阳面"。

有二伯就这样自己躺着,躺了许多时候,才有两个鸭子来啄食撒在有二伯身边的那些血。

那两个鸭子,一个是花脖,一个是绿头顶。

有二伯要上吊,就是这个夜里,他先是骂着,后是哭着,到后来也不哭也不骂了。又过了一会,老厨子一声喊起,几乎是发现了什么怪物似地大叫:

"有二爷上吊啦!有二爷上吊啦!"

祖父穿起衣裳来,带着我。等我们跑到厢房去一看,有二伯不在了。

老厨子在房子外边招呼着我们。我们一看南房梢上挂了绳子,是黑夜,本来看不见,是老厨子打着灯笼我们才看到的。

南房梢上有一根两丈来高的横杆,绳子在那横杆上拓拓落落的垂着。

有二伯在那里呢?等我们拿灯笼一照,才看见他在房墙的根边,好好的坐着。他也没有哭,他也没有骂。

等我再拿灯笼向他脸上一照,我看他用哭红了的小眼睛瞪了我一下。

过了不久,有二伯又跳井了。

是在同院住的挑水的来报的信,又敲窗户又打门。我们跑到井边上一看,有二伯并没有在井里边,而是坐在井外边,而是离开井口五十步之外的安安稳稳的柴堆上。他在那柴堆上安安稳稳的坐着。

我们打着灯笼一照,他还在那里拿着小烟袋抽烟呢。

老厨子,挑水的,粉房里的漏粉的都来了,惊动了不少的邻居。

他开初是一动不动。后来他看人们来全了,他站起来就往井边上跑,于是许多人就把他抓住了,那许多人,那里会眼看着他去跳井的。

有二伯去跳井,他的烟合包,小烟袋都带着,人们推拥着他回家的时候,那柴堆上还有一枝小洋蜡,他说:

"把那洋蜡给我带着。"

后来有二伯"跳井""上吊"这些事,都成了笑话,街上的孩子都给编成了一套歌在唱着:"有二爷跳井,没那么回事。""有二伯上吊,白吓唬人。"

老厨子说他贪生怕死,别人也都说他死不了。

以后有二伯再"跳井""上吊"也都没有人看他了。

有二伯还是活着。

十三

我家的院子是荒凉的,冬天一片白雪,夏天则满院蒿草。风来了,蒿草发着声响,雨来了,蒿草梢上冒烟了。

没有风,没有雨,则关着大门静静的过着日子。

狗有狗窝,鸡有鸡架,鸟有鸟笼,一切各得其所。惟独有二伯夜夜不好好的睡觉。在那厢房里边,他自己半夜三更的就讲起话来。

"说我怕'死',我也不是吹,叫过三个两个来看! 问问他们见过

'死'没有!那俄国毛子的大马刀闪光湛亮,说杀就杀,说砍就砍。那些胆大的,不怕死的,一听说俄国毛子来了,只顾逃命连家业也不要了。那时候,若不是这胆小的给他守着,怕是跑毛子回来连条裤子都没有穿的。到了如今,吃得饱,穿得暖,前因后果连想也不想,早就忘到九霄云外去了。良心长到肋条上,黑心荔,铁面人,……"

"……说我怕死,我也不是吹,兵马刀枪我见过,霹雷、黄风我见过。就说那俄国毛子的大马刀罢,见人就砍,可是我也没有怕过,说我怕死……介年头是啥年头,……"

那东厢房里,有二伯一套套的讲着,又是河沟涨水了,水涨得多么大,别人没有敢过的,有二伯说他敢过。又是什么时候有一次着大火,别人都逃了,有二伯上去抢了不少的东西。又是他的小时候,上山去打柴,遇见了狼,那狼是多么凶狠,他说:

"狼心狗肺,介个年头的人狼心狗肺的,吃香的喝辣的。好人在介个年头,是个王八蛋,兔羔子……"

"兔羔子,兔羔子……"

有二伯夜里不睡,有的时候就来在院子里没头没尾的"兔羔子兔羔子"自己说着话。

半夜三更的,鸡鸭猫狗都睡了。惟独有二伯不睡。

祖父的窗子上了帘子,看不见天上的星星月亮,看不见大卯星落了没有,看不见三星是否打了横梁。只见白萨萨的窗帘子被星光月光照得发白通亮。

等我睡醒了,我听见有二伯"兔羔子,兔羔子"的自己在说话,我要起来掀起窗帘来往院子里看一看他。祖父不让我起来,祖父说:

"好好睡罢,明天早晨早早起来,咱们烧苞米吃。"

祖父怕我起来,就用好话安慰着我。

等再睡觉了,就在梦中听到了呼兰河的南岸,或是呼兰河城外远处的狗咬。

于是我做了一个梦,梦见了一个大白兔,那兔的耳朵,和那磨房里的小驴的耳朵一般大。我听见有二伯说"兔羔子",我想到一个大白兔,我听到了磨房的梆子声,我想到了磨房里的小毛驴,于是梦见了白兔长了毛驴那么大的耳朵。

我抱着那大白兔,我越看越喜欢,我一笑笑醒了。

醒来一听,有二伯仍旧"兔羔子,兔羔子"的坐在院子里。后边那磨房里的梆子也还打得很响。

我梦见的这大白兔,我问祖父是不是就是有二伯所说的"兔羔子?"

祖父说:

"快睡觉罢,半夜三更不好讲话的。"

说完了,祖父也笑了,他又说:

"快睡罢,夜里不好多讲话的。"

我和祖父还都没有睡着,我们听到那远处的狗咬,慢慢的由远而近,近处的狗也有的叫了起来。大墙之外,已经稀疏疏的有车马经过了。原来天已经快亮了。可是有二伯还在骂"兔羔子",后边磨房里的磨官还在打着梆子。

十四

第二天早晨一起来,我就跑去问有二伯,"兔羔子"是不是就是大白兔?

有二伯一听就生气了:

"你们家里没好东西,尽是些耗子,从上到下,都是良心长在肋条上,大人是大耗子,小孩是小耗子……"

我不知道他说的是什么,我听了一会,没有听懂。

第七章

一

磨房里边住着冯歪嘴子。

冯歪嘴子打着梆子,半夜半夜地打,一夜一夜地打。冬天还稍微好一点，夏天就更打得厉害。

那磨房的窗子临着我家的后园。我家的后园四周的墙根上都种着倭瓜、西葫芦或是黄瓜等类会爬蔓子的植物；倭瓜爬上墙头了，在墙头上开起花来了，有的竟越过了高墙爬到街上去，向着大街开了一朵火黄的黄花。

因此那厨房的窗子上也就爬满了那顶会爬蔓子的黄瓜了。黄瓜的小细蔓，细得像银丝似地，太阳一来了的时候，那小细蔓闪眼湛亮，那蔓梢干净得好像用黄蜡抽成的丝子，一棵黄瓜秧上伸出来无数的这样的丝子。丝蔓的尖顶每棵都是掉转头来向回卷曲着，好像是说它们虽然勇敢，大树，野草，墙头，窗棂，到处的乱爬，但到底它们也怀着恐惧的心理。

太阳一出来了，那些在夜里冷清清的丝蔓，一变而为温暖了。于是它们向前发展的速率更快了，好像眼看着那丝蔓就长了，就向前跑去了。因为种在磨房窗根下的黄瓜秧，一天爬上了窗台，两天爬上了窗棂，等到第三天就在窗棂上开花了。

再过几天，一不留心，那黄瓜梗经过了磨房的窗子，爬上房顶去了。

后来那黄瓜秧就像它们彼此招呼着似地，成群结队地就都一齐把那磨房的窗给蒙住了。

从此那磨房里边的磨官就见不着天日了。磨房就有一张窗子，而今被黄瓜掩遮得风雨不透。从此那磨房里黑沉沉的，园里，园外，分成两个世界了。冯歪嘴子就被分到花园以外去了。

但是从外边看起来，那窗子实在好看，开花的开花，结果的结果。满窗是黄瓜了。

还有一棵倭瓜秧，也顺着磨房的窗子爬到房顶去了，就在房檐上结了一个大倭瓜。那倭瓜不像是从秧子上长出来的，好像是由人搬着坐在那屋瓦上晒太阳似地。实在好看。

夏天，我在后园里玩的时候，冯歪嘴子就喊我，他向我要黄瓜。

我就摘了黄瓜，从窗子递进去。那窗子被黄瓜秧封闭得严密得很,冯歪嘴子用手扒开那满窗的叶子,从一条小缝中伸出手来把黄瓜拿进去。

有时候,他停止了打他的梆子,他问我,黄瓜长了多大了?西红柿红了没有?他与这后园只隔了一张窗子,就像关着多远似地。

祖父在园子里的时候,他和祖父谈话。他说拉着磨的小驴,驴蹄子坏了,一走一瘸。祖父说请个兽医给它看看。冯歪嘴子说,看过了,也不见好。祖父问那驴吃的什么药?冯歪嘴子说是吃的黄瓜子拌高粱醋。

冯歪嘴子在窗里,祖父在窗外,祖父看不见冯歪嘴子,冯歪嘴子看不见祖父。

有的时候,祖父走远了,回屋去了,只剩下我一个人在磨房的墙根下边坐着玩,我听到了冯歪嘴子还说:

"老太爷今年没下乡去看看哪!"

有的时候,我听了这话,我故意的不出声,听听他往下还说什么。

有的时候,我心里觉得可笑,忍也不能忍住,我就跳了起来了,用手敲打着窗子,笑得我把窗上挂着的黄瓜都敲打掉了。而后我一溜烟地跑进屋去,把这情形告诉了祖父。祖父也一样和我似地,笑得不能停了,眼睛笑出眼泪来。但是总是说,不要笑啦,不要笑啦,看他听见。有时候祖父竟把后门关起来再笑。祖父怕冯歪嘴子听见了不好意思。

但是老厨子就不然了。有的时候,他和冯歪嘴子谈天,故意谈到一半他就溜掉了。因为冯歪嘴子隔着爬满了黄瓜秧的窗子,看不见他走了,就自己独自说了一大篇话,而后让他故意得不到反响。

老厨子提着筐子到后园去摘茄子,一边摘着一边就跟冯歪嘴子谈话,正谈到半路,老厨子蹑手蹑足的,提着筐子就溜了,回到屋里去烧饭去了。

这时冯歪嘴子还在磨房里大声地说:

"西公园来了跑马戏的,我还没得空去看,你去看过了吗?老王。"

其实后花园里一个人也没有了,蜻蜓、蝴蝶随意地飞着,冯歪嘴子的话声,空空地落到花园里来,又空空地消失了。

烟消火灭了。

等他发现了老王早已不在花园里,他这才又打起梆子来,看着小驴拉磨。

有二伯也和冯歪嘴子谈话,可从来没有偷着溜掉过,他问下雨天,磨房的房顶漏得厉害不厉害?磨房里的耗子多不多?

冯歪嘴子同时也问着有二伯,今年后园里雨水大吗?茄子、芸豆都快罢园了吧?

他们两个彼此说完了话,有二伯让冯歪嘴子到后园里来走走,冯歪嘴子让有二伯到磨房去坐坐。

"有空到园子里来走走。"

"有空到磨房里来坐坐。"

有二伯于是也就告别走出园子来。冯歪嘴子也就照旧打他的梆子。

秋天,大榆树的叶子黄了,墙头上的狗尾草干倒了,园里一天一天地荒凉起来了。

这时候冯歪嘴子的窗子也露出来了。因为那些纠纠缠缠的黄瓜秧也都蔫败了,舍弃了窗棂而脱落下来了。

于是站在后园里就可看到冯歪嘴子,扒着窗子就可以看到在拉磨的小驴。那小驴竖着耳朵,戴着眼罩。走了三五步就响一次鼻子,每一抬脚那只后腿就有点瘸,每一停下来,小驴就用三条腿站着。

冯歪嘴子说小驴的一条腿坏了。

这窗子上的黄瓜秧一干掉了,磨房里的冯歪嘴子就天天可以看到的。

冯歪嘴子喝酒了,冯歪嘴子睡觉了,冯歪嘴子打梆子了,冯歪嘴子拉胡琴了,冯歪嘴子唱唱本了,冯歪嘴子摇风车了。只要一扒着那窗台,就什么都可以看见的。

一到了秋天,新鲜黏米一下来的时候,冯歪嘴子就三天一拉磨,两天一拉黏糕。黄米黏糕,撒上大芸豆。一层黄,一层红,黄的金黄,红的通红。三个铜板一条,两个铜板一片的用刀切着卖。愿意加红糖的有红糖,愿意加白糖的有白糖。加了糖不另要钱。

冯歪嘴子推着单轮车在街上一走,小孩子们就在后边跟了一大帮,有的花钱买,有的围着看。

祖父最喜欢吃这黏糕,母亲也喜欢,而我更喜欢。母亲有时让老厨子去买,有的时候让我去买。

不过买了来是有数的,一人只能吃手掌那么大的一片,不准多吃,吃多了怕不能消化。

祖父一边吃着,一边说够了够了,意思是怕我多吃。母亲吃完了也说够了,意思也是怕我还要去买。其实我真的觉得不够,觉得再吃两块也还不多呢!不过经别人这样一说,我也就没有什么办法了,也就不好意思喊着再去买,但是实在话是没有吃够的。

当我在大门外玩的时候,推着单轮车的冯歪嘴子总是在那块大黏糕上切下一片来送给我吃,于是我就接受了。

当我在院子里玩的时候,冯歪嘴子一喊着"黏糕""黏糕"地从大墙外经过,我就爬上墙头去了。

因为西南角上的那段土墙,因为年久了出了一个豁,我就扒着那墙豁往外看着。果然冯歪嘴子推着黏糕的单轮车由远而近了。来到我的旁边,就问着:

"要吃一片吗?"

而我也不说吃,也不说不吃。但我也不从墙头上下来,还是若无其事地呆在那里。

冯歪嘴子把车子一停,于是切好一片黏糕送上来了。

一到了冬天,冯歪嘴子差不多天天出去卖一锅黏糕的。

这黏糕在做的时候,需要很大的一口锅,里边烧着开水,锅口上坐着竹帘子。把碾碎了的黄米粉就撒在这竹帘子上,撒一层粉,撒一层豆。冯歪嘴子就在磨房里撒的,弄得满屋热气蒸蒸。进去买黏糕的时候,刚一开门,只听屋里火柴烧得噼啪地响,竟看不见人了。

我去买黏糕的时候,我总是去得早一点,我在那边等着,等着刚一出锅,好买热的。

那屋里的蒸气实在大,是看不见人的。每次我一开门,我就说:
"我来了。"

冯歪嘴子一听我的声音就说:
"这边来,这边来。"

二

有一次母亲让我去买黏糕,我略微地去得晚了一点,黏糕已经出锅了。我慌慌忙忙地买了就回来了。回到家里一看,不对了。母亲让我买的是加白糖的,而我买回来的是加红糖的。当时我没有留心,回到家里一看,才知道错了。

错了,我又跑回去换。冯歪嘴子又另外切了几片,撒上白糖。

接过黏糕来,我正想拿着走的时候,一回头,看见了冯歪嘴子的那张小炕上挂着一张布帘。

我想这是做什么,我跑过去看一看。

我伸手就掀开布帘了,往里边一看,呀!里边还有一个小孩呢!

我转身就往家跑,跑到家里就跟祖父讲,说那冯歪嘴子的炕上不知谁家的女人睡在那里,女人的被窝里边还有一个小孩,那小孩还露着小头顶呢,那小孩头还是通红的呢!

祖父听了一会儿觉得纳闷,就说让我快吃黏糕罢,一会儿冷了,不好吃了。

可是我那里吃得下去。觉得这事情真好玩,那磨房里边,不单有一个小驴,还有一个小孩呢。

这一天早晨闹得黏糕我也没有吃,又戴起皮帽子来,跑去看了一次。

这一次,冯歪嘴子不在屋里,不知他到那里去了,黏糕大概也没有去卖,推黏糕的车子还在磨盘的旁边扔着。

我一开门进去,风就把那些盖上的白布帘吹开了,那女人仍旧躺着不动,那小孩也一声不哭,我往屋子的四边观察一下,屋子的边处没有什么变动,只是磨盘上放着一个黄铜盆,铜盆里泡着一点破布,盆里的水已经结冰了,其余的没有什么变动。

小驴一到冬天就住在磨房的屋里,那小驴还是照旧地站在那里,并且还是安安敦敦地和每天一样地抹搭着眼睛。其余的磨房里的风车子、罗柜、磨盘,都是照旧地在那里呆着,就是墙根下的那些耗子也出来和往日一样地乱跑,耗子一边跑着还一边吱吱喳喳地叫着。

我看了一会儿,看不出所以然来,觉得十分无趣。正想转身出来的时候,被我发现了一个瓦盆,就在炕沿上已经像小冰山似地冻得鼓鼓的了。于是我想起这屋的冷来了,立刻觉得要打寒颤,冷得不能站脚了。我一细看那扇通到后园去的窗子也通着大洞,瓦房的房盖也透着青天。

我开门就跑了,一跑到家里,家里的火炉正烧得通红,一进门就热气扑脸。

我正想要问祖父,那磨房里是谁家的小孩。这时冯歪嘴子从外边来了。

戴着他的四耳帽子,他未曾说话先笑的样子,一看就是冯歪嘴子。

他进了屋来,他坐在祖父旁边的太师椅上,那太师椅垫着红毛哔叽的厚垫子。

冯歪嘴子坐在那里,似乎有话说不出来。右手不住地摸擦着椅垫子,左手不住地拉着他的左耳朵。他未曾说话先笑的样子,笑了好几阵也没说出话来。

我们家里的火炉太热,把他的脸烤得通红的了。他说:

"老太爷,我摊了点事。……"

祖父就问他摊了什么事呢?

冯歪嘴子坐在太师椅上扭扭曲曲的,摘下他那狗皮帽子来,手里玩弄着那皮帽子。未曾说话他先笑了,笑了好一阵工夫,他才说出一句话来:

"我成了家啦。"

说着冯歪嘴子的眼睛就流出眼泪来,他说:

"请老太爷帮帮忙,现下她们就在磨房里呢!她们没有地方住。"

我听到了这里,就赶快抢住了向祖父说,我说:

"爷爷,那磨房里冷呵!炕沿上的瓦盆都冻裂了。"

祖父往一边推着我,似乎他在思索的样子。我又说:

"那炕上还睡着一个小孩呢!"

祖父答应了让他搬到磨房南头那个装草的房子里去暂住。

冯歪嘴子一听,连忙就站起来了,说:

"道谢,道谢。"

一边说着,他的眼睛又一边来了眼泪,而后戴起狗皮帽子来,眼泪汪汪的就走了。

冯歪嘴子刚一走出屋去,祖父回头就跟我说:

"你这孩子当人面不好多说话的。"

我那时也不过六七岁,不懂这是什么意思,我问着祖父:

"为什么不准说,为什么不准说?"

祖父说:

"你没看冯歪嘴子的眼泪都要掉下来了吗?冯歪嘴子难为情了。"

我想可有什么难为情的,我不明白。

三

晌午,冯歪嘴子那磨房里就吵起来了。

冯歪嘴子一声不响地站在磨盘的旁边,他的掌柜的拿着烟袋在他的眼前骂着,掌柜的太太一边骂着,一边拍着风车子,她说:

"破了风水了,我这碾磨房,岂是你那不干不净的野老婆住的地方!"

"青龙白虎也是女人可以冲的吗!"

"冯歪嘴子,从此我不发财,我就跟你算账;你是什么东西,你还算个人吗？你没有脸，你若有脸你还能把个野老婆弄到大面上来，弄到人的眼皮下边来……你赶快给我滚蛋……"

冯歪嘴子说：

"我就要叫她们搬的，就搬……"

掌柜的太太说：

"叫她们搬，她们是什么东西，我不知道。我是叫你滚蛋的，你可把人糟蹋苦了……"

说着，她往炕上一看：

"唉呀！面口袋也是你那野老婆盖得的！赶快给我拿下来。我说冯歪嘴子，你可把我糟蹋苦了。你可把我糟蹋苦了。"

那个刚生下来的小孩是盖着盛面口袋在睡觉的，一齐盖着四五张，厚敦敦的压着小脸。

掌柜的太太在旁边喊着：

"给我拿下来，快给我拿下来！"

冯歪嘴子过去把面口袋拿下来了，立刻就露出孩子通红的小手来，而且那小手还伸伸缩缩地摇动着，摇动了几下就哭起来了。

那孩子一哭，从孩子的嘴里冒着雪白的白气。

那掌柜的太太把面口袋接到手里说：

"可冻死我了，你赶快搬罢，我可没工夫跟你吵了……"

说着开了门缩着肩膀就跑回上屋去了。

王四掌柜的，就是冯歪嘴子的东家，他请祖父到上屋去喝茶。

我们坐在上屋的炕上，一边烤着炭火盆，一边听到磨房里的那小孩的哭声。

祖父问我的手烤暖了没有？我说还没烤暖，祖父说：

"烤暖了，回家罢。"

从王四掌柜的家里出来，我还说要到磨房里去看看。祖父说，没有什么的，要看回家暖过来再看。

磨房里没有寒暑表，我家里是有的。我问祖父：

"爷爷，你说磨房的温度在多少度上？"

祖父说在零度以下。

我问：

"在零度以下多少？"

祖父说：

"没有寒暑表，那儿知道呵！"

我说：

"到底在零度以下多少？"

祖父看一看天色就说：

"在零下七八度。"

我高兴起来了，我说：

"嗳呀，好冷呵！那不和室外温度一样了吗？"

我抬脚就往家里跑，井台，井台旁边的水槽子，井台旁边的大石头碾子，房户老周家的大玻璃窗子，我家的大高烟筒，在我一溜烟地跑起来的时候，我看它们都移移动动的了，它们都像往后退着。我越跑越快，好像不是我在跑，而像房子和大烟筒在跑似地。

我自己眩惑得我跑得和风一般快。

我想那磨房的温度在零度以下，岂不是等于露天地了吗？这真笑话，房子和露天地一样。我越想越可笑，也就越高兴。

于是连喊带叫地也就跑到家了。

四

下半天冯歪嘴子就把小孩搬到磨房南头那草棚子里去了。

那小孩哭的声音很大，好像他并不是刚刚出生，好像他已经长大了的样子。

那草房里吵得不得了，我又想去看看。

这回那女人坐起来了，身上披着被子，很长的大辫子垂在背后，面朝里，坐在一堆草上不知在干什么，她一听门响，她一回头。我看出来了，她就是我们同院住着的老王家的大姑娘，我们都叫她王大姐的。

这可奇怪,怎么就是她呢?她一回头几乎是把我吓了一跳。

我转身就想往家里跑。跑到家里好赶快地告诉祖父,这到底是怎么回事?

她看是我,她就先向我一笑,她长的是很大的脸孔,很尖的鼻子,每笑的时候,她的鼻梁上就皱了一堆的褶。今天她的笑法还是和从前的一样,鼻梁处堆满了皱褶。

平常我们后园里的菜吃不了的时候,她就提着筐到我们后园来摘些茄子、黄瓜之类回家去。她是很能说能笑的人,她是很响亮的人,她和别人相见之下,她问别人:

"你吃饭了吗?"

那声音才大呢,好像房顶上落了鹊雀似地。

她的父亲是赶车的,她牵着马到井上去饮水,她打起水来,比她父亲打的更快,三绕两绕就是一桶。别人看了都说:

"这姑娘将来是个兴家立业好手!"

她在我家后园里摘菜,摘完临走的时候,常常就折一朵马蛇菜花戴在头上。

她那辫子梳得才光呢,红辫根,绿辫梢,干干净净,又加上一朵马蛇菜花戴在鬓角上,非常好看。她提着筐子前边走了,后边的人就都指指划划地说她的好处。

老厨子说她大头子大眼睛长得怪好的。

有二伯说她膀大腰圆的带点福相。

母亲说她:

"我没有这么大的儿子,有儿子我娶她,这姑娘真响亮。"

同院住的老周家三奶奶则说:

"哟哟,这姑娘真是一棵大葵花,又高又大,你今年十几啦?"

周三奶奶一看到王大姐就问她十几岁?已经问了不知几遍了,好像一看见就必得这么问,若不问就好像没有话说似地。

每逢一问,王大姐也总是说:

"二十了。"

"二十了,可得给说一个媒了。"再不然就是,"看谁家有这么大的福气,看罢,将来看罢。"

隔院的杨家的老太太,扒着墙头一看见王大姐就说:

"这姑娘的脸红得像一盆火似地。"

现在王大姐一笑还是一皱鼻子,不过她的脸有一点清瘦,颜色发白了许多。

她怀里抱着小孩。我看一看她,她也不好意思了,我也不好意思了。我的不好意思是因为好久不见的缘故,我想她也许是和我一样罢。我想要走,又不好意思立刻就走开。想要多呆一会儿又没有什么话好说的。

我就站在那里静静地站了一会儿,我看她用草把小孩盖了起来,把小孩放到炕上去。其实也看不见什么是炕,乌七八糟的都是草,地上是草,炕上也是草,草捆子堆得房梁上去了。那小炕本来不大,又都叫草捆子给占满了。那小孩也就在草中偎了个草窝,铺着草盖着草地就睡着了。

我越看越觉得好玩,好像小孩睡在鹊雀窝里了似地。

到了晚上,我又把全套我所见的告诉了祖父。

祖父什么也不说。但我看出来祖父晓得的比我晓得的多的样子。我说:

"那小孩还盖着草呢!"

祖父说:

"嗯!"

我说:

"那不是王大姐吗?"

祖父说:

"嗯。"

祖父是什么也不问,什么也不听的样子。

等到了晚上在煤油灯的下边,我家全体的人都聚集了的时候,那才热闹呢! 连说带讲的。这个说,王大姑娘这么的。那个说王大姑娘那么着……说来说去,说得不成样子了。

说王大姑娘这样坏,那样坏,一看就知道不是好东西。

说她说话的声音那么大,一定不是好东西。那有姑娘家家的,大说大讲的。

有二伯说:

"好好的一个姑娘,看上了一个磨房的磨官,介个年头是啥年头!"

老厨子说:

"男子要长个粗壮,女子要长个秀气。没见过一个姑娘长得和一个扛大个的(扛工)似地。"

有二伯也就接着说:

"对呀!老爷像老爷,娘娘像娘娘,你没四月十八去逛过庙吗,那老爷庙上的老爷,威风八面,娘娘庙上的娘娘,温柔典雅。"

老厨子又说:

"那有的勾当,姑娘家家的,打起水来,比个男子大丈夫还有力气。没见过,姑娘家家的那么大的力气。"

有二伯说:

"那算完,长的是一身穷骨头穷肉,那穿绸穿缎的她不去看,她看上了个灰秃秃的磨官。真是武大郎玩鸭子,啥人玩啥鸟。"

第二天,左邻右舍的都晓得王大姑娘生了小孩了。

周三奶奶跑到我家来探听了一番,母亲说就在那草棚子里,让她去看。她说:

"哟哟!我可没那么大的工夫去看的,什么好勾当。"

西院的杨老太太听了风也来了。穿了一身浆得闪光发亮的蓝大布衫,头上扣着银扁方,手上戴着白铜的戒指。

一进屋,母亲就告诉她冯歪嘴子得了儿子了。杨老太太连忙就说:

"我可不是来探听他们那些猫三狗四的,我是来问问那广和银号的利息到底是大加一呢,还是八成?因为昨天西荒上的二小子打信来说,他老丈人要给一个亲戚拾几万吊钱。"

说完了,她庄庄严严地坐在那里。

我家的屋子太热,杨老太太一进屋来就把脸热的通红。母亲连忙打开了北边的那通气窗,通气窗一开,那草棚子里的小孩的哭声就听见了,那哭声特别吵闹。

"听听啦,"母亲说,"这就是冯歪嘴子的儿子。"

"怎么的啦?那王大姑娘我看就不是个好东西,我就说,那姑娘将来好不了。"杨老太太说,"前些日子那姑娘忽然不见了,我就问她妈,'你们大姑娘那儿去啦?'她妈说,'上她老老家去了。'一去去了这么久没回来,我就有点觉景。"

母亲说:

"王大姑娘夏天的时候常常哭,把眼圈都哭红了,她妈说她脾气大,跟她妈吵架气的。"

杨老太太把肩膀一抱说:

"气的,好大的气性,到今天都丢了人啦,怎么没气死呢。那姑娘不是好东西,你看她那俩眼睛,多么大!我早就说过,这姑娘好不了。"

而后在母亲的耳朵上喊喊喳喳了一阵,又说又笑地走了。

把她那原来到我家里来的原意,大概也忘了。她来是为了广和银号利息的问题,可是一直到走也没有再提起那广和银号来。

杨老太太,周三奶奶,还有同院住的那些粉房里的人,没有一个不说王大姑娘坏的。

说王大姑娘的眼睛长得不好,说王大姑娘的力气太大,说王大姑娘的辫子长得也太长。

五

(这事情一发,全院子的人给王大姑娘做论的做论,做传的做传,还有给她做日记的。

(做传的说,她从小就在外祖母家里养着,一天尽和男孩子在一块,没男没女。有一天她竟拿着烧火的叉子把她的表弟给打伤了。又是一天刮大风,她把外祖母的二十多个鸭蛋一次给偷着吃光了。又是一天她在河沟子里边采菱角,她自己采的少,她就把别人的菱角倒在她的筐里了,就说是她采的。说她强横得不得了,没有人敢去和她分辩,一分辩,她开口就骂,举手就打。

那给她做传的人,说着就好像看见过似地,说腊月二十三,过小年的那天,王大姑娘因为外祖母少给了她一块肉吃,她就跟外祖母打了一仗,就跑回家里来了。

"你看看吧,她的嘴该多馋。"

于是四边听着的人,没有不笑的。

那给王大姑娘做传的人,材料的确搜集得不少。

自从团圆媳妇死了,院子里似乎寂寞了很长的一个时期,现在虽然不能说十分热闹,但大家都总要尽力地鼓吹一番。虽然不跳神打鼓,但也总应该给大家多少开一开心。

于是吹风的,把眼的,跑线的,绝对的不辞辛苦,在飘着白白的大雪的夜里,也就戴着皮帽子,穿着大毡靴,站在冯歪嘴子的窗户外边,在那里守候着,为的是偷听一点什么消息。若能听到一点点,那怕针孔那么大一点,也总没有白挨冻,好做为第二天宣传的材料。

所以冯歪嘴子那门下在开初的几天,竟站着不少的探访员。

这些探访员往往没有受过教育,他们最喜欢造谣生事。

比方我家的老厨子出去探访了一阵,回家报告说:

"那草棚子才冷呢!五凤楼似地,那小孩一声不响了,大概是冻死了,快去看热闹吧!"

老厨子举手舞脚的,他高兴得不得了。

不一会儿他又戴上了狗皮帽子,他又去探访了一阵,这一回他报告说:

"他妈的,没有死,那小孩还没冻死呢!还在娘怀里吃奶呢。"

这新闻发生的地点,离我家也不过五十步远,可是一经探访员们这一探访,事情本来的面目可就大大的两样了。

（有的看了冯歪嘴子的炕上有一段绳头，于是就传说着冯歪嘴子要上吊。

（这"上吊"的刺激，给人们的力量真是不小。女的戴上风帽，男的穿上毡靴，要来这里参观的，或是准备着来参观的人不知多少。

（西院老杨家就有三十多口人，小孩不算在内，若算在内也有四十口。就单说这三十多人若都来看上吊的冯歪嘴子，岂不把我家的那小草棚挤翻了吗！就说他家那些人中有的老的病的，不能够来，就说最低限度来上十个人吧。那么西院老杨家来十个，同院的老周家来三个——周三奶奶，周四婶子，周老婶子——外加周四婶子怀抱着一个孩子，周老婶子手里牵着个孩子——她们是有这样的习惯的——那么一共周家老少三辈总算五口了。

（还有磨房里的漏粉匠，烧火的，跑街送货的等等，一时也数不清是几多人，总之这全院好看热闹的人也不下二三十。还有前后街上的，一听了消息也少不了来了不少的。

（"上吊？"为啥一个好好人，活着不愿意活，而愿意"上吊"呢？大家快去看看吧，其中必是趣味无穷，大家快去看看吧。

（再说开开眼也是好的，反正也不是去看跑马戏的，又要花钱，又要买票。

（所以呼兰河城里是凡一有跳井投河的，或是上吊的，那看热闹的人就特别多，我不知道中国别的地方是否这样，但在我的家乡确是这样的。

（投了河的女人，被打捞上来了，也不赶快的埋，也不赶快的葬，摆在那里一两天，让大家围着观看。

（跳了井的女人，从井里捞出来，也不赶快的埋，也不赶快的葬，好像国货展览会似地，热闹得车水马龙了。

（其实那没有什么好看的，假若冯歪嘴子上了吊，那岂不是看了很害怕吗！

（有一些胆小的女人，看了投河的，跳井的，三天五夜的不能睡觉。但是下次，一有这样的冤魂，她仍旧是去看的，看了回来就觉得那恶劣的印象就在眼前,于是又是睡觉不安,吃饭也不香。但是不去看,是不行的,第三次仍旧去看,那怕去看了之后,心里觉得恐怖,而后再买一匹黄钱纸,一扎线香到十字路口上去烧了,向着那东西南北的大道磕上三个头,同时嘴里说:

"邪魔野鬼可不要上我的身哪,我这里香纸的也都打发过你们了。"

(有的谁家的姑娘,为了去看上吊的,回来吓死了。听说不但看上吊的,就是看跳井的,也有被吓死的。吓出一场病来,千医百治的治不好,后来死了。

(但是人们还是愿意看,男人也许特别胆子大,不害怕。女人却都是胆小的多,都是振着胆子看。

(还有小孩,女人也把他们带来看,他们还没有长成为一个人,母亲就早把他们带来了,也许在这热闹的世界里,还是提早地演习着一点好,免得将来对于跳井上吊太外行了。

(有的探访员晓得了冯歪嘴子从街上买来了一把家常用的切菜的刀,于是就大放冯歪嘴子要自刎的空气。)

六

冯歪嘴子,没有上吊,没有自刎,还是好好地活着。过了一年,他的孩子长大了。

过年我家杀猪的时候,冯歪嘴子还到我家里来帮忙的,帮着刮猪毛。到了晚上他吃了饭,喝了酒之后,临回去的时候,祖父说,让他带了几个大馒头去,他把馒头挟在腰里就走了。

人们都取笑着冯歪嘴子,说:

"冯歪嘴子有了大少爷了。"

冯歪嘴子平常给我家做一点小事,磨半斗豆子做小豆腐,或是推二斗上好的红黏谷,做黏糕吃,祖父都是招呼他到我家里来吃饭的。就在饭桌上,当着众人,老厨子就说:

"冯歪嘴子少吃两个馒头吧,留着馒头带给大少爷去吧……"

冯歪嘴子听了也并不难为情,也不觉得这是嘲笑他的话,他很庄严地说:

"他在家里有吃的,他在家里有吃的。"

等吃完了,祖父说:

"还是带上几个吧!"

冯歪嘴子拿起几个馒头来,往那儿放呢?放在腰里,馒头太热。放在袖筒里怕掉了。

于是老厨子说:

"你放在帽兜子里啊!"

于是冯歪嘴子用帽兜着馒头回家去了。

东邻西舍谁家若是办了红白喜事,冯歪嘴子若也在席上的话,肉丸子一上来,别人就说:

"冯歪嘴子,这肉丸子你不能吃,你家里有大少爷的是不是?"

于是人们说着,就把冯歪嘴子应得的那一份的两个肉丸子,用筷子夹出来,放在冯歪嘴子旁边的小碟里。来了红烧肉,也是这么照办,来了干果碟,也是这么照办。

冯歪嘴子一点也感不到羞耻,等席散之后,用手巾包着,带回家来,给他的儿子吃了。

七

(他的儿子也和普通的小孩一样,七个月出牙,八个月会爬,一年会走,两年会跑了。)

夏天,那孩子浑身不穿衣裳,只带着一个花兜肚,在门前的水坑里捉小蛤蟆。他的母亲坐在门前给他绣着花兜肚子。他的父亲在磨房打着梆子,看管着小驴拉着磨。

八

又过了两三年,冯歪嘴子的第二个孩子又要出生了。冯歪嘴子欢喜得不得了,嘴都闭不上了。

在外边,有人问他:

"冯歪嘴子又要得儿子了?"

他呵呵呵。他故意的平静着自己。

他在家里边,他一看见他的女人端一个大盆,他就说:

"你这是干什么,你让我来拿不好么!"

他看见他的女人抱一捆柴火,他也这样阻止着她:

"你让我来拿不好么!"

可是那王大姐,却一天比一天瘦,一天比一天苍白,她的眼睛更大了,她的鼻子也更尖了似地。冯歪嘴子说,过后多吃几个鸡蛋,好好养养就身子好起来了。

他家是快乐的,冯歪嘴子把窗子上挂了一张窗帘。这张白布是新从铺子里买来的。冯歪嘴子的窗子,三五年也没有挂过帘子,这是第一次。

冯歪嘴子买了二斤新棉花,买了好几尺花洋布,买了二三十个上好的鸡蛋。

冯歪嘴子还是照旧的拉磨,王大姐就剪裁着花洋布做成小小的衣裳。

二三十个鸡蛋,用小筐装着,挂在二梁上。每一开门开窗的,那小筐就在高处游荡着。

门口来一担挑卖鸡蛋的,冯歪嘴子就说,

"你身子不好,我看还应该多吃几个鸡蛋。"

冯歪嘴子每次都想再买一些,但都被孩子的母亲阻止了。冯歪嘴子说:

"你从生了这小孩以来,身子就一直没养过来。多吃几个鸡蛋算什么呢!我多卖几斤黏糕就有了。"

祖父一到他家里去串门,冯歪嘴子就把这一套话告诉了祖父。他说:

"那个人才俭省呢,过日子连一根柴草也不肯多烧。要生小孩子,多吃一个鸡蛋也不肯。看着吧,将来会发家的……"

冯歪嘴子说完了,是很得意的。

九

七月一过去,八月乌鸦就来了。

其实乌鸦七月里已经来了,不过没有八月那样多就是了。

七月的晚霞,红得像火似地,奇奇怪怪的,老虎、大狮子、马头、狗群。这一些云彩,一到了八月,就都没有。那满天红彤彤的,那满天金黄的,满天绛紫的,满天朱砂色的云彩,一齐都没有了,无论早晨或黄昏,天空就再也没有它们了,就再也看不见它们了。

八月的天空是静悄悄的,一丝不挂。六月的黑云,七月的红云,都没有了。一进了八月雨也没有了,风也没有了。白天就是黄金的太阳,夜里就是雪白的月亮。

天气有些寒了,人们都穿起夹衣来。

晚饭之后,乘凉的人没有了。院子里显得冷清寂寞了许多。

鸡鸭都上架去了,猪也进了猪栏,狗也进了狗窝。院子里的蒿草,因为没有风,就都一动不动地站着,因为没有云,大卯星一出来就亮得和一盏小灯似地了。

在这样的一个夜里,冯歪嘴子的女人死了。第二天早晨,正遇着乌鸦的时候,就给冯歪嘴子的女人送殡了。

乌鸦是黄昏的时候,或黎明的时候才飞过。不知道这乌鸦从什么地方来,飞到什么地方去,但这一大群遮天蔽瓦的,吵着叫着,好像一大片黑云似地从远处来了,来到头上,不一会儿又过去了。终究过到什么地方去,也许大人知道,孩子们是不知道的,我也不知道。

听说那些乌鸦就过到呼兰河南岸那柳条林里去的,过到那柳条林里去做什么,所以我不大相信。不过那柳条林,乌烟瘴气的,不知那里有些什么,或者是过了那柳条林,柳条林的那边更是些个什么。站在呼兰河的这边,只见那乌烟瘴气的,有好几里路远的柳条林上,飞着白白的大鸟,除了那白白的大鸟之外,究竟还有什么,那就不得而知了。

据说乌鸦就往那边过,乌鸦过到那边又怎样,又从那边究竟飞到什么地方去,这个人们不大知道了。

冯歪嘴子的女人是产后死的,传说上这样的女人死了,大庙不收,小庙不留,是将要成为游魂的。

我要到草棚子去看,祖父不让我去看。

我在大门口等着。

我看见了冯歪嘴子的儿子,打着灵头幡送他的母亲。

灵头幡在前,棺材在后,冯歪嘴子在最前边,他在最前边领着路向东大桥那边走去了。

那灵头幡是用白纸剪的,剪成络络网,剪成胡椒眼,剪成不少的轻飘飘的穗子,用一根杆子挑着,扛在那孩子的肩上。

那孩子也不哭,也不表示什么,只好像他扛不动那灵头幡,使他扛得非常吃力似地。

他往东边越走越远了。我在大门外看着,一直看着他走过了东大桥,几乎是看不见了,我还在那里看着。

乌鸦在头上呱呱地叫着。

过了一群,又一群,等我们回到了家里,那乌鸦还在天空里叫着。

十

(冯歪嘴子的女人一死,大家觉得这回冯歪嘴子算完了。扔下了两个孩子,一个四五岁,一个刚生下来。)

看吧,看他可怎样办!

老厨子说:

"看热闹吧,冯歪嘴子又该喝酒了,又该坐在磨盘上哭了。"

(东家西舍的也都说冯歪嘴子这回可非完不可了。那些好看热闹的人,都在准备着看冯歪嘴子的热闹。

(可是冯歪嘴子自己,并不像旁观者眼中的那样地绝望,好像他活着还很有把握的样子似地,他不但没有感到绝望已经洞穿了他。

因为他看见了他的两个孩子,他反而镇定下来。他觉得在这世界上,他一定要生根的。要长得牢牢的。他不管他自己有这份能力没有,他看看别人也都是这样做的,他觉得他也应该这样做。

(于是他照常地活在世界上,他照常地负着他那份责任。

(于是他自己动手喂他那刚出生的孩子,他用筷子喂他,他不吃,他用调匙喂他。

(喂着小的,带着大的,他该担水,担水,该拉磨,拉磨。

(早晨一起来,一开门,看见邻人到井口去打水的时候,他总说一声:

"去挑水吗!"

(若遇见了卖豆腐的,他也说一声:

"豆腐这么早出锅啦!"

(他在这世界上他不知道人们都用悲伤绝望的眼光来看他,他不知道他已经处在了怎样的一种艰难的境地。他不知道他自己已经完了。他没有想过。

(他虽然也有悲哀,他虽然也常常满满含着眼泪,但是他一看见他的大儿子会拉着小驴饮水了,他就立刻把那含着眼泪的眼睛笑了起来。

他说:

"慢慢地就中用了。"

他的小儿子,一天一天地喂着,越喂眼睛越大,胳臂,腿,越来越瘦。

(在别人的眼里,这孩子非死不可。这孩子一直不死,大家都觉得惊奇。

(到后来大家简直都莫明其妙了,对于冯歪嘴子的这孩子的不死,别人都起了恐惧的心理,觉得,这是可能的吗?这是世界上应该有的吗?)

但是冯歪嘴子,一休息下来就抱着他的孩子。天太冷了,他就烘了一堆火给他烤着。那孩子刚一咧嘴笑,那笑得才难看呢,因为又像笑,又像哭。其实又不像笑,又不像哭,而是介乎两者之间的那么一咧嘴。

但是冯歪嘴子却欢喜得不得了了。

他说:

"这小东西会哄人了。"

或是:

"这小东西懂人事了。"

(那孩子到了七八个月才会拍一拍掌,其实别人家的孩子到七八个月,都会爬了,会坐着了,要学着说话了。冯歪嘴子的孩子都不会,只会拍一拍掌,别的都不会。)

冯歪嘴子一看见他的孩子拍掌,他就眉开眼笑的。

他说:

"这孩子眼看着就大了。"

(那孩子在别人的眼睛里看来,并没有大,似乎一天更比一天小似地。因为越瘦那孩子的眼睛就越大,只见眼睛大,不见身子大,看起来好像那孩子始终也没有长似地。那孩子好像是泥做的,而不是孩子了,两个月之后,和两个月之前,完全一样。两个月之前看见过那孩子,两个月之后再看见,也绝不会使人惊讶,时间是快的,大人虽不见老,孩子却一天一天地不同。

(看了冯歪嘴子的儿子,绝不会给人以时间上的观感。大人总喜欢在孩子的身上去触到时间。但是冯歪嘴子的儿子是不能给人这个满足的。因为两个月前看见过他那么大,两个月后看见他还是那么大,还不如去看后花园里的黄瓜,那黄瓜三月里下种,四月里爬蔓,五月里开花,五月末就吃大黄瓜。

(但是冯歪嘴子却不这样的看法,他看他的孩子是一天比一天大。

(大的孩子会拉着小驴到井边上去饮水了。小的会笑了,会拍手了,会摇头了。给他东西吃,他会伸手来拿。而且小牙也长出来了。

(微微地一咧嘴笑,那小白牙就露出来了。)

尾　声

呼兰河这小城里边,以前住着我的祖父,现在埋着我的祖父。

我生的时候,祖父已经六十多岁了,我长到四五岁,祖父就快七十了。我还没有长到二十岁,祖父就七八十岁了。祖父一过了八十,祖父就死了。

从前那后花园的主人,而今不见了。老主人死了,小主人逃荒去了。

那园里的蝴蝶,蚂蚱,蜻蜓,也许还是年年仍旧,也许现在完全荒凉了。

小黄瓜,大倭瓜,也许还是年年的种着,也许现在根本没有了。

那早晨的露珠是不是还落在花盆架上,那午间的太阳是不是还照着那大向日葵,那黄昏时候的红霞是不是还会一会工夫会变出来一匹马来,一会工夫会变出来一匹狗来,那么变着。

这一些不能想象了。

听说有二伯死了。

老厨子就是活着年纪也不小了。

东邻西舍也都不知怎样了。

至于那磨房里的磨官,至今究竟如何,则完全不晓得了。

以上我所写的并没有什么幽美的故事,只因他们充满我幼年的记忆,忘却不了,难以忘却,就记在这里了。

一九四〇年十二月廿日香港完稿

散文编

欧罗巴旅馆

楼梯是那样长,好像让我顺着一条小道爬上天顶。其实只是三层楼,也实在无力了,手扶着楼栏,努力拔着两条颤颤地不属于我似地腿,升上几步手也开始和腿一般颤。

等我走进那个房间的时候,和受辱的孩子似地偎上床去,用袖口慢慢擦着脸。

他——郎华,我的情人,那时候他还是我的情人,他问我了:

"你哭了吗?"

"为什么哭呢?我擦的是汗呀,不是眼泪呀!"

不知是几分钟过后,我才发现这个房间是如此的白,棚顶是斜坡的棚顶,除了一张床,地下有一张桌子,一围藤椅。离开床沿用不到两步可以摸到桌子和椅子。开门时,那更方便,一张门扇躺在床上可以打开。住在这白色的小室,好像把我住在幔帐中一般。我口渴,我说:

"我应该喝一点水吧!"

他要为我倒水时,他非常着慌,两条眉毛好像要连接起来,在鼻子的上端扭动了好几下:

"怎样喝呢?用什么喝?"

桌子上除了一块洁白的桌布,干净得连灰尘都不存在。

我有点昏迷,躺在床上听他和茶房在过道说了些时,又听到门响,他来到床边,我想他一定举着杯子在床边,却不,他的手两面却分张着:

"用什么喝?可以吧?用脸盆来喝吧!"

他去拿藤椅上放着才带来的脸盆时,手巾下面刷牙缸被他发现,于是拿着刷牙缸走去。

旅馆的过道是那样寂静,我听他踏着地板来了。

正在喝着水,一只手指抵在白床单上,我用发颤的手指抚来抚去。他说:

"你躺下吧!太累了。"

我躺下也是用手指抚来抚去,床单有突起的花纹,并且白得有些闪我的眼睛,心想:不错的,自己正是没有床单。我心想的话他却说出了!

"我想我们是要睡空床板的,现在连枕头都有。"

说着他拍打我枕在头下的枕头。

"咯咯——"有人打门,进来一个高大的俄国女茶房,身后又进来一个中国茶房:

"也租铺盖吗?"

"租的。"

"五角钱一天。"

"不租。""不租。"我也说不租,郎华也说不租。

那女人动手去收拾:软枕,床单,就连桌布她也从桌上扯下去。床单挟在她的腋下,一切挟在她的腋下。一秒钟,这洁白的小室跟随她花色的包头巾一同消失去。

我虽然是腿颤,虽然肚子饿得那样空,我也要站起来,打开柳条箱去拿自己的被子。

小室被劫了一样,床上一张肿胀的草褥赤现在那里,破木桌一些黑点和白圈显露出来,大藤椅也好像跟着变了颜色。

晚饭以前,我们就在草褥上吻着抱着过的。

晚饭就在桌子上摆着黑"列巴"① 和白盐。

---

① 俄语,面包。

晚饭以后事件就开始了：

开门进来三四个人，黑衣裳，挂着枪，挂着刀。进来先拿住郎华的两臂，他正赤着胸膛在洗脸，两手还是湿着。他们那些人，把箱子弄开，翻扬了一阵：

"旅馆报告你带枪，没带吗？"那个挂刀的人问。随后那人在床下扒得了一个长纸卷，里面卷的是一支剑。他打开，抖着剑柄的红穗头：

"你那里来的这个？"

停在门口那个去报告的俄国管事，挥着手，急得涨红了脸。

警察要带郎华到局子里去，他也预备跟他们去，嘴里不住地说："为什么单单用这种方式检查我？妨害我？"

最后警察温和下来，他的两臂被放开，可是他忘记了穿衣裳，他湿水的手也干了。

原因：日间那白俄来取房钱，一日两元，一月六十元。我们只有五元钱，马车钱来时去掉五角。那白俄说：

"你的房钱，给！"他好像知道我们没有钱似地，他好像是很着忙，怕是我们跑走一样。他拿到手中两元票子又说："六十元一月，明天给！"原来包租一月三十元，为了松花江涨水才有这样的房价。如此他摇手瞪眼的说："你的明天搬走，你的明天走！"

郎华说："不走，不走——"

"不走不行，我是经理——"

郎华从床下取出剑来，指着白俄：

"你快给我走开，不然，我宰了你。"

他慌张着跑出去了，去报告警察所，说我们带着凶器，真实剑裹在纸里，那人以为是大枪，而不知是一支剑。

结果警察带剑走了，他说："日本宪兵若是发现你有剑，那你非吃亏不可，了不得的，说你是大刀会。我替你寄存一夜，明天你来取。"

警察走了以后，闭了灯，锁上门，街灯的光亮从小窗口跑下来，凄凄淡淡的，我们睡了。在睡中不住想：警察是中国人，倒比日本宪兵强得多啊！

　　天明了，是第二天，从朋友处被逐出来是第二天了。

一九三五年

雪　天

　　我直直是睡了一个整天,这使我不能再睡。小屋子渐渐从灰色变做黑色。

　　睡得背很痛,肩也很痛,并且也饿了。我下床开了灯,在床沿坐了坐,到椅子上坐了坐,扒一扒头发,揉擦两下眼睛,心中感到幽长和无底,好像把我放下一个煤洞去,并且没有灯笼,使我一个人走沉下去。屋子虽然小,在我觉得和一个荒凉的广场样,屋子的墙壁离我比天还远,那是说一切不和我发生关系,那是说我的肚子太空了!

　　一切街车街声在小窗外闹着。可是三层楼的过道非常寂静。每走过一个人,我留意他的脚步声,那是非常响亮的,硬底皮鞋踏过去,女人的高跟鞋更响亮而且焦急,有时成群的响声,男男女女穿插着过了一阵。我听遍了过道上一切引诱我的声音,可是不用开门看,我知道郎华还没回来。

　　小窗那样高,囚犯住的屋子一般,我仰起头来,看见那一些纷飞的雪花从天空忙乱地跌落,有的也打在玻璃窗片上,即刻就消融了,变成水珠滚动爬行着,玻璃窗被它画成没有意义、无组织的条纹。

　　我想:雪花为什么要翻飞呢? 多么没有意义! 忽然我又想:我不也是和雪花一般没有意义吗? 坐在椅子里,两手空着,什么也不做;口张着,可是什么也不吃。我十分和一架完全停止了的机器相像。

　　过道一响,我的心就非常跳,那该不是郎华的脚步? 一种穿软底鞋的声音,嚓嚓来近门口,我仿佛是跳起来,我心害怕着:他冻得可怜了吧? 他没有带回面包来吧!

　　开门看时,茶房站在那里:

"包夜饭吗?"

"多少钱?"

"每份六角。包月十五元。"

"……"我一点都不迟疑地摇着头,怕是他把饭送进来强迫我吃似地,怕他强迫向我要钱似地。茶房走出,门又严肃地关起来。一切别的房中的笑声,饭菜的香气都断绝了,就这样用一道门,我与人间隔离着。

一直到郎华回来,他的胶皮底鞋擦在门槛,我才止住幻想。茶房手上的托盘,盛着肉饼、炸黄的番薯、切成大片有弹力的面包……

郎华的夹衣上那样湿了,已湿的裤管拖着泥。鞋底通了孔,使得袜子也湿了。

他上床暖一暖,脚伸在被子外面,我给他用一张破布擦着脚上冰凉的黑圈。

当他问我时,他和呆人一般,直直的腰也不弯:

"饿了吧?"

我几乎是哭了。我说:"不饿。"为了低头,我的脸几乎接触到他冰凉的脚掌。

他的衣服完全湿透,所以我到马路旁去买馒头。就在光身的木桌上,刷牙缸冒着气,刷牙缸伴着我们把馒头吃完。馒头既然吃完,桌上的铜板也要被吃掉似地。他问我:

"够不够?"

我说:"够了。"我问他:"够不够?"

他也说:"够了。"

隔壁的手风琴唱起来,它唱的是生活的痛苦吗?手风琴凄凄凉凉地唱呀!

登上桌子,把小窗打开。这小窗是通过人间的孔道:楼顶、烟囱、飞着雪沉重而浓黑的天空、路灯、警察、街车、小贩、乞丐,一切显现在这小孔道,繁繁忙忙的市街发着响。

隔壁的手风琴在我们耳里不存在了。

饿

"列巴圈"挂在过道别人的门上,过道好像还没有天明,可是电灯已经熄了。夜间遗留下来睡朦朦的气息充塞在过道,茶房气喘着,抹着地板。我不愿醒得太早,可是已经醒了,同时再不能睡去。

厕所房的电灯仍开着,和夜间一般黄昏,好像黎明还没有到来,可是列巴圈已经挂上别人家的门了!有的牛奶瓶也规规矩矩的等在别人的房间外。只要一醒来,就可以随便吃喝,但,这都只限于别人,是别人的事,与自己无关。

扭开了灯,郎华睡在床上,他睡得很恬静,连呼吸也不震动空气一下。听一听过道连一个人也没走动,全旅馆的三层楼都在睡中,越这样静越引诱我,我的那种想头越坚决。过道尚没有一点声息,过道越静越引诱我,我的那种想头越想越充涨我;去拿吧!正是时候,即使是偷,那就偷吧!

轻轻扭动钥匙,门一点响动也没有,探头看了看,"列巴圈"对门就挂着,东隔壁也挂着,西隔壁也挂着。天快亮了!牛奶瓶的乳白色看得真真切切,"列巴圈"比每天也大了些。结果什么也没有去拿,我心里发烧,耳朵也热了一阵,立刻想到这是"偷"。儿时的记忆再现出来,偷梨吃的孩子最羞耻。过了好久我就贴在已关好的门扇上,大概我像一个没有灵魂的,纸剪成的人贴在门扇。大概这样吧:街车唤醒了我,马蹄得得,车轮吱吱的响过去。我抱紧胸膛,把头也挂到胸口,向我自己心说:我饿呀!不是"偷"呀!

第二次也打开门,这次我决心了!偷就偷,虽然是几个"列巴圈"

我也偷,为着我"饿",为着他"饿"。

第二次又失败,那么不去做第三次了。下了最后的决心,爬上床,关了灯,推一推郎华,他没有醒,我怕他醒,在"偷"这一刻,郎华也是我的敌人,假若我有母亲,母亲也是敌人。

天亮了!人们醒了,马路也醒了。做家庭教师,无钱吃饭也要去上课,并且要练武术。他喝了一杯空茶走的,过道那些"列巴圈"早已不见,都让别人吃了。

从昨夜饿到中午,四肢软弱一点,肚子好像被踢打放了气的皮球。

窗子在墙壁中央,天窗似地,我从窗口探身出去,赤裸裸,完全和日光接近,市街临在我的脚下,直线的,错综着许多角度的楼房,大柱子一般工厂的烟囱,街道横顺交织着。秃光的街树。白云在天空做出各样的曲线。高空的风吹破我的头发,飘荡我的衣襟。市街和一张烦烦杂杂颜色不清晰的地图挂在我的眼前。楼顶和树梢都挂住一层稀薄的白霜,整个城市在阳光下闪闪灼灼撒了一层银片,我的衣襟风拍着作响,我冷了,我孤孤独独的好像站在无人的山顶。每家楼顶的白霜,一刻不是银片了,而是些雪花,冰花或是什么更严寒的东西在吸我,全身浴在冰水里一般。

我披了棉被再出现到窗口,那不是全身,仅仅是头和胸突在窗口。一个女人站在一家药店门口讨钱,手下牵着孩子,衣襟裹着更小的孩子。药店没有人出来理她,过路人也不理她,都像说她有孩子不对,穷就不该有孩子,有也应该饿死。

我只能看到街路的半面,那女人大概向我的窗下走来,因为我听见那孩子的哭声很近。

"老爷,太太,可怜可怜……"可是看不见她在追逐谁,虽然是三层楼也听得这般清楚,她一定是跑得颠颠断断的呼喘:"老爷……老爷……可怜吧!"

那女人一定正相同我,一定早饭还没有吃,也许昨晚的也没有吃,她在楼下急迫的来回的呼声传染了我,肚子立刻响起来,肠子不住的呼叫……

郎华仍不回来,我拿什么来喂肚子呢?桌子可以吃吗?草褥子可以吃吗?

晒着阳光的行人道,来往的行人,小贩,乞丐……这一些看得我疲倦了!打着呵欠从窗口爬下来。

窗子一关起来,立刻满生了霜,过一刻玻璃片就流着眼泪了!起初是一条一条的,后来就大哭了!满脸是泪,好像在行人道上讨饭的母亲的脸。

我坐在小屋,饿在笼中的鸡一般,只想合起眼睛来静着,默着,但又不是睡。

"咯,咯!"这是谁在打门!我快去开门:是三年前旧学校里的图画先生。

他和从前一样很喜欢说笑话,没有改变,只是胖了一点,眼睛又小了一点。他随便说,说得很多。他的女儿,那个穿红花旗袍的小姑娘,又加了一件黑绒上衣,她在藤椅上怪美丽的,但她有点不耐烦的样子:

"爸爸,我们走吧。"小姑娘那里懂得人生!小姑娘只知道美,那里懂得人生?

曹先生问:"你一个人住在这里吗?"

"是——"我当时不晓得为什么答应"是",明明是和郎华同住,怎么要说自己住呢?

好像这几年并没有别开,我仍在那个学校读书一样。他说:"还是一个人好,可以把整个的心身献给艺术。你现在不喜欢画,你喜欢文学,就把全心献给文学。只有忠心于艺术的心才不空虚,只有艺术才是美,才是真美。'爱情'这话很难说,若是为了性欲才爱,那么就不如临时解决,随便可以找到一个,只要是异性。爱是爱,'爱'很不容易,那么就不如爱艺术,比较不空虚……"

"爸爸,走吧!"小姑娘那里懂得人生,只知道"美",她看一看这屋子一点意思也没有,床上只铺一张草褥子。

"是,走——"曹先生又说,眼睛指着女儿:"你看我,十三岁就结了婚。还不是吗?曹云都十五岁啦!"

"爸爸,我们走吧!"

他和前几年一样,总爱说"十三岁"就结了婚。差不多全校同学都知道曹先生是十三岁结婚的。

"爸爸,我们走吧!"

他把一张票子丢在桌上就走了!那是我写信去要的。

郎华还没有回来,我应该立刻想到饿,但我完全被青春迷惑了!读书时候那里懂得"饿"? 只晓得青春最重要,虽然现在我也并没老,但总觉得青春是过去了!过去了!

我冥想了一个长时期,心浪和海水一般的潮了一阵。

追逐实际吧!青春惟有自私的人才系念她,"只有饥寒,没有青春。"

几天没有去过的小饭馆,又坐在那里边吃喝了。"很累了吧!腿可疼?道外道里要有十五里路。"我问他。

只要有的吃,他也很满足,我也很满足。其余什么都忘了!

那个饭馆,我已经习惯,还不等他坐下,我就抢了个地方先坐下,我也把菜的名字记得很熟,什么辣椒白菜啦,雪里红豆腐啦……什么酱鱼啦!怎么叫酱鱼呢?那里有鱼!用鱼骨头炒一点酱,借一点腥味就是啦!我很有把握,我简直都不用算一算就知道这些菜也超不过一角钱。因此我很大的声音招呼,我不怕,我一点也不怕花钱。

回来,没有睡觉之前我们一面喝着开水一面说:

"这回又饿不着了!又够吃些日子。"

闭了灯,又满足又安适地睡了一夜。

一九三五年

最末的一块木柈

火炉烧起又灭,灭了再弄着,灭到第三次,我懊恼了!我再不能抑止我的愤怒,我想冻死吧,饿死吧,火也点不着,饭也烧不熟。就是那天早晨,手在铁炉门上烫焦了两条,并且把指甲烧焦了一个缺口。火焰仍是从炉门喷吐,我对着火焰生气,女孩子的娇气毕竟没有脱掉。我向着窗子,心很酸,脚也冻得很痛,打算哭了。但过了好久,眼泪也没有流出,因为已经不是娇子,哭什么?

烧晚饭时,只剩一块木柈,一块木柈怎么能生火呢?那样大的炉腔,一块木柈只能占去炉腔的二十分之一。

"睡下吧,屋子太冷。什么时候饿,就吃面包。"郎华抖着被子招呼我。

脱掉袜子,腿在被子里面团卷着。想要把自己的脚放到自己的肚子上面暖一暖,但是不可能,腿生得太长了,实在感到不便,腿实在是无用。在被子里面也要颤抖似地。窗子上的霜,已经挂得那样厚,并且四壁刷的绿颜色,涂着金边,这一些更使人感到寒冷。两个人的呼吸像冒着烟一般的。玻璃上的霜好像柳絮落到河面,密结的起着绒毛。夜来时也不知道,天明时也不知道,是个没有明暗的幽室,人住在里面,正像菌类生在不见天日的大树下,快要朽了。而人不是菌类。

半夜我就醒来,并不饿,只觉到冷。郎华光着身子跳起来,点起蜡烛,到厨房去喝冷水。

"冻着,也不怕受寒!"

"你看这力气！怕冷?"他的性格是这样,逞强给我看。临上床,他还在自己肩头上打了两下。我暖着他冰冷的身子颤抖了。都说情人的身子比火还热,到此时,我不能相信这话了。

第二天,仍是一块木柈。他说,借吧!

"向那里借!"

"向汪家借。"

写了一张纸条,他站在门口喊他的学生汪玉祥。

老厨夫抱了满怀的木柈来叫门。

不到半点钟,我的脸一定也红了,因为郎华的脸红起来。窗子滴着水。水从窗口流延到地板上,窗前来回走人也看得清,窗前啄食的小鸡也看得清,黑毛的,红毛的,也有花毛的。

"老师,练武术吗？九点钟啦!"

"等一会,吃完饭练武术!"

有了木柈,还没有米,等什么？越等越饿。他教完武术,又跑出动借钱,等他借了钱买了一大块厚饼回来,木柈又只剩了一块。这可怎么办？晚饭又不能吃。

对着这一块木柈,又爱它,又恨它,又可惜它。

黑"列巴"和白盐

玻璃窗子又慢慢结起霜来,不管人和狗经过窗前,都辨认不清楚。

"我们不是新婚吗?"他这话说得很响,他唇下的开水杯起一个小圆波浪。他放下杯子,在黑面包上涂一点白盐送下喉去。大概是面包已不在喉中,他又说:

"这不正是度蜜月吗!"

"对的,对的。"我笑了。

他连忙又取一片黑面包,涂上一点白盐,学着电影上那样度蜜月,把涂盐的"列巴"先送上我的嘴,我咬了一下,而后他才去吃。一定盐太多了,舌尖感到不愉快,他连忙去喝水:

"不行不行,再这样度蜜月,把人咸死了。"

盐毕竟不是奶油,带给人的感觉一点也不甜,一点也不香。我坐在旁边笑。

光线完全不能透进屋来,四面是墙,窗子已经无用,像封闭了的洞门似地,与外界绝对隔离开。天天就生活在这里边。素食,有时候不食,好像传说上要成仙的人在这地方苦修苦炼。很有成绩,修炼得倒是不错了,脸也黄了,骨头也瘦了。我的眼睛越来越扩大,他的颊骨像木块一样突在腮边。这些工夫都做到,只是还没成仙。

"借钱","借钱",郎华每日出去"借钱"。他借回来的钱总是很少,三角,五角,借到一元,那是很稀有的事。

黑"列巴"和白盐,许多日子成了我们惟一的生命线。

度　日

　　天色连日阴沉下去,一点光也没有,完全灰色,灰得怎样程度呢?那和墨汁混到水盆中一样。

　　火炉台擦得很亮了,碗、筷子、小刀摆在格子上。清早起第一件事点起火炉来,而后擦地板,铺床。

　　炉铁板烧得很热时,我便站到火炉旁烧饭,刀子、匙子弄得很响。炉火在炉腔里起着小的爆炸,饭锅腾着气,葱花炸到油里,发出很香的烹调的气味。我细看葱花在油里边滚着,渐渐变黄起来。……小洋刀好像剥着梨皮一样,把地豆刮得很白,很好看,去了皮的地豆是乳黄色,柔和而有弹力。炉台上铺好一张纸,把地豆再切成薄片。饭已熟,地豆煎好。打开小窗望了望,院心几条小狗在戏耍。

　　家庭教师还没有下课,菜香和米香引我回到炉前再吃两口,用匙子调一下饭,再调一下菜,很忙的样子像在偷吃。在地板上走了又走,一个钟头的课程还不到吗? 于是再打开锅盖吞下几口。再从小窗望一望。我快要吃饱的时候,他才回来。习惯上知道一定是他,他都是在院心大声弄着嗓子响。我藏在门后等他,有时候我不等他寻到,就作着怪声跳出来。

　　早饭吃完以后,就是洗碗,刷锅,擦炉台,摆好木格子。假如有表,怕是十一点还多了!

　　再过三四个钟头,又是烧晚饭。他出去找职业,我在家里烧饭,我在家里等他。火炉台,我开始围着它转走起来。每天吃饭,睡觉,愁柴,愁米……

　　这一切给我一个印象:这不是孩子时候了,是在过日子,开始过日子。

当　铺

"你去当吧！你去当吧,我不去!"

"好,我去,我就愿意进当铺,进当铺我一点也不怕,理直气壮。"

新做起来的我的棉袍,一次还没有穿,就跟着我进当铺去了！在当铺门口稍微徘徊了一下,想起出门时郎华要的价目——非两元不当。

包袱送到柜台上,我是仰着脸,伸着腰,用脚尖站起来送上去的,真不晓得当铺为什么摆起这么高的柜台！

那戴帽头的人翻着衣裳看,还不等他问,我就说了:

"两块钱。"

他一定觉得我太不合理,不然怎么连看我一眼也没看,就把东西卷起来,他把包袱仿佛要丢在我的头上,他十分不耐烦的样子。

"两块钱不行,那么,多少钱呢?"

"多少钱不要。"他摇摇像长西瓜形的脑袋,小帽头顶尖的红帽球,也跟着摇了摇。

我伸手去接包袱,我一点也不怕,我理直气壮,我明明知道他故意作难,正想把包袱接过来就走。猜得对对的,他并不把包袱真给我。

"五毛钱！这件衣服袖子太瘦,卖不出钱来……"

"不当。"我说。

"那么一块钱……再可不能多了,就是这个数目。"他把腰微微向后弯一点,柜台太高,看不出他突出的肚囊……一只大手指,就比在和他太阳穴一般高低的地方。

带着一元票子和一张当票,我快快地走,走起路来感到很爽快,默认自己是很有钱的人。菜市,米店我都去过,臂上抱了很多东西,感到非常愿意抱这些东西。手冻得很痛,觉得这是应该,对于手一点也不感到可惜,本来手就应该给我服务,好像冻掉了也不可惜。走在一家包子铺门前,又买了十个包子,看一看自己带着这些东西,很骄傲,心血时时激动,至于手冻得怎样痛,一点也不可惜。路旁遇见一个老叫化子,又停下来给他一个大铜板,我想我有饭吃。他也是应该吃啊!然而没有多给,只给一个大铜板,那些我自己还要用呢!又摸一摸当票也没有丢,这才重新走,手痛得什么心思也没有了,快到家吧!快到家吧。但是,背上流了汗,腿觉得很软,眼睛有些刺痛,走到大门口,才想起来从搬家还没有出过一次街,走路腿也无力,太阳光也怕起来。

又摸一摸当票,才走进院去。郎华仍躺在床上,和我出来的时候一样,他还不习惯于进当铺。他是在想什么,拿包子给他看,他跳起来了:

"我都饿啦,等你也不回来。"

十个包子吃去一大半,他才细问:"当多少钱?当铺没欺负你?"把当票给他,他瞧着那样少的数目:

"才一元,太少。"

虽然说当得的钱少,可是又愿意吃包子,那么结果很满足。他在吃包子的嘴,看起来比包子还大,一个跟着一个,包子消失尽了。

几个欢快的日子

人们跳着舞,"牵牛房"那一些人们每夜跳着舞。过旧年那夜,他们就在茶桌上摆起大红蜡烛,他们摹仿着供财神,拜祖宗。灵秋穿起紫红绸袍,黄马褂,腰中配着黄腰带,他第一个跪到神桌前。老桐又是他那一套,穿起灵秋太太瘦小的旗袍,长短到膝盖以上,大红的脸,脑后又是用红布包起笤帚把柄样的东西,他跑到灵秋旁边,他们俩是一致的,每磕一下头,口里就自己喊一声口号:一、二、三……不倒翁样不能自主地倒下又起来。后来就在地板上烘起火来,说是过年都是烧纸的……这套把戏玩得熟了,惯了!不是过年,也每天来这一套,人们看得厌了!对于这事冷淡下来,没有人去大笑,于是又变一套把戏:捉迷藏。

客厅是个捉迷藏的地盘,四下窜走,桌子底下蹲着人,椅子倒过来叩在头上顶着跑,电灯泡碎了一个。蒙住眼睛的人受着大家的玩戏,在那昏庸的头上摸一下,在那张张的两手上打一下。有各种各样的叫声,蛤蟆叫,狗叫,猪叫,还有人在装哭。要想捉住一个很不容易,从客厅的四个门,会跑到那些小屋去。有时瞎子就摸到小屋去,从门后扯出一个来。也有时误捉了灵秋的小孩。虽然说不准向小屋跑,但总是跑。后一次瞎子摸到王女士的门扇。

"那门不好进去。"有人要告诉他。

"看着,看着不要吵嚷!"又有人说。

全屋静下来,人们觉得有什么奇迹要发生。瞎子的手接触到门扇,他触到门上的铜环响,眼看他就要进去把王女士捉出来,每人心里都想着这个:看他怎样捉啊!

"谁呀!谁?请进来!"跟着很脆的声音开门来迎接客人了!以为她的朋友来访她。

小浪一般冲过去的笑声,使摸门的人脸上的罩布脱掉了,红了脸。王女士笑着关了门。

玩得厌了!大家就坐下喝茶,不知从什么瞎话上又拉到正经问题上去。于是"做人"这个问题使大家都兴奋起来。

——怎样是"人",怎样不是"人"?

"没有感情的人不是人。"

"没有勇气的人不是人。"

"冷血动物不是人。"

"残忍的人不是人。"

"有人性的人才是人。"

"……"

每个人都会规定怎样做人。有的人他要说出两种不同做人的标准。起首是坐着说,后来站起来说,有的也要跳起来说。

"人是情感的动物,没有情感就不能生出同情,没有同情那就是自私,为己……结果是互相杀害,那就不是人。"那人的眼睛睁得很圆,表示他的理由充足,表示他把人的定义下得准确。

"你说的不对,什么同情不同情,就没有同情,中国人就是冷血动物,中国人就不是人。"第一个又站起来,这个人他不常说话,偶然说一句使人很注意。

说完了,他自己先红了脸,他是山东人,老桐学着他的山东调:

"老猛(孟),你使(是)人不使人?"

许多人爱和老孟开玩笑,因为他老实,人们说他像个大姑娘。

"浪漫诗人",是老桐的绰号。他好喝酒,让他作诗不用笔就能一套连着一套,连想也不用想一下。他看到什么就给什么作个诗,朋友来了他也作诗:

"梆梆梆敲门响,呀!何人来了?"

总之,就是猫和狗打架,你若问他,他也有诗,他不喜欢谈论什么人啦!社会啦!他躲开正在为了"人"而吵叫的茶桌,摸到一本唐诗在读:

"昨日之……日不可留……今日之日……多……烦……忧,"读得有腔有调,他用意就在打搅吵叫的一群。郎华正在高叫着:

"不剥削人,不被人剥削的就是人。"

老桐读诗也感到无味。

"走!走啊!我们喝酒去。"

他看一看只有灵秋同意他,所以他又说:

"走,走,喝酒去。我请客……"

客请完了!差不多都是醉着回来。郎华反反复复地唱着半段歌,是维特别离绿蒂的故事①。人人喜欢听,也学着唱。

听到哭声了!正像绿蒂一般年轻的姑娘被歌声引动着,那能不哭?是谁哭?就是王女士。单身的男人在客厅中也被感动了,倒不是被歌声感动,而是被少女的明脆而好听的哭声所感动,在地心不住地打着转。尤其是老桐,他贪婪的耳朵几乎竖起来,脖子一定更长了点,他到门边去听,……他故意说:

"哭什么?真没意思!"

其实老桐感到很有意思,所以他听了又听,说了又说:"没意思。"

不到几天,老桐和那女士恋爱了!那女士也和大家熟识了!也到客厅来和大家一道跳舞。从那时起,老桐的胡闹也是高等的胡闹了!

在王女士面前,他耻于再把红布包在头上,当灵秋叫他去跳滑稽舞的时候,他说:

"我不跳啦!"一点兴致也不表示。

---

① 维特、绿蒂:歌德《少年维特之烦恼》中的一对恋人。

等王女士从箱子里把粉红色的面纱取出来:

"谁来当小姑娘,我给他化装。"

"我来,我……我来……"老桐他怎能像个小姑娘?他像个长颈鹿似地跑过去。

他自己觉得很好的样子,虽然是胡闹,也总算是高等的胡闹。头上顶着面纱,规规矩矩地、平平静静地在地板上动着步。但给人的感觉无异于他脑后的颤动着红扫帚柄的感觉。

别的单身汉,就开始羡慕幸福的老桐。可是老桐的幸福还没十分摸到,那女士已经和别人恋爱了!

所以"浪漫诗人"就开始作诗。正是这时候他失一次盗:丢掉他的毛毯,所以他就作诗"哭毛毯"。哭毛毯的诗作得很多,过几天来一套,过几天又来一套。朋友们看到他就问:

"你的毛毯哭得怎样了?"

夏　夜

汪林在院心坐了很长的时间了。小狗在她的脚下打着滚睡了。
"你怎么样？我胳臂疼。"
"你要小点声说，我妈会听见。"
我抬头看，她的母亲在纱窗里边，于是我们转了话题。在江上摇船到"太阳岛"去洗澡这些事，她是背着她的母亲的。
第二天，她又是去洗澡。我们三个人租一条小船，在江上荡着。清凉的，水的气味。郎华和我都唱起来了。汪林的嗓子比我们更高。小船浮得飞起来一般。
夜晚又是在院心乘凉，我的胳臂为着摇船而痛了，头也觉得发胀。我不能再听那一些话感到趣味。什么恋爱啦，谁的未婚夫怎样啦，某某同学结婚，跳舞……我什么也不听了，只是想睡。
"你们谈吧。我可非睡觉不可。"我向她和郎华告辞。
睡在我脚下的小狗，我误踏了它，小狗还在哽哽地叫着，我就关了门。
最热的几天，差不多天天去洗澡，所以夜夜我早早睡。郎华和汪林就留在暗夜的院子里。
只要接近着床，我什么全忘了。汪林那红色的嘴，那少女的烦闷……夜夜我不知道郎华什么时候回屋来睡觉。就这样，我不知过了几天了。
"她对我要好，真是……少女们。"
"谁呢？"

"那你还不知道!"

"我还不知道。"我其实知道。

很穷的家庭教师,那样好看的有钱的女人竟向他要好了。

"我坦白地对她说了:我们不能够相爱的,一方面有吟,一方面我们彼此相差得太远……你沉静点吧……"他告诉我。

又要到江上去摇船。那天又多了三个人。汪林也在内。一共是六个人:陈成和他的女人,郎华和我,汪林,还有那个编辑朋友。

停在江边的那一些小船动荡得落叶似地。我们四个跳上了一条船,当然把汪林和半胖的人丢下。他们两个就站在石堤上。本来是很生疏的,因为都是一对一对的,所以我们故意要看他们两个也配成一对。我们的船离岸很远了。

"你们坏呀! 你们坏呀!"汪林仍叫着。

为什么骂我们坏呢? 那人不是她一个很好的小水手吗? 为她荡着桨,有什么不愿意吗? 也许汪林和我的感情最好,也许她最愿意和我同船。船荡得那么远了,一切江岸上的声音都隔绝,江沿上的人影也消失了轮廓。

水声,浪声,郎华和陈成混合着江声在唱。远远近近的那一些女人的阳伞,这一些船,这一些幸福的船呀! 满江上是幸福的船,满江上是幸福的! 人间,岸上,没有罪恶了吧!

再也听不到汪林的喊。他们的船是脱开离我们很远了。

郎华故意把桨打起的水星落到我的脸上。船越行越慢,但郎华和陈成流起汗来。桨板打到江心的沙滩了,小船就要搁浅在沙滩上。这两个勇敢的大鱼似地跳下水去,在大江上挽着船行。

一入了湾,把船任意停在什么地方都可以。

我浮水是这样浮的:把头昂在水外,我也移动着,看起来在浮,其实手却抓着江底的泥沙,鳄鱼一样,四条腿一起爬着浮。

那只船到来时,听着汪林在叫。很快她脱了衣裳,也和我一样抓着江底在爬,但她是快乐的,爬得很有意思。

在沙滩上滚着的时候,居然很熟识了,她把伞打起来,给她同船的人遮着太阳,她保护着他。陈成扬着沙子飞向他去:"陵,着镖吧!"

汪林和陵站了一队,用沙子反攻。

我们的船出了湾,已行在江上时,他们两个仍在沙滩上走着。

"你们先走吧,看我们谁先上岸。"汪林说。

太阳的热力在江面上开始减低,船是顺水行下去的。他们还没有来,看过多少只船,看过多少柄阳伞,然而没有汪林的阳伞。太阳西沉时,江风很大了,浪也很高,我们有点耽心那只船。李说那只船是"迷船"。

四个人在岸上就等着这"迷船",意想不到的是他们绕着弯子从上游来的。

汪林不骂我们是坏人了,风吹着她的头发,那兴奋的样子,这次摇船好像她比我们得到的快乐更大,更多⋯⋯

早晨在看报时,编辑居然作诗了。大概就是这样的意思:愿意风把船吹翻,愿意和美人一起沉下江去⋯⋯

让我这样一说,就没有诗意了。总之,可不是前几天那样的话,什么摩登女子吃"血"活着啦,小姐们的嘴是吃"血"的嘴啦⋯⋯总之可不是那一套。这套比那套文雅得多,这套说摩登女子是天仙,那套说摩登女子是恶魔。

汪林和郎华在夜间也不那么谈话了。陵编辑一来,她就到我们屋里来,因此陵到我们家来的次数多多了。

"今天早点走⋯⋯多玩一会,你们在街角等我。"这样的话,汪林再不向我们说了。她用不到约我们去"太阳岛"了。

陵伴着这吃人血的女子在街上走,在电影院里会,他也不怕她会吃他的血,还说什么怕呢,常常在那红色的嘴上接吻,正因为她的嘴和血一样红才可爱。

骂小姐们是恶魔是羡慕的意思,是伸手去攫取怕她逃避的意思。

在街上,汪林的高跟鞋,陵的亮皮鞋,格登格登和谐地响着。

一个南方的姑娘

郎华告诉我一件新的事情,他去学开汽车回来的第一句话说:
"新认识一个朋友,她从上海来,是中学生。过两天还要到家里来。"

第三天,外面打着门了!我先看到的是她头上扎着漂亮的红带,她说她来访我。老王在前面引着她。大家谈起来,差不多我没有说话,我听别人说。

"我到此地四十天了!我的北方话还说不好,大概听得懂吧!老王是我到此地才认识的。那天巧得很,我看报上为着戏剧在开着笔战,署名郎华的我同情他……我同朋友们说:这位郎华先生是谁?论文作得很好。因为老王的介绍,上次见到郎华……"

我点着头,遇到生人,我一向是不会说什么话。她又去拿桌上的报纸,她寻找笔战继续的论文。我慢慢地看着她,大概她也慢慢地看着我吧!她很漂亮,很素净,脸上不涂粉,头发没有卷起来,只是扎了一条红绸带,这更显得特别风味,又美又净,葡萄灰色的袍子上面,有黄色的花,只是这件袍子我看不很美,但也无损于美。到晚上,这美人似地人就在我们家里吃晚饭。在吃饭以前,汪林也来了!汪林是来约郎华去滑冰,她从小孔窗看了一下:

"郎华不在家吗?"她接着"唔"了一声。
"你怎么到这里来?"汪林进来了。
"我怎么就不许到这里来?"

我看得她们这样很熟的样子,更奇怪。我说:
"你们怎么也认识呢?"

"我们在舞场里认识的。"汪林走了以后她告诉我。

从这句话当然也知道程女士也是常常进舞场的人了!汪林是漂亮的小姐,当然程女士也是,所以我就不再留意程女士了。

环境和我不同的人来和我做朋友,我感不到兴味。

郎华肩着冰鞋回来,汪林大概在院中也看到了他,所以也跟进来。这屋子就热闹了!汪林的胡琴口琴都跑去拿过来。郎华唱:"杨延辉坐宫院。"

"哈呀呀,怎么唱这个?这是'奴心未死'!"汪林嘲笑他。

在报纸上就是因为旧剧才开笔战。郎华自己明明写着,唱旧戏是奴心未死。

并且汪林耸起肩来笑得脊背靠住暖墙,她很红的脸,很红的嘴,卷发,绿绒衣,她和程女士是极端两样,她带着西洋少妇的风情。程女士很黑,是个黑姑娘。

又过几天,郎华为我借一双滑冰鞋来,我也到冰场上去。程女士常到我们这里来,她是来借冰鞋。有时我们就一起去,同时新人当然一天比一天熟起来。她渐渐对郎华比对我更熟,她给郎华写信了,虽然常见,但是要写信的。

又过些日子,程女士要在我们这里吃面条,我到厨房去调面条。

"……喳……喳……"等我走进屋,他们又在谈别的了!程女士只吃一小碗面就说:"饱了。"

我看她近些日子更黑一点,好像她的"愁"更多了!她不仅仅是"愁",因为愁并不兴奋,可是程女士有点兴奋。

我忙着收拾家具,她走时我没有送她,郎华送她出门。

我听得清楚楚的是在门口:"有信吗?"

或者不是这么说,总之跟着一声"喳喳"之后,郎华很响的:"没有。"

又过了些日子,程女士就不常来了,大概是她怕见我。

程女士要回南方,她到我们这里来辞行,有我做障碍,她没有把要诉说出来的"愁"尽量诉说给郎华。她终于带着"愁"回南方去了。

蹲在洋车上

看到了乡巴佬坐洋车,忽然想起一个童年的故事。

当我还是小孩的时候,祖母常常进街。我们并不住在城外,只是离市镇较偏的地方罢了! 有一天,祖母又要进街,她命令我:

"叫你妈妈把斗风给我拿来!"

那时因为我过于娇惯,把舌头故意缩短一些,叫斗篷作斗风,所以祖母学着我,把风字拖得很长。

她知道我最爱惜皮球,每次进街的时候,她问我:

"你要些什么呢?"

"我要皮球。"

"你要多大的呢?"

"我要这样大的。"

我赶快把手臂拱向两面,好像张着的鹰的翅膀。大家都笑了! 祖父轻动着嘴唇,好像要骂我一些什么话,因我的小小的姿式感动了他。

祖母的斗篷消失在高烟囱的背后。

等她回来的时候,什么皮球也没带给我,可是我也不追问一声:

"我的皮球呢?"

因为每次她也不带给我;下次祖母再上街的时候,我仍说是要皮球,我是说惯了! 我是熟练而惯于作那种姿式。

祖母上街尽是坐马车回来。今天却不是,她睡在仿佛是小槽子里,大概是槽子装置了两个大车轮。非常轻快,雁似地从大门口飞来,一直到房门。在前面挽着的那个人,把祖母停下。我站在玻璃窗里,小小的心灵上,有无限的奇秘冲击着。我以为祖母不会从那里头走出来,我想祖母为什么要被装进槽子里呢?我渐渐惊怕起来,我完全成个呆气的孩子,把头盖顶住玻璃,想尽方法理解我所不能理解的那个从来没有见过的槽子。

很快我领会了!看见祖母从口袋里拿钱给那个人,并且祖母非常兴奋,她说叫着,斗篷几乎从她的肩上脱溜下去!

"呵!今天我坐的东洋驴子回来的。那是过于安稳呀!还是头一次呢,我坐过安稳的车子!"

祖父在街上也看见过人们所呼叫的东洋驴子,妈妈也没有奇怪。只是我,仍旧头皮顶撞在玻璃窗那儿。我眼看那个驴子从大门口飘飘的不见了!我的心魂被引了去。

等我离开窗子,祖母的斗篷已是脱在炕的中央,她嘴里叨叨地讲着她街上所见的新闻,可是我没有留心听,就是给我吃什么糖果之类,我也不会留心吃,只是那样的车子太吸引我了!太捉住我小小的心灵了!

夜晚在灯光里,我们的邻居,刘三奶奶摇闪着走来,我知道又是找祖母来谈天的,所以我稳当当地占了一个位置在桌边。于是我咬起嘴唇来,仿佛大人样能了解一切话语。祖母又讲关于街上所见的新闻,我用心听,我十分费力!

"……那是可笑,真好笑呢!一切人站下瞧,可是那个乡下佬还是不知道笑自己。拉车的回头才知道乡巴佬是蹲在车子前放脚的地方,拉车的问:

"'你为什么蹲在这地方?'

"他说怕拉车的过于吃力,蹲着不是比坐着强吗?比坐在那里不是轻吗?所以没敢坐下。……"

邻居的三奶奶,笑得几个残齿完全摆在外面。我也笑了!祖母还说,她感到这个乡巴佬难以形容,她的态度,她用所有的一切字眼,都是引人发笑。

"后来那个乡巴佬,你说怎么样!他从车上跳下来,拉车的问他为什么跳?他说'若是蹲着吗!那还行,坐着!我实在没有那样的钱。'拉车的说:'坐着,我不多要钱。'那个乡巴佬到底不信这话,从车上搬下他的零碎东西,走了。他走了!"

我听得懂,我觉得费力,我问祖母:

"你说的,那是什么驴子?"

她不懂我的半句话,拍了我的头一下,当时我真是不能记住那样繁复的名词。

过了几天祖母又上街,又是坐驴子回来的,我的心里渐渐羡慕那驴子,也想要坐驴子。

过了两年,六岁了!我的聪明,也许是我的年岁吧!支持着我使我愈见讨厌我那个皮球,那真是太小,而又太旧了;我不能喜欢黑脸皮球,我爱上邻家孩子手里那个大的;买皮球,好像我的志愿,一天比一天坚决起来。

向祖母说,她答:"过几天买吧!你先玩这个吧!"

又向祖父请求,他答:"这个还不是很好吗?不是没有出气吗?"

我得知他们的意思是说旧皮球还没有破,不能买新的。于是把皮球在脚下用力捣毁它,任是怎样捣毁,皮球仍是很圆,很鼓,后来到祖父面前让他替我踏破!祖父变了脸色,像是要打我,我跑开了!

从此我每天表示不满意的样子。

终于一天清朗的夏日,戴起小草帽来,自己出街去买皮球了!朝向母亲曾领我到过的那家铺子走去。离家不远的时候,我的心志非常光明,能够分辨方向,我知道自己是向北走。过了一会,不然了!太阳我也找不着了!一些些的招牌,依我看来都是一个样,街上的行人好像每个要撞倒我似地,就连马车也好像是旋转着。我不晓得自己走了多远,但我实在疲劳。不能再寻找那家商店;我急切地想回家,可是家也被寻觅不到。我是从那一条路来的?究竟家是在什么方向?

我忘记一切危险,在街心停住,我没有哭,把头向天,愿看见太阳。因为平常爸爸不是拿着指南针看看太阳就知道或南或北吗?我既然看了!只见太阳在街路中央,别的什么都不能知道,我无心留意街道,跌倒了在阴沟板上面。

"小孩!小心点!"

身边的马车夫驱着车子过去,我想问他我的家在什么地方,他走过了!我昏沉极了!忙问一个路旁的人:

"你知道我的家吗?"

他好像知道我是被丢的孩子,或许那时候我的脸上有什么急慌的神色,那人跑向路的那边去。把车子拉过来,我知道他是洋车夫,他和我开玩笑一般:

"走吧!坐车回家吧!"

我坐上了车,他问我,总是玩笑一般地:

"小姑娘!家在那里呀?"

我说:"我们离南河沿不远,我也不知道那面是南,反正我们南边有河。"

走了一会,我的心渐渐平稳,好像被动荡的一盆水,渐渐静止下来,可是不多一会,我忽然忧愁了!抱怨自己皮球仍是没有买成!从皮球联想到祖母骗我给买皮球的故事,很快又联想到祖母讲的关于乡巴佬坐东洋车的故事。于是我想试一试,怎样可以像个乡巴佬。该怎样蹲法呢?轻轻地从座位滑下来,当我还没有蹲稳当的时节,拉车的回过头来:

"你要做什么呀?"

我说:"我要蹲一蹲试试,你答应我蹲吗?"

他看我已经偎在车前放脚的那个地方,于是他向我深深地做了一个鬼脸,嘴里哼着:

"倒好哩!你这个孩子,很会淘气!"

车子跑得不很快,我忘记街上有没有人笑我。车跑到红色的大门楼,我知道到家了,我应该起来呀!应该下车呀!不,目的想给祖母一个意外的发笑,等车拉到院心,我仍蹲在那里,像耍猴人的猴样,一动不动。祖母笑着跑出来了!祖父也是笑!我怕他们不晓得我的意思,我用尖音喊:

"看我!乡巴佬蹲东洋驴子!乡巴佬蹲东洋驴子呀!"

只有妈妈大声骂着我,忽然我怕她要打我,我是偷着上街。

洋车忽然放停,从上面我倒滚下来,不记得被跌伤没有。祖父猛力打了拉车的,说他欺侮小孩,说他不让小孩坐车让蹲在那里。没有给他钱,从院子把他轰出去。

所以后来,无论祖父对我怎样疼爱,心里总是生着隔膜,我不同意他打洋车夫,我问:

"你为什么打他呢?那是我自己愿意蹲着。"

祖父把眼睛斜视一下:"有钱的孩子是不受什么气的。"

现在我是廿多岁了!我的祖父死去多年了!在这样的年代中,我没发现一个有钱的人蹲在洋车上;他有钱,他不怕车夫吃力,他自己没拉过车,自己所尝到的,只是被拉着的舒服滋味。假若偶尔有钱家的小孩子要蹲在车厢中玩一玩,那么孩子的祖父出来,拉洋车的便要被打。

可是我呢?现在变成个没有钱的孩子了!

一九三四年三月十六日

镀金的学说

我的伯伯,他是我童年惟一崇拜的人物,他说起话来有宏亮的声音,并且他什么时候讲话总关于正理,至少那时候我觉得他的话是严肃的,有条理的,千真万确的。

那年我十五岁,是秋天,无数张叶子落了,回旋在墙根了!我经过北门旁在寒风里嚎叫着的老榆树,那榆树的叶子也向我打来。可是我抖擞着跑进屋去,我是参加一个邻居姐姐出嫁的筵席回来。一边脱换我的新衣裳,一边同母亲说,那好像同母亲吵嚷一般:"妈,真的没有见过,婆家说新娘笨,也有人当面来羞辱新娘,说她站着的姿式不对,坐着的姿式不好看,林姐姐一声也不作,假若是我呀!哼!……"

母亲说了几句同情的话,就在这样的当儿,我听清伯父在呼唤我的名字。他的声音是那样低沉,平素我是爱伯父的,可是也怕他,于是我心在小胸膛里边惊跳着走出外房去。我的两手下垂,就连视线也不敢放过去。

"你在那里讲究些什么话?很有趣哩!讲给我听听。"伯父说话的时候,他的眼睛流动着笑意,我知道他没有生气,并且我想他很愿意听我讲究。我就高声把那事又说了一遍,我且说且做出种种姿式来。等我说完的时候,我仍欢喜,跳打着的手足停下,静等着伯伯夸奖我呢!可是过了很多工夫,伯伯在桌子旁仍写他的文字。

对我好像没有反应,再等一会他对于我的讲话也没有回响。至于我呢,我的小心房立刻感到压迫,我想我的错在什么地方?话讲得是很流利呀！讲话的速度也算是活泼呀！伯伯好像一块朽木塞住我的咽喉，我愿意快躲开他到别的房中去长叹一口气。

伯伯把笔放下了，声音也跟着来了："你不说假若是你吗？是你又怎么样？你比别人更糟糕，下回少说这一类话！小孩子学着夸大话，浅薄透了！你想你总要比别人高一倍吗？再不要夸口，夸口是最可耻，最没出息。"

我走进母亲的房里，坐在炕沿我弄着发辫，默不作声，脸部感到很烧很烧。以后我再不夸口了！

伯父又常常讲一些关于女人的服装的意见，他说穿衣服素色最好，不要涂粉，抹胭脂，要保持本来的面目。我常常是保持本来的面目，不涂粉不抹胭脂，也从没穿过花色的衣裳。

后来我渐渐对于古文有趣味，伯父给我讲古文，记得讲到《吊古战场文》那篇，伯父被感动得有些声咽，我到后来竟哭了！从那时起我深深感到战争的痛苦与残忍。大概那时我才十四岁。

又过一年，我从小学卒业就要上中学的时候，我的父亲把脸沉下了！他终于把脸沉下。等我问他的时候，他瞪一瞪眼睛，在地板上走转两圈，必须要过半分钟才能给一个答话："上什么中学？上中学在家上吧！"

父亲在我眼里变成一只没有一点热气的鱼类，或者别的不具着情感的动物。

半年的工夫，母亲同我吵嘴，父亲骂我："你懒死啦！不要脸的。"当时我过于气愤了，实在受不住这样一架机器压轧了。我问他："什么叫不要脸呢？谁不要脸！"听了这话他立刻像火山一样爆裂起来。当时我没能看出他头上有火冒也没？父亲满头的发丝一定被我烧焦了吧！那时我是在他的手掌下倒了下来，等我爬起来时，我也没哭。可是父亲从那时起他感到父亲的尊严是受了一大挫折，也从那时起每天想要恢复他的父权。他想做父亲的更该尊严些，或者加倍地尊严着才能压住子女吧？

可真加倍尊严起来了；每逢他从街上回来，都是黄昏时候，父亲一走到花墙的地方便从喉管做出响动，咳嗽几声啦，或是吐一口痰啦。后来渐渐我听他只是咳嗽而不吐痰，我想父亲一定会感着痰不够用了呢！我想做父亲的为什么必须尊严呢？或者因为做父亲的肚子太清洁？把肚子里所有的痰都全部吐出来了？

一天天睡在炕上，慢慢我病着了！我什么心思也没有了！一班同学不升学的只有两三个，升学的同学给我来信告诉我，她们打网球，学校怎样热闹，也说些我所不懂的功课。我愈读这样的信，病愈加重点。

老祖父支住拐杖，仰着头，白色的胡子振动着说："叫樱花上学去吧！给她拿火车费，叫她收拾收拾起身吧，小心病坏！"

父亲说："有病在家养病吧，上什么学，上学！"

后来连祖父也不敢向他问了，因为后来不管亲戚朋友，提到我上学的事他都是连话不答，出走在院中。

整整死闷在家中三个季节，现在是正月了。家中大会宾客，外祖母啜着汤食向我说："樱花，你怎么不吃什么呢？"

当时我好像要流出眼泪来，在桌旁的枕上，我又倒下了！因为伯父外出半年是新回来，所以外祖母向伯父说："他伯伯，向樱花爸爸说一声，孩子病坏了，叫她上学去吧！"

伯父最爱我，我五六岁时他常常来我家，他从北边的乡村带回来榛子。冬天他穿皮大氅，从袖口把手伸给我，那冰寒的手呀！当他拉住我的手的时候，我害怕挣脱着跑了，可是我知道一定有榛子给我带来，我秃着头两手捏耳朵，在院子里我向每个货车夫问："有榛子没有？有榛子没有？"

伯父把我裹在大氅里，抱着我进去，他说："等一等给你榛子。"

我渐渐长大起来，伯父仍是爱我的，讲故事给我听，买小书给我看。等我入高级，他开始给我讲古文了！有时把族中的哥哥弟弟们都唤来，也讲给他们听，可是书讲完他们临去的时候，伯父总是说：

"别看你们是男孩子,樱花比你们全强,真聪明。"

他们自然不愿意听了,一个一个退走出去。不在伯父面前他们齐声说:"你好呵!你有多聪明!比我们这一群混蛋强得多。"

男孩子说话总是有点野,不愿意听,便离开他们了。谁想男孩子们会这样放肆呢?他们扯住我,要打我:"你聪明,能当个什么用?我们有气力,要收拾你。""什么狗屁聪明,来,我们大家伙看看你的聪明到底在那里?"

伯父当着什么人也夸奖我:"好记力,心机灵快。"

现在一讲到我上学的事,伯父微笑了:"不用上学,家里请个老先生念念书就够了!哈尔滨的文学生们太荒唐。"

外祖母说:"孩子在家里教养好,到学堂也没有什么坏处。"

于是伯父斟了一杯酒,挟了一片香肠放到嘴里,那时我多么不愿看他吃香肠呵!那一刻我是怎样恼烦着他!我讨厌他喝酒用的杯子,我讨厌他上唇生着的小黑髭,也许伯伯没有观察我一下!他又说:"女学生们靠不住,交男朋友啦!恋爱啦!我看不惯这些。"

从那时起伯父同父亲是没有什么区别。变成严凉的石块。

当年,我升学了,那不是什么人帮助我,是我自己向家庭施行的骗术。后一年暑假,我从外回家,我和伯父的中间,总感到一种淡漠的情绪,伯父对我似乎是客气了,似乎是有什么从中间隔离着了!

一天伯父上街去买鱼,可是他回来的时候,筐子是空空的。母亲问:

"怎么!没有鱼吗?"

"哼!没有。"

母亲又问:"鱼贵吗?"

"不贵。"

伯父走进堂屋坐在那里好像幻想着一般,后门外树上满挂着绿的叶子,伯父望着那些无知的叶子幻想,最后他小声唱起,像是有什么悲哀蒙蔽着他了!看他的脸色完全可怜起来。他的眼睛是那样忧烦地望着桌面,母亲说:"哥哥头痛吗?"

伯父似乎不愿回答,摇着头,他走进屋倒在床上,很长时间,他翻转着,扇子他不用来摇风,在他手里乱响。他的手在胸膛上拍着,气闷着,再过一会,他完全安静下去,扇子任意丢在地板,苍蝇落在脸上,也不去搔它。

晚饭桌上了,伯父多喝了几杯酒,红着颜面向祖父说:"菜市上看见王大姐了呢!"

王大姐,我们叫她王大姑,常听母亲说:"王大姐没有妈,爹爹为了贫穷去为匪,只留这个可怜的孩子住在我们家里。"伯父很多情呢!伯父也会恋爱呢,伯父的屋子和我姑姑们的屋子挨着,那时我的三个姑姑全没出嫁。

一夜,王大姑没有回内房去睡,伯父伴着她哩!

祖父不知这件事,他说:"怎么不叫她来家呢?"

"她不来,看样子是很忙。"

"呵!从出了门子总没见过,二十多年了,二十多年了!"

祖父捋着斑白的胡子,他感到自己是老了!

伯父也感叹着:"嗳!一转眼,老了!不是姑娘时候的王大姐了!头发白了一半。"

伯父的感叹和祖父完全不同,伯父是痛惜着他破碎的青春的故事。又想一想,他婉转着说,说时他神秘地有点微笑:"我经过菜市场,一个老太太回头看我,我走时,她仍旧看我。停在她身后,我想一想,是谁呢?过会我说:'是王大姐吗?'她转过身来,我问她,'在本街住吧?'她很忙,要回去烧饭,随后她走了,什么话也没说,提着空筐子走了!"

夜间,全家人都睡了,我偶然到伯父屋里去找一本书,因为对他,我连一点信仰也失去了,所以无言走出。

伯父愿意和我谈话似地:"没睡吗?"

"没有。"

隔着一道玻璃门,我见他无聊的样子翻着书和报,枕旁一只蜡烛,火光在起伏。伯父今天似乎是例外,同我讲了好些话,关于报纸上的,又关于什么年鉴上的。他看见我手里拿着一本花面的小书,他问:"什么书。"

"小说。"

我不知道他的话是从什么地方说起:"言情小说,《西厢》是妙绝,《红楼梦》也好。"

那夜伯父奇怪地向我笑,微微地笑,把视线斜着看住我。我忽然想起白天所讲的王大姑来了,于是给伯父倒一杯茶,我走出房来,让他伴着茶香来慢慢地回味着记忆中的姑娘吧!

我与伯伯的学说渐渐悬殊,因此感情也渐渐恶劣,我想什么给感情分开的呢？我需要恋爱,伯父也需要恋爱。伯父见着他年青时候的情人痛苦,假若是我也是一样。

那么他与我有什么不同呢？不过伯伯相信的是镀金的学说。

祖父死了的时候

祖父总是有点变样子,他喜欢流起眼泪来,同时过去很重要的事情他也忘掉。比方过去那一些他常讲的故事,现在讲起来,讲了一半下一半他就说:"我记不得了。"

某夜,他又病了一次,经过这一次病,他竟说:"给你三姑写信,叫她来一趟,我不是四五年没看过她吗?"他叫我写信给我已经死去五年的姑母。

那次离家是很痛苦的。学校来了开学通知信,祖父又一天一天地变样起来。

祖父睡着的时候,我就躺在他的旁边哭,好像祖父已经离开我死去似地,一面哭着一面抬头看他凹陷的嘴唇。我若死掉祖父,就死掉我一生最重要的一个人,好像他死了就把人间一切"爱"和"温暖"带得空空虚虚。我的心被丝线扎住或铁丝绞住了。

我联想到母亲死的时候。母亲死以后,父亲怎样打我,又娶一个新母亲来。这个母亲很客气,不打我,就是骂,也是指着桌子或椅子来骂我。客气是越客气了,但是冷淡了,疏远了,生人一样。

"到院子去玩玩吧!"祖父说了这话之后,在我的头上撞了一下,"喂!你看这是什么!"一个黄金色的桔子落到我的手中。

夜间不敢到茅厕去,我说:"妈妈同我到茅厕去趟吧。"

"我不去!"

"那我害怕呀!"

"怕什么?"

"怕什么？怕鬼怕神？"父亲也说话了，把眼睛从眼镜上面看着我。

冬天，祖父已经睡下，赤着脚，开着钮扣跟我到外面茅厕去。

学校开学，我迟到了四天。三月里，我又回家一次，正在外面叫门，里面小弟弟嚷着："姐姐回来了！姐姐回来了！"大门开时，我就远远注意着祖父住着的那间房子。果然祖父的面孔和胡子闪现在玻璃窗里。我跳着笑着跑进屋去。但不是高兴，只是心酸，祖父的脸色更惨淡更白了。等屋子里一个人没有时，他流着泪，他慌慌忙忙地一边用袖口擦着眼泪，一边抖动着嘴唇说："爷爷不行了，不知早晚……前些日子好险没跌……跌死。"

"怎么跌的？"

"就是在后屋，我想去解手，招呼人，也听不见，按电铃也没有人来，就得爬啦。还没到后门口，腿颤，心跳，眼前发花了一阵就倒下去。没跌断了腰……人老了，有什么用处！爷爷是八十一岁呢。"

"爷爷是八十一岁。"

"没用了，活了八十一岁还是在地上爬呢！我想你看不着爷爷了，谁知没有跌死，我又慢慢爬到炕上。"

我走的那天也是和我回来那天一样，白色的脸的轮廓闪现在玻璃窗里。

在院心我回头看着祖父的面孔，走到大门口，在大门口我仍可看见，出了大门，就被门扇遮断。

从这一次祖父就与我永远隔绝了。虽然那次和祖父告别，并没说出一个永别的字。我回来看祖父，这回门前吹着喇叭，幡杆挑得比房头更高，马车离家很远的时候，我已看到高高的白色幡杆了，吹鼓手们的喇叭怆凉地在悲嚎。马车停在喇叭声中，大门前的白幡，白对联，院心的灵棚，闹嚷嚷许多人，吹鼓手们响起乌乌的哀嚎。

这回祖父不坐在玻璃窗里，是睡在堂屋的板床上，没有灵魂地躺在那里。我要看一看他白色的胡子，可是怎样看呢！拿开他脸上蒙着的纸吧,胡子、眼睛和嘴,都不会动了,他真的一点感觉也没有了?我从祖父的袖管里去摸他的手,手也没有感觉了。祖父这回真死去了啊!

祖父装进棺材去的那天早晨,正是后园里玫瑰花开放满树的时候。我扯着祖父的一张被角,抬向灵前去。吹鼓手在灵前吹着大喇叭。

我怕起来,我嚎叫起来。

"咣咣!"黑色的、半尺厚的灵柩盖子压上去。

吃饭的时候,我饮了酒,用祖父的酒杯饮的,饭后我跑到后园玫瑰树下去卧倒,园中飞着蜂子和蝴蝶,绿草的清凉的气味,这都和十年前一样。可是十年前死了妈妈。妈妈死后我仍是在园中扑蝴蝶;这回祖父死去,我却饮了酒。

过去的十年我是和父亲打斗着生活。在这期间我觉得人是残酷的东西。父亲对我是没有好面孔的,对于仆人也是没有好面孔的,他对于祖父也是没有好面孔的。因为仆人是穷人,祖父是老人,我是个小孩子,所以我们这些完全没有保障的人就落到他的手里。后来我看到新娶来的母亲也落到他的手里,他喜欢她的时候,便同她说笑,他恼怒时便骂她,母亲渐渐也怕起父亲来。

母亲也不是穷人,也不是老人,也不是孩子,怎么也怕起父亲来呢? 我到邻家去看看,邻家的女人也是怕男人。我到舅家去,舅母也是怕舅父。

我懂得的尽是些偏僻的人生,我想世间死了祖父,就没有再同情我的人了,世间死了祖父,剩下的尽是些凶残的人了。

我饮了酒,回想,幻想……

以后我必须不要家,到广大的人群中去,但我在玫瑰树下颤怵了,人群中没有我的祖父。

所以我哭着,整个祖父死的时候我哭着。

感情的碎片

近来觉得眼泪常常充满着眼睛,热的,它们常常会使我的眼圈发烧。然而它们一次也没有滚落下来。有时候它们站到了眼毛的尖端,闪耀着玻璃似地液体,每每在镜子里面看到。

一看到这样的眼睛,又好像回到了母亲死的时候。母亲并不十分爱我,但也总算是母亲。她病了三天了,是七月的末梢,许多医生来过了,他们骑着白马,坐着三轮车,但那最高的一个,他用银针在母亲的腿上刺了一下,他说:

"血流则生,不流则亡。"

我确确实实看到那针孔是没有流血,只是母亲的腿上凭空多了一个黑点。医生和别人都退了出去,他们在堂屋里议论着。我背向了母亲,我不再看她腿上的黑点。我站着。

"母亲就要没有了吗?"我想。

大概就是她极短的清醒的时候:

"……你哭了吗? 不怕,妈死不了!"

我垂下头去,扯住了衣襟,母亲也哭了。

而后我站到房后摆着花盆的木架旁边去。我从衣袋取出来母亲买给我的小洋刀。

"小洋刀丢了就从此没有了吧?"于是眼泪又来了。

花盆里的金百合映着我的眼睛,小洋刀的闪光映着我的眼睛。眼泪就再没有流落下来,然而那是热的,是发炎的。但那是孩子的时候。

而今则不应该了。

回忆鲁迅先生

鲁迅先生的笑声是明朗的,是从心里的欢喜。若有人说了什么可笑的话,鲁迅先生笑得连烟卷都拿不住了,常常是笑得咳嗽起来。

鲁迅先生走路很轻捷,尤其使人记得清楚的,是他刚抓起帽子来往头上一扣,同时左腿就伸出去了,仿佛不顾一切地走去。

鲁迅先生不大注意人的衣裳,他说:"谁穿什么衣裳我看不见的……"

鲁迅先生生病,刚好了一点,窗子开着,他坐在躺椅上,抽着烟,那天我穿着新奇的火红的上衣,很宽的袖子。

鲁迅先生说:"这天气闷热起来,这就是梅雨天。"他把他装在象牙烟嘴上的香烟,又用手装得紧一点,往下又说了别的。

许先生忙着家务跑来跑去,也没有对我的衣裳加以鉴赏。

于是我说:"周先生,我的衣裳漂亮不漂亮?"

鲁迅先生从上往下看了一眼:"不大漂亮。"

过了一会又加着说:"你的裙子配的颜色不对,并不是红上衣不好看。各种颜色都是好看的,红上衣要配红裙子,不然就是黑裙子,咖啡色的就不行了;这两种颜色放在一起很混浊……你没看到外国人在街上走的吗?绝没有下边穿一件绿裙子,上边穿一件紫上衣,也没有穿一件红裙子而后穿一件白上衣的……"

鲁迅先生就在躺椅上看着我:"你这裙子是咖啡色的,还带格子,颜色混浊得很,所以把红衣裳也弄得不漂亮了。"

"……人瘦不要穿黑衣裳,人胖不要穿白衣裳;脚长的女人一定要穿黑鞋子,脚短就一定要穿白鞋子;方格子的衣裳胖人不能穿,但比横格子的还好,横格子的,胖人穿上,就把胖子更往两边裂着,更横宽了,胖子要穿竖条子的,竖的把人显得长,横的把人显得宽……"

那天鲁迅先生很有兴致,把我一双短统靴子也略略批评一下,说我的短靴是军人穿的,因为靴子的前后都有一条线织的拉手,这拉手据鲁迅先生说是放在裤子下边的……

我说:"周先生,为什么那靴子我穿了多久了而不告诉我,怎么现在才想起来呢?现在我不是不穿了吗?我穿的这不是另外的鞋吗?"

"你不穿我才说的,你穿的时候,一说你该不穿了。"

那天下午要赴一个筵会去,我要许先生给我找一点布条或绸条束一束头发。许先生拿了来米色的绿色的还有桃红色的。经我和许先生共同选定的是米色的。为着取笑,把那桃红色的,许先生举起来放在我的头发上,并且许先生很开心地说着:

"好看吧!多漂亮!"

我也非常得意,很规矩又顽皮的在等着鲁迅先生往这边看我们。

鲁迅先生这一看,他就生气了,他的眼皮往下一放向我们这边看着。

"不要那样装她……"

许先生有点窘了。

我也安静下来。

鲁迅先生在北平教书时,从不发脾气,但常常好用这种眼光看人。许先生常跟我讲,她在女师大读书时,周先生在课堂上,一生气就用眼睛往下一掠,看着她们。这种眼光鲁迅先生在记范爱农先生的文字里曾自己述说过,而谁曾接触过这种眼光的人就会感到一个旷代的全智者的催逼。

我开始问:"周先生怎么也晓得女人穿衣裳的这些事情呢?"

"看过书的,关于美学的。"

"什么时候看的……"

"大概是在日本读书的时候……"

"买的书吗?"

"不一定是买的,也许是从什么地方抓到就看的……"

"看了有趣味吗?"

"随便看看……"

"周先生看这书做什么?"

"……"没有回答。好像很难以答。

许先生在旁说:"周先生什么书都看的。"

在鲁迅先生家里做客人,刚开始是从法租界来到虹口,搭电车也要差不多一个钟头的工夫,所以那时候来的次数比较少,还记得有一次谈到半夜了,一过十二点电车就没有的,但那天不知讲了些什么,讲到一个段落就看看旁边小长桌上的圆钟,十一点半了,十一点四十五分了,电车没有了。

"反正已十二点,电车已没有,那么再坐一会。"许先生如此劝着。

鲁迅先生好像听了所讲的什么引起了幻想,安顿地举着象牙烟嘴在沉思着。

一点钟以后,送我(还有别的朋友)出来的是许先生,外边下着濛濛的小雨,弄堂里灯光全然灭掉了,鲁迅先生嘱咐许先生一定让坐小汽车回去,并且一定嘱咐许先生付钱。

以后也住到北四川路来,就每夜饭后必到大陆新村来了,刮风的天,下雨的天,几乎没有间断的时候。

鲁迅先生很喜欢北方饭。还喜欢吃油炸的东西,喜欢吃硬的东西,就是后来生病的时候,也不大吃牛奶。鸡汤端到旁边用调羹舀了一二下就算了事。

有一天约好我去包饺子吃,那还是住在法租界,所以带了外国酸菜和用绞肉机绞成的牛肉。就和许先生站在客厅后边的方桌边包起来,海婴公子围着闹得起劲,一会把按成圆饼的面拿去了,他说做了一只船来,送在我们的眼前,我们不看它,转身他又做了一只小鸡,许先生和我都不去看它,对他竭力避免加以赞美,若一赞美起来,怕他更做得起劲。

客厅后没到黄昏就先黑了,背上感到些微的寒凉,知道衣裳不够了,但为着忙,没有加衣裳去。等把饺子包完了看看那数目并不多,这才知道和许先生谈话谈得太多,误了工作,许先生怎样离开家的,怎样到天津读书的,在女师大读书时怎样做了家庭教师,她去考家庭教师的那一段描写,非常有趣,只取一名,可是考了好几十名,她之能够当选算是难得了。指望对于学费有一点补足,冬天来了,北平又冷,那家离学校又远,每月除了车子钱之外,若伤风感冒还得自己拿出买阿司匹林的钱来,每月薪金十元要从西城跑到东城……

饺子煮好,一上楼梯,就听到楼上明朗的鲁迅先生的笑声冲下楼梯来,原来有几个朋友在楼上也正谈得热闹。那一天吃得是很好的。

以后我们又做过韭菜合子,又做过合叶饼,我一提议鲁迅先生必然赞成,而我做得又不好,可是鲁迅先生还是在饭桌上举着筷子问许先生:"我再吃几个吗?"

因为鲁迅先生的胃不大好,每饭后必吃脾自美胃药丸一二粒。

有一天下午鲁迅先生正在校对着瞿秋白的《海上述林》,我一走进卧室去,从那圆转椅上鲁迅先生转过来了,向着我,还微微站起了一点。

"好久不见,好久不见。"一边说着一边向我点头。

刚刚我不是来过了吗?怎么会好久不见?就是上午我来的那次周先生忘记了,可是我也每天来呀……怎么都忘记了吗?

周先生转身坐在躺椅上才自己笑起来,他是在开着玩笑。

梅雨季,很少有晴天,一天的上午刚一放晴,我高兴极了,就到鲁迅先生家去了,跑得上楼还喘着,鲁迅先生说:"来啦!"我说:"来啦!"

我喘着连茶也喝不下。

鲁迅先生就问我:

"有什么事吗?"

我说:"天晴啦,太阳出来啦。"

许先生和鲁迅先生都笑着,一种对于冲破忧郁心境地展然地会心地笑。

海婴一看到我非拉我到院子里和他一道玩不可,拉我的头发或拉我的衣裳。

为什么他不拉别人呢?据周先生说:"他看你梳着辫子,和他差不多,别人在他眼里都是大人,就看你小。"

许先生问着海婴:"你为什么喜欢她呢?不喜欢别人?"

"她有小辫子。"说着就来拉我的头发。

鲁迅先生家里生客人很少,几乎没有,尤其是住在他家里的人更没有。一个礼拜六的晚上,在二楼上鲁迅先生的卧室里摆好了晚饭,围着桌子坐满了人。每逢礼拜六晚上都是这样的,周建人先生带着全家来拜访的。在桌子边坐着一个很瘦的很高的穿着中国小背心的人,鲁迅先生介绍说:"这是一位同乡,是商人。"

初看似乎对的,穿着中国裤子,头发剃得很短。当吃饭时,他还让别人酒,也给我倒一盅,态度很活泼,不大像个商人;等吃完了饭,又谈到《伪自由书》及《二心集》。这个商人,开明得很,在中国不常见。没有见过的,就总不大放心。

下一次是在楼下客厅后的方桌上吃晚饭,那天很晴,一阵阵地刮着热风,虽然黄昏了,客厅后还不昏黑。鲁迅先生是新剪的头发,还能记得桌上有一碗黄花鱼,大概是顺着鲁迅先生的口味,是用油煎的。鲁迅先生前面摆着一碗酒,酒碗是扁扁的,好像用做吃饭的饭碗。那位商人先生也能喝酒,酒瓶手就站在他的旁边。他说蒙古人什么样,苗人什么样,从西藏经过时,那西藏女人见了男人追她,她就如何如何。

这商人可真怪,怎么专门走地方,而不做买卖?并且鲁迅先生的书他也全读过,一开口这个,一开口那个。并且海婴叫他×先生①,我一听那×字就明白他是谁了。×先生常常回来得很迟,从鲁迅先生家里出来,在弄堂里遇到了几次。

有一天晚上×先生从三楼下来,手里提着小箱子,身上穿着长袍子,站在鲁迅先生的面前,他说他要搬了。他告了辞,许先生送他下楼去了。这时候周先生在地板上绕了两个圈子,问我说:

"你看他到底是商人吗?"

"是的。"我说。

鲁迅先生很有意思的在地板上走几步,而后向我说:"他是贩卖私货的商人,是贩卖精神上的……"

×先生走过二万五千里回来的。

青年人写信,写得太草率,鲁迅先生是深恶痛绝之的。

"字不一定要写得好,但必须得使人一看了就认识,青年人现在都太忙了……他自己赶快胡乱写完了事,别人看了三遍五遍看不明白,这费了多少工夫,他不管。反正这费的工夫不是他的。这存心是不太好的。"

但他还是展读着每封由不同角落里投来的青年的信,眼睛不济时,便戴起眼镜来看,常常看到夜里很深的时光。

鲁迅先生坐在××电影院楼上的第一排,那片名忘记了,新闻片

---

① 即冯雪峰。

是苏联纪念五一节的红场。

"这个我怕看不到的……你们将来可以看得到。"鲁迅先生向我们周围的人说。

珂勒惠支的画,鲁迅先生最佩服,同时也很佩服她的做人,珂勒惠支受希特勒的压迫,不准她做教授,不准她画画,鲁迅先生常讲到她。

史沫特莱,鲁迅先生也讲到,她是美国女子,帮助印度独立运动,现在又在援助中国。

鲁迅先生介绍给人去看的电影:"夏伯阳","复仇艳遇"……其余的如"人猿泰山"……或者非洲的怪兽这一类的影片,也常介绍给人的。鲁迅先生说:"电影没有什么好看的,看看鸟兽之类倒可以增加些对于动物的知识。"

鲁迅先生不游公园,住在上海十年,兆丰公园没有进过,虹口公园这么近也没有进过。春天一到了,我常告诉周先生,我说公园里的土松软了,公园里的风多么柔和,周先生答应这个晴好的天气,选个礼拜日,海婴休假日,好一道去,坐一乘小汽车一直开到兆丰公园,也算是短途旅行,但这只是想着而未有做到,并且把公园给下了定义,鲁迅先生说:"公园的样子我知道的……一进门分做两条路,一条通左边,一条通右边,沿着路种着点柳树什么树的,树下摆着几张长椅子,再远一点有个水池子。"

我是去过兆丰公园,也去过虹口公园或是法国公园的,仿佛这个定义适用在任何国度的公园设计者。

鲁迅先生不戴手套,不围围巾,冬天穿着黑石蓝的棉布袍子,头上戴着灰色毡帽,脚穿黑帆布胶皮底鞋。

胶皮底鞋夏天特别热,冬天又凉又湿,鲁迅先生的身体不算好,大家都提议把这鞋子换掉。鲁迅先生不肯,他说胶皮底鞋子走路方便。

"周先生一天走多少路呢?也不就一转弯到××书店①走一趟吗?"

鲁迅先生笑而不答。

"周先生不是很好伤风吗?不围巾子,风一吹不就伤风了吗?"

鲁迅先生这些个都不习惯,他说:

"从小就没戴过手套围巾,戴不惯。"

鲁迅先生一推开门从家里出来时,两只手露在外边,很宽的袖口冲着风就向前走,腋下挟着个黑绸子印花的包袱,里边包着书或者是信,到老靶子路书店去了。

那包袱每天出去必带出去,回来必带回来,出去时带着回给青年们的信,回来又从书店带来新的信和青年请鲁迅先生看的稿子。

鲁迅先生抱着印花包袱从外边回来,还提着一把伞,一进门客厅里早坐着客人,把伞挂在衣架上就陪客人谈起话来。谈了很久了,伞上的水滴顺着伞杆在地板上已经聚了一堆水。

鲁迅先生上楼去拿香烟,抱着印花包袱,而那把伞也没有忘记,顺手也带到楼上去。

鲁迅先生的记忆力非常之强,他的东西从不随便散置在任何地方。

鲁迅先生很喜欢北方口味。许先生想请一个北方厨子,鲁迅先生以为开销太大,请不得的,男用人,至少要十五元钱的工钱。

所以买米买炭都是许先生下手,我问许先生为什么用两个女用人都是年老的,都是六七十岁的?许先生说她们做惯了,海婴的保

---

① 即内山书店。

姆,海婴几个月时就在这里。

正说着那矮胖胖的保姆走下楼梯来了,和我们打了个迎面。

"先生,没吃茶吗?"她赶快拿了杯子去倒茶,那刚刚下楼时气喘的声音还在喉管里咕噜咕噜的,她确是年老了。

来了客人,许先生没有不下厨房的,菜食很丰富,鱼、肉……都是用大碗装着,起码四五碗,多则七八碗。可是平常就只三碗菜:一碗素炒豌豆苗,一碗笋炒咸菜,再一碗黄花鱼。

这菜简单到极点。

鲁迅先生的原稿,在拉都路一家炸油条的那里用着包油条,我得到了一张,是译《死魂灵》的原稿①,写信告诉了鲁迅先生,鲁迅先生不以为希奇。许先生倒很生气。

鲁迅先生出书的校样,都用来揩桌子,或做什么的。请客人在家里吃饭,吃到半道,鲁迅先生回身去拿来校样给大家分着,客人接到手里一看,这怎么可以?鲁迅先生说:

"擦一擦,拿着鸡吃,手是腻的。"

到洗澡间去,那边也摆着校样纸。

许先生从早晨忙到晚上,在楼下陪客人,一边还手里打着毛线。不然就是一边谈着话一边站起来用手摘掉花盆里花上已干枯了的叶子。许先生每送一个客人,都要送到楼下的门口,替客人把门开开,客人走出去而后轻轻地关了门再上楼来。

来了客人还要到街上去买鱼或鸡,买回来还要到厨房里去工作。

鲁迅先生临时要寄一封信,就得许先生换起皮鞋子来到邮局或者大陆新村旁边的信筒那里去。落着雨的天,许先生就打起伞来。

---

① 这里作者所得到的其实是鲁迅翻译《表》的原稿,恐是误记。请参看许广平著《关于鲁迅的生活》。

许先生是忙的,许先生的笑是愉快的,但是头发有些是白了的。

夜里去看电影,施高塔路的汽车房只有一辆车,鲁迅先生一定不坐,一定让我们坐。许先生,周建人夫人……海婴,周建人先生的三位女公子。我们上车了。

鲁迅先生和周建人先生,还有别的一二位朋友在后边。

看完了电影出来,又只叫到一部汽车,鲁迅先生又一定不肯坐,让周建人先生的全家坐着先走了。

鲁迅先生旁边走着海婴,过了苏州河的大桥去等电车去了。等了二三十分钟电车还没有来,鲁迅先生依着沿苏州河的铁栏杆坐在桥边的石围上了,并且拿出香烟来,装上烟嘴,悠然地吸着烟。

海婴不安地来回乱跑,鲁迅先生还招呼他和自己并排地坐下。

鲁迅先生坐在那儿和一个乡下的安静老人一样。

鲁迅先生吃的是清茶,其余不吃别的饮料。咖啡、可可、牛奶、汽水之类,家里都不预备。

鲁迅先生陪客人到夜深,必同客人一道吃些点心,那饼干就是从铺子里买来的,装在饼干盒子里,到夜深许先生拿着碟子取出来,摆在鲁迅先生的书桌上,吃完了,许先生打开立柜再取一碟,还有向日葵子差不多每来客人必不可少。鲁迅先生一边抽着烟,一边剥着瓜子吃,吃完了一碟,鲁迅先生必请许先生再拿一碟来。

鲁迅先生备有两种纸烟,一种价钱贵的,一种便宜的。便宜的是绿听子的,我不认识那是什么牌子,只记得烟头上带着黄纸的嘴,每五十支的价钱大概是四角到五角,是鲁迅先生自己平日用的。另一种是白听子的,是前门烟,用来招待客人的。白烟听放在鲁迅先生书桌的抽屉里,来客人鲁迅先生下楼,把它带到楼下去,客人走了,又带回楼上来照样放在抽屉里。而绿听子的永远放在书桌上,是鲁迅先生随时吸着的。

鲁迅先生的休息,不听留声机,不出去散步,也不倒在床上睡觉,鲁迅先生自己说:

"坐在椅子上翻一翻书就是休息了。"

鲁迅先生从下午两三点钟起就陪客人,陪到五点钟,陪到六点钟,客人若在家吃饭,吃过饭又必要在一起喝茶,或者刚刚吃完茶走了,或者还没走就又来了客人,于是又陪下去,陪到八点钟,十点钟,常常陪到十二点钟。从下午两三点钟起,陪到夜里十二点,这么长的时间,鲁迅先生都是坐在藤躺椅上,不断地吸着烟。

客人一走,已经是下半夜了,本来已经是睡觉的时候了,可是鲁迅先生正要开始工作。在工作之前,他稍微阖一阖眼睛,燃起一支烟来,躺在床边上,这一支烟还没有吸完,许先生差不多就在床里边睡着了。(许先生为什么睡得这样快?因为第二天早晨六七点钟就要起来管理家务。)海婴这时也在三楼和保姆一道睡着了。

全楼都寂静下去,窗外也是一点声音没有了,鲁迅先生站起来,坐到书桌边,在那绿色的台灯下开始写文章了。

许先生说鸡鸣的时候,鲁迅先生还是坐着,街上的汽车嘟嘟地叫起来了,鲁迅先生还是坐着。

有时许先生醒了,看着玻璃窗白萨萨的了,灯光也不显得怎样亮了,鲁迅先生的背影不像夜里那样黑大。

鲁迅先生的背影是灰黑色的,仍旧坐在那里。

人家都起来了,鲁迅先生才睡下。

海婴从三楼下来了,背着书包,保姆送他到学校去,经过鲁迅先生的门前,保姆总是吩咐他说:

"轻一点走,轻一点走。"

鲁迅先生刚一睡下,太阳就高起来了。太阳照着隔院子的人家,明亮亮的;照着鲁迅先生花园的夹竹桃,明亮亮的。

鲁迅先生的书桌整整齐齐的,写好的文章压在书下边,毛笔在烧瓷的小龟背上站着。

一双拖鞋停在床下,鲁迅先生在枕头上边睡着了。

鲁迅先生喜欢吃一点酒,但是不多吃,吃半小碗或一碗。鲁迅先生吃的是中国酒,多半是花雕。

老靶子路有一家小吃茶店,只有门面一间,在门面里边设座,座少,安静,光线不充足,有些冷落。鲁迅先生常到这吃茶店来,有约会多半是在这里边。老板是犹太人也许是白俄,胖胖的,中国话大概他听不懂。

鲁迅先生这一位老人,穿着布袍子,有时到这里来,泡一壶红茶,和青年人坐在一道谈了一两个钟头。

有一天鲁迅先生的背后那茶座里边坐着一位摩登女子,身穿紫裙子黄衣裳,头戴花帽子……那女子临走时,鲁迅先生一看她,就用眼瞪着她,很生气地看了她半天。而后说:

"是做什么的呢?"

鲁迅先生对于穿着紫裙子黄衣裳,戴花帽子的人就是这样看法的。

鬼到底是有的是没有的?传说上有人见过,还跟鬼说过话,还有人被鬼在后边追赶过,吊死鬼一见了人就贴在墙上。但没有一个人捉住一个鬼给大家看看。

鲁迅先生讲了他看见过鬼的故事给大家听:

"是在绍兴……"鲁迅先生说,"三十年前……"

那时鲁迅先生从日本读书回来,在一个师范学堂里也不知是什么学堂里教书,晚上没有事时,鲁迅先生总是到朋友家去谈天。这朋友住得离学堂几里路,几里路不算远,但必得经过一片坟地。谈天有的时候就谈得晚了,十一二点钟才回学堂的事也常有。有一天鲁迅先生就回去得很晚,天空有很大的月亮。

鲁迅先生向着归路走得很起劲时,往远处一看,远远有一个白影。

鲁迅先生不相信鬼的,在日本留学时是学的医,常常把死人抬来解剖的,鲁迅先生解剖过二十几个,不但不怕鬼,对死人也不怕,所以对于坟地也就根本不怕,仍旧是向前走的。

走了不几步,那远处的白影没有了,再看突然又有了。并且时小时大,时高时低,正和鬼一样。鬼不就是变幻无常的吗?

鲁迅先生有点踌躇了,到底向前走呢?还是回过头来走?本来回学堂不止这一条路,这不过是最近的一条就是了。

鲁迅先生仍是向前走,到底要看一看鬼是什么样,虽然那时候也怕了。

鲁迅先生那时从日本回来不久,所以还穿着硬底皮鞋,鲁迅先生决心要给那鬼一个致命的打击。等走到那白影的旁边时,那白影缩小了,蹲下了,一声不响地靠住了一个坟堆。

鲁迅先生就用了他的硬皮鞋踢出去。

那白影噢的一声叫出来,随着就站起来,鲁迅先生定睛看去,他却是个人。

鲁迅先生说在他踢的时候,他是很害怕的,好像若一下不把那东西踢死,自己反而会遭殃的,所以用了全力踢出去。

原来是个盗墓子的人在坟场上半夜做着工作。

鲁迅先生说到这里就笑了起来。

"鬼也是怕踢的,踢他一脚就立刻变成人了。"

我想,倘若是鬼常常让鲁迅先生踢踢倒是好的,因为给了他一个做人的机会。

从福建菜馆叫的菜,有一碗鱼做的丸子。

海婴一吃就说不新鲜,许先生不信,别的人也都不信。因为那丸子有的新鲜,有的不新鲜,别人吃到嘴里的恰好都是没有改味的。

许先生又给海婴一个,海婴一吃,又是不好的,他又嚷嚷着。别人都不注意,鲁迅先生把海婴碟里的拿来尝尝。果然是不新鲜的。鲁迅先生说:

"他说不新鲜,一定也有他的道理,不加以查看就抹煞是不对的。"

…………

以后我想起这件事来,私下和许先生谈过,许先生说:"周先生的做人,真是我们学不了的。那怕一点点小事。"

鲁迅先生包一个纸包也要包得整整齐齐,常常把要寄出的书,鲁迅先生从许先生手里拿过来自己包。许先生本来包得多么好,而鲁迅先生还要亲自动手。

鲁迅先生把书包好了,用细绳捆上,那包方方正正的,连一个角也不准歪一点或扁一点,而后拿起剪刀,把捆书的那绳头都剪得整整齐齐。

就是这包书的纸都不是新的,都是从街上买东西回来留下来的。许先生上街回来把买来的东西一打开,随手就把包东西的牛皮纸折起来,随手把小细绳卷了一个圈,若小细绳上有一个疙瘩,也要随手把它解开的。准备着随时用的方便。

鲁迅先生住的是大陆新村九号。

一进弄堂口,满地铺着大方块的水门汀,院子里不怎样嘈杂,从这院子出入的有时候是外国人,也能够看到外国小孩在院子里零星地玩着。

鲁迅先生隔壁挂着一块大的牌子,上面写着一个"茶"字。

在一九三五年十月一日。

鲁迅先生的客厅摆着长桌,长桌是黑色的,油漆不十分新鲜,但也并不破旧,桌上没有铺什么桌布,只在长桌的当心摆着一个绿豆青色的花瓶,花瓶里长着几株大叶子的万年青,围着长桌有七八张木椅子。尤其是在夜里,全弄堂一点什么声音也听不到。

那夜,就和鲁迅先生和许先生一道坐在长桌旁边喝茶的。当夜谈了许多关于伪满洲国的事情,从饭后谈起,一直谈到九点钟十点钟而后到十一点,时时想退出来,让鲁迅先生好早点休息,因为我看出来鲁迅先生身体不大好,又加上听许先生说过,鲁迅先生伤风了一个多月,刚好了的。

但是鲁迅先生并没有疲倦的样子。虽然客厅里也摆着一张可以卧倒的藤椅,我们劝他几次想让他坐在藤椅上休息一下,但是他没有去,仍旧坐在椅子上。并且还上楼一次,去加穿了一件皮袍子。

那夜鲁迅先生到底讲了些什么,现在记不起来了。也许想起来的不是那夜讲的而是以后讲的也说不定。过了十一点,天就落雨了,雨点淅沥淅沥地打在玻璃窗上,窗子没有窗帘,所以偶一回头,就看到玻璃窗上有小水流往下流。夜已深了,并且落了雨,心里十分着急,几次站起来想要走,但是鲁迅先生和许先生总说再坐一下:"十二点钟以前终归有车子可搭的。"所以一直坐到将近十二点,才穿起雨衣来,打开客厅外面的响着的铁门,鲁迅先生非要送到铁门外不可。我想为什么他一定要送呢?对于这样年轻的客人,这样地送是应该的么?雨不会打湿了头发,受了寒伤风不又要继续下去么?站在铁门外边,鲁迅先生说,并且指着隔壁那家写着有"茶"字的大牌子:"下次来记住这个'茶',就是这个'茶'的隔壁。"而且伸出手去,几乎是触到了钉在铁门旁边的那个九号的"九"字,"下次来记住'茶'的旁边九号。"

于是脚踏着方块的水门汀,走出弄堂来,回过身去往院子里边看了一看,鲁迅先生那一排房子统统是黑洞洞的,若不是告诉得那样清楚,下次来恐怕要记不住的。

鲁迅先生的卧室,一张铁架大床,床顶上遮着许先生亲手做的白布刺花的围子,顺着床的一边折着两床被子,都是很厚的,是花洋布的被面。挨着门口的床头的方面站着抽屉柜。一进门的左手摆着八仙桌,桌子的两旁藤椅各一,立柜站在和方桌一排的墙角,立柜本是挂衣裳的,衣裳却很少,都让糖盒子,饼干筒子,瓜子罐给塞满了,有一次××老板的太太来拿版权的图章花,鲁迅先生就从立柜下边大抽屉里取出的。沿着墙角望窗子那边走,有一张装饰台,台子上有一个方形的满浮着绿草的玻璃养鱼缸,里边游着的不是金鱼而是灰色的扁肚子的小鱼,除了鱼缸之外另有一只圆的表,其余那上边满装着书。铁架床靠窗子的那头的书柜里书柜外都是书。最后是鲁迅先生的写字台,那上边也都是书。

鲁迅先生家里,从楼上到楼下,没有一个沙发,鲁迅先生工作时坐的椅子是硬的,休息时的藤椅是硬的,到楼下陪客人时坐的椅子又是硬的。

鲁迅先生的写字台面向着窗子,上海弄堂房子的窗子差不多满一面墙那么大,鲁迅先生把它关起来,因为鲁迅先生工作起来有一个习惯,怕吹风,他说,风一吹,纸就动,时时防备着纸跑,文章就写不好。所以屋子热得和蒸笼似地,请鲁迅先生到楼下去,他又不肯,鲁迅先生的习惯是不换地方。有时太阳照进来,许先生劝他把书桌移开一点都不肯。只有满身流汗。

鲁迅先生的写字桌,铺了一张蓝格子的油漆布,四角都用图钉按着。桌子上有小砚台一方,墨一块,毛笔站在笔架上,笔架是烧瓷的,在我看来不很细致,是一个龟,龟背上带有好几个洞,笔就插在那洞里。鲁迅先生多半是用毛笔的,钢笔也不是没有,是放在抽屉里。桌上有一个方大的白瓷的烟灰盒,还有一个茶杯,杯子上戴着盖。

鲁迅先生的习惯与别人不同,写文章用的材料和来信都压在桌子上,把桌子都压得满满的,几乎只有写字的地方可以伸开手,其余桌子的一半被书或纸张占有着。

左手边的桌角上有一个带绿灯罩的台灯,那灯泡是横着装的,在上海那是极普通的台灯。

冬天在楼上吃饭,鲁迅先生自己拉着电线把台灯的机关从棚顶的灯头上拔下,而后装上灯泡子,等饭吃过了,许先生再把电线装起来,鲁迅先生的台灯就是这样做成的,拖着一根长的电线在棚顶上。

鲁迅先生的文章,多半是在这台灯下写的。因为鲁迅先生的工作时间,多半是下半夜一两点起,天将明了休息。

卧室就是如此,墙上挂着海婴公子一个月时婴孩的油画像。

挨着卧室的后楼里边,完全是书了,不十分整齐,报纸和杂志或洋装的书,都混在这间屋子里,一走进去多少还有些纸张气味,地板被书遮盖得太小了,几乎没有了,大网篮也堆在书中。墙上拉着一条绳子或者是铁丝,就在那上边系了小提盒,铁丝笼之类;风干荸荠就盛在铁丝笼里,扯着的那铁丝几乎被压断了在弯弯着。一推开藏书室的窗子,窗子外边还挂着一筐风干荸荠。

"吃罢,多得很,风干的,格外甜。"许先生说。

楼下厨房传来了煎菜的锅铲的响声,并且两个年老的娘姨慢重重地在讲一些什么。

厨房是家里最热闹的一部分。整个三层楼都是静静的。喊娘姨的声音没有,在楼梯上跑来跑去的声音没有。鲁迅先生家里五六间房子只住着五个人,三位是先生的全家,余下的二位是年老的女用人。

来了客人都是许先生亲自倒茶,即或是麻烦到娘姨时,也是许先生下楼去吩咐,绝没有站到楼梯口就大声呼唤的时候。所以整个的房子都在静悄悄之中。

只有厨房比较热闹了一点,自来水花花地流着,洋瓷盆在水门汀的水池子上,每拖一下磨着擦擦地响,洗米的声音也是擦擦的。鲁迅先生很喜欢吃竹笋的,在菜板上切着笋片笋丝时,刀刃每划下去都是很响的。其实比起别人家的厨房来却冷清极了,所以洗米声和切笋声都分开来听得样样清清晰晰。

客厅的一边摆着并排的两个书架,书架是带玻璃橱的,里面有朵斯托益夫斯基的全集和别的外国作家的全集,大半多是日文译本,地板上没有地毯,但擦得非常干净。

海婴公子的玩具橱也站在客厅里,里边是些毛猴子,橡皮人,火车汽车之类,里边装得满满的,别人是数不清的,只有海婴自己伸手到里边找什么就有什么,过新年时在街上买的兔子灯,纸毛上已经落了灰尘了,仍摆在玩具橱顶上。

客厅只有一个灯头,大概五十烛光,客厅的后门对着上楼的楼梯,前门一打开有一个一方丈大小的花园,花园里没有什么花看,只有一棵很高的七八尺高的小树,大概那树是柳桃,一到了春天,喜欢生长蚜虫,忙得许先生拿着喷蚊虫的机器,一边陪着谈话,一边喷着杀虫药水。沿了墙根,种了一排玉米,许先生说:"这玉米长不大的,这土是没有养料的,海婴一定要种。"

春天,海婴在花园里掘着泥沙,培植着各种玩艺。

三楼则特别静了,向着太阳开着两扇玻璃门,门外有一个水门汀的突出的小廊子,春天很温暖的抚摸着门口长垂着的帘子,有时候帘子被风打得很高,飘扬的饱满得和大鱼池似地,那时候隔院的绿树照进玻璃门扇里来了。

海婴坐在地板上装着小工程师在修着一座楼房,他那楼房是用椅子横倒了架起来修的,而后遮起一张被单来算做屋瓦,全个房子在他自己拍着手的赞誉声中完成了。

这间屋感到些空旷和寂寞,既不像女工住的屋子,又不像儿童室。海婴的眠床靠着屋子的一边放着,那大圆顶帐子日里也不打起来,长拖拖地好像从棚顶一直垂到地板上,那床是非常讲究的属于刻花的木器一类的。许先生讲过,租这房子时,从前一个房客转留下来的。海婴和他的保姆,就睡在五六尺宽的大床上。

冬天烧过的火炉,三月里还冷冰冰地在地板上站着。

海婴不大在三楼上玩的,除了到学校去,就是在院子里踏脚踏车,他非常喜欢跑跳,所以厨房,客厅,二楼,他是无处不跑的。

三楼整天在高处空着,三楼的后楼住着另一个老女工,一天很少上楼来,所以楼梯擦过之后,一天到晚干净得溜明。

一九三六年三月里鲁迅先生病了,靠在二楼的躺椅上,心脏跳动得比平日厉害,脸色略微灰了一点。

许先生正相反的,脸色是红的,眼睛显得大了,讲话的声音是平静的,态度并没有比平日慌张。在楼下,一走进客厅来许先生就告诉说:

"周先生病了,气喘……喘得厉害,在楼上靠在躺椅上。"

鲁迅先生呼喘的声音,不用走到他的旁边,一进了卧室就听得到的。鼻子和胡须在扇着,胸部一起一落。眼睛闭着,差不多永久不离开手的纸烟,也放弃了。藤躺椅后边靠着枕头,鲁迅先生的头有些向后,两只手空闲地垂着。眉头仍和平日一样没有聚皱,脸上是平静的,舒展的,似乎并没有任何痛苦加在身上。

"来了吗?"鲁迅先生睁一睁眼睛,"不小心,着了凉……呼吸困难……到藏书的房子去翻一翻书……那房子因为没有人住,特别凉……回来就……"

许先生看周先生说话吃力,赶快接着说周先生是怎样气喘的。

医生看过了,吃了药,但喘并未停,下午医生又来过,刚刚走。

卧室在黄昏里边一点一点地暗下去,外边起了一点小风,隔院的树被风摇着发响。别人家的窗子有的被风打着发出自动关开的响声,家家的流水道都是花拉花拉地响着水声,一定是晚餐之后洗着杯盘的剩水。晚餐后该散步的散步去了,该会朋友的会友去了,弄堂里来去地稀疏不断地走着人,而娘姨们还没有解掉围裙呢,就依着后门彼此搭讪起来。小孩子们三五一伙前门后门地跑着,弄堂外汽车穿来穿去。

鲁迅先生坐在躺椅上,沉静地、不动地阖着眼睛,略微灰了的脸色被炉里的火光染红了一点。纸烟听子蹲在书桌上,盖着盖子,茶杯也蹲在桌子上。

许先生轻轻地在楼梯上走着,许先生一到楼下去,二楼就只剩了鲁迅先生一个人坐在椅子上,呼喘把鲁迅先生的胸部有规律性地抬得高高的。

鲁迅先生必得休息的,须藤老医生是这样说的。可是鲁迅先生从此不但没有休息,并且脑子里所想的更多了,要做的事情都像非立刻就做不可,校《海上述林》的校样,印珂勒惠支的画,翻译《死魂灵》下部;刚好了,这些就都一起开始了,还计算着出三十年集。

鲁迅先生感到自己的身体不好,就更没有时间注意身体,所以要多做,赶快做,当时大家不解其中的意思,都对鲁迅先生不加以休息不以为然,后来读了鲁迅先生《死》的那篇文章才了然了。

鲁迅先生知道自己的健康不成了,工作的时间没有几年了,死了是不要紧的,只要留给人类更多,鲁迅先生就是这样。

不久书桌上德文字典和日文字典又都摆起来了,果戈里的《死魂灵》又开始翻译了。

鲁迅先生的身体不大好,容易伤风,伤风之后,照常要陪客人,回信,校稿子。所以伤风之后总要拖下去一个月或半个月的。

瞿秋白的《海上述林》校样,一九三五年冬,一九三六年的春天,鲁迅先生不断地校着,几十万字的校样,要看三遍,而印刷所送校样来总是十页八页的,并不是统统一道地送来,所以鲁迅先生不断地被

这校样催索着,鲁迅先生竟说:

"看吧,一边陪着你们谈话,一边看校样的,眼睛可以看,耳朵可以听……"

有时客人来了,一边说着笑话,一边鲁迅先生放下了笔。有的时候也说:"就剩几个字了……请坐一坐……"

一九三五年冬天许先生说:

"周先生的身体是不如从前了。"

有一次鲁迅先生到饭馆里去请客,来的时候兴致很好,还记得那次吃了一只烤鸭子,整个的鸭子用大钢叉子叉上来时,大家看着这鸭子烤的又油又亮的,鲁迅先生也笑了。

菜刚上满了,鲁迅先生就到竹躺椅上吸一支烟,并且阖一阖眼睛。一吃完了饭,有的喝多了酒的,大家都乱闹了起来,彼此抢着苹果,彼此讽刺着玩,说着一些刺人可笑的话,而鲁迅先生这时候,坐在躺椅上,阖着眼睛,很庄严地在沉默着,让拿在手上纸烟的烟缕,慢慢地上升着。

别人以为鲁迅先生也是喝多了酒吧!

许先生说,并不的。

"周先生的身体是不如从前了,吃过了饭总要阖一阖眼稍微休息一下,从前一向没有这习惯。"

周先生从椅子上站起来了,大概说他喝多了酒的话让他听到了。

"我不多喝酒的,小的时候,母亲常提到父亲喝了酒,脾气怎样坏,母亲说,长大了不要喝酒,不要像父亲那样子……所以我不多喝的……从来没喝醉过……"

鲁迅先生休息好了,换了一支烟,站起来也去拿苹果吃,可是苹果没有了。鲁迅先生说:

"我争不过你们了,苹果让你们抢没了。"

有人抢到手还在保存着的苹果,奉献出来,鲁迅先生没有吃,只在吸烟。

一九三六年春,鲁迅先生的身体不大好,但没有什么病,吃过了晚饭,坐在躺椅上,总要闭一闭眼睛沉静一会。

许先生对我说,周先生在北京时,有时开着玩笑,手按着桌子一跃就能够跃过去,而近年来没有这么做过,大概没有以前那么灵便了。

这话许先生和我是私下讲的,鲁迅先生没有听见,仍靠在躺椅上沉默着呢。

许先生开了火炉的门,装着煤炭花花地响,把鲁迅先生震醒了。一讲起话来鲁迅先生的精神又照常一样。

鲁迅先生睡在二楼的床上已经一个多月了,气喘虽然停止,但每天发热,尤其是下午热度总在三十八度三十九度之间,有时也到三十九度多,那时鲁迅先生的脸色是微红的,目力是疲弱的,不吃东西,不大多睡,没有一些呻吟,似乎全身都没有什么痛楚的地方。躺在床上有的时候张开眼睛看看,有的时候似睡非睡地安静地躺着,茶吃得很少。差不多一刻也不停的纸烟,而今几乎完全放弃了,纸烟听子不放在床边,而仍很远地蹲在书桌上,若想吸一支,是请许先生付给的。

许先生从鲁迅先生病起,更过度地忙了。按着时间给鲁迅先生吃药,按着时间给鲁迅先生试温度表,试过了之后还要把一张医生发给的表格填好,那表格是一张硬纸,上面画了无数根线,许先生就在这张纸上拿着米度尺画着度数,那表画得和尖尖的小山丘似地,又像尖尖的水晶石,高的低的一排连地站着。许先生虽然每天画,但那像是一条接连不断的线,不过从低处到高处,从高处到低处,这高峰越高越不好,也就是鲁迅先生的热度越高了。

来看鲁迅先生的人,多半都不到楼上来了,为的是请鲁迅先生好好地静养,所以把客人这些事也推到许先生身上来了。还有书、报、信,都要许先生看过,必要的就告诉鲁迅先生,不十分必要的,就先把它放在一处放一放,等鲁迅先生好了些再取出来交给他。然而这家庭里边还有许多琐事,比方年老的娘姨病了,要请两天假;海婴的牙齿脱掉一个要到牙医那里去看过,但是带他去的人没有,又得许先生。海婴在幼稚园里读书,又是买铅笔,买皮球,还有临时出些个花头,跑上楼来了,说要吃什么花生糖什么牛奶糖,他上楼来是一边跑着一边喊着,许先生连忙拉住了他,拉他下了楼才跟他讲:

"爸爸病啦,"而后拿出钱来,嘱咐好了娘姨,只买几块糖而不准让他格外地多买。

收电灯费的来了,在楼下一打门,许先生就得赶快往楼下跑,怕的是再多打几下,就要惊醒了鲁迅先生。

海婴最喜欢听讲故事,这也是无限的麻烦,许先生除了陪海婴讲故事之外,还要在长桌上偷一点工夫来看鲁迅先生为着病耽搁下来的尚未校完的校样。

在这期间,许先生比鲁迅更要担当一切了。

鲁迅先生吃饭,是在楼上单开一桌,那仅仅是一个方木盘,许先生每餐亲手端到楼上去,那黑油漆的方木盘中摆着三四样小菜,每样都用小吃碟盛着,那小吃碟直径不过二寸,一碟豌豆苗或菠菜或苋菜,把黄花鱼或者鸡之类也放在小碟里端上楼去,若是鸡,那鸡也是全鸡身上最好的一块地方检下来的肉,若是鱼,也是鱼身上最好一部分许先生才把它检下放在小碟里。

许先生用筷子来回地翻着楼下的饭桌上菜碗里的东西,菜检嫩的,不要茎,只要叶,鱼肉之类,检烧得软的,没有骨头没有刺的。

心里存着无限的期望,无限的要求,用了比祈祷更虔诚的目光,许先生看着她自己手里选得精精致致的菜盘子,而后脚板触着楼梯上了楼。

希望鲁迅先生多吃一口,多动一动筷,多喝一口鸡汤。鸡汤和牛奶是医生所嘱的,一定要多吃一些的。

把饭送上去,有时许先生陪在旁边,有时走下楼来又做些别的事,半个钟头之后,到楼上去取这盘子。这盘子装得满满的,有时竟照原样一动也没有动又端下来了,这时候许先生的眉头微微地皱了一点。旁边若有什么朋友,许先生就说:"周先生的热度高,什么也吃不落,连茶也不愿意吃,人很苦,人很吃力。"

有一天许先生用着波浪式地专门切面包的刀切着一个面包,是在客厅后边方桌上切的,许先生一边切着一边对我说:

"劝周先生多吃些东西,周先生说,人好了再保养,现在勉强吃也是没用的。"

许先生接着似乎问着我:

"这也是对的。"

而后把牛奶面包送上楼去了。一碗烧好的鸡汤,从方盘里许先生把它端出来了。就摆在客厅后的方桌上。许先生上楼去了,那碗热的鸡汤在桌子上自己悠然地冒着热气。

许先生由楼上回来还说呢:

"周先生平常就不喜欢吃汤之类,在病里,更勉强不下了。"

那已经送上去的一碗牛奶又带下来了。

许先生似乎安慰着自己似地:

"周先生人强,欢喜吃硬的,油炸的,就是吃饭也欢喜吃硬饭。……"

许先生楼上楼下地跑,呼吸有些不平静,坐在她旁边,似乎可以听到她心脏的跳动。

鲁迅先生开始独桌吃饭以后,客人多半不上楼来了,经许先生婉言把鲁迅先生健康的经过报告了之后就走了。

鲁迅先生在楼上一天一天地睡下去,睡了许多日子就有些寂寞了,有时大概热度低了点就问许先生:

"有什么人来过吗?"

看鲁迅先生精神好些,就一一地报告过。

有时也问到有什么刊物来。

鲁迅先生病了一个多月了。

证明了鲁迅先生是肺病,并且是肋膜炎,须藤老医生每天来了,为鲁迅先生先把肋膜积水用打针的方法抽净,共抽过两三次。

这样的病,为什么鲁迅先生自己一点也不晓得呢,许先生说,周先生有时觉得肋痛了就自己忍着不说,所以连许先生也不知道,鲁迅先生怕别人晓得了又要不放心,又要看医生,医生一定又要说休息。鲁迅先生自己知道做不到的。

福民医院美国医生①的检查,说鲁迅先生肺病已经二十年了。这次发了怕是很严重。

医生规定个日子,请鲁迅先生到福民医院去详细检查,要照 X 光的。

但鲁迅先生当时就下楼是下不得的,又过了许多天,鲁迅先生到福民医院去查病去了。照 X 光后给鲁迅先生照了一个全部的肺部的照片。

这照片取来的那天,许先生在楼下给大家看了,右肺的上尖角是黑的,中部也黑了一块,左肺的下半部都不大好,而沿着左肺的边边黑了一大圈。

这之后,鲁迅先生的热度仍高,若再这样热度不退,就很难抵抗了。

那查病的美国医生,只查病,而不给药吃,他相信药是没有用的。

须藤老医生,鲁迅先生早就认识,所以每天来,他给鲁迅先生吃了些退热的药,还吃停止肺部菌活动的药。他说若肺不再坏下去,就停止在这里,热自然就退了,人是不危险的。

---

① 这次请美国医生为鲁迅诊察病情的经过,作者所记与事实不全符合,或恐有误。请参看许广平著《关于鲁迅的生活》。

在楼下的客厅里许先生哭了。许先生手里拿着一团毛线,那是海婴的毛线衣拆了洗过之后又缠起来的。

鲁迅先生在无欲望状态中,什么也不吃,什么也不想,睡觉是似睡非睡的。

天气热起来了,客厅的门窗都打开着,阳光跳跃在门外的花园里。麻雀来了停在夹竹桃上叫了三两声就又飞去,院子里的小孩子们唧唧喳喳地玩耍着,风吹进来好像带着热气,扑到人的身上。天气从刚刚发芽的春天,变为夏天了。

楼上老医生和鲁迅先生谈话的声音隐约可以听到。

楼下又来了客人。来的人总要问:

"周先生好一点吗?"

许先生照常说:"还是那样子。"

但今天说了眼泪就又流了满脸。一边拿起杯子来给客人倒茶,一边用左手拿着手帕按着鼻子。

客人问:

"周先生又不大好吗?"

许先生说:

"没有的,是我心窄。"

过了一会,鲁迅先生要找什么东西,喊许先生上楼去,许先生连忙擦着眼睛,想说她不上楼的,但左右地看了一看,没有人能替代了她,于是带着她那团还没有缠完的毛线球上楼去了。

楼上坐着老医生,还有两位探望鲁迅先生的客人,许先生一看了他们就自己低了头不好意思地笑了,他不敢到鲁迅先生的面前去,背转着身问鲁迅先生要什么呢,而后又是慌忙地把毛线缕挂在手上缠了起来。

一直到送老医生下楼,许先生都是把背向鲁迅先生而站着的。

每次老医生走,许先生都是替老医生提着皮提包送到前门外的。许先生愉快地、沉静地带着笑容打开铁门闩,很恭敬地把皮包交给老医生,眼看着老医生走了才进来关了门。

这老医生出入在鲁迅先生的家里,连老娘姨对他都是尊敬的,医生从楼上下来时,娘姨若在楼梯的半道,赶快下来躲开,站到楼梯的旁边。有一天老娘姨端着一个杯子上楼,楼上医生和许先生一道下来了,那老娘姨躲闪不灵,急得把杯里的茶都颠出来了。等医生走过去,已经走出了前门,老娘姨还在那里呆呆地望着。

"周先生好了点吧?"

有一天许先生不在家,我问着老娘姨。她说:

"谁晓得,医生天天看过了不声不响地就走了。"

可见老娘姨对医生每天是怀着期望的眼光看着他的。

许先生很镇静,没有紊乱的神色,虽然说那天当着人哭过一次,但该做什么,仍是做什么,毛线该洗的已经洗了,晒的已经晒起,晒干了的随手就把它缠成团子。

"海婴的毛线衣,每年拆一次,洗过之后再重打起,人一年一年地长,衣裳一年穿过,一年就小了。"

在楼下陪着熟的客人,一边谈着,一边开始手里动着竹针。

这种事情许先生是偷工夫就做的,夏天就开始预备着冬天的,冬天就做夏天的。

许先生自己常常说:

"我是无事忙。"

这话很客气,但忙是真的,每一餐饭,都好像没有安静地吃过。海婴一会要这个,要那个;若一有客人,上街临时买菜,下厨房煎炒还不说,就是摆到桌子上来,还要从菜碗里为着客人选好的挟过去。饭后又是吃水果,若吃苹果还要把皮削掉,若吃荸荠看客人削得慢而不好也要削了送给客人吃,那时鲁迅先生还没有生病。

许先生除了打毛线衣之外,还用机器缝衣裳,剪裁了许多件海婴的内衫裤在窗下缝。

因此许先生对自己忽略了,每天上下楼跑着所穿的衣裳都是旧的,次数洗得太多,钮扣都洗脱了,也磨破了,都是几年前的旧衣裳,春天时许先生穿了一件紫红宁绸袍子,那料子是海婴在婴孩时候别人送给海婴做被子的礼物。做被子,许先生说很可惜,就检起来做一件袍子,正说着,海婴来了,许先生使眼神,且不要提到,若提到海婴又要麻烦起来了,一定要说是他的,他就要要。

许先生冬天穿一双大棉鞋,是她自己做的。一直到二三月早晚冷时还穿着。

有一次我和许先生在小花园里一道拍一张照片,许先生说她的钮扣掉了,还拉着我站在她前边遮着她。

许先生买东西也总是到便宜的店铺去买,再不然,到减价的地方去买。

处处俭省,把俭省下来的钱,都印了书和印了画。

现在许先生在窗下缝着衣裳,机器声格答格答的,震着玻璃门有些颤抖。

窗外的黄昏,窗内许先生低着的头,楼上鲁迅先生的咳嗽声,都搅混在一起了,重续着、埋藏着力量。在痛苦中,在悲哀中,一种对于生的强烈的愿望站得和强烈的火焰那样坚定。

许先生的手指把捉了在缝的那张布片,头有时随着机器的力量低沉了一两下。

许先生的面容是宁静的、庄严的、没有恐惧的,她坦荡地在使用着机器。

海婴在玩着一大堆黄色的小药瓶,用一个纸盒子盛着,端起来楼上楼下地跑。向着阳光照是金色的,平放着是咖啡色的,他招聚了小朋友来,他向他们展览,向他们夸耀,这种玩意只有他有而别人不能有。他说:

"这是爸爸打药针的药瓶,你们有吗?"

别人不能有,于是他拍着手骄傲地呼叫起来。

许先生一边招呼着他,不叫他喊,一边下楼来了。

"周先生好了些?"

见了许先生大家都是这样问的。

"还是那样子,"许先生说,随手抓起一个海婴的药瓶来。"这不是么,这许多瓶子,每天打一针,药瓶子也积了一大堆。"

许先生一拿起那药瓶,海婴上来就要过去,很宝贵地赶快把那小瓶摆到纸盒里。

在长桌上摆着许先生自己亲手做的蒙着茶壶的棉罩子,从那蓝缎子的花罩子下拿着茶壶倒着茶。

楼上楼下都是静的了,只有海婴快活的和小朋友们的吵嚷躲在太阳里跳荡。

海婴每晚临睡时必向爸爸妈妈说"明朝会"!

有一天他站在走上三楼去的楼梯口上喊着:

"爸爸,明朝会!"

鲁迅先生那时正病得沉重,喉咙里边似乎有痰,那回答的声音很小,海婴没有听到,于是他又喊:

"爸爸,明朝会!"他等一等,听不到回答的声音,他就大声地连串地喊起来:

"爸爸,明朝会,爸爸,明朝会……爸爸,明朝会……"

他的保姆在前边往楼上拖他,说是爸爸睡了,不要喊了。可是他怎么能够听呢,仍旧喊。

这时鲁迅先生说"明朝会"还没有说出来喉咙里边就像有东西在那里堵塞着,声音无论如何放不大。到后来,鲁迅先生挣扎着把头抬起来才很大声地说出:

"明朝会,明朝会。"

说完了就咳嗽起来。

许先生被惊动得从楼下跑来了,不住地训斥着海婴。

海婴一边笑着一边上楼去了,嘴里唠叨着:

"爸爸是个聋人哪!"

鲁迅先生没有听到海婴的话,还在那里咳嗽着。

鲁迅先生在四月里,曾经好了一点,有一天下楼去赴一个约会,把衣裳穿得整整齐齐,手下挟着黑花包袱,戴起帽子来,出门就走。

许先生在楼下正陪客人,看鲁迅先生下来了,赶快说:

"走不得吧,还是坐车子去吧。"

鲁迅先生说:"不要紧,走得动的。"

许先生再加以劝说,又去拿零钱给鲁迅先生带着。

鲁迅先生说不要不要,坚决地就走了。

"鲁迅先生的脾气很刚强。"

许先生无可奈何的,只说了这一句。

鲁迅先生晚上回来,热度增高了。

鲁迅先生说:

"坐车子实在麻烦,没有几步路,一走就到。还有,好久不出去,愿意走走……动一动就出毛病……还是动不得……"

病压服着鲁迅先生又躺下了。

七月里,鲁迅先生又好些。

药每天吃,记温度的表格照例每天好几次在那里画,老医生还是照常地来,说鲁迅先生就要好起来了,说肺部的菌已停止了一大半,肋膜也好了。

客人来差不多都要到楼上来拜望拜望,鲁迅先生带着久病初愈的心情,又谈起话来,披了一张毛巾子坐在躺椅上,纸烟又拿在手里了,又谈翻译,又谈某刊物。

一个月没有上楼去,忽然上楼还有些心不安,我一进卧室的门,觉得站也没地方站,坐也不知坐在那里。

许先生让我吃茶,我就倚着桌子边站着,好像没有看见那茶杯似地。

鲁迅先生大概看出我的不安来了,便说:
"人瘦了,这样瘦是不成的,要多吃点。"
鲁迅先生又在说玩笑话了。
"多吃就胖了,那么周先生为什么不多吃点?"
鲁迅先生听了这话就笑了,笑声是明朗的。
从七月以后鲁迅先生一天天地好起来了,牛奶,鸡汤之类,为了医生所嘱也隔三差五地吃着,人虽是瘦了,但精神是好的。
鲁迅先生说自己的体质是好的,若差一点的,就让病打倒了。

这一次鲁迅先生保持了很长的时间,没有下楼更没有到外边去过。
在病中,鲁迅先生不看报,不看书,只是安静地躺着。但有一张小画是鲁迅先生放在床边上不断看着的。
那张画,鲁迅先生未生病时,和许多画一道拿给大家看过的,小得和纸烟包里抽出来的那画片差不多。那上边画着一个穿大长裙子飞散着头发的女人在大风里边跑,在她旁边的地面上还有小小的红玫瑰花的花朵。
记得是一张苏联某画家着色的木刻。
鲁迅先生有很多画,为什么只选了这张放在枕边?
许先生告诉我的,她也不知道鲁迅先生为什么常常看这小画。

有人来问他这样那样的,他说:
"你们自己学着做,若没有我呢!"

这一次鲁迅先生好了。
还有一样不同的,觉得做事要多做……
鲁迅先生以为自己好了,别人也以为鲁迅先生好了。
准备冬天要庆祝鲁迅先生工作三十年。

又过了三个月。

一九三六年十月十七日,鲁迅先生病又发了,又是气喘。

十七日,一夜未眠。

十八日,终日喘着。

十九日,夜的下半夜,人衰弱到极点了。天将发白时,鲁迅先生就像他平日一样,工作完了,他休息了。

一九三九年十月

海外的悲悼

军：

关于周先生的死，二十一日的报上，我就渺渺茫茫知道一点，但我不相信自己是对的，我跑去问了那惟一的熟人，她说："你是不懂日本文的，你看错了。"我很希望我是看错，所以很安心的回来了，虽然去的时候是流着眼泪。

昨夜，我是不能不哭了，我看到一张中国报上清清楚楚登着他的照片，而且是那么痛苦的一刻。可惜我的哭声不能和你们的哭声混在一道。

现在他已经是离开我们五天了，不知现在他睡到那里去了？虽然在三个月前向他告别的时候，他是坐在藤椅上。而且说："每到码头，就有验病的上来，不要怕，中国人就专会吓呼中国人，茶房就会说：验病的来啦，来啦……"

我等着你的信来。

可怕的是许女士的悲痛，想个法子，好好的安慰着她，最好是使她不要静下来，多多的和她来往，过了这一个最难忍的痛苦的初期，以后总是比开头容易平伏下来。还有那孩子，我真不能够想象了。我想一步踏了回来，这想象的时间，在一个完全孤独了的人是多么可怕！

最后，你替我去送一个花圈或是什么。

告诉许女士：看在孩子的面上，不要太多哭。

红 十月二十四日

〔《中流》编者按〕这是萧红女士在日本听到鲁迅先生逝世的消息后,写给她的恋人田军(即萧军)的信。因为路远,我们来不及叫她给《中流》专号写稿,便将这信发表了,好让她的哭声能和我们的哭声混在一道。

(选自《中流》第一卷第五期,一九三六年十一月五日出版。)

一条铁路底完成

一九二八年的故事,这故事,我讲了好几次。而每当我读了一节关于学生运动的记载文章之后,我就想起那年在哈尔滨的学生运动。那时候我是一个女子中学里的学生,是开始接近冬天的季节。我们是在二层楼上有着壁炉的课室里面读着英文课本。因为窗子是装着双重玻璃,起初使我们听到的声音是从那小小的通气窗传进来的。英文教员在写着一个英文字,他回一回头,他看一看我们,可是接着又写下去,一个字终于没有写完,外边的声音就大了,玻璃窗子好像在雨天里被雷声在抖着似地那么轰响。短板墙以外的石头道上在呼唬着的,有那许多人,我从来没有见过,使我想象到军队,又想象到马群,又想象到波浪,……总之对于这个我有点害怕。校门前跑着拿长棒的童子军,而后他们冲进了教员室,冲进了校长室,等我们全体走下楼梯的时候,我听到校长室里在闹着。这件事情一点也不光荣,使我以后见到男学生们总带着对不住或软弱的心情。

"你不放你的学生出动吗?……我们就是钢铁,我们就是熔炉……"跟着就听到有木棒打在门扇上或是地板上,那乱糟糟的鞋底的响声。这一切好像有一场大事件就等待着发生,于是有一种庄严而宽宏的情绪高涨在我们的血管里。

"走!跟着走!"大概那是领袖,他的左边的袖子上围着一圈白布,没有戴帽子,从楼梯口向上望着,我看他们快要变成播音机了:"走!跟着走!"

而后又看到了女校长的发青的脸,她的眼和星子似地闪动在她的恐惧中。

"你们跟着去吧！要守秩序。"她好像被鹰类捉拿到的鸡似地软弱,她是被拖在两个戴大帽子的童子军的臂膀上。

我们四百多人在大操场上排着队的时候,那些男同学们还满院子跑着,搜索着,好像对于小偷那种形式,侮辱！侮辱！他们竟搜索到厕所。

女校长那浑蛋,刚一脱离了童子军的臂膀,她又恢复了那假装着女皇的架子。

"你们跟他们去,要守秩序,不能破格……不能和那些男学生们那么没有教养,那么野蛮……"而后她抬起一只袖子来:"你们知道你们是女学生吗？记得住吗？是女学生。"

在男学生们的面前,她又说了这样的话,可是一走出校门来不远,连对这侮辱的愤怒都忘记了。向着喇嘛台,向着火车站。小学校,中学校,大学校,几千人的行列……那时候我觉得我是在这几千人之中,我的脚步我觉得很有力。凡是我看到的东西,已经都变成了严肃的东西,无论马路上的石子,或是那已经落了叶子的街树。反正我是站在"打倒日本帝国主义"的喊声中了。

走向火车站必得经过日本领事馆。我们正向着那座红楼咆哮着的时候,一个穿和服的女人打开走廊的门扇而出现在闪烁的阳光里。于是那"打倒日本帝国主义"的大叫改为"就打倒你！",她立刻就把身子抽回去了。那座红楼完全停在寂静中,只是楼顶上的太阳旗被风在折合着。走在石头道街又碰到一个日本女子,她背上背着一个小孩,腰间束了一条小白围裙,围裙上还带着花边,手中还提着一棵大白菜。我们又照样做了,不说"打倒日本帝国主义"而说"就打倒你！",因为她是走在马路的旁边,我们就用手指着她而喊着,另一方面我们又用自己光荣的情绪去体会她狼狈的样子。

第一天叫做"游行""请愿",去了道里和南岗两部分市区,这市区有点像租界,住民多是外国人。

长官公署,教育厅都去过了,只是"官们"出来拍手击掌的演了一篇说,结果还是:"回学校去上课罢！"

日本要完成吉敦路这回事情,究竟"官们"没有提到。

在黄昏里,大队分散在道尹公署的门前,在那个孤立着的灰色的建筑物前面,装置着一个大圆的类似喷水池的东西。有一些同学就坐在那边沿上,一直坐到星子们在那建筑物的顶上闪亮了,那个"道尹"毕竟还没有出来,只看见卫兵们在台阶上,在我们的四围挂着短枪来回地在戒备着。而我们则流着鼻涕,全身打着抖在等候着。到底出来了一个姨太太,那声音我们一些些也听不见。男同学们跺着脚,并且叫着,在我听来已经有点野蛮了:

"不要她……去……去……只有官僚才要她……"

接着又换了个大太太(谁知道是什么,反正是个老一点的)不甚胖,有点短。至于说些什么,恐怕也只有她自己的圆肚子才能够听到。这还不算什么惨事,我一回头看见了有几个女同学尿了裤子的(因为一整天没有遇到厕所的原故)。

第二天没有男同学们来撄,是自动出发的,在南岗下许公路的大空场子上开的临时会议,这一天不是"游行",不是"请愿"而要"示威"了,脚踏车队在空场四周绕行着,学生联合会的主席是个很大的脑袋的人,他没有戴帽子,只戴了一架眼镜。那天是个落着清雪的天气,他的头发在雪花里边飞着,他说的话使我很佩服,因为我从来没有晓得日本还与我们有这样大的关系,他说日本若完成了吉敦路就可以向东三省进兵,他又说又经过高丽又经过什么……并且又听他说进兵进得那样快,也不是二十几小时,就可以把多少大兵向我们的东三省开来,就可以灭我们的东三省。我觉得他真有学问,由于崇敬的关系,我觉得这学联主席与我隔得好像大海那么远。

组织宣传队的时候,我站过去,我说我愿意宣传。别人都是被推举的,而我是自告奋勇的。于是我就站在雪花里开始读着我已经得到的传单。而后有人发给我一张小旗,过一会又有人来在我的胳臂上用扣针给我别上一条白布,那上面还卡着红色的印章,究竟那红印章是什么字,我也没有看出来。

大队开到差不多是许公路的最终极,一转弯到一个横街里去,那就是滨江县的管界。因为这界限内住的纯粹是中国人,和上海的华界差不多。宣传队走在大队的中间,我们前面的人已经站住了,并且那条横街口上站着不少的警察,学联代表们在大队的旁边跑来跑去。昨天晚上他们就说:"冲！冲！"我想这回就真的到了冲的时候了吧？

学联会的主席从我们的旁边经过,他手里提着一个银白色的大喇叭筒,他的嘴接到喇叭筒的口上,发出来的声音好像牛鸣似地:

"诸位同学！我们是不是有血的动物！我们愿不愿意我们的老百姓来给日本帝国主义做奴才……"而后他跳着,因为激动,他把喇叭筒像是在向着天空。"我们有决心没有？我们怕不怕死！"

"不怕！"虽然我和别人一样的嚷着不怕,但我对这新的一刻工夫就要来到的感觉,好像一棵嫩芽似地握在我的手中。

那喇叭筒的声音到队尾去了,虽然已经遥远了,但还足够来震动我的心脏。我低下头去看着我自己的被踏污了的鞋尖,我看着我身旁的那条阴沟,我整理着我的帽子,我摸摸那帽顶的毛球。没有束围巾,也没有穿外套。对于这个给我生了一种侥幸的心情！

"冲的时候,这样轻便不是可以飞上去吗？"昨天计划今天是要"冲"的,但不知为什么,我总觉得我有点特别聪明。

大喇叭筒跑到前面去时,我就闪开了那冒着白色泡沫的阴沟,我知道"冲"的时候就到了。

我只感到我的心脏在受着拥挤,好像我的脚跟并没有离开地面而自然它就会移动似地,我的耳边闹着许多种声音,那声音并不大,也不远,也不响亮,可觉得沉重,带来了压力,好像皮球被穿了一个小洞丝丝的在透着气似地,我对我自己毫没有把握。

"有决心没有？"

"有决心！"

"怕死不怕死？"

"不怕死。"

这还没有反复完,我们就退下来了。因为是听到了枪声,起初是一两声,而后是接连着。大队已经完全溃乱下来,只一秒钟,我们旁边那阴沟里,好像猪似地浮游着一些人。女同学被拥进去的最多,男同学在往岸上提着她们,被提的她们满身带着泡沫和气味,她们那发疯的样子很可笑,用那挂着白沫和糟粕的戴着手套的手搔着头发,还有的和已经癫痫的人似地,在人群中不停的跑着:那被她擦过的人们,他们的衣服上就印着各种不同的花印。

大队又从新收拾起来,又发着号令,可是枪声又响了,对于枪声,人们像是看到了火花似地那么热烈。至于"打倒日本帝国主义","反对日本完成吉敦路"这事情的本身已经被人们忘记了,惟一所要打倒的就是滨江县政府,到后来连县政府也忘记了,只"打倒警察,打倒警察……"。这一场斗争到后来我觉得比一开头还有趣味,在那时,"日本帝国主义",我相信我绝对没有见过,但是警察我是见过的,于是我就嚷着!

"打倒警察,打倒警察!"

我手中的传单,我都顺着风让它们飘走了,只带着一张小白旗和自己的喉咙从那零散下来的人缝中穿过去。

那天受轻伤的共有二十几个。我所看到的只是从他们的身上流下来的血还凝结在石头道上。

满街开起电灯的夜晚,我在马车和货车的轮声里追着我们本校回去的队伍,但没有赶上,我就拿着那卷起来的小旗走在行人道上,我的影子混杂着别人的影子一起出现在商店的玻璃窗上。我每走一步,我看到了玻璃窗里我帽顶的毛球也在颠动一下。

男同学们偶尔从我的身边经过,我听到他们关于受伤的议论和救急车。

第二天的报纸上躺着那些受伤的同学们的照片,好像现在的报纸上躺的伤兵一样。

以后,那条铁路到底完成了。

一九三七年十一月二十七日。汉口

失眠之夜

为什么要这样失眠呢！烦躁,呕心,心跳,胆小,并且想要哭泣。我想想,也许就是故乡的思虑罢。

窗子外面的天空高远了,和白棉一样绵软的云彩低近了,吹来的风好像带着点草原的气味,这就是说已经是秋天了。

在家乡那边,秋天最可爱。

蓝天,蓝得有点发黑,白云就像银子做成的一样,就像白色的大花朵似地缀在天上,就又像沉重得快要脱离开天空而坠了下来似地,而那天空就越显得高了,高得再没有那么高的。

昨天,我到朋友们的地方去走了一遭,听来了好多的心愿——那许多心愿综合起来,又都是一个心愿——这回若真的打回满洲去,有的说:煮一锅高粱米粥喝,有的说:咱家那地豆多么大,说着就用手比量着:这么大,碗大,珍珠米,老的一煮就开了花的,一尺来长的,还有的说:高粱米粥,咸盐豆。还有的说,若真的打回满洲去,三天三夜不吃饭,打着大旗往家跑。跑到家去自然也免不了先吃高粱米粥或咸盐豆。

比方,高粱米那东西,平常我就不愿意吃,很硬,有点发涩,(也许因为我有胃病的关系,)可是经他们这一说,也觉得非吃不可了。

但什么时候吃呢？那我就不知道了。而况我到底是不怎样热烈的,所以关于这一方面,我终究是不怎样亲切。

但我想我们那门前的高草,我想我们那后园里开着的茄子的紫色的小花,黄瓜爬上了架。而那清早,朝阳带着露珠一齐来了！

我一说到高草或是黄瓜,三郎就向我摆手和摇头:"不,我们家,门前是两棵柳树,树荫交结着做成个门形,再前面是菜园,过了菜园就是山,那金字塔形的山峰。正向着我们家的门口,而两边像蝙蝠的翅膀似地向着村子的东方和西方伸展开去,而后园:黄瓜,茄子也种着,最好看的是牵牛花在石头墙的缝际爬遍了,早晨带着露水牵牛花开了……"

"我们家就不这样,没有高山,也没有柳树……只有……"我常常就这样打断他。

有时候,他也不等我说完,他就接下去,我们讲的故事彼此都好像是讲给自己听,而不是为着对方。

只有那么一天:买来了一张《东北富源图》挂在墙上了,染着黄色的平原上站着小马,小羊,还有骆驼,还有牵着骆驼的小人;海上就是些小鱼,大鱼,黄色的鱼,红色的好像小瓶似地大肚的鱼,还有黑色的大鲸鱼;而兴安岭和辽宁一带画着许多和海涛似地绿色的山脉。

他的家就在离着渤海边不远的山脉中。他的指甲在山脉上爬着:"这是大凌河……这是小凌河……哼……没有,这地图是个不完全的,是个略图……"

"好哇!天天说凌河,那儿有凌河呢!"我不知为什么一提到家乡,常常愿意给他扫兴一点。

"你不相信!我给你看。"他去翻他的书橱去了:"这不是么!大凌河……小凌河……小孩的时候在凌河沿上捉小鱼,拿到山上去,在石头片上用火烤着吃……这边就是沈家台离我们家二里路……"因为是把地图摊在地板上看的缘故,一面说着,他一面用手扫着他已经垂在前额的发梢。

《东北富源图》就挂在床头,所以第二天早晨,我一张开了眼睛,他就抓住了我的手:

"我想将来我回家的时候,先买两匹驴,一匹你骑着,一匹我骑着……先到我姑姑家,再到我姐姐家……顺便也许看看我舅舅去……我姐姐很爱我……她出嫁以后,每回来一次临走的时候就哭一次,姐姐也哭,我也哭……这有七八年不见了!也都老了。"

那地图上的小鱼,红的黑的,都能够看清,我一边看着,一边听着,这一次我没有打断他,或给他扫一点兴。

"买黑色的驴,挂着铃子,走起来…………啊啷啷啊啷啷……"他形容着声音的时候就像他的嘴里边含着铃子似地在响。

"我带你到沈家台去赶集。那赶集的日子,热闹!驴身上挂着烧酒瓶……我们那边,羊肉非常便宜……羊肉炖片粉……真是味道!唉呀!这有多少年没吃那羊肉啦!"他的眉毛和额头上起着很多皱纹。

我在大镜子里边看到了他,他的手从我的手上抽回去,放在他自己的胸上,而后又反背着放在枕头下面去,但很快的又抽出来。只理一理他自己的发梢又放在枕头上去。

而我呢?我想:

"你们家对于外来的所谓'媳妇'也一样吗?"我想着就这样说了。

这失眠大概也许不是因为这个。但买驴子的买驴子;吃咸盐豆的吃咸盐豆;而我呢?坐在驴子上,所去的仍是生疏的地方;我停留着的仍然是别人的家乡。

家乡这个观念,在我本不甚切,但当别人说起来的时候,我也就心慌了!虽然那块土地在没有成为日本的之前,"家"在我就等于没有了。

这失眠一直继续到黎明,在黎明之前,在高射炮的声中,我也听到了一声声和家乡一样的震抖在原野上的鸡鸣。

八月二十二日

"九一八"致弟弟书

一九四一年九月八日

可弟①:小战士,你也做了战士了,这是我想不到的。

世事恍恍惚惚地就过了;记得这十年中只有那么一个短促时间是与你相处的,那时间短到如何程度,现在想起就像连你的面孔还没有来得及记住,而你就去了。

记得当我们都是小孩子的时候,当我离开家的时候,那一天的早晨你还在大门外和一群孩子们玩着,那时你才是十三四岁的孩子,你什么也不懂,你看看我离开家向南大道上奔去,向着那白银似地满铺着雪的无边的大地奔去,你连招呼都不招呼,你恋着玩,对于我的出走,你连看我也不看。

而事隔六七年,你也就长大了,有时写信给我,因为我的漂流不定,信有时收到,有时收不到。但在收到信中我读了之后,竟看不见你,不是因为那信不是你写的,而是在那信里边你所说的话,都不像是你说的。这个不怪你,都只怪我的记忆力顽强,我就总记着,那顽皮的孩子是你,会写了这样的信的,会说了这样的话的,那能够是你。比方说——生活在这边,前途是没有希望,等等……

这是什么人给我的信,我看了非常地生疏,又非常地新鲜,但心

---

① 即张秀珂。

里边都不表示什么同情,因为我总有一个印象,你晓得什么,你小孩子,所以我回你的信的时候,总是愿意说一些空话,问一问家里的樱桃树这几年结樱桃多少?红玫瑰依旧开花否?或者是看门的大白狗怎样了?关于你的回信,说祖父的坟头上长了一棵小树。在这样的话里,我才体味到这信是弟弟写给我的。

但是没有读过你的几封这样的信,我又走了,越走越离得你远了,从前是离着你千百里远,那以后就是几千里了。

而后你追到我最先住的那地方,去找我,看门的人说,我已不在了。

而后婉转地你又来了信,说为着我在那地方,才转学也到那地方来念书。可是你扑空了。我已经从上海走了。

可弟,我们都是自幼没有见过海的孩子,可是要沿着海往南下去了,海是生疏的,我们怕,但是也就上了海船,飘飘荡荡的,前边没有什么一定的目的,也就往前走了。

那时到海上来的,还没有你们,而我是最初的。我想起来一个笑话,我们小的时候,祖父常讲给我们听,我们本是山东人,我们的曾祖,担着担子逃荒到关东的。而我们又将是那个未来的曾祖了,我们的后代也许会在那里说着,从前他们也有一个曾祖,坐着渔船,逃荒到南方的。

我来到南方,你就不再有信来。一年多又不知道你那方面的情形了。

不知多久,忽然又有信来。是来自东京的,说你是在那边念书了。恰巧那年我也要到东京去看看。立刻我写了一封信给你,你说暑假要回家的。我写信问你,是不是想看看我,我大概七月下旬可到。

我想这一次可以看到你了。这是多么出奇的一个奇遇。因为想也想不到,会在这样一个地方相遇的。

我一到东京就写信给你,你住的是神田町,多少多少番。本来你那地方是很近的,我可以请朋友带了我去找你。但是因为我们已经不是一个国度的人了,姐姐是另一国的人,弟弟又是另一国的人。直接地找你,怕与你有什么不便。信写去了,约的是第三天的下午六点在某某饭馆等我。

那天,我特别穿了一件红衣裳,使你很容易地可以看见我。我五点钟就等在那里,因为我在猜想,你如果来,你一定要早来的。我想你看到了我,你多少喜欢。而我也想到了,假如到了六点钟不来,那大概就是已经不在了。

一直到了六点钟,没有人来,我又多等了一刻钟,我又多等了半点钟,我想或者你有事情会来晚了的。到最后的几分钟,竟想到,大概你来过了,或者已经不认识我,因为始终看不见你,第二天,我想还是到你住的地方看一趟,你那小房是很小的。有一个老婆婆,穿着灰色大袖子的衣裳,她说你已经在月初走了,离开了东京了,但你那房子里还下着竹帘子呢。帘子里头静悄悄的,好像你在里边睡午觉的。

半年之后,我还没有回上海,不知怎么的,你又来了信,这信是来自上海的,说你已经到了上海,是到上海找我的。

我想这可糟了,又来了一个小吉卜西。

这流浪的生活,怕你过不惯,也怕你受不住。

但你说:"你可以过得惯,为什么我过不惯。"

于是你就在上海住下了。

等我一回到上海,你每天到我的住处来,有时我不在家,你就在楼廊等着,你就睡在楼廊的椅子上,我看见了你的黑黑的人影,我的心里充满了慌乱。我想这些流浪的年青人,都将流浪到那里去,常常在街上碰到你们的一伙,你们都是年轻的,都是北方的粗直的青年。内心充满了力量,你们是被逼着来到这人地生疏的地方,你们都怀着万分的勇敢,只有向前,没有回头。但是你们都充满了饥饿,所以每天到处找工作。你们是可怕的一群,在街上落叶似地被秋风卷着,寒冷来的时候,只有弯着腰,抱着膀,打着寒颤。肚里饿着的时候,我猜得到,你们彼此地乱跑,到处看看,谁有可吃的东西。

在这种情形之下,从家跑来的人,还是一天一天地增加,这自然都说是以往,而并非是现在。现在我们已经抗战四年了。在世界上还有谁不知我们中国的英勇,自然而今你们都是战士了。

不过在那时候,因此我就有许多不安。我想将来你到什么地方去,并且做什么。

那时你不知我心里的忧郁,你总是早上来笑着,晚上来笑着。似乎不知道为什么你已经得到了无限的安慰了。似乎是你所存在的地方,已经绝对地安然了,进到我屋子来,看到可吃的就吃,看到书就翻,累了,躺在床上就休息。

你那种傻里傻气的样子,我看了,有的时候,觉得讨厌,有的时候也觉得喜欢,虽是喜欢了,但还是心口不一地说:"快起来吧,看这么懒。"

不多时就"七七事变",很快你就决定了,到西北去,做抗日军去。

你走的那天晚上,满天都是星,就像幼年我们在黄瓜架下捉着虫子的那样的夜,那样黑黑的夜,那样飞着萤虫的夜。

你走了,你的眼睛不大看我,我也没有同你讲什么话。我送你到了台阶上,到了院里,你就走了,那时我心里不知道想什么,不知道愿意让你走,还是不愿意。只觉得恍恍惚惚的,把过去的许多年的生活都翻了一个新,事事都显得特别真切,又都显得特别地模糊,真所谓有如梦寐了。

可弟,你从小就苍白,不健康,而今虽然长得很高了,仍旧是苍白不健康,看你的读书,行路,一切都是勉强支持。精神是好的,体力是坏的,我很怕你走到别的地方去,支持不住,可是我又不能劝你回家,因为你的心里充满了诱惑,你的眼里充满了禁果。

恰巧在抗战不久,我也到山西去,有人告诉我你在洪洞的前线,离着我很近,我转给你一封信,我想没有两天就可看到你了。那时我心里可开心极了,因为我看到不少和你那样年青的孩子们,他们快乐而活泼,他们跑着跑着,当工作的时候嘴里唱着歌。这一群快乐的小战士,胜利一定属于你们的,你们也拿枪,你们也担水,中国有你们,中国是不会亡的。因为我的心里充满了微笑,虽然我给你的信,你没有收到,我也没能看见你,但我不知为什么竟很放心,就像见到了你的一样。因为你也是他们之中的一个,于是我就把你忘了。

但是从那以后,你的音信一点也没有的。而至今已经四年了,你到底没有信来。

我本来不常想你,不过现在想起你来了,你为什么不来信。

于是我想,这都是我的不好,我在前边引诱了你。

今天又快到"九一八"了,写了以上这些,以遣胸中的忧闷。

愿你在远方快乐和健康。

天空的点缀

用了我有点苍白的手,卷起纱窗来,在那灰色的云的后面,我看不到我所要看的东西(这东西是常常见的,但它们真的载着炮弹飞起来的时候,这在我还是生疏的事情,也还是理想着的事情)。正在我踌躇的时候,我看见了,那飞机的翅子好像不是和平常的飞机的翅子一样——它们有大的也有小的——好像还带着轮子,飞得很慢,只在云彩的缝际出现了一下,云彩又赶上来把它遮没了。不,那不是一只,那是两只,以后又来了几只。它们都是银白色的,并且又都叫着呜呜的声音,它们每个都在叫着吗?这个,我分不清楚。或者它们每个在叫着的,节拍像唱歌似地,是有一定的调子,也或者那在云幕当中撒下来的声音就是一片。好像在夜里听着海涛的声音似地,那就是一片了。

过去了!过去了!心也有点平静下来。午饭时用过的家具,我要去洗一洗。刚一经过走廊,又被我看见了,又是两只。这次是在南边,前面一个,后面一个,银白色的,远看有点发黑,于是我听到了我的邻家在说:

"这是去轰炸虹桥飞机场。"

我只知道这是下午两点钟,从昨夜就开始的这战争。至于飞机我就不能够分别了,日本的呢?还是中国的呢?大概是日本的吧!因为是从北边来的,到南边去的,战地是在北边中国虹桥飞机场是真的,于是我又起了很多想头:是日本打胜了吧!所以安闲地去炸中国的后方,是……一定是,那么这是很坏的事情,他们这没有止境的屠杀,一定要像大风里的火焰似地那么没有止境……

很快我批驳了我自己的这念头,很快我就被我这没有把握的不正确的热望压倒了,中国,一定是中国占着一点胜利,日本遭了些挫伤。假若是日本占着优势,他一定要冲过了中国的阵地而追上去,那里有工夫用飞机来这边扩大战线呢?

风很大,在游廊上,我拿在手里的家具,感到了点沉重而动摇,一个小白铝锅的盖子,啪啦啪啦地掉下来了,并且在游廊上啪啦啪啦地跑着,我追住了它,就带着它到厨房去。

至于飞机上的炸弹,落了还是没落呢?我看不见,而且我也听不见,因为东北方面和西北方面的炮弹都在开裂着。甚至于那炮弹真正从那方面出发,因着回音的关系,我也说不定了。

但那飞机的奇怪的翅子,我是看见了的,我是含着眼泪而看着它们,不,我若真的含着眼泪而看着它们,那就相同遇到了魔鬼而想教导魔鬼那般没有道理。

但在我的窗外,飞着,飞着,飞去又飞来了的,飞得那么高,好像有一分钟那飞机也没离开我的窗口。因为灰色的云层的掠过,真切了,朦胧了,消失了,又出现了,一个来了,一个又来了。看着这些东西,实在的我的胸口有些疼痛。

一个钟头看着这样我从来没有看过的天空,看得疲乏了,于是,我看着桌上的台灯,台灯的绿色的伞罩上还画着菊花,又看到了箱子上散乱的衣裳,平日弹着的六条弦的大琴,依旧是站在墙角上,一样,什么都是和平常一样,只有窗外的云,和平日有点不一样。还有桌上的短刀和平日有点不一样,紫檀色的刀柄上镶着两块黄铜,而且还装在红牛皮色的套子里。对于它我看了又看,我相信我自己绝不是拿着这短刀而赴前线。

一九三七年八月十四日

创作要目

1933 年　《春曲》等诗歌,和萧军的诗歌编为专号,发表于《东三省商报》副刊《原野》上(具体日期不详),这是萧红最初开始发表的作品。

《弃儿》(小说),署名悄吟,载 5 月 6 日至 17 日长春《大同报》副刊《大同俱乐部》。

《王阿嫂的死》(小说),署名悄吟,5 月 21 日作。发表报刊、日期不详。

《跋涉》(小说散文合集),署名三郎、悄吟,10 月哈尔滨五日印刷社。内收萧红作品:《春曲(一)》、《王阿嫂的死》、《广告副手》、《小黑狗》、《看风筝》、《夜风》)。

1934 年　《夏夜》(散文),署名悄吟,载 3 月 6、7 日哈尔滨《国际协报》《国际公园》。

《麦场》(《生死场》的前两章:《麦场》与《菜圃》),署名悄吟,载 4 月 20 日至 5 月 17 日哈尔滨《国际协报》《国际公园》。

《蹲在洋车上》(散文),署名悄吟,载 3 月 30、31 日哈尔滨《国际协报》副刊《国际公园》。

1935 年　《小六》(小说),署名悄吟,载 3 月 5 日《太白》第一卷第十二期。

《生死场》(中篇小说),署名萧红,12 月上海容光书局出版,《奴隶丛书》之三。

1936年　《手》(小说),载4月《作家》第一卷第一号。

《马房之夜》(小说),载5月15日《作家》第一卷第二号。

《孤独的生活》(小说),载9月5日《中流》第一卷第一期。

《王四的故事》(小说),载《中流》第二卷第二期。

《家族以外的人》(小说),载《作家》第二卷第二期。

《海外的悲悼》(书信),载《中流》第一卷第五期。

《商市街》(散文集),署名悄吟,"文学丛刊"第二集第十二册,8月,上海文化出版社初版。

《桥》(小说散文集),署名悄吟,"文学丛刊"第三集第十二册,11月上海文化生活出版社出版。

1937年　《永久的憧憬和追求》(散文),载《报告》第一卷第一期。

《砂粒》(组诗34首,后来改为36首,录在萧红的手抄本的《萧红自集诗稿》中),署名悄吟,载《文丛》第一卷第一期。

《拜墓》(诗),载4月23日上海《大公报》副刊《文艺》第327期。

《感情的碎片》(散文),载4月10日《好文章》第七期。

《天空的点缀》、《失眠之夜》、《在东京》(均为散文),载《七月》第一卷第一期。

《火线外二章:窗边、生命和战士》(散文),载《七月》第一卷第二期。

《一条铁路底完成》(散文),载《七月》第一卷第四期。

《一九二九年底愚昧》(散文),载《七月》第一卷第五期。

《牛车上》(短篇小说集),"文学丛刊"第五集第五册,5月上海文化生活出版社出版。

1938年　《〈大地的女儿〉与〈动乱时代〉》(书评),载《七月》第二集第二期。《突击》(三幕话剧),署名聂绀弩、萧红、端木蕻良、塞克,载《七月》第二集第十二期。

《记鹿地夫妇》(散文),载《文艺阵地》第一卷第二期。

《寄东北流亡者》(书信),载9月18日汉口《大公报》副刊《战线》。

《鲁迅生活散记》(回忆录),载12月29日重庆《新华日报》。

1939年 《逃难》(小说),载1月21日重庆《文摘战时旬刊》第41、42合期。

《黄河》(小说),载《文艺阵地》第二卷第八期。

《致×先生》(书信),载《鲁迅风》第十二期。

《旷野的呼喊》(小说),载4月17日至5月7日香港《星岛日报》副刊《星座》第252号至272号。

《放火者》(散文),载7月11日重庆《文摘战时旬刊》第51、52、53合期。后在《鲁迅风》第十八期重复刊出时,易名为《轰炸前后》。

《花狗》(散文),载8月5日香港《星岛日报》副刊《星座》第371号。

《长安寺》(散文),载《鲁迅风》第十九期。

《莲花池》(小说),载《妇女生活》第八卷第一期。

《茶食店》(散文),载10月2日香港《星岛日报》副刊《星座》第419号。

《记我们的导师》(回忆录),载《中学生》(战时半月刊)第十期。

《记忆中的鲁迅先生》(回忆录),载10月18日至28日香港《星岛日报》副刊《星座》第427至432号。

《鲁迅先生生活散记》(回忆录),载11月1日《文艺阵地》第四卷第一期。

《鲁迅先生生活记略》(回忆录),载12月《文学集林》集林《望——》。

1940年 《山下》(小说),载《天下好文章》第一号。

《后花园》(小说),载4月15日至25日香港《大公报》副刊《文艺综合》与《学生界》。

《〈大地的女儿〉史沫特莱作》(读书记),载6月30日香港《大公报》副刊《文艺综合》。

《民族魂鲁迅》(哑剧),载10月21日并31日香港《大公报》副刊《文艺》、《文艺综合》、《学生界》。

《呼兰河传》(长篇小说),载9月1日至12月27日香港《星岛日报》副刊《星座》第693至810号。

《旷野的呼唤》(短篇小说集),3月桂林上海杂志公司出版。

1941年　《马伯乐》(长篇小说)(上部),重庆大时代书局出版。

《马伯乐》(续篇),载2月1日香港《时代批评》第三卷(总第64期)至11月1日第四卷(总第82期)。末尾注:第九章完,全文未完。

《北中国》(小说),载4月13日至29日香港《星岛日报》副刊《星座》第901期至917期号。

《骨架与灵魂》(散文),载5月5日香港《华商报》副刊《华灯》第21号。

《小城三月》(小说),载7月1日香港《时代文学》第一卷第二期。《给流亡异地的东北同胞书》(书信),载9月1日香港《时代文学》第一卷第四期。

《"九一八"致弟弟书》(书信),载9月26日桂林《大公报》文艺专栏。

1942年　《红玻璃的故事》(小说)萧红遗述,骆宾基撰稿,载《人世间》第一卷第三期。

(所有没注明署名的文章,都是以萧红署名)

季红真

图书在版编目(CIP)数据

萧红精选集/萧红著. —北京:北京燕山出版社,2006.1(2015.3重印)
ISBN 978-7-5402-0618-5

Ⅰ.萧… Ⅱ.萧… Ⅲ.①小说-作品集-中国-现代 ②散文-作品集-中国-现代
Ⅳ.I216.2

中国版本图书馆 CIP 数据核字(2005)第 158051 号

萧红精选集

萧红 著
编 选 者／季红真
责任编辑／张红梅　白利忠
装帧设计／小　贾
北京燕山出版社出版发行
北京市西城区陶然亭路53号　邮编100054
全国新华书店经销
北京盛源印刷有限公司印刷

开本 850×1168　1/32　印张 12　字数 322,000
2015 年 3 月第 6 版　2015 年 3 月第 8 次印刷

定价:28.00 元

版权所有　盗版必究